BJÖRN LARSSON

Was geschah mit Inga Andersson?

Buch

Die Soziologin Inga Andersson hat sich auf die Bekämpfung geheimer Organisationen spezialisiert. Als sie nur knapp einem Anschlag entgeht, zieht sie sich in einen kleinen Fischerort an der dänischen Küste zurück, wo sie inkognito lebt. Dennoch nimmt sie die Einladung zu einer Konferenz in Frankreich an. Unterstützung erhält Inga von dem Schriftsteller Anders Ingesson, der von der intelligenten Frau fasziniert ist. Für die Tagung bereitet Inga einen Vortrag über die amerikanische Geheimorganisation NSA vor, die in der Lage ist, mit ihrem »Echelon«-System jeden überall und zu jedem Zeitpunkt abzuhören.
In Frankreich trifft Inga den amerikanischen Professor Frank Clifford, der auch an der Konferenz teilnimmt. Clifford überredet Inga, ihren Vortrag nicht zu halten, sondern ihn stattdessen später in einer amerikanischen Zeitschrift zu veröffentlichen. Obwohl Inga das Gefühl hat, dass Clifford etwas zu sehr an ihrem NSA-Artikel interessiert ist, lässt sie sich auf eine Affäre mit dem geheimnisvollen Mann ein. In der Zwischenzeit hat Anders Ingesson in Menwith, England, riesige Abhöranlagen entdeckt, deren Existenz Inga bisher nur vermutete. Ingesson reist nach Frankreich, um Inga vor Clifford zu warnen. Doch Inga hört nicht auf ihn – bis sie Cliffords Papiere entdeckt und auf ein dunkles Geheimnis stößt.

Autor

Björn Larsson wurde 1953 geboren. Als leidenschaftlicher Segler verbringt er die Sommer auf seinem Boot, den Rest des Jahres lehrt er französische Literatur an der Universität von Lund.

Von Björn Larsson außerdem bei Goldmann lieferbar:

Long John Silver. Roman (43778)
Der Keltische Ring. Roman (44692)
Träume am Ufer des Meeres. Roman (44718)
Der böse Blick. Roman (45702)
Kap Zorn (45800)

Björn Larsson

Was geschah mit Inga Andersson?

Roman

Aus dem Schwedischen
von Lotta Rüegger
und Holger Wolandt

GOLDMANN

Die Originalausgabe erschien 2002 unter dem Titel
»Den sanna berättelsen om Inga Andersson«
bei Norstedts, Stockholm.

FSC
Mix
Produktgruppe aus vorbildlich
bewirtschafteten Wäldern und
anderen kontrollierten Herkünften

Zert.-Nr. SGS-COC-1940
www.fsc.org
© 1996 Forest Stewardship Council

Verlagsgruppe Random House FSC-DEU-0100
Das FSC-zertifizierte Papier *München Super* für Taschenbücher
aus dem Goldmann Verlag liefert Mochenwangen Papier.

1. Auflage
Deutsche Erstausgabe Juli 2006

Umschlaggestaltung: Design Team München
Umschlagfoto: Mauritius/age fotostock
Redaktion: Nike Karen Müller
SH · Herstellung: Str.
Satz: deutsch-türkischer fotosatz, Berlin
Druck und Bindung: GGP Media GmbH, Pößneck
Printed in Germany
ISBN-10: 3-442-46145-6
ISBN-13: 978-3-442-46145-5

www.goldmann-verlag.de

Weil wir hochsensible Informationen verarbeiten, werden häufig Mutmaßungen über uns angestellt. In den Medien erscheinen dann fantastische Artikel, die vollkommen aus der Luft gegriffen sind. Es ist jedoch wichtig, Fakten von Fiktion zu unterscheiden.

(National Security Agency, USA, www.nsa.gov:8080/)

Ich traf Inga Andersson zweimal, zuerst zum Jahresende 2000 und danach knapp zwei Monate später. Außerdem telefonierte ich kurz mit ihr vor und nach unserer ersten Begegnung. Insgesamt verbrachte ich etwa ein Dutzend Stunden in ihrer Nähe. Ich wünschte, ich hätte ihr Geheimnis bereits zu einem früheren Zeitpunkt geahnt. Doch das konnte ich nicht. Ich wünschte, ich hätte eher begriffen, welche Risiken sie eingegangen und welcher Bedrohung sie ausgesetzt gewesen ist. Auch das konnte ich nicht.

Damit sie mir nicht vollständig entglitt, unternahm ich einen vergeblichen Versuch, ihr Leben zu erzählen: anhand der wenigen Fakten, die ich aufzuspüren vermochte, sowie anhand dessen, was ich in der kurzen Zeit, die ich mit ihr verbracht hatte, selbst gesehen und gehört hatte. Vieles war fehlerhaft, obwohl ich mich bemühte, nur das niederzuschreiben, was ich sicher wusste. Aber die Wahrheiten, die mir zur Verfügung standen, waren armselig und leblos.

Die Geschichte von Inga Andersson, die ich später schreiben musste, trägt noch immer deutliche Spuren eines Romans, der von einem Menschen wie Inga Andersson, aber nicht von der wirklichen Inga Andersson handeln sollte. Ich entschied mich schließlich doch, dem endgültigen Dokument die Form eines Romans zu geben, weil es jetzt am wichtigsten ist, zu zeigen, dass Inga Andersson ein lebender Mensch und nicht nur wahr ist. Kaum jemand wird bestreiten, dass ein gelungener Roman eine gelungene Biografie übertrifft, wenn es darum geht, den erzählten Personen Leben zu verleihen, gleichgültig, ob diese nun wirklich sind oder nicht. Damit will nicht gesagt sein, dass ausgerechnet mir dies gelungen sein soll oder dass es unkomplizierter wäre, die Formen der Literatur zu verwenden, um die Wirklichkeit zu beschreiben. Es passiert leicht, dass die Wahrheit auf dem Altar des Lebens geopfert wird. Außerdem gibt es, zumindest in der literarischen Ästhetik von heute, eine Regel, die besagt, dass man in seinen Romanen nicht selbst vorkommt, sofern man keinen Skandal heraufbeschwören will. Dass ich trotzdem in der Geschichte von Inga Andersson auftrete, liegt daran, dass ich ihr Leben stellenweise entscheidend beeinflusst habe. Wer jedoch die Wahrheit über mich zu erfahren hofft, wird enttäuscht. Inga Anderssons Leben ist von Bedeutung und muss erzählt werden, nicht das meine.

1

Inga Andersson schloss die Tür und hielt vor ihrem mehrere hundert Jahre alten Haus inne, das nur einen Steinwurf vom Hafen entfernt im Fischerdorf Gilleleje an der Nordspitze von Seeland stand. Fern und trotzdem deutlich hörte sie das dumpfe Tosen der Brandung und das Klappern abertausender rund gewaschener Kiesel. Um Inga herum strömte der Regen die Dächer und Regenrinnen hinab. Das Geäst des großen Baumes gegenüber knarrte. Das Ladenschild des Töpfers schaukelte an seiner rostigen Aufhängung hin und her und quietschte wie immer bei einer steifen Brise aus West und Nordwest. Es war wie an jedem Sonntagabend gegen Ende des Winters in Gilleleje: öde und ungemütlich.

Nach einer Weile ging Inga die wenigen Schritte zum Havnevej hinauf. Sie blickte sich um, ehe sie sich in die Lichtkegel der Straßenlaternen wagte, aber es war kein Mensch zu sehen. Sie überquerte den Havnevej und setzte ihren Weg geradeaus fort. Das Restaurant Karen og Mari hatte wegen mangelnder Kundschaft bereits geschlossen. Das Schaufenster des Glasbläsers wirkte mit seinen angestrahlten Vasen in grellen Sommerfarben wie aus einer anderen Welt. Im Hafen lagen die Fischkutter von Gilleleje und rissen an ihrer Vertäuung. In einem brannte Licht. Als Inga näher kam, sah sie, dass es ein schwedisches Schiff war, vermutlich ein Fischer von der anderen Seite des Öresunds, der seinen Fang am Morgen angelandet hatte und vom Unwetter überrascht worden war.

Inga schob sich an der windgeschützten Wand der Filetfabrik entlang. Das Tosen der Brecher schluckte alle Geräusche. Selbst die kreischenden Fischmöwen von Gilleleje, die sonst zu tausenden auf den Dächern der Häuser saßen und auf den Kais herumstolzierten, waren verschwunden. Vielleicht waren sie hinter den östlichen Pier auf der anderen Seite des Hafens geflüchtet. Inga zog den Reißverschluss ihrer Regenjacke zu und rückte die Kapuze zurecht, bis sie dicht schloss.

Der Wind riss sie mit, sobald sie die Filetfabrik hinter sich gelassen hatte. Sie wandte das Gesicht ab, damit kein Sand in ihre Augen flog, rannte über den Wendeplatz und stellte sich unter das Vordach, wo der Pier begann. Hier konnte sie einen Augenblick verschnaufen, obwohl es so stark windete, dass der Regen mehr von der Seite als von oben peitschte. Immer wieder verschwanden Teile des halbmondförmigen Piers unter den Wassermassen. Die Pierenden waren mit weißem Schaum bedeckt, der sich mit der Regelmäßigkeit eines Metronoms im Schein der Leuchtfeuer zu beiden Seiten der Hafeneinfahrt rot und grün verfärbte.

Inga krümmte den Oberkörper und ging weiter. Wenn sie hörte, dass sich eine besonders große Welle näherte, duckte sie sich hinter den meterhohen Holzzaun, der vor der See und dem Wind Schutz bieten sollte. An vielen Stellen hatte er große Löcher, und weiter draußen war er ganz zusammengefallen. Vor langer Zeit hatte sie sich einmal verschätzt, war von einer riesigen Welle erfasst und ins Hafenbecken gespült worden. Einen kurzen Augenblick, vielleicht ein paar Sekunden lang, hatte sie nichts unternommen. Dann war die Angst gekommen, nicht vor dem Tod an sich, sondern davor, in Ungewissheit zu sterben. Mit wenigen Schwimmzügen war es ihr gelungen, dem Wellenbrecher im inneren Hafenbecken, an dem sie sonst zerschmettert worden wäre, zu entkommen und sich auf einen Felsblock zu retten.

Dieses Mal stürmte es jedoch nicht so sehr, wie sie geglaubt hatte, oder das Unwetter hatte noch nicht lange genug gedauert, dass die Wellen ihre maximale Höhe ausschöpften. Jedenfalls konnte sie ohne große Mühe das Ende des Piers erreichen. Hier kniete sie sich hin und hielt sich mit einer Hand am Eisengestell des Leuchtfeuers der Hafeneinfahrt fest.

Eine Welle nach der anderen spülte über sie hinweg. Manchmal mit der Kraft eines Hammers, gelegentlich nur als Gischt. Sie schmeckte das Salz, es brannte in ihren Augen, Wasser tropfte in den Halsausschnitt, und die Kälte drang durch ihre Regenkleidung.

Schließlich richtete sie sich auf. Sofort musste sie sich mit aller Kraft festhalten. Sie wartete, bis es einigen Brechern fast gelungen wäre, ihren Griff zu lockern. Dann schloss sie die Augen und schrie in die Dunkelheit hinaus.

Sie schrie einmal, ein zweites und schließlich ein letztes Mal. Dann verharrte sie vollkommen reglos und klammerte sich an die rostigen Eisenträger. War selbst ein Echo zu viel verlangt? Doch in ihr blieb es still. Sie hatte nicht vergessen, aber ihre Erinnerung war verstummt. Um leben zu können, war sie gezwungen gewesen, sie zum Schweigen zu bringen.

Inga schrie, um der Erinnerung ihre Stimme zurückzugeben, solange sie sich auf dem Pierende festklammern konnte. Aber niemand antwortete. Seit mehreren Jahren schon antwortete niemand mehr.

Als sie sich umdrehte, um zurückzugehen, waren die Schreie schon längst vom Wind fortgeweht, in den Wassermassen begraben und von der Dunkelheit verschluckt worden.

2 Auf dem Rückweg blieb Inga mehrmals stehen. Sie duckte sich hinter den Holzzaun und lauschte. Aber die Stille in ihr war ebenso betäubend wie der Lärm um sie herum. Unter dem Vordach überprüfte sie noch mal, ob sie ihre Notizbücher wirklich dabeihatte. Sie steckten wie immer ordentlich in eine Plastiktüte verpackt in der Innentasche. Sie hatte gerufen. Niemand hatte geantwortet. Im Kanalkroen würden Henning und Morten jeder vor einem Pils sitzen und auf sie warten. Genau wie immer.

Sie ging langsam den Kai entlang und starrte in das schwarze Wasser. Bisweilen fuhr eine kräftige Bö in das Hafenbecken. Sofort kräuselte sich das Wasser zu einer Welle, die auf die Dünung stieß, die vom äußeren Hafen heranrollte.

Bei Adamsons Fischgeschäft bog Inga rechts ab. Am anderen Ufer des kleinen Flusses schlugen die Persenningen der Boote, die in Winterverwahrung lagen. Hier hatte der Wind wieder freie Bahn, und Inga musste sich vorbeugen, um vorwärts zu kommen. Sie blieb stehen, als sie den Kanalkroen erreichte. Durchs Fenster sah sie, dass er an diesem Abend nicht gut besucht war. Aber Henning und Morten waren da. Sie warteten auf ihre Rückkehr, um ihr den Rest des Abends Gesellschaft zu leisten. Genau wie immer. Und trotzdem stimmte irgendetwas nicht.

Sie setzte sich mit dem Rücken zum Kanalkroen und mit Blick auf den Fluss auf das Geländer. Ihr fiel auf, dass er Hochwasser führte. Laut neuester Berechnungen würde wegen der globalen Erwärmung der Wasserstand in den nächsten hundert Jahren um zwei Meter ansteigen. Dann würden die alten Häuser in Gilleleje direkt am Wasser stehen und bei jeder steifen Brise überschwemmt werden. Ihr eigenes Fischerhaus, das seit Mitte des 18. Jahrhunderts an seinem Platz gestanden hatte, würde unterspült werden und schließlich einstürzen. Gelegentlich hatte sie mit dem Gedanken gespielt, das Haus zu verkaufen und ein anderes weiter oben zu erwerben. Aber sie war immerhin schon siebenunddreißig. Ihr Haus würde sicher noch ein paar Jahrzehnte stehen. Und nach ihr die Sintflut! Niemand würde sie beerben. Sie war allein.

Allein! Natürlich war sie allein. Das war nichts Neues. Es verging kaum ein Tag, an dem sie nicht daran dachte, wie allein sie war. Aber zum ersten Mal seit mehr als zehn Jahren hatte sie das Alleinsein als eine Freiheit oder zumindest eine Befreiung betrachtet. Zum ersten Mal war ihr der Gedanke gekommen, dass sie vielleicht nie eine Antwort erhalten würde, wie viel sie auch rufen mochte.

Sie musste sich mit beiden Händen am Geländer festhalten. Es durfte einfach nicht wahr sein. Als Wissenschaftlerin wusste sie schließlich, dass man die eigenen Gefühle nicht als Quelle verwenden darf. Ein starkes Gefühl konnte ebenso gut aus einer Illusion wie aus einer klar umrissenen Wirklichkeit heraus entstehen. Gefühle bewiesen nichts, sie existierten einfach.

Sie erhob sich. Wenn sie nicht bald auftauchte, würden sich Henning und Morten Gedanken machen. Sie sorgten sich ihretwegen schon mehr als genug. Sie überquerte die Straße und betrat den Kanalkroen. Henning und Morten sahen hoch, als sie hörten, dass die Tür geöffnet wurde. Inga meinte in ihren Mienen Erleichterung zu ahnen, aber es war ihrem Äußeren nur schwer zu entnehmen, was in ihrem Inneren vorging.

Sie nickte, und die beiden nickten zurück, genau wie immer. Dann trat sie an die Theke und bestellte ein Glas Rotwein, den Morten konsequent als »feinen Fusel« bezeichnete. Mit dem Wein begab sie sich an ihren angestammten Tisch, weitmöglichst entfernt von Billardtisch und Tresen am anderen Ende des Lokals. Sie zog die Plastiktüte mit den Notizbüchern hervor und legte sie nach demselben System wie immer vor sich hin: Serie eins bis drei aufeinander und die Kladde daneben.

Bevor sie begann, blickte sie aus dem Fenster und betrachtete ihr Spiegelbild, ein Gesicht unter vielen Millionen anderen Gesichtern, die die Erde bevölkerten, ohne dass jemand sie bemerkt hätte, ohne dass sie etwas bewirkt hätten und ohne dass sie sich irgendeines Sinnes ihrer Existenz bewusst gewesen wären. In dieser Hinsicht hatte sie sich jedenfalls nicht verändert. Sie war immer noch eine derer, die einen Gott gebraucht hätten, um sich einreden zu können, dass sie nicht vergeblich lebten. Aber an Gott glaubte sie nicht.

Als sie das oberste Notizbuch aufschlug, das 17. der ersten Serie, war es ihr gelungen, sich davon zu überzeugen, dass sich nichts verändert hatte. Sie begann die Aufzeichnungen zu lesen, die sie niedergeschrieben hatte, seit sie zuletzt auf dem Pier gewesen war. Lange sinnierte sie über einige Gedanken, die sie aus einem Buch über die Entstehung des Menschen abgeschrieben hatte. Laut dieses Buches war die Fähigkeit des Menschen, seine Artgenossen zu betrügen, stärker ausgeprägt als die der Tiere. Betrug, Lüge, Bluff – und damit Geheimnisse – waren für den Menschen notwendige Voraussetzungen, um die Absichten anderer Menschen deuten zu können. Inga wusste, dass sie sich hüten musste, alles als Geheimniskrämerei auszulegen. Aber trotzdem … sie übertrug die Aufzeichnungen über den Menschen als ein Tier der Lüge und des Betrugs in die Kladde.

Anschließend sah sie auf und begegnete den Blicken von Henning und Morten. Was die wohl dachten, wenn sie sie mit ihren Notizbüchern hier sitzen sahen? Vermutlich, dass sie nicht ganz bei Trost war. Vielleicht dachten sie auch überhaupt nichts und warteten nur, bis sie fertig wurde, damit sie ihr ein Glas ausgeben, die Würfel hervornehmen und mit dem »Mogeln« beginnen konnten. Genau wie immer. Plötzlich fiel der Groschen. Warum hatte sie daran bisher nie gedacht! Beim »Mogeln« ging es nur um eins, sich gegenseitig zu betrügen. Wer die Miene am wenigsten verzog, gewann. Wenn man die Theorie vom Menschen als einem Tier des Betrugs und der Lüge auf die Spitze trieb, konnte man folgern, dass die Dänen, die Mogeln zu ihrem Nationalspiel gemacht hatten, ein wenig menschlicher waren als andere Völker. Das stimmte natürlich nicht. Hingegen stimmte die Theorie ausgezeichnet, was ihr Verhältnis zu Henning und Morten betraf. Denn sie verlor eigentlich immer, und die beiden waren zweifelsohne menschlicher als sie. Aber heute Abend würde sie es ihnen heimzahlen!

Sie beeilte sich damit, sich das nächste Notizbuch vorzunehmen, Nummer 23 in der Serie zwei. Sie merkte sofort, dass ihr etwas widerstrebte. Der erste Eintrag handelte von einem frisch gekürten schwedischen Sieger, der wegen Dopings disqualifiziert worden war. Die Sache war nur die, dass es sich bei dem Sportler um eine Brieftaube gehandelt hatte. Ihr Besitzer hatte ihr eine Kortisonspritze verabreicht, damit sie den anderen davonflog. Der nächste Eintrag: Zufällig hatte ein Fernsehteam einen Mann beim Selbstmord in Anwesenheit Schaulustiger gefilmt. Dieser wurde direkt übertragen. Anschließend wurde der Fernsehsender mit Anrufen überflutet, und zwar von Zuschauern, die eine Wiederholung des Selbstmords sehen wollten!

Inga ließ die Notizbücher sinken, obwohl sie noch weitere Aufzeichnungen hätte durchgehen müssen. Stattdessen nahm sie das letzte der Serie drei und las den ersten Eintrag über vier- bis zehnjährige Jungen aus Bangladesch, die in die Golfstaaten verkauft wurden, um als Reiter bei Kamelrennen eingesetzt zu werden. Die Kinder bekamen nicht genug zu essen, um so wenig wie möglich zu wiegen. Mit Händen und Füßen wurden sie auf den Kamelen festgebunden. Wenn die Kamele losgaloppierten, begannen die Kinder zu weinen, was durchaus beabsichtigt war, denn das Weinen brachte die Kamele dazu, noch schneller zu laufen. Es war nicht ungewöhnlich, dass die Reiter abgeworfen und niedergetrampelt wurden. Sie erlitten schwere Schädelverletzungen oder starben …

Sie wandte sich zum Fenster, damit Henning und Morten ihr Gesicht nicht sehen konnten. So sollte es nicht sein. Ruhig und befreit hätte sie vom Pier zurückkehren sollen. Sie hätte die Notizen, die sie sich seit dem letzten Mal gemacht hatte, mit gewohnter wissenschaftlicher Kühle und Distanz durchgehen sollen.

Inga ging auf die Toilette und wusch sich das Gesicht mit eiskaltem Wasser. Als sie zurückkam, klaubte sie ihre Notizbücher zusammen und ging zu Henning und Morten hinüber.

»Wurde auch langsam Zeit!«, bemerkte Morten, als sie sich gesetzt hatte. »Es kann nicht gut tun, den Kopf so anzustrengen wie du. Schau mich an! Ich komme auch so gut zurecht.«

»Du hast ja Henning«, meinte Inga.

»Das ist mein Glück! Wenn du wüsstest, wie leer es hier oben meist ist!«

Morten deutete auf seinen Kopf.

»Wollte man einen gerechten Vergleich anstellen, entspräche mein Kopf einem alten Glühkopfmotor und Hennings einem Einspritzmotor mit Turbo. Wie deiner aussieht, wage ich mir nicht mal vorzustellen, sicher wie eine Turbine, wie auf diesen Katamaranfähren. Die machen vierzig Knoten. Das sind keine Schiffe, das sind regelrechte Flugzeuge.«

»Manchmal wäre es mir lieber, ich müsste nicht denken«, entgegnete Inga.

»Kann man die Kraftstoffzufuhr nicht einfach unterbrechen?«, schlug Morten vor.

»Offenbar nicht.«

»Meine Kleine!«, sagte Morten. »Dir fehlt ein Mann. Du solltest dich verlieben. Dann hört das Denken auf, das kann ich dir garantieren.«

»Ich wusste nicht, dass du Experte auf diesem Gebiet bist«, erwiderte Inga.

»Experte ist vielleicht zu viel gesagt.«

»Hat es heute Abend gestürmt?«, fragte Henning.

Diese Frage stellte Henning jedes Mal, wenn sie auf dem Pier gewesen war. Aber er musterte sie forschend. Ihm war natürlich aufgefallen, dass etwas nicht so war, wie es sein sollte.

»Es hätte schlimmer sein können. – Ich komm schon zurecht«, fügte sie hinzu.

»Ist es nicht Zeit für die Würfelbecher?«, fragte Morten leise.

Inga nickte.

»Heute Abend habt ihr keine Chance!«, sagte sie.

»Ach, nee?«, erwiderte Morten lächelnd.

Henning ging zum Tresen und kam mit drei Bier, ebenso vielen Schnäpsen, Würfeln und einem Lederbecher zurück. Den Rest des Abends versuchten sie sich gegenseitig, so gut es ging, zu beschummeln. Inga gewann zwei Partien, eine mehr als sonst. Meist gewann Morten. Er dachte zwar nicht so viel nach wie Inga und Henning, aber er konnte eine undurchdringliche Miene bewahren.

»Wie machst du das nur?«, fragte Inga.

»Ganz einfach«, antwortete Morten. »Ich versuche nicht zu bluffen.«

»Aber du tust doch nichts anderes. Heute Abend warst du kein einziges Mal ehrlich.«

»Nein, genau. Ich habe die ganze Zeit gelogen. Deswegen brauchte ich mir auch keine Gedanken darüber zu machen, ob ich ehrlich sein soll oder nicht.«

Beim Mogeln waren alle Tricks erlaubt. Wenn sie das nächste Mal spielten, sollte sie vielleicht davon ausgehen, dass Morten jedes Mal log und deswegen ehrlich war. Nein, Lügen lag ihr nicht. Es stellte sich jedoch die Frage, ob sie sich deswegen auf die Wahrheit verstand.

Als Inga gegen ein Uhr nachts nach Hause zurückkehrte, war ihr leichter ums Herz, sie fühlte sich wie ein gewöhnlicher Mensch unter anderen gewöhnlichen Menschen. Es war ihr beinahe gelungen, zu vergessen, dass sie zum ersten Mal ihre Aufzeichnungen nicht bis zum Schluss hatte lesen können. Das war Hennings und Mortens Verdienst. Dafür war sie ihnen unendlich dankbar. Selbst wenn das nicht so lange anhielt.

3

Am folgenden Morgen hatte sich der Wind gelegt. Eine grelle Sonne drang durch Ingas Schlafzimmerfenster im ersten Stock. Sie sah auf die Uhr. Acht.

Sie stand auf, wusch sich und frühstückte. Um halb neun stand sie hinter der Haustür und wartete auf die Post, genauer gesagt auf die Le Monde. Rechnungen ließ sie per Einzugsermächtigung abbuchen. Gelegentlich kam irgendein offizieller Brief von einer Behörde oder der Bank. Alles andere ging ans Institut, um es ihren Forschungsobjekten, Scientologen, Nazis und anderen, zu erschweren, sie aufzuspüren.

Sie war selbst schuld. Niemand hatte sie gezwungen, die Verbrechen geheimer Organisationen zu untersuchen. Inzwischen hatte sie den Überblick darüber verloren, wie viele Drohbriefe sie im Laufe der Jahre erhalten hatte. Irgendwann würde sie einen Artikel über Drohbriefe schreiben; bisher hatte niemand diesem Thema eine Studie gewidmet.

Sie musste nicht lange warten, bis sie hörte, dass der Briefträger die Zeitung durch den schmalen Schlitz schob. Sie wollte gerade zur Klinke greifen, als sie hörte, dass eine weitere Sendung in den Briefkasten fiel. Sie wartete mit dem Öffnen der Tür, bis der Briefträger außer Sichtweite war. Sie hatte sich nicht verhört. Auf der Le Monde lag ein großer brauner Umschlag.

Sie zögerte. Es war erst zwei Wochen her, dass die Nazis einem Journalisten in Stockholm eine Briefbombe geschickt hatten. Schließlich nahm sie den Umschlag dennoch mit, schloss die Haustür ab und setzte sich aufs Sofa. Der Brief war in Frankreich aufgegeben und von einer Maschine frankiert worden. In der oberen linken Ecke stand der vorgedruckte Name eines Instituts. Inga lief nach oben in ihr Arbeitszimmer und startete eine Suche im Internet. Schnell hatte sie das Gesuchte gefunden. Cerisy-la-Salle war eine Kultur- und Konferenzeinrichtung in der Normandie, die wissenschaftliche und literarische Konferenzen zu den unterschiedlichsten Themen veranstaltete.

Unentschlossen hielt sie den Brief in der Hand. Schließlich legte sie ihn in ihren Rucksack und eilte zum Zug. Wie immer kaufte sie einen Becher Kaffee im Bahnhofskiosk, setzte sich in ein Raucherabteil und zog ein Buch hervor. Die heutige Reiselektüre war ein Buch über Sekten und wie sie neue Mitglieder warben und in loyale Werkzeuge im Dienst der Sekte verwandelten.

Bereits das Inhaltsverzeichnis verriet ihr ungefähr, was sie zu erwarten hatte. Es gab verschiedene Beiträge. Die Kinder Gottes machten junge Mädchen zu Prostituierten, um die Machthaber zu manipulieren. Die Zeugen Jehovas studierten Todesanzeigen und besuchten trauernde Angehörige. Die

Scientologen schröpften neue Mitglieder um hunderttausende von Kronen und warfen diejenigen, die nicht zahlen konnten, raus. Das Ehepaar, das die Zitadelle leitete, misshandelte eigenhändig die Kinder der Mitglieder, um die Loyalität der Eltern auf die Probe zu stellen. Und Moon predigte, dass jede Mutter ihr eigenes Kind als ihren zweiten Feind betrachten müsse, nach ihrem Ehemann, der ihr erster sei.

Als der Zug in Dronningmølle hielt, hatte Inga die Einleitung gelesen. Sie machte sich ein paar Notizen und nahm sich die erste Fallstudie vor. Martine, Mutter zweier Kinder im Alter von sieben und zehn, hatte die Flucht ergriffen, um sich der Sonnentempelsekte anzuschließen. Eines Tages war ihr Mann nach Hause gekommen und hatte entdeckt, dass Frau und Kinder fort waren. Drei Jahre lang suchte er nach ihnen, ohne jede Spur. Erst viele Jahre später erfuhr er, was wirklich passiert war. Eines seiner Kinder befand sich zu diesem Zeitpunkt in einer psychiatrischen Klinik, das andere hatte sich das Leben genommen. Die Mutter war immer noch überzeugtes Sektenmitglied. Der Mann hatte seine Frau gesucht, sie totgeschlagen und war lebenslang in die Psychiatrie eingewiesen worden. Vermutlich saß er immer noch in irgendeiner Anstalt, obwohl die Sonnentempelsekte später gemeinschaftlichen Selbstmord begangen hatte.

Die Buchstaben verschwammen. Inga rieb sich die Augen und versuchte weiterzulesen. Nichts, worüber sie sich Gedanken machen musste. Sie war nur müde. Vielleicht sollte sie sich eine Lesebrille zulegen. Ein Chirurg operierte auch nicht sicherer und schneller, bloß weil er den Tumor hasste. Wenn sie zurückschlagen wollte, war sie gezwungen, genauso ruhig und kühl zu sein wie ein Chirurg. Aber genau das war sie nicht. Plötzlich bekam sie Angst. Wenn selbst der Gang auf den Pier nicht mehr helfen würde! Was sollte sie dann unternehmen?

Sie klappte das Buch zu und starrte aus dem Fenster. Sie versuchte die Wirklichkeit so wahrzunehmen, wie sie war. Sie so neutral zu betrachten, als würde sie ihre Forschungen betreiben. Herbstkahle Bäume flatterten vorbei. Ein rotes Auto wurde von ihrem Zug überholt. Kühe käuten wieder. Menschen gingen die Straßen entlang. Ein Fahrrad war umgefallen. Der Öresund schimmerte blau zwischen den Bäumen.

Allmählich spürte sie, wie ihre Beklemmung nachließ. Es gelang ihr, einen Schritt vom Abgrund zurückzutreten. Dann noch einen. Einen weiteren. Und noch einen. Sie legte das Buch in ihren Rucksack, und ihr Blick fiel auf den braunen Umschlag. Sie zog ihn hervor. Ihr war alles recht, um auf andere Gedanken zu kommen. Sogar eine Briefbombe, um die es sich schlimmstenfalls handeln konnte. Aber der Umschlag enthielt nur die Einladung zu einer Konferenz. Das Thema der Konferenz lautete »Literatur und Verbrechen«. Rasch las sie das Anschreiben und stellte erstaunt fest, dass man sie eingeladen hatte, selbst einen Vortrag zu halten.

Inga schaute sich um. Sie spürte, dass sie errötete. Zum ersten Mal seit ihrer Disputation bat man sie, einen Vortrag zu halten, was sie den Leuten am Institut gegenüber, die ihre wissenschaftliche Arbeit anzweifelten, mit Genugtuung erfüllte. Einer der Professoren wies mit Vorliebe darauf hin, dass es nicht ungesetzlich sei, Geheimnisse zu haben, und dass nur wenige Sekten vor Gericht verurteilt worden seien. Wenn Inga bescheiden einwendete, dass es bei Geheimbünden besonders schwierig sei, die nötigen Beweise beizubringen, schüttelte er nur den Kopf und meinte, dass Kriminelle per Definition alles unternähmen, um ihre Kriminalität geheim zu halten, ohne daran zu denken, dass er sich damit selbst widersprach. Ein anderer Professor kritisierte, allerdings nie in ihrem Beisein, die eigentliche Grundlage ihrer Forschungen.

Entweder seien die geheimen Gesellschaften geheim, dann könne man auch nichts über sie wissen, oder man wisse etwas über sie, aber dann seien sie nicht mehr geheim. Der Professor behauptete, dass die Kategorie »Geheime Organisationen« als Studienobjekt nicht infrage käme, da der Begriff im Gesetzbuch nicht vorhanden sei. Wäre es sinnvoller, alle Energie auf Kleptomanie zu verschwenden wie einer der beiden Lehrstuhlinhaber? Nur weil Kleptomanie im Gesetzbuch erwähnt wird?

Von den vier Professoren und Professorinnen des Instituts nahm sie nur eine ernst, diejenige, bei der sie promoviert hatte, natürlich eine Frau. Aber Ingas Forschungen wurden davon, dass sie eine Frau war, auch nicht besser oder schlechter. Möglicherweise waren Frauen bessere Menschen als Männer, aber daraus ließ sich nicht unbedingt ableiten, dass sie die Wirklichkeit klarer sahen. Die Tatsache, dass die Frauen nicht nach denselben Maßstäben beurteilt wurden wie die Männer, stellte ein ernstes Problem dar … für die Wissenschaft. Aber dieses Problem ließ sich nicht dadurch lösen, dass man eine besondere Wahrheit für die Frauen einführte.

Sollte sie die Neuigkeit im Institut bekannt geben? Sie hörte bereits die Einwände. Was hatte Literatur mit Kriminologie zu tun?

Das änderte aber nichts daran, dass diese Frage berechtigt war. Zwischen Ålsgårde und Hellebæk ging ihr mitten im Buchenwald auf, dass sie von Literatur keine Ahnung hatte und keinen Vortrag halten konnte, ohne sich in das Thema einzuarbeiten. Aber wie sollte man sich innerhalb weniger Monate in ein Thema einarbeiten? Sie würde gezwungen sein, einiges beiseite zu legen.

Sie hing ihren Gedanken nach und blickte nach draußen. Je mehr sie daran dachte, desto mehr sagte ihr die Sache zu. Es war anstrengend, sich ständig in die Verbrechen der

Menschheit zu vertiefen, insbesondere da die Belohnung nur aus der Kritik ihrer Kollegen und Drohungen ihrer Studienobjekte bestand. Vielleicht würde ihr eine Pause sogar gut tun. Sie hatte sich vorgenommen, nie zu vergessen. Aber Ferien konnte sie sich doch gönnen. Wie alle anderen.

Am Havnepladsen in Helsingør stieg Inga aus dem Zug und ging zum Fährterminal. Vor ihr in der Schlange warteten zwei ältere Männer. Der eine wandte sich an den anderen.

»Glaubst du, es gibt heute Regen?«, fragte er.

»Kommt aufs Wetter an!«, antwortete der andere.

Ein Wortwechsel wie dieser, dachte Inga, war auch ein Ausdruck für das, was den Menschen zum Menschen machte, genauso wie eine gedopte Brieftaube, ein Selbstmord in Direktübertragung oder Kinder, die zu wenig zu essen bekamen, damit sie Kamelrennen gewannen. Manchmal geriet sie in Versuchung, die ganze Sache an den Nagel zu hängen und einfach festzustellen, dass der Mensch eine absurde und unmenschliche Abnormität war, ein missgestalteter Auswuchs am Baum der Evolution. Aber sie wusste, dass sie keine Wahl hatte. Sie musste einfach den Menschen ergründen und die Geheimniskrämer bloßstellen. Sie war sogar willens, ihr Leben dafür zu opfern, obwohl dies kein sonderlich großes Opfer darstellte. Wenn sie ehrlich war, und das versuchte sie stets zu sein, gab es für sie kaum etwas anderes, wofür es sich zu leben lohnte, als eben die Bereitwilligkeit, dieses scheinbar unwichtige Leben aufs Spiel zu setzen.

Aber gerade deshalb konnte sie sich doch einen Urlaub gestatten, den ersten seit über zehn Jahren. Ihre Kräfte waren nicht unerschöpflich. Einfach nur zu überleben stellte kein Ziel dar, ihren kühlen Scharfsinn zu bewahren hingegen schon. Wem war gedient, wenn sie sich unterkriegen ließ? Den Geheimniskrämern. Außerdem konnte sie vielleicht etwas Neues über den Menschen lernen, wenn sie sich einige

Monate lang etwas anderem widmete. Es war bekannt, dass die meisten bahnbrechenden Entdeckungen den Grenzbereichen verschiedener Wissenschaften entstammten und nicht dem sicheren und garantiert zum Examen führenden Mainstream.

Als sie in Lund aus dem Zug stieg, hatte sie ihren Beschluss gefasst. Sie wollte alles in ihrer Macht Stehende tun, um einen Artikel für die Konferenz zu schreiben. Sie betrat die Buchhandlung gegenüber vom Bahnhof und kaufte zwei Einführungen in die Literaturwissenschaft und ein paar Romane in Taschenbuchform, von denen einer zufälligerweise von einem Professor ihrer Universität verfasst war.

Sie freute sich bereits darauf, Henning und Morten zu erzählen, dass sie von ihren Geheimniskrämern freinehmen wollte. Nichts würde sie glücklicher machen, als zu hören, dass sie sich eine Weile mit etwas anderem beschäftigte.

4

Inga sah von ihrem Buch hoch, reckte sich und schaute auf die Uhr. Sie hatte sieben Stunden ununterbrochen gelesen. In vollkommener Konzentration lesen zu können war vermutlich eine ihrer besten Eigenschaften als Wissenschaftlerin. In den sieben Stunden hatte sie bereits eine der zwei Einführungen in die Literaturwissenschaft und hundert Seiten des Romans, den der Professor ihrer Universität geschrieben hatte, gelesen. Er war also gewissermaßen ein Kollege, obwohl sie noch nie von ihm gehört hatte.

Inga hatte den Roman beiseite gelegt, um sich einen Kaffee einzuschenken, als sie hörte, wie die Tür im Erdgeschoss zuknallte. Sie zuckte zusammen. Dann wurde die Tür zum Kopierraum geräuschvoll geschlossen.

Sie horchte auf die Schritte im Haus und darauf, wie andere Türen geöffnet und geschlossen wurden. Die Nachtwächter hatten die Anweisung, mit den Türen zu knallen, um die Einbrecher zu verscheuchen, statt sie in eine Ecke zu drängen. Der Nachtwächter hatte genau sieben Minuten Zeit, um durch das Haus zu gehen. Genau sechseinhalb Minuten, nachdem die Tür vom Haupteingang zugefallen war, klopfte es vorsichtig an ihrer Tür.

»Herein!«

Die Tür ging auf, und im Türrahmen stand Sven, einer der Nachtwächter, die Inga in den letzten Jahren kennen gelernt hatte, da sie immer bis spät in die Nacht arbeitete, wenn sie in Lund war. Sie wusste nicht viel von ihm. Er war Seemann gewesen, hatte mehrfach die Erde umrundet und in allen großen Häfen der Welt die Puppen tanzen lassen, bis zu seiner Ehe, die ihn sesshaft werden ließ und ihm ein Kind bescherte. Eine normale Arbeit von acht bis vier lag ihm nicht, also war er Nachtwächter geworden. Damit das Geld reichte, arbeitete er außerdem drei Tage in der Woche als Anstreicher auf der Kockums-Werft, was dazu führte, dass er an drei von sieben Wochentagen überhaupt nicht schlief. Als ihn Inga gefragt hatte, warum er so viel arbeite, hatte er mit einem schiefen Lächeln geantwortet, Frau und Tochter seien teuer im Unterhalt. Sie hatten sich nicht sonderlich viel zu sagen. Manchmal glaubte er, dass es seiner Frau und Tochter sogar lieber war, dass er nicht mehr als nötig zu Hause war. Vielleicht trank er deswegen reglementswidrig mit Inga immer eine Tasse Kaffee. Doch bald würde das nicht mehr gehen. Die Wächter sollten mit GPS ausgerüstet werden, damit die Zentrale bis auf vier Meter genau verfolgen konnte, wo sie sich gerade befanden. Das nannte sich Fortschritt! Es kam vor, dass Inga mit dem Nachtwächter über die Arbeit sprach. Er kannte sich mit Überwachungstechnik aus und wusste, wie Wachdienste dachten und arbeiteten. Inga hatte ihn sogar einmal in einem Artikel zitiert. Sie konnte ihm dafür erzählen, wie sich Verbrecher verhielten und was sie dachten.

»Wie geht's?«, fragte er, nachdem er sich gesetzt und seinen Kaffee bekommen hatte. »Du hast doch Zeitung gelesen?«

»Nein.«

»Die Neonazis haben einen Gewerkschafter erschossen.«

Das, wovor sie so lange gewarnt hatte, war also eingetroffen. Aber niemand hatte auf sie hören wollen. Muslimische Terroristen und österreichische Rechtsextremisten brachten die Medien und die Öffentlichkeit auf die Palme, aber die eigenen Durchschnittsrassisten waren nicht so gefährlich. Schließlich waren sie Schweden.

»Wer ist denn erschossen worden?«, fragte Inga.

»Ein Syndikalist.«

Auch das überraschte sie nicht. Die Syndikalisten hatten im Kampf gegen die Neonazis stets an der Spitze gestanden. Viele Syndikalisten waren naive Wirrköpfe, die von der Revolution träumten, aber immerhin hassten sie jegliche Macht, egal ob sie auf Geld, Politik oder Gewalt beruhte.

»Die bräuchten mal eine ordentliche Tracht Prügel«, meinte der Nachtwächter.

»Glaubst du, das würde helfen?«

»Du kennst dich auf diesem Gebiet aus, nicht ich.«

Aber Inga wusste nicht, ob eine ordentliche Tracht Prügel helfen würde.

»Oder die Frauen sollten sich weigern, mit diesem Pack ins Bett zu gehen. Dann würden die gleich ganz anders klingen.«

»Vielleicht. Aber sogar die schlimmsten Massenmörder der Weltgeschichte hatten Frauen an ihrer Seite.«

»Schon möglich. Aber Gott hat etwas übersehen, als er den Mann schuf. Herz und Schwanz haben wir bekommen, aber nicht genug Blut, damit beides gleichzeitig funktioniert.«

»Nicht alle Männer sind Nazis.«

»Wie viele weibliche Nazis kommen auf einen männlichen? Nicht viele.«

Darin musste ihm Inga Recht geben. In ihrem Archiv fand sich unter hunderten von Männern nur eine Frau.

»Auf eins kannst du dich jedenfalls verlassen«, meinte der Nachtwächter.

»Und zwar?«

»Dass ich ihnen das Leben sauer machen werde, falls sie hier auftauchen. Ich werde meine Augen offen halten.«

Inga wusste, dass er das auch so meinte. Sie fragte sich, wie viele andere am Institut Beschäftigte auch so gesprochen hätten.

Als der Nachtwächter Inga wieder allein gelassen hatte, war sie wieder etwas zuversichtlicher. Sie öffnete die Schranktür, nahm Matratze, Kissen und Schlafsack heraus und breitete alles in der Ecke aus, in der sie jemand, der im Vorbeigehen die Tür öffnete und hereinschaute, nicht sehen konnte. Sie nahm ihren Kulturbeutel und tastete sich durch den dunklen Korridor zur Toilette am anderen Ende. Sie bürstete die Zähne und entfernte ihren leichten Lidschatten. Manchmal fragte sie sich, warum sie das noch tat. Es schien ja doch nichts zu nützen. Niemand nahm sie wahr, zumindest nicht als Frau, so kam es ihr jedenfalls vor. Andererseits warf sie sich auch nicht dem ersten Besten an den Hals. Im Gegenteil. So viel Selbstkritik besaß sie, dass sie wusste, woran es haperte. Vor Männern hatte sie eine Todesangst. Aber mit ihrer Angst vor Männern war es genauso wie mit der Flugangst. Sie war keinen rationalen Argumenten zugänglich. Das Einzige, was half, war langsame Gewöhnung. Sie musste der Angst so lange zusetzen, bis sie aufgab. Aber es war einfacher, sich ein Ticket für einen Kurzstreckenflug zu kaufen, als sich einen Mann zuzulegen, der sich damit abfand, dass sich die Dosis der gemeinsamen Zeit von ein paar Minuten pro Woche nach ein paar Monaten auf eine Stunde pro Woche steigerte.

Erneut dachte sie an den Nachtwächter. Vor ihm hatte sie keine Angst. Aber leider interessierte er sie als Mann nicht im Geringsten. Genauso wenig wie Henning und Morten. Außerdem waren die beiden zu alt.

Auf der Toilette merkte sie, dass sie ihre Tage bekommen hatte. Sie wühlte in ihrem Kulturbeutel nach einer Binde.

Sie kehrte in ihr Dienstzimmer zurück und hängte das Schild »Bitte nicht stören« an die Klinke, das sie aus einem Hotel mitgenommen hatte. Ehe sie das Schild besorgt hatte, war sie immer etwas in Verlegenheit geraten, wenn die Reinemachefrau um halb sieben geklopft und darum gebeten hatte, putzen zu dürfen. Mittlerweile konnte Inga zumindest bis halb acht, eine halbe Stunde bevor die Verwaltungsangestellten allmählich eintrudelten, in Ruhe schlafen.

Aber sie wusste bereits, dass sie heute Nacht kein Auge zutun würde. Wenn sie ihre Tage hatte, half nichts, weder ein Ausflug auf den Pier, um zu schreien, noch ein Blick in ihre Notizbücher, um sich davon zu überzeugen, dass es vielen noch schlimmer ging als ihr, noch die Flucht in die Wissenschaft, in der sie die Wirklichkeit aus gefühlloser, objektiver und neutraler Position betrachten konnte. Wenn Inga daran erinnert wurde, dass sie zweifellos eine Frau war, blieben ihr nur ihre Angstzustände und ihre Ungewissheit.

5

Als der Wecker am nächsten Morgen um halb acht klingelte, hatte Inga höchstens eine Stunde geschlafen. Ihre Glieder schmerzten, ihre Augen brannten, und ihr Kopf war schwer. Sie stand auf, nahm eine Kopfschmerztablette, rollte die Matratze mit dem Bettzeug zusammen und schob das Bündel in den Schrank. Dann öffnete sie ihre Zimmertür und nahm das Schild ab.

Als sie sich angezogen hatte, hielt sie inne und lauschte. Im Institut war es, abgeshen von den Geräuschen der Putzfrau im Stockwerk unter ihr, still. Vorsichtig öffnete Inga die Tür und schlich durch den Korridor zur Toilette. Ehe sie in den Spiegel schaute, wusch sie ihr Gesicht mit eiskaltem Wasser. Dann erst wagte sie hochzusehen. Ihre Augen waren rot unterlaufen und tränten. Ihre bleiche Haut glänzte. Aber es wirkte nicht schlimmer, als dass sie sich mit einer Grippe herausreden konnte, falls jemand auf den Gedanken käme zu fragen.

Sie ging wieder zurück, ohne jemandem zu begegnen. Sie legte den Kulturbeutel zur Seite und stellte den Wasserkocher an, den sie bereits am Vorabend gefüllt hatte. Dann machte sie sich eine Tasse starken Pulverkaffee, schluckte zwei weitere Kopfschmerztabletten und rauchte eine unbekömmliche Zigarette.

Eine halbe Stunde später fühlte sie sich wieder halbwegs wie ein Mensch, jedoch etwas benommen. Warum waren ihre Angstzustände im Dunkeln immer besonders ausgeprägt? Wieso klangen sie ab, sobald sich die erste Morgenddämmerung auf ihre Netzhaut schlich? Vielleicht war das etwas, das sich mithilfe ihrer Theorie erklären ließ?

Es war unmöglich zu arbeiten. Vermutlich war es das Beste, nach Hause zu fahren, eine Schlaftablette zu nehmen und zu schlafen. Sie nahm nur den Roman mit, den sie am Vortag begonnen hatte.

Auf dem Weg zum Bahnhof dachte Inga daran, wie sie in jungen Jahren Romane geradezu verschlungen hatte. Später, als sie ernsthaft mit ihren Forschungen begonnen hatte, hatte sie dafür keine Zeit mehr gehabt.

Keine Zeit mehr genommen, korrigierte sie sich. Dass sie keine Zeit gehabt hatte, war nur eine Ausrede gewesen, sie hatte die Schuld nicht bei sich suchen wollen. Damit musste jetzt Schluss sein. Sie musste einfach weiterkommen.

Im Zug nach Helsingborg nahm sie den Roman aus ihrer Tasche. Irgendwo zwischen Ramlösa und Helsingborg las sie die letzten Seiten über Kapitän Marcel, der vier Träumer und einen traurigen, etwas kantigen Steuermann zurück- und ihrem eigenen Schicksal überließ. Sehnsucht, Hoffnung und die Träume verschwanden hinter ebenjenem Horizont, der sonst das Ursymbol für Sehnsucht, Hoffnung und Träume darstellte.

Nachdem sie aus dem Zug gestiegen war, ging sie bis ans Ende des leeren Bahnsteigs und setzte sich auf eine Bank. Sie dachte an das junge Mädchen Rosa im Roman. Rosa hatte zwar nicht Marcel, aber doch etwas anderes bekommen. Inga hatte sich in einen Lügner verliebt und danach nichts mehr gehabt. Nicht einmal den Traum, eines Tages wieder träumen zu können.

Inga ging auf direktem Weg nach Hause und legte sich hin. Als sie am Spätabend erwachte, verließ sie das Haus, aber der Kanalkroen war bereits geschlossen. Leider. Sie hätte liebend gern mit Morten und Henning noch ein letztes Bier getrunken.

Auf dem Rückweg bemerkte sie einen undeutlichen Schatten, der sich von der Wand des Töpferhauses löste. Sie zuckte zusammen. Da erkannte sie Morten.

»Wir haben uns schon Sorgen gemacht«, meinte er entschuldigend. »Du wolltest doch heute Abend zeitig nach Hause kommen. Wir hielten es für das Beste, dein Haus im Blick zu haben. Schließlich weiß man nie.«

Sie hätte ihn umarmen können.

»Danke«, erwiderte sie. »Willst du nicht reinkommen und einen Kurzen trinken, bevor du ins Bett gehst?«

»Einen Kurzen?«

Vermutlich war er erstaunt, dieses Wort aus ihrem Mund zu hören.

»Ja, einen Kurzen. Du musst vollkommen durchgefroren sein.«

»Ein Fischer verträgt die Kälte recht gut. Trotzdem vielen Dank für die Einladung. Ich muss erst noch Henning anrufen.«

»Ist er so spät noch auf?«

»Er wartet auf Nachricht.«

»Frag ihn doch, ob er auch einen Schlummertrunk gebrauchen kann.«

Morten zog ein Handy aus der Tasche und rief Henning an.

»Er kommt«, meinte er. Erst dann fiel ihm Ingas erstaunter Blick auf.

»Ich habe das Handy vor kurzem bekommen«, erklärte er. »Bloß weil man steinalt ist, muss man ja nicht vollkommen auf den Kopf gefallen sein.«

6

Bereits am nächsten Morgen sah Inga ein, dass sich etwas verändert haben musste. Ihr Entschluss, Urlaub zu machen, war kein Zufall. Normalerweise begann sie ihre Tage damit, sich zu fragen, mit welcher Inga Andersson sie bis zum Abend zusammenleben musste und ob der Tag erträglich oder unerträglich werden würde. Jetzt war sie aufgestanden, hatte sich angezogen, die Zähne geputzt und gefrühstückt, bevor sie zum ersten Mal an sich selbst dachte, und dann auch nur, um verblüfft festzustellen, dass die nagende Unruhe, die sie sonst immer verspürte, ehe der Tag richtig in Gang gekommen war, verschwunden war. Sie öffnete die Haustür und blickte über den Hafen und das Kattegat. Das Felsmassiv der Kullenhalbinsel ragte kristallklar in der Ferne auf. Ein Frachter mit knallrotem Rumpf bewegte sich in südlicher Richtung durch den Öresund. Ein schwarzer Stückgutfrachter mit weithin sichtbaren Kränen auf dem Deck war Richtung Nordwest unterwegs. Die Abgase waren schwarz, ein sicheres Zeichen, dass es sich um einen Russen handelte, der schlechten Diesel verwenden durfte. Das hatte sie von Morten und Henning gelernt.

Statt sich an den Computer zu setzen, zog Inga sich warm an und ging hinunter an den nördlichen Strand. Das Hochdruckwetter, das die klare Luft mit sich brachte, hatte auch zu dem niedrigen Wasserstand geführt und einen Streifen Sandstrand freigelegt. Sie zog die Schuhe aus, hängte sie an den Schnürsenkeln um den Hals und ging dicht am Wasser den Strand entlang. Bisweilen spülte eine kleine Welle über ihre Füße. Dass Wellen in Serien kamen, hatte sie ebenfalls von Morten und Henning gelernt. Sobald sie erfahren hatten, was sie auf dem Pier tat, hatten sie sie darauf hingewiesen. Sie hatte nach dem Grund gefragt, aber keine Antwort erhalten. Die beiden litten im Gegensatz zu ihr nicht an dem chronischen Verlangen, erklären zu müssen, warum sich Dinge so und nicht anders verhielten. Ihnen reichte es, zu wissen, dass es war, wie es war.

Mitten auf dem Sandstreifen blieb Inga stehen. Die Sonne wärmte, obwohl der Spätwinter gerade erst in den Vorfrühling überging. Das Funkeln des Meeres erfüllte den gesamten Horizont. Nach einer Weile strömte dieses Glitzern durch ihre Augen in sie hinein und füllte sie bis zum Rand. Die Gedanken verschwanden. Alles war ein funkelndes Sonnenleuchten.

Sie wusste nicht, wie lange sie mit im Sand versunkenen Füßen dagestanden hatte, als sie plötzlich spürte, wie die Kälte von ihren Füßen durch den Körper aufwärts kroch. Sie trat ein paar Schritte zurück und setzte sich auf die sonnenwarmen Felsen. Bald waren ihre Füße wieder warm. Genauso deutlich, wie sie gespürt hatte, dass das Glitzern durch ihre Augen strömte und sich die Kälte in ihren Beinen ausbreitete, folgte sie jetzt der Wärme, die sich nach unten in ihrem Körper ausbreitete.

Etwas war tatsächlich geschehen. Inga war sich auf einmal ihres Körpers bewusst geworden, eines Körpers, der vor Wärme und Kälte erschauern konnte. Sonst hatte sie immer an alles Mögliche gedacht, unablässig, aber nie an ihren Körper, außer wenn er schmerzte. Wie ließ sich das erklären?

Kaum hatte sie sich diese Frage gestellt, lehnte sie sich gegen sich selbst auf. Warum musste man alles erklären? Warum musste sie immer rational und wissenschaftlich denken?

Sie erhob sich und begann den Strand entlangzurennen. Auf halbem Weg nach Gilbjerg Huvud war sie so außer Atem, dass sie stehen bleiben musste, um sich auszuruhen. Es wunderte sie nicht, dass ihre Kondition miserabel war. Sie rauchte mehr als eine Schachtel am Tag und ernährte sich von Kaffee und Nudeln. Sie bewegte sich fast nie, außer wenn sie in Lund oder Gilleleje zum Zug ging.

Weshalb hatte sie so wenig auf ihre Gesundheit geachtet? In Anbetracht ihrer wichtigen Mission hätte sie sich doch ganz anders verhalten müssen? Tief in ihrem Innersten regte sich trotz allem ein Wille zu leben. Sie hatte immer leben wollen. Wieso wäre sie sonst so beharrlich gewesen, wenn nicht um der Menschen willen, einschließlich ihrer selbst?

Jetzt dachte sie schon wieder. Sie war eine Denkmaschine. Sie rannte den ganzen Weg bis zum Gilbjerg Huvud. Dort setzte sie sich an die Kante, den Strand dreißig Meter unter sich, die Beine über die Klippe baumelnd, jedoch ohne das geringste Schwindelgefühl. Sie hatte kein bisschen Angst abzustürzen. Sie hätte genauso gut auf einer Bank auf einem Marktplatz sitzen können.

Als sie nach Hause kam, setzte sie sich an ihren Schreibtisch. Sie übertrug mehrere Passagen aus dem Roman, den sie gelesen hatte, in ihre Kladde. Dort gehörten sie eher hin als in den Artikel für die Konferenz. Der Mensch war ein symbolisches Wesen, so musste der Ausgangspunkt lauten. Die Symbole ermöglichten es den Menschen, zu lügen und damit Geheimnisse voreinander zu haben. Ohne Symbole befand sich der Mensch auf dem gleichen Niveau wie alle anderen Tiere, im Guten wie im Bösen. Aber die Wahrheit lag noch tiefer. Es war so, wie wenn manche behaupteten, dass erst die Sprache den Mensch zum Menschen mache, ohne jedoch erklären zu können, was Sprache eigentlich war.

Als sie ihre Notizen vervollständigt hatte, setzte sie sich mit allen Büchern über Philosophie, die sie auftreiben konnte, in ihren Sessel. Sie genoss es in vollen Zügen. Der Tag ging im Zeichen des funkelnden Rausches weiter. Erst vom Meer. Dann von den Worten. Sie war eigentlich zur Leserin geboren, nicht zum Schreiben, obwohl sie sich jetzt mit Feuereifer Stichworte notierte.

Erst als es dämmerte, merkte Inga, dass ihr die Zeit davongelaufen und dass sie hungrig war. Sie zog eine Jacke an, steckte die Notizbücher in die Tasche und verließ das Haus. Der Himmel war immer noch wolkenlos, und die ersten Sterne waren schon zu sehen.

Ohne nachzudenken, ging sie zum Hafen hinunter und auf den Pier hinaus. Sie war noch nie auf dem Pier gewesen, ohne dass es gestürmt hatte. Lange hielt sie inne und sah in die Dunkelheit. Sie wartete, dass sich der Abgrund auftun würde. Sie wartete darauf, dass der Hilferuf in ihrem Innern wachsen und zu ihrem Mund hinausdrängen würde. Der rote Himmel der Abenddämmerung spiegelte sich im glatten Wasser. Der Motor eines Fischerboots tuckerte in der Ferne. Sie wartete noch eine Weile, um ganz sicherzugehen. Aber nein, es kam kein Schrei. Sie konnte die feuchte Abendluft genießen und den Leuchtturm auf der Kullenhalbinsel betrachten, der in der Ferne blinkte. Sie konnte dem abendlichen Zanken der Fischmöwen lauschen, dass so anders klang als ihr Kreischen am Tag. Sie konnte den Tanggeruch einatmen, der zwischen den Steinen aufstieg. Als wollte sich die Wirklichkeit mit ihr versöhnen. Sie fühlte sich so leicht, als würde sie im nächsten Moment über das Wasser davonschweben.

Sie eilte zum Kanalkroen zurück und ging zu Henning und Morten, die an ihrem Tisch saßen. Ehe sie sichs versahen, hatte sie die beiden umarmt.

»Was wollt ihr trinken? Ich geb eine Runde aus.«

Keiner der beiden fragte, was vorgefallen sei. Wo sie herkamen, tat man das nicht. Man mischte sich nicht in das Privatleben anderer ein. Man ließ die Leute selbst erzählen, wenn sie Lust dazu verspürten. Außerdem hatte das keine Eile.

»Du kannst uns zu einem Wiibroe und einem Gammeldansk einladen, wenn es denn unbedingt sein muss«, sagte Morten.

»Wie wär's mit Champagner? Wollt ihr nicht ein Glas Champagner?«

»Das Mädchen ist übergeschnappt«, meinte Morten und sah Henning ernst an.

»Ich glaube, du hast Recht«, erwiderte Henning. »Dass es so enden würde. Das ist tragisch. So jung, und schon so verdorben.«

»Was ist denn los mit euch?«

Inga sah von einem zum anderen.

Henning und Morten verzogen den Mund. Sie lachten nur selten.

»Ist doch klar, dass du uns auf ein Glas Champagner einladen darfst, wenn du das unbedingt willst.«

»Ein Bier dazu wäre allerdings auch nicht zu verachten«, fuhr Morten fort, ohne dass Inga gewusst hätte, ob er es ernst meinte.

»Ihr könntet sogar eure eigene Mutter übers Ohr hauen«, stellte Inga fest.

»Das denn doch nicht«, meinte Henning, »dafür aber jeden Kopenhagener.«

»Und noch so manche andere«, fuhr Morten fort. »Aber dich würden wir nie betrügen, meine Kleine.«

»Da bin ich mir nicht so sicher«, entgegnete Inga.

Sie ging zum Tresen und fragte den Barmann, ob sie Irma anrufen und so schnell wie möglich drei Flaschen Champagner liefern lassen dürfe. Im Kanalkroen war vermutlich noch nie eine Flasche Champagner über den Tresen gegangen.

»Gratischampagner für alle«, sagte sie zum Barmann. »Du brauchst aber nicht auszuposaunen, dass es meine Runde ist. Schreib alles auf meinen Deckel, einschließlich deines üblichen Zuschlags und des Trinkgelds. Und dann stell Henning und Morten noch zwei Wiibroe hin. Die brauchen sicher was, um das feine Gesöff runterzuspülen.«

Es war elf Uhr, als Inga schließlich nach Hause ging. Sie war nicht betrunken, sondern nur etwas angeheitert und außerdem froh. Froh! Mehrmals sagte sie sich das Wort laut vor. Es schien das richtige zu sein. Zumindest wusste sie kein anderes, um ihre Empfindungen zu beschreiben. Sicherheitshalber probierte sie ein paar andere aus. Erleichtert? Nein, von diesem Wort wusste sie nur zu gut, was es bedeutete. Bei Erleichterung handelte es sich nur um eine vorübergehende Abwesenheit des Schmerzes. Glück? Das war viel zu stark und außerdem ein theoretisches Wort. Zufriedenheit? Nein, das war zu schwach. Die verspürte sie, wenn sie wissenschaftlich arbeitete und ihr etwas gelang. Das hatte nichts mit dem Leben zu tun. Genuss? Was war das? Freude? Ja. Das musste das richtige Wort sein. Sie war wirklich froh. Ihr fiel auf, wie viele Worte es gab, deren Bedeutung sie sich nicht mehr sicher war. Das war ihre eigene Schuld. Je zurückgezogener man lebte, desto schwerer fiel es einem, zu wissen, was Worte bedeuteten. Insbesondere Worte der Gefühle, die man mit anderen teilte. Vor allem mit Männern.

Inga ließ sich in ihren Sessel sinken. Nach einer Weile erhob sie sich und machte Feuer im Kamin. Lange starrte sie in die Flammen. Dann ging sie ins Obergeschoss, öffnete einen ihrer Schränke und nahm einen Schuhkarton heraus. Sie ging wieder nach unten und kippte den Inhalt vor dem Kamin auf den Boden; Fotos, Zeichnungen, Glückwunschkarten und ein kleiner Teddybär.

Die Fotos legte sie in einer Reihe auf den Boden. Sie begann zu weinen, aber nur leise. Wo hatte sich der Schmerz verborgen? War es erlaubt zu vergessen?

Schließlich nahm sie ein Foto, betrachtete es und warf es dann ins Feuer. Eine bläuliche Flamme flackerte auf und erlosch. Sie nahm das nächste Foto. Und das nächste und nächste, bis sich alles in Glut verwandelt hatte, die zu kalter Asche werden würde. Erst als sie den abgewetzten Teddy ins Feuer warf, tat es richtig weh. Aber sogar dieser Schmerz ließ sich ertragen. Sogar der.

Mehrere Stunden lang saß sie vor dem offenen Kamin und wartete, bis die Glut erlosch. Dann holte sie einen Blecheimer und füllte die Asche hinein. Als sie den Hafen erreichte, ahnte sie bereits das erste Licht der Morgendämmerung. Am Hafen herrschte schon reges Treiben. Mehrere Fischerboote würden bald auslaufen. Sie nickte ein paar Fischern zu, diese erwiderten ihren Gruß. Was hatten Henning und Morten eigentlich den anderen über sie erzählt? Keinesfalls die Wahrheit, dessen war sie sich sicher. Aber was auch immer sie gesagt hatten, sie hatten dafür gesorgt, dass sie bei den Fischern Zuflucht suchen durfte.

Sie ging so weit wie möglich auf den Pier hinaus. Es war kühl, aber nicht kalt. Ein frischer Wind wehte aus Südost. Hohe Zirruswolken trieben über das Kattegatt. Der Wind und die Wolken ließen auf ein sich näherndes Tiefdruckgebiet schließen. In wenigen Stunden würden schwere graue Wolken Regen bringen. Das kümmerte sie nicht. Sie war noch nie besonders wetterfühlig gewesen.

Aber sie hoffte darauf, die Sonne an diesem Morgen zu erblicken. So sollte es sein.

Inga musste etwa eine Viertelstunde warten, bis sie über Schweden zwischen Helsingborg und Höganäs auftauchte. Sie war gerade stark genug, um durch die dünnen Wolken zu dringen und ein schwach funkelndes Morgenlicht auf das Meer zu werfen.

Sie griff den Eimer, nahm eine Hand voll Asche und warf sie rasch in den Wind, der den feinen Staub über das Meer trieb. Sie fuhr damit bis zur letzten Asche fort, die sich nicht mehr mit der Hand herausklauben ließ. Dann kletterte sie die Felsen hinunter und spülte den Eimer aus.

Auf dem Rückweg stellte sie den Eimer auf eines der Fischerboote. Sie wollte ihn nicht wieder mit nach Hause nehmen, aber der Eimer war zu schade, um ihn wegzuwerfen. Ein guter Eimer war immer zu gebrauchen, besonders wenn man nicht wusste, was einmal darin gewesen war.

7

An den nächsten Tagen unternahm Inga lange Morgenspaziergänge am Strand durch die funkelnd klare Luft, die von Osten heranströmte, nachdem das Sturmtief vorübergezogen war. Wenn sie nach Hause kam, dachte sie darüber nach, worüber sie auf der Konferenz sprechen könnte. Sie hatte verschiedene Ideen, aber keine war richtig gut.

Vor ihr auf dem Tisch lag der Roman über den Kapitän und die vier Träumer. Sie las nochmals mehrere Abschnitte, die sie sich angestrichen und in ihre Notizbücher übertragen hatte. Natürlich ging es in diesem Roman nicht um Geheimniskrämerei. Trotzdem hatte sie das Gefühl, dass er ihr und ihren Forschungen weiterhelfen könnte. Sie hätte dem Autor gern einige Fragen gestellt, aber sie konnte ihn schließlich nicht einfach anrufen und darum bitten, sich mit ihm über alles Mögliche unterhalten zu dürfen. Oder konnte sie das doch? Konnte sie es sogar wagen, einen Mann wie ihn unter vier Augen zu treffen? Allein bei dem Gedanken wurde ihr schwindlig. Sie sah sich schon mit ihrem Notzblock in einem Dienstzimmer vor einem Mann sitzen, dem sie nie zuvor begegnet war. Nein, das würde einfach nicht gehen. Bei dem bloßen Gedanken daran drehte sich ihr bereits der Magen um. Sie brauchte einen Grund, eine Ausrede, einen Vorwand, etwas, womit sie ihre Angst in Schach halten konnte. Dass sie Kollegen an derselben Universität waren und außerdem fast Namensvettern, war Zufall. Das als Grund dafür zu nennen, sich mit ihm unterhalten zu wollen, würde nur lächerlich wirken. Insbesondere, wenn sie ihn nach Menschen und Symbolen fragen wollte. Die Konferenz! Natürlich. Sie konnte ihn um Anregungen zu ihrem Vortrag bitten. Nichts wäre natürlicher. Zumindest wäre es nicht unnatürlich. Sie arbeiteten an derselben Universität. Sie war auf Verbrechen spezialisiert und er auf Literatur.

Trotzdem hätte sie fast wieder aufgelegt, als sie Anders Ingessons Stimme am anderen Ende der Leitung hörte. Sie konnte gerade noch ihren Namen nennen und sich als Dozentin für Kriminologie an derselben Universität vorstellen, als ihre Stimme versagte.

»Worum geht es?«, fragte er.

Sie strengte sich an, und es gelang ihr weiterzusprechen:

»Man hat mich gebeten, auf einer Konferenz in Frankreich einen Vortrag zu halten. Das Thema lautet Literatur und Verbrechen. Das Problem ist nur, dass ich mich mit Literatur nicht sonderlich gut auskenne. Normalerweise beschäftige ich mich mit den Verbrechen von geheimen Organisationen, von Terrororganisationen, Sekten und Geheimdiensten. Ich dachte …«

Fast hätte sie wieder aufgelegt, aber sie nahm sich zusammen, was sie fast übermenschliche Kräfte kostete.

»Es ist das erste Mal, dass ich zu einem Vortrag eingeladen worden bin.«

Sie hörte selbst, wie lächerlich das klang. Er musste sie für eine frisch gebackene Dozentin ohne jedes Selbstvertrauen halten, die im Begriff war, die ersten Sprossen der akademischen Karriereleiter zu erklimmen.

»Ich möchte mich von meiner eigentlichen Forschung ein wenig erholen«, fügte sie noch als Erklärung hinzu. »Ich bin die Drohbriefe leid.«

»Drohbriefe?«

Sie bereute ihre Worte sofort. Was sollte sie jetzt erwidern?

»Von meinen Forschungsobjekten«, antwortete sie. »Einerseits möchten sie gern von den Medien und Wissenschaftlern wahrgenommen werden, um sich Legitimität zu verschaffen, andererseits haben sie eine wahnsinnige Angst vor der Wahrheit. Auf Dauer strengt das an. Deswegen wollte ich mich eine Weile auf etwas anderes konzentrieren. Was allerdings nicht bedeuten soll, dass ich auf die Konferenz fahren will, um eine Menge Dummheiten zu verzapfen.«

Ihre Panik verlor sich allmählich. Inga fand, dass sie sich wacker schlug. Trotzdem erwartete sie, ja erhoffte beinahe, dass Ingesson sagen würde, er habe leider keine Zeit.

Stattdessen begann er von einem Artikel zu erzählen, den er unlängst gelesen hatte und der von einem Mann handelte, den man UNA-Bomber nannte. Er habe achtzehn Jahre lang Briefbomben an Fluggesellschaften und Universitäten in den USA geschickt. Jetzt habe sich herausgestellt, dass sich der UNA-Bomber von Joseph Conrads Roman »Der Geheimagent« hatte inspirieren lassen. Ein Literaturwissenschaftler habe das FBI auf seine Spur gebracht, indem er auf die Ähnlichkeiten zwischen dem UNA-Bomber und Mr. Verloc im »Geheimagenten« hingewiesen habe. Conrads Roman lasse sich also sowohl dazu verwenden, Verbrechen zu begehen, als auch, Verbrechen aufzuklären.

»Das wäre vielleicht ein Aufhänger, der sich weiterentwickeln ließe«, schloss er.

Inga schwieg. Sie hielt den Atem an.

»Wenn Sie wollen, kann ich gerne in meinen Regalen nachsehen, was ich über Literatur und Verbrechen habe. Denn ich habe mich in der Tat recht eingehend damit beschäftigt, was in den Lesern vorgeht, wenn sie Belletristik lesen. Das ist ein vernachlässigtes Kapitel der Literaturwissenschaft. Was halten Sie davon, wenn wir uns Freitag nächste Woche treffen?«

»Sind Sie sich auch sicher, dass Sie Zeit haben?«

»Ich kann mir die Zeit nehmen. Ich würde gerne die Ansichten einer Frau hören, die auf die Verbrechen von geheimen Organisationen spezialisiert ist. Mein Dienstzimmer ist ein Kabuff unterm Dach im dritten Stock. Sollte die Tür abgeschlossen sein, können Sie einfach rufen. Mein Fenster steht immer einen Spalt weit offen.«

8 Am folgenden Freitag stand Inga Andersson vor dem Hintereingang des romanistischen Instituts, und ihr Herz schlug ihr bis zum Hals. Sie öffnete die Tür, trat ein und blieb im Treppenhaus stehen. Noch konnte sie umkehren. Aber nein. Genug jetzt. Was hätte sie sonst zu Morten und Henning sagen sollen, wenn sie sich das nächste Mal sahen? Sie hatten sich so darüber gefreut, dass sie auf die Konferenz fahren und ihre eigenen Forschungsarbeiten für eine Weile an den Nagel hängen wollte! Sie konnte bereits ihre enttäuschten Mienen vor sich sehen. Kurz entschlossen machte sie die ersten Schritte, und kaum hatte sie sich's versehen, stand sie auf einem Treppenabsatz mit drei Türen. An der Tür direkt vor ihr hing ein Zettel: »Anders Ingesson, linker Hand!«

Allerdings gab es kaum genug Platz, um sich zur Seite zu drehen. Links befand sich eine andere Tür. Auch daran hing ein Blatt Papier, eine ganzseitige Anzeige für ein Computerunternehmen. Der Text lautete: »Wissenschaft ja, Fiktion nein«. Aber irgendjemand, wahrscheinlich Ingesson selbst, hatte das Nein durchgestrichen und durch ein »auch« ersetzt. Vorsichtig klopfte Inga an.

»Herein!«

Sie öffnete. Direkt vor ihr saß ein Mann um die fünfzig in Sweatshirt und Jeans.

»Inga Andersson«, sagte sie.

Er erhob sich und hielt ihr die Hand hin. Es fiel ihr erstaunlich leicht, ihm die Hand zu schütteln.

»Sie können Ihren Mantel auf einen der Stühle in der Ecke legen. Ich musste noch ein Regal aufstellen, dem die Kleiderhaken zum Opfer gefallen sind.«

Verstohlen sah sie sich um. Es handelte sich wirklich um ein Kabuff, eine Mansarde in einer herrschaftlichen Villa.

Nicht gerade das, was man sich unter dem Arbeitszimmer eines Ordinarius vorstellte.

»Es ist etwas eng«, meinte Ingesson. »Einmal kamen der Rektor und der Prorektor zu Besuch. Sie hatten kaum Platz. Aber vielleicht hatten sie nachher etwas mehr Verständnis für die finanzielle Situation der Geisteswissenschaften.«

Ingas Blick blieb an einem Foto auf einer Pinnwand zwischen einer Menge Zeitungsartikel hängen.

»Das ist Anna«, sagte Ingesson. »Meine Tochter.«

Ihr Blick glitt sofort weiter und verweilte auf einem an die Wand gehefteten Zeitungsartikel, einem offenen Brief Salman Rushdies an Taslima Nasrin, ein Gruß eines zum Tode verurteilten Autors an eine zum Tode verurteilte Autorin

»Da haben Sie ein Beispiel für die Verbindung zwischen Literatur und Verbrechen«, meinte Ingesson. »Einige Autoren werden mit Preisen ausgezeichnet, bewundert und geliebt, gleichzeitig werden andere oder sogar dieselben zum Tode oder zu Haftstrafen verurteilt, und ihre Bücher werden verboten, zensiert oder verbrannt.«

»Warum?«

Ingesson warf ihr einen Blick zu. Hatte sie etwas falsch gemacht?

»Weil das eigentliche Wesen der Literatur die Freiheit ist, die Freiheit, sich vorzustellen, dass die Dinge weder so sein müssen, wie sie in der Wirklichkeit, noch wie sie in der Sprache sind. Deswegen ist die Literatur gefährlich. Die Literatur, zumindest die gute Literatur, fordert immer die herrschende Ordnung heraus, und zwar unabhängig von Gesellschaft und Gesellschaftsordnung.«

Sie beugte sich vor, öffnete ihren Rucksack und holte ihren Block heraus.

»Ich hoffe, Sie haben nichts dagegen, dass ich mir Notizen mache?«

Sie schaute auf ihren Block, um seinem Blick nicht begegnen zu müssen.

»Was wollen Sie wissen?«

»Alles.«

Das war natürlich idiotisch. Als ob Ingesson oder sonst jemand einem Laien eine ganze Wissenschaft innerhalb einiger Minuten erklären könnte!

»Seit wir telefoniert haben, habe ich mir meine Bibliografien und Forschungsberichte angeschaut. Es gibt recht viele, die das Verbrechen in der Literatur wissenschaftlich untersucht haben. Hingegen ist es schwieriger, etwas über Literatur als Verbrechen zu finden, also darüber, dass das Schreiben, Verbreiten oder Lesen von Literatur als kriminell angesehen wird. Haben Sie schon entschieden, worüber Sie bei der Konferenz sprechen wollen?«

»Ich hatte mir überlegt, eine Profilanalyse einiger Verbrecher in der Literatur durchzuführen.«

»Was ist das?«

»Aufgrund der Art des Verbrechens, des Tatorts und früherer Täter beurteilt man die Persönlichkeit des Verbrechers. Es gibt nur wenige Menschen, die so einzigartig sind, dass sie keinem anderen gleichen. Nicht einmal Serienmörder sind einzigartig. Eine Profilanalyse, manchmal auch Täteranalyse genannt, besteht darin, dass man aufgrund früherer Erfahrungen versucht zu erraten, welche Art von Mensch ein gewisses Verbrechen begangen hat.«

Ingesson sah interessiert aus.

»Das erinnert mich an die Tätigkeit eines Schriftstellers«, meinte er. »Man kann nämlich nicht über Menschen schreiben, die so einzigartig sind, dass sich niemand in ihnen wieder erkennt. Romanfiguren müssen typisch und nicht speziell sein. Nicht typisch für alle Menschen, aber zumindest für viele …«

Er hielt kurz inne.

»Lassen Sie uns einmal sagen, ich wollte einen Roman über jemanden wie Sie schreiben …«

Inga zuckte zusammen und wollte schon protestieren, fand jedoch nicht die richtigen Worte.

»Das ist nur ein Beispiel«, fuhr Ingesson fort, »um zu erklären, worum es bei Literatur eigentlich geht. Viele, vielleicht die allermeisten, glauben, dass man nur über das schreiben kann, was man selbst erlebt hat. Aber so ist es nicht. Ich weiß nicht viel über Sie. Aber etwas weiß ich bereits aufgrund des wenigen, was Sie mir am Telefon gesagt haben: dass Sie Dozentin in Kriminologie an der Universität Lund sind, dass Sie eine Dissertation verfasst haben, dass Sie auf geheime Organisationen spezialisiert sind und dass Sie wegen Ihrer Forschungen Drohbriefe erhalten haben und trotzdem weiterforschen. Ich weiß natürlich, dass Sie eine Frau sind und dass Sie clever sind, weil man Sie sonst nicht eingeladen hätte, einen Vortrag auf einer Konferenz über Literatur und Verbrechen zu halten. Das ist sowohl wenig als auch viel. Aber es genügt mir, um Mutmaßungen darüber anstellen zu können, wie es ist, so jemand zu sein wie Sie. Beispielsweise …«

»Nein danke!«

»… beispielsweise könnten Sie Geheimagentin sein!«

Ingesson verzog den Mund.

»Ihre Forschungen würden einen idealen Deckmantel bieten.«

»Das klingt nicht sehr einleuchtend.«

»Denken Sie nach! Und zwar unvoreingenommen.«

Sie machte einen Versuch, obwohl es ihr widerstrebte, und musste einräumen, dass es ein gutes Alibi wäre. Aber mehr auch nicht. Der bloße Gedanke, dass sie eine Geheimagentin sein könnte, war absurd. Sie versuchte, nicht zu zeigen, was sie empfand.

»Ich hoffe, ich bin Ihnen nicht zu nahe getreten. Das war nur ein Beispiel, um zu zeigen, dass jemand wie Sie fast nichts mit Ihnen als wirklicher Person zu tun haben muss. Eine andere Variante wäre, dass Sie entdeckt hätten, dass Ihr Mann seit vielen Jahren als Geheimagent gearbeitet und Sie genauso lang konsequent belogen hätte. Um sich zu rächen, hätten Sie damit begonnen, die Verbrechen geheimer Organisationen zu erforschen.«

Inga erstarrte. Ingesson irrte sich, aber er war der Wirklichkeit trotzdem näher gekommen. Wenn sie ihn gewähren ließ, würde er vielleicht sogar richtig raten. Darauf hatte sie keine Lust. Aber dieses Mal widersprach sie nicht. Totale Geheimhaltung erforderte totales Schweigen. Dementieren hieße, etwas preiszugeben. Wenn sie durch ihre Forschungen überhaupt etwas wusste, dann das.

»Ich möchte Ihnen gern eine seltsame Geschichte erzählen«, sagte Ingesson. »Ich glaube, sie könnte Ihnen von Nutzen sein.«

Er wartete ihre Antwort nicht ab.

»In einem meiner Romane gibt es einen Kranführer namens Chevalier, ein Mann, der für seinen Kran lebt und der sich mehr für Dieselmotoren als für Menschen interessiert. Solche Männer gibt es.«

»Ich weiß«, erwiderte sie.

Er sah sie fragend an.

»Ich habe den Roman gelesen.«

»Ach? Davon haben Sie am Telefon nichts gesagt.«

Sie wusste nicht, ob das ein Vorwurf sein sollte oder ob er ihr dankbar war, dass sie es nicht erwähnt hatte.

»Nein, denn darüber wollte ich mit Ihnen auch nicht sprechen. Das heißt, jedenfalls nicht in erster Linie. Ich meine …«

»Was meinen Sie?«

Sie kam sich ertappt vor. Es war jedes Mal dasselbe, wenn

sie es nicht wagte, zu sagen, wie es sich wirklich verhielt, als hätte sie Geheimnisse und nicht die anderen. Eigentlich war sie nur zusammen mit Henning und Morten ganz sie selbst. Vielleicht war dies auch der Grund dafür, dass sie sich mit niemandem außer ihnen traf.

»Sie müssen sie doch leid sein, all jene Leser, die sich bei Ihnen melden und über Ihre Bücher sprechen wollen«, meinte sie, da ihr nichts Besseres einfiel.

»Das bin ich nie, zumindest nicht, solange sie meine Bücher wirklich gelesen haben. Aber das ändert nichts daran, dass es manchmal etwas zu viel des Guten wird. Darum geht es auch in meiner kleinen Geschichte. Im letzten Frühjahr war ich auf ein Literaturfestival in St. Malo eingeladen. Nichts ahnend signierte ich meine Bücher, als eine Frau auf mich zutrat. Sie begrüßte mich und sagte dann: ›Ich bin Chevaliers Schwester. Mein Bruder ist letztes Jahr gestorben, aber er war genau so, wie Sie ihn beschrieben haben. Er lebte für seinen Kran und hegte ein leidenschaftliches Interesse für Motoren.‹ Es dauerte mehrere Sekunden, bis ich begriff, was sie da eigentlich gesagt hatte und dass es ihr ernst damit war. Dann fügte sie hinzu: ›Und Madeleine hat meinen Bruder ab und zu zum Abendessen eingeladen.‹ ›Madeleine?‹, fragte ich. ›Ja, Mme. Le Grand!‹«

Inga wusste nicht recht, was sie davon halten sollte. Existierten sowohl Chevalier als auch Mme. Le Grand in Wirklichkeit? Das schien kaum glaubhaft.

»Aber das war erst der Anfang. Eine halbe Stunde später trat ein Künstler aus Tréguier an mich heran. Er stellte sich als enger Freund Madeleines vor und fragte, ob wir nicht eine Tasse Kaffee zusammen trinken könnten. Das taten wir. Von ihm erfuhr ich, dass Madeleine nicht nur existierte, sondern dass sie auch mein Buch gelesen hatte und davon überzeugt war, dass ich ihr hinterherspioniert hatte. Sie hatte sich sogar umgehört und herausgefunden, dass ich einige Monate auf meinem Segelboot in Tréguier gewohnt hatte. Das bestärkte sie noch. Aber als ich mir Mme. Le Grand einfallen ließ, bin ich von nichts anderem als einer kleinen Geschichte ausgegangen, die mir zwei Seeleute aus Liverpool in einer Bar in Tréguier erzählt haben. Als sie mit ihrem Schiff in Tréguier anlegten, stand eine Dame um die fünfzig am Kai. Sie nannte sich Mama und lud die gesamte Besatzung zum Abendessen ein. Ein schönes Abendessen, das damit endete, dass Mama mit jedem Einzelnen tanzte und sie ihre Namen in ein Gästebuch schreiben ließ, in das sich bereits Seeleute aus aller Welt eingetragen hatten. Ich fand die Geschichte der beiden Seemänner so anregend, dass ich sie aufschrieb, um sie später zu verwenden. Alles andere, was Mme. Le Grand tat, dachte und empfand, habe ich mir ausgedacht. Ich scheine mitten ins Schwarze getroffen zu haben. Manchmal bis in die Details, beispielsweise wenn ich Mme. Le Grand zum Fernglas greifen und Ausschau halten lasse, ob gerade ein Schiff einläuft. Das tat die echte Madeleine auch. Oder der Umstand, dass Mme. Le Grand ständig mit dem Hafenmeister in Verbindung blieb, um zu erfahren, wann neue Schiffe erwartet wurden. Das tat Madeleine ebenfalls. Oder dass Mme. Le Grand den Kranführer Chevalier zum Abendessen einlud, um ihn aufzumuntern. Sogar das mit den Baggerschiffen stimmt, nur war es nicht ihr verstorbener Mann, der die Reederei besaß, sondern sie selbst.«

»Wie hat Madeleine darauf reagiert?«, fragte Inga und dachte an sich.

»Laut ihrem Freund war sie über gewisse Dinge sehr erbost. Wie Sie sich vielleicht erinnern, versah ich Mme. Le Grand mit recht frivoler Kleidung, wenn sie auf den Kai ging, um die Aufmerksamkeit einer neuen Besatzung auf sich zu ziehen. Das hatte Madeleine dazu veranlasst, auszurufen, eine

Hure sei sie wirklich nicht! Natürlich ist sie das nicht. Es sei nur so, erklärte mir ihr Freund, dass sie sich in der Tat herausputzt, wenn sie runter zum Kai geht.«

»Aber alles andere, die Kirmes, die Prozession, die Geschenke für die zurückgebliebenen Kinder?«

»Man kann sich jedenfalls leicht vorstellen, dass Madeleine auf die Kirmes gegangen ist, dass sie irgendwann an der Prozession zu Ehren des heiligen Yves teilgenommen und außerdem Geschenke für die Kinder besorgt hat. Ist sie davon überzeugt, dass ich ihr hinterherspioniert habe, dann sicher nicht aufgrund weniger vereinzelter Details.«

»Das kann für Madeleine nicht leicht gewesen sein«, meinte Inga.

»Bestimmt nicht. Aber wissen Sie, was ihr Freund zu ihr sagte? Dass ich ihr im Roman mehr Würde verliehen hätte, als sie in Wirklichkeit besäße! Gleichzeitig erzählte er mir Geschichten über Madeleine, denen es an Größe nicht fehlt. Einmal war ein russischer Frachter vor Tréguier auf Grund gegangen. Sechs Monate lang kam er nicht los. Madeleine kümmerte sich um die Besatzung und sorgte dafür, dass sie etwas zu essen und Kleider am Leib hatten. Die Seeleute waren bettelarm, einschließlich des Kapitäns. Ein anderes Mal waren die Leichen zweier blinder Passagiere von einem Schiff in Tréguier über Bord geworfen worden. Sie hatten sich im Laderaum versteckt und waren dort erstickt. Sie wurden über Bord geworfen, um Ärger mit den Behörden zu vermeiden und um der Reederei die Kosten für den Rücktransport der Leichen zu ersparen. Wissen Sie, was Madeleine tat? Sie kam für das Grab auf und sorgte dafür, dass sie eine ordentliche Beisetzung erhielten.«

Ingesson verstummte. Ihm war deutlich anzusehen, wie sehr ihn die Begegnung mit der Schwester des Kranführers und mit Madeleines Freund berührt hatte. Es schien, als redete er ebenso sehr mit sich selbst wie mit Inga.

»Anschließend begriff ich, dass Madeleine in diesen dreißig Jahren, in denen sie Besatzungen empfangen hatte, einmal einem Kapitän vom Schlag Marcels begegnet sein musste. Und dass sie sich genau wie Mme. Le Grand in ihn verliebt hat. Das ist es vermutlich, was Madeleine am allermeisten schockierte. Sie muss sich beim Lesen gefragt haben, wie um alles in der Welt ein schwedischer Autor wie ich von ihrer Zufallsaffäre mit einem den Hafen anlaufenden Kapitän wissen konnte. Sie muss sich gefragt haben, ob einer ihrer Freunde etwas ausgeplaudert hatte. Wenn sie überhaupt jemandem davon erzählt hatte. Andernfalls weiß ich nicht, was sie gedacht haben könnte. Möglicherweise, dass ich Gedanken lesen kann.«

Worauf wollte Ingesson hinaus? Seine Geschichte war sowohl rührend als auch amüsant, aber was hatte sie mit Literatur und Verbrechen zu tun?

»Madeleines Freund erzählte, es gebe keinen Seemann auf dem Nordatlantik, der nicht von Mama in Tréguier gehört habe, im Übrigen sind das genau dieselben Worte, die ich dem alten Schiffer in Marstal in den Mund gelegt habe, nachdem er Marcel begegnet war und von diesem erfahren hatte, er sei in Tréguier gewesen. Selbst das war also wahr.«

Ingesson zündete sich eine Zigarette an, ohne auch nur zu fragen, ob sie etwas dagegen hätte, wenn er rauchte.

»Als ich mich von Madeleines Freund verabschiedete, wusste ich weder aus noch ein. Ich bin mir auch nicht sicher, ob ich mich inzwischen wieder ganz gefangen habe. Sowohl die Schwester des Kranführers als auch Madeleines Freund rieten mir, Madeleine aufzusuchen. Sie ist über siebzig und weilt vielleicht nicht mehr sehr lange unter uns. Aber ich wage es nicht.«

»Sie wagen es nicht?«

»Ich habe Angst, dass es mich das nächste Mal, wenn ich einen Menschen zusammenfantasiere, hemmen könnte. Wer sagt mir denn, dass so etwas nicht wieder passiert?«

»Aber mit mir haben Sie trotzdem gerade eben noch ein gedankliches Experiment durchgeführt.«

Ingesson sah sie durchdringend an. Sie wusste nicht, wie sie seine Miene deuten sollte. Möglicherweise ein mit Schrecken gemischtes Entzücken. Seine Augen leuchteten, als hätte er eine unerwartete und zugleich ein wenig erschreckende Offenbarung gehabt. Inga wusste nicht recht, wie sie sich verhalten sollte, und wandte daher den Blick ab. Einerseits schien er ihr Interesse erforschen zu wollen, andererseits schien er durch sie hindurchzuschauen, als sähe er nicht sie, sondern eine Person, die hinter ihr stand.

»Ja, das habe ich wohl getan. Es tut mir Leid. Das ist wie eine chronische Krankheit. Offenbar kann ich es einfach nicht lassen. Ich verspreche, dass es nicht wieder vorkommt.«

»Können Sie das wirklich versprechen?«

»Ich kann es zumindest versuchen. Aber eigentlich ist der Kranführer das größte Problem und nicht Madeleine. Ich wusste nichts über ihn, als ich meinen Roman schrieb, nicht einmal, dass er existierte.«

Ingesson sah aus dem Fenster.

»Ich kann mir denken, dass Sie sich nun fragen, was Madeleine und Mme. Le Grand mit Literatur und Verbrechen zu tun haben«, meinte er nach einer Weile. »Sicher mehr, als Sie glauben. Wenn Madeleine gewollt hätte, hätte sie mich ohne weiteres wegen Verleumdung anzeigen können. Und sie hätte Recht bekommen. Ebenso wie Le Pen gegen den französischen Autor, der einen Roman mit dem sich selbst erfüllenden Titel ›Der Prozess gegen Le Pen‹ geschrieben hatte. Wegen dieses Romans wurde Linon vor Gericht gestellt und verlor den Prozess. Die staatliche Zensur ist von den westlichen Demokratien weitgehend abgeschafft worden. Immer mehr zivilrechtliche Verfahren werden gegen Schriftsteller angestrengt. Jetzt sind es die Mitbürger, die Bücher verbieten wollen, die ihnen nicht passen. Das ist an und für sich nicht so erstaunlich. Die Literatur ist für alle, die sich des Wahrheits- und Moralmonopols bemächtigen wollen, gefährlich. Deswegen ist es auch nicht verwunderlich, dass so viele es für kriminell halten, Literatur zu schreiben. Für diejenigen sind Autoren Kriminelle, die genauso bestraft werden müssen wie Vergewaltiger und Diebe. Wenn Sie im Index of Censorship oder im Autodafé lesen, dann verstehen Sie, dass es nicht nur um einige wenige radikale Autoren geht, die ausgesprochen politische Literatur schreiben. Es reicht, dass ein Dichter versucht, einen neuen sprachlichen Ausdruck zu finden, um ihn als Gegner der Macht abzustempeln. Wussten Sie, dass Pinochet Don Quichotte verbieten ließ? Pinochet war schlau genug, um zu wissen, dass jeder Don Quichotte, der sich unter seinen Mitbürgern verbarg, eine Bedrohung der Diktatur darstellte.«

»Aber man kann sich doch nicht alles erlauben, bloß weil man behauptet, Literatur zu verfassen?«

»Sollte man aber. Man sollte sogar einen Roman über einen Pädophilen aus der Perspektive eines Pädophilen schreiben dürfen. Solange der Pädophile erfunden ist. Man darf auf keinen Fall einen wahren Text schreiben und ihn dann als Literatur bezeichnen, um das, was man gesagt hat, nicht verantworten zu müssen. Man hat ganz einfach nicht das Recht zu lügen. Leider gibt es viele Autoren, die die Literatur verraten haben. Sie haben über ihr eigenes Leben oder über ihre Freunde und Bekannten geschrieben und das dann ›Roman‹ oder ›Literatur‹ genannt. Aber versucht man die Wahrheit zu erzählen, muss man auch sagen, dass man das tut. Und erfindet man etwas, so muss man es als erfunden benennen. Selbst wenn das, was man sich ausdenkt, zufälligerweise mit der

Wirklichkeit übereinstimmt. Selbst wenn man sich die Wahrheit zusammenfantasiert, wie ich es mit Mme. Le Grand und Madeleine tat.«

Inga schrieb mit. Eine Idee hatte in ihrem Kopf Gestalt angenommen. Die Wahrheit zusammenfantasieren! Vielleicht könnte sie ja auf der Konferenz eine Geschichte erzählen und somit genau das tun, was man laut Ingesson nicht tun durfte.

»Ich habe alles zusammengesucht, was ich über Literatur als Verbrechen habe«, sagte Ingesson und legte die Hand auf einen Stapel Bücher auf seinem Schreibtisch. »Hätte ich auch noch mitgebracht, was es über Verbrechen in der Literatur gibt, wäre der ganze Schreibtisch voll. Ich leihe Ihnen die Bücher, wenn Sie möchten.«

»Dafür fehlt mir vermutlich die Zeit. Die Konferenz ist bereits in ein paar Wochen.«

»Ich kann das Wichtigste zusammenfassen ... Wenn Sie sich dafür von mir zum Abendessen einladen lassen.

Ich habe den ganzen Tag noch nichts gegessen«, fügte er hinzu.

Was sollte sie antworten? Sie wurde aus Ingesson nicht schlau. Einmal wirkte er wie ein hilfsbereiter Kollege, dann wieder schien er sie als Studienobjekt zu betrachten. Schließlich nickte sie. Was hatte sie schon zu verlieren? Sie konnte ja jederzeit ihres Weges gehen. Solange er beim Thema blieb, bestand keine Gefahr.

Während sie aßen, sprach er über die Geschichte der Zensur und zählte die verschiedenen Gründe auf, die angeführt worden waren, um Literatur zu zensieren. Inga merkte sich unter anderem, dass die meisten dieser Gründe auch gegen wahrheitsgetreue Berichterstattung angeführt wurden.

Beim Kaffee begann Ingesson jedoch, sie auszufragen. Eigentlich war es recht harmlos, es handelte sich um Fragen, die man einander für gewöhnlich stellt, wenn man sich kennen lernen will. Vielleicht war sie ja auch nur überempfindlich. Solange er über Literatur sprach, war Ingesson nur ein Schriftsteller und Wissenschaftler, der sein Wissen weitergab. Aber sobald er zum Persönlichen überging, war er auch ein Mann. Sie antwortete ausweichend. Nur einmal vergaß sie, auf der Hut zu sein, und zwar nachdem ihr Ingesson erklärt hatte, wie wichtig es sei, zwischen der Frage, was zur Literatur zähle, und der Frage, was gute und schlechte Literatur sei, zu unterscheiden.

»Viele bringen diese Begriffe durcheinander«, meinte er. »Schlechte Literatur ist auch Literatur.«

»In der Kriminologie gibt es etwas Vergleichbares«, sagte Inga. »Viele können nicht zwischen ungesetzlichen und moralisch verwerflichen Taten unterscheiden, als existierte eine notwendige Übereinstimmung von Gesetz und Moral. Das ist nicht der Fall. Das sieht man daran, wie verschiedene Länder sich Sekten gegenüber verhalten. In Schweden erwägt man, den Scientologen den Status einer Religionsgemeinschaft zuzuerkennen. In den USA wird es fast als ein Verstoß gegen die Glaubensfreiheit erachtet, die Scientologen zu kritisieren. In Frankreich und Deutschland hingegen gelten sie als gefährliche und manipulierende Sekte. Dieselben Handlungen, die in einem Land verwerflich sind, sind in einem anderen legitim.«

Sie hörte selbst, wie aufgebracht ihre Stimme klang, und merkte, dass sie Ingessons Interesse geweckt hatte, obwohl sie genau das hatte vermeiden wollen.

»Was hat Sie dazu veranlasst, die Verbrechen geheimer Organisationen zu erforschen?«, fragte er folgerichtig.

»Zufall«, antwortete sie.

Es war deutlich, dass Ingesson auf eine Fortsetzung wartete, aber sie sagte nichts. Mehr zu sagen wäre dasselbe gewesen, wie zu lügen, und das wollte sie nicht. Sie hätte natürlich die Wahrheit sagen sollen. Aber das wagte sie nicht. Gewiss, es hatte sich etwas verändert, aber noch war sie nicht fähig, einem wildfremden Mann von sich und ihrem Leben zu erzählen. Am allerwenigsten so einem wie Ingesson. Wenn sie doch nur gewagt hätte, mit ihm über ihre Theorie zu sprechen. Aber nicht einmal das wollte sie riskieren. Noch nie hatte sie jemandem von ihrem wahnsinnigen Projekt erzählt. Nicht einmal Henning und Morten, zumindest nicht alles. Sie hätten sie nicht verstanden. Ihnen genügte es vollkommen, einfach nur Mensch zu sein. Man brauchte nicht zu wissen, warum man das war.

»Könnten wir uns nicht wieder treffen?«, fragte Ingesson. »Sie haben mich neugierig gemacht.«

»Neugierig?«

»Auf das Thema der Konferenz.«

Sie atmete auf.

»Aber auch auf Sie«, fügte er mit einem Lächeln hinzu.

Inga stand sofort auf und schaute auf die Uhr. Erst dann ging ihr auf, dass das die falsche Reihenfolge gewesen war. Sie hätte erst auf die Uhr sehen und sich dann erheben sollen. Es war zu spät, noch etwas daran zu ändern.

»Ich muss gehen. Wenn ich den Zug verpasse, brauche ich vier Stunden, um nach Hause zu kommen.«

»Wo wohnen Sie?«

»In Dänemark.«

»Wo in Dänemark?«

»Nördlich von Helsingør.«

Sie zog ihren Mantel an.

»Ich bin Ihnen dankbar, dass Sie sich für mich Zeit genommen haben. Das bin ich wirklich. Ich würde mich gern noch länger mit Ihnen unterhalten, aber …«

»Haben Sie keine E-Mail?«

»Am Institut«, antwortete sie. »Jetzt muss ich gehen.«

Inga eilte zum Bahnhof und fühlte sich unsicher und

glücklich. Sie hatte etwas gewagt und es überlebt. Und sie hatte eine Idee für ihren Vortrag.

9

Es ist im Nachhinein nicht ganz einfach zu erklären, was mich dazu bewog, Inga Andersson als Hauptperson in meinem nächsten Roman verwenden zu wollen, oder genauer gesagt, mich von jemandem wie ihr zur Protagonistin eines kommenden Romans inspirieren zu lassen. Als ich Inga begegnete, bemühte ich mich jedenfalls sehr darum, etwas von der Freiheit und Lebensfreude wiederzugewinnen, die ich während der letzten Jahre verloren hatte. Ich fuhr zu Lesungen und Literaturtagen und sprach von Lebensträumen und Freiheit. Man überzeugte mich davon, dass ich – wie beabsichtigt – tatsächlich einigen Lesern Lust auf andere Empfindungen und neue Gedanken vermittelt hatte. Die Literatur sollte nicht nur die Wirklichkeit beschreiben. Sie sollte auch keine Flucht vor der Wirklichkeit darstellen. Gute Literatur war Flucht in die Wirklichkeit. Bei der Entscheidung, zu schreiben, um zu leben, oder zu leben, um zu schreiben, hatte ich nie gezögert. Ich wollte schreiben, um meine Leser und mich zum Leben zu inspirieren.

Jedoch schien ich nach und nach vergessen zu haben, auch um meiner selbst willen zu schreiben. Etwas vom Menschlichsten ist, sich in andere Menschen hineinzuversetzen, sich in sie einzuleben. Auf Dauer kann man jedoch nicht nur in anderen leben. Zum Schluss fragt man sich, wer man selbst ist. Ob man überhaupt existiert. Es besteht das Risiko, dass man sich entweder selbst auslöscht, um die anderen sein zu können, oder dass es einem nicht gelingt, den anderen Leben einzuhauchen. Im ersten Fall verliert man seine Identität und hört auf, ein Mensch zu sein, obwohl man gerade den Menschen verteidigen will, indem man sich in die anderen einlebt. Im anderen Fall wird das Leben fast sinnlos. Deswegen haben auch so viele Schriftsteller aufgegeben, sind untergegangen oder haben sich das Leben genommen, eher das, als sich der behaupteten Unmöglichkeit anzunehmen, nach dem Holocaust noch Literatur zu schreiben. Im Gegenteil. Vorausgesetzt, dass es das Menschlichste ist, sich in andere hineinzuversetzen, gibt es wenige Aktivitäten, die so sinnvoll und wichtig sind wie das Schreiben von Literatur. Aber gleichzeitig gibt es auch einen grundlegenden Konflikt zwischen dem Schreiben und dem Leben, als erfordere ernsthaftes Schreiben, dass man sich zwischen dem eigenen Leben und dem Schreiben entscheidet. Ich konnte nur allzu gut nachvollziehen, was Jorge Semprun mit seiner Feststellung »Écrire, d'une certaine façon, c'est refuser de vivre« ausdrücken wollte. Also in etwa, Schreiben bedeute, sich dem Leben zu verweigern.

Zu jenem Zeitpunkt, als Inga auftauchte, hatte das Schreiben ganz einfach auf meine Kosten die Oberhand gewonnen. Es war, als könnte ich nicht mehr entscheiden, welche Geschichten überhaupt erzählt werden mussten. Ich erwog sogar, einen Liebesroman zu schreiben, was zeigt, wie verwirrt ich war. Die Literatur hatte bereits über zweitausend Jahre Geschichten von der Liebe erzählt, ohne dass die Menschen geschickter mit ihr oder mit ihrem Ende umgegangen wären. Ein jeder wiederholte jene Fehler, die alle anderen auch begangen hatten, egal wie viele große Liebesromane sie gelesen hatten.

Aber dass Liebesromane schädlich für den Leser waren, bedeutete schließlich nicht, dass sie das auch für den Autor sein mussten. Es gab Autoren, die schrieben, um geliebt zu werden. Doch von wem? Niemand konnte vorher wissen, welche Geschichte man schreiben musste, um geliebt zu werden. Aber wie stand es damit, zu schreiben, um zu lieben? Die

Antwort auf diese Frage war nicht so selbstverständlich. Schreiben sollte eine Liebeserklärung sein und keine Kontaktanzeige. Man sollte nicht schreiben, um geliebt zu werden, sondern um selbst lieben zu dürfen. Zu lieben war in jedem Fall eine sichere Methode, um dem Leben den Vorzug vor dem Schreiben zu geben. Vermutlich gab es für einen Autor nichts Verheerenderes als eine glückliche und intensive Liebesgeschichte. »Aimer, d'une certaine façon, c'est refuser d'écrire.«

Diese Gedanken über die Literatur als eine Liebeserklärung an die Menschen, insbesondere die Frauen, hatte ich in einem meiner Notizbücher festgehalten und wie immer mit Datum und Uhrzeit versehen. Der letzte Eintrag stammte vom Tag vor meinem Gespräch mit Inga. Am Rand hatte ich sogar mit Bleistift vermerkt:

»Die Hauptperson meines nächsten Romans soll in diesem Fall eine Frau sein. Eine Frau, die ich lieben könnte.«

Aber einer Sache glaubte ich sicher zu sein, als ich Inga Hals über Kopf das Restaurant verlassen sah. Sie war keine solche Frau. Bestenfalls stellte sie eine vage Idee dar, an der ich weiterarbeiten konnte. Eine Anregung. Ein Samenkorn der Fantasie, genau wie diese Geschichte, die die beiden Seeleute aus Liverpool in der Bar von Tréguier über Madeleine erzählt hatten.

Nachträglich kann man sich natürlich fragen, warum ich nicht voraussehender war. Die Erklärung lautet vermutlich, dass ich so intensiv das Leben anderer gelebt hatte, dass ich vergessen hatte, wie ich mir mein eigenes vorstellen könnte. Im Grunde besteht zwischen dem eigenen Ich und dem der anderen kein Unterschied. Beides sind Annahmen. Ohne Fantasie würde niemand wissen, dass diese Ichs existieren. Außerdem ist Selbsterkenntnis keine notwendige Voraussetzung für einen Schriftsteller. Eher im Gegenteil.

Ein Freudianer würde sicher behaupten, dass Inga Andersson bereits bei ihrem ersten Besuch größeren Eindruck auf mich gemacht hatte, als mir selbst bewusst war. Oder als ich mir eingestehen wollte. Wie ließe sich sonst erklären, was später geschah? Aber es gibt eine noch viel einfachere Erklärung. Nämlich die Erkenntnis, dass eine Person wie Inga Andersson, eine rätselhafte Dozentin, spezialisiert auf Verbrechen geheimer Organisationen, die ideale Grundlage für eine Romanperson bot. Ich glaube, dass mir dieser Gedanke bereits nach unserem ersten Telefongespräch kam und mich nach meinem improvisierten Gedankenexperiment, mit dem ich Inga auseinander setzen wollte, dass sich die Literatur von der Wissenschaft und diversen Dokumentarschilderungen unterscheide, mit voller Wucht einholte. Es ging mir auf, dass jemand wie sie in einem einzigen Menschen eine meiner tiefsten Überzeugungen verkörpern könnte: dass die Fiktion nicht auf dem Altar der Wahrheit geopfert werden durfte. Oder umgekehrt. Außerdem bot Inga Andersson meiner Fantasie viel Spielraum, da ich ja fast nichts über sie wusste und auch nicht so viel mehr wissen wollte. Nur so viel, um hier und da Konturen auszumalen, um der Fantasie ein Sprungbrett zu bieten.

Damit will nicht gesagt sein, dass mich Inga Andersson als Frau vollkommen unberührt gelassen hätte. Ich hatte im Ausschnitt ihres Pullovers zwei kleine und feste Brüste ausmachen können. Ihre Beine schien ein Strumpffabrikant entworfen zu haben. Ihr übriger Körper hingegen schien nur als Stativ für ihren scharfsinnigen Kopf zu dienen. Sie besaß vermutlich auch ein Lächeln, von dem man schwer hätte absehen können, wenn es nicht so gewesen wäre, dass man es sich selbst vorstellen musste. Schließlich gab es die wenigen Male, die es mir gelungen war, ihrem Blick zu begegnen, auch etwas Unergründliches, Lockendes und Gefährliches in ihrem linken

Auge, das mich hätte aufmerken lassen müssen. Für mich war es ein unheilvolles Zeichen – oder das Gegenteil davon –, in das linke Auge von Frauen zu schauen, nie in das rechte, und gewahr zu werden, dass es keinen Boden gab.

Einerseits wirkte Inga Andersson unsicher und ausweichend, sogar geheimnisvoll, ein Persönlichkeitstyp, mit dem ich normalerweise Mühe hatte. Andererseits war sie sowohl scharfsinnig als auch mutig. Man beschäftigte sich nicht wissenschaftlich mit Nazis und Scientologen, ohne bereit zu sein, etwas zu riskieren. Zusammenfassend lässt sich, glaube ich, sagen, dass ich mich von ihr mit einem unbestimmten Gefühl der Erleichterung gepaart mit einer gewissen Unbefriedigtheit trennte.

10

Fiktion. Wahrheit. Wirklichkeit. Unwirklichkeit. Fantasie. Geheimniskrämerei. Öffentlichkeit. Offenheit. Ehrlichkeit. Lüge. Gerüchteküche. Fälschung. Betrug. Vertrauen. Misstrauen. Verleumdung.

Inga breitete die beschrifteten Kärtchen auf dem Tisch aus. Sie war überzeugt davon, dass zwischen der Geheimniskrämerei und der Literatur ein Zusammenhang bestand. Aber welcher?

Sie schaute auf ihren Monitor mit der Liste von sämtlichen ihrer wissenschaftlichen Artikel, sowohl der veröffentlichten als auch der unveröffentlichten. Sie deckten ein breites Spektrum ab. Aber was verband ihre Forschung mit Literatur? Sie drehte sich um und zog eine Schublade mit Mappen aus ihrem Archivschrank. Sie nahm die Mappe mit den Sekten heraus und blätterte die Artikel durch. Doch sie hatte keine Lust, den Schwachsinn der Scientologen ein weiteres Mal zu lesen. Die Auditoren, Preclears, Ankerpunkte und Thetane hingen ihr zum Hals raus. Das eine Mal vor langer Zeit, als sie für einen Artikel recherchierte, reichte ihr vollkommen.

Stattdessen griff sie zu der Mappe mit den Geheimdiensten. Die jüngsten Artikel handelten von dem globalen Abhörsystem Echelon, von dem in letzter Zeit in regelmäßigen Abständen in der Presse die Rede war. Die meisten Artikel waren auf Dänisch. Extrabladet, Information und Weekendavisen hatten alle ausführlich über Echelon berichtet, vermutlich, weil Dänemark in der NATO war. In den schwedischen Zeitungen war es stiller gewesen. Dort wurde der Wunsch der Polizei und der Sicherheitspolizei diskutiert, vermehrt Telefone abhören und Wanzen verteilen zu dürfen. Auch dies war ein wichtiges Thema, aber im Vergleich zu dem Schaden, den Echelon mit seiner enormen Abhörkapazität anrichten konnte, eine Bagatelle. Dank Echelon war der bereits ausgehöhlte Schutz der Privatsphäre in Schweden auf null reduziert worden. Echelon und diejenigen, die dazu die Initiative ergriffen hatten, die National Security Agency der USA, gehörten zu dem Geheimnisvollsten überhaupt. Immer noch gab es, obwohl so viel geschrieben worden war, niemanden, der wissenschaftlich belegte Beweise für die Existenz des Echelon besaß. Die wichtigste Quelle bot das Buch eines Journalisten, Nicky Hager, der einige neuseeländische Echelon-Angestellte interviewt haben wollte, die ein schlechtes Gewissen bekommen hatten. Das meiste, was in den Zeitungen zu lesen war, bestand immer noch aus Mutmaßungen, die sich auf Hagers Buch gründeten. Das galt auch für den EU-Bericht, der kurz nach Hagers Buch veröffentlicht worden war. Streng genommen konnte es sich bei Echelon um eine frei erfundene Geschichte handeln, zumindest wenn man wissenschaftliche Ansprüche an die Verifizierung stellte.

Kaum hatte Inga diesen Gedanken zu Ende gedacht, fiel ihr Blick auf einen Artikel von Bo Bjørnvig aus der Weekendavisen. Bereits die ersten Worte weckten ihr Interesse: »Echelon ist nicht der Titel eines Romans, sondern der Name einer Spionageorganisation, deren Tätigkeit so allumfassend ist, dass sie einem Thriller entnommen sein könnte. Viele würden sich vermutlich wünschen, dass es so wäre, denn wenn die Informationen, die in den letzten Jahren allmählich bekannt geworden sind, wahr sind, dann ist Paranoia ein gesunder mentaler Zustand.«

Sie blickte wieder in ihre Aufzeichnungen. Echelon war kaum glaubwürdig, wenn man nicht zu wissen glaubte, dass es wahr war. Wenn man aber über Echelon wie über eine Art Roman erzählte? Was hatte Ingesson noch gesagt? Dass man fast alles glaubhaft machen könne, wenn man es nur auf die richtige Art erzählte. Welche glaubwürdige Geschichte konnte sie über Echelon erzählen? Statt wissenschaftlich festzustellen, was man wusste, versuchte sie sich vorzustellen, was aufgrund bekannter Fakten der Fall sein sollte oder konnte, genau wie Ingesson das getan haben musste, als er Mme. Le Grand Leben einhauchte.

Eine Stunde später war ihr klar, was sie auf der Konferenz tun würde: Sie würde eine Geschichte erzählen. Diese Geschichte würde auf bekannten Fakten beruhen, aber sie würde diese mit ihren Erfindungen verweben, sodass nur schwer zu entscheiden war, was wo hingehörte. Sie würde das tun, was man laut Ingesson nicht tun durfte. Genau das war die Pointe. Die Teilnehmer der Konferenz sollten sich darüber äußern, was ihrer Meinung nach wahr beziehungsweise nur möglich, wahrscheinlich oder sogar gelogen war. Hoffentlich würden sich einige irren. Dann würde eine Diskussion in Gang kommen, wer für das Missverständnis verantwortlich sei, Autor oder Leser. Denn so viel hatte sie begriffen, dass in der Regel immer der Autor zur Rechenschaft gezogen wurde, selten der Leser. Der Autor war der Manipulant, die Leser waren seine unschuldigen Opfer. Deswegen wurden die Autoren kriminalisiert. Sie waren es, die man zum Tode, zu Gefängnis oder Geldstrafen verurteilte, fast nie die Leser.

Je mehr sie über ihre Idee nachdachte, desto besser gefiel sie ihr, nicht zuletzt deswegen, weil sie keine Bibliografie, keine Fußnoten und kein Quellenverzeichnis erstellen musste. Ihr würde der strenge Rahmen, den eine wissenschaftliche Arbeit hinsichtlich der Eindeutigkeit und der intersubjektiven Kontrolle erforderte, erspart bleiben. Inga nahm sich ihren Taschenkalender vor. Ihr blieben noch drei Wochen, bis sie den Artikel einsenden musste. Eine Woche, um weiteres Material zu sammeln und Kontakt zu ihren Informanten aufzunehmen. Eine Woche für eine grobe Skizze und eine Woche für das Feilen und Polieren. Eigentlich musste es gehen.

Bereits am folgenden Abend war sie so zufrieden mit dem, was sie bereits in Erfahrung gebracht hatte, dass sie eine Pause einlegte und sich zum Kanalkroen begab, um mit Morten und Henning ein Bier zu trinken. Die beiden freuten sich, als sie durch die Tür trat, betrachteten sie jedoch bekümmert, als sie näher kam.

»Was ist?«, fragte Inga fröhlich. »Streiken die Brauereien?«

Sie schienen sich sofort wieder zu entspannen. Morten verzog den Mund.

»Alles in Ordnung?«, fragte er.

»Weshalb sollte nicht alles in Ordnung sein? Es ist lange her, dass es mir so gut ging wie jetzt.«

»Das klingt gut«, meinte Henning. »Aber entspricht das wirklich der Wahrheit?«

»Aber natürlich.«

»Du darfst uns das nicht übel nehmen«, meinte Henning, »aber du bist ein bisschen blass und hast gerötete Augen.«

»Ihr braucht euch um mich keine Sorgen zu machen.«

»Wir tun es aber trotzdem«, erwiderte Henning.

»Ich hätte nie etwas erzählen dürfen.«

»Aber ja doch«, meinte Morten. »Es hat mir richtig gut getan.«

»Es hat dir gut getan?«

Inga sah ihn an, aber er wandte den Blick ab.

»Was er damit sagen will, ist, dass wir uns in deiner Gesellschaft wohl fühlen«, erklärte Henning. »Es wurde etwas eintönig, hier herumzusitzen und sich die ganze Zeit anzuglotzen.«

Morten nickte eifrig.

»Ja«, bestätigte er. »Hennings rosinenrunzliges Gesicht ist schließlich nicht so entzückend wie deines.«

»Keine Komplimente, wenn ich bitten darf«, erwiderte Inga energisch. »Das endet nur damit, dass ich eine Runde ausgebe.«

»Wo du gerade davon sprichst ... Was meinst du, Morten? Hättest du nicht auch noch Lust auf ein Bier?«

»Aber klar. Besonders, wenn Inga eine Runde ausgibt.«

Inga gab dem Mädchen am Tresen ein Zeichen.

»Erzähl jetzt, was los ist!«, sagte Henning, als sie ihr Bier bekommen hatten.

Inga erzählte, womit sie sich die letzten zwei Tage beschäftigt und warum sie nicht geschlafen hatte.

»Ich werde ihnen also mit einer Räuberpistole kommen«, schloss sie, »aber so tun, als sei alles vollkommen wahr. Oder umgekehrt.«

»Falls du Hilfe brauchen solltest, dann ...«, sagte Morten. »Ich kann recht gut lügen, ohne dass jemand das merkt.«

»Das weiß ich.«

»Aber ist etwas von dem, was du erzählen willst, wahr?«, fragte Henning. »Wie hieß das noch gleich?«

»Echelon.«

»Gibt es das?«

»Alles deutet darauf hin. Die NSA gibt es auf jeden Fall. Und die Amerikaner können bereits ohne Hilfe ihrer Bundesgenossen die ganze Welt abhören.«

»Auch Morten, wenn er mich von seinem Handy aus anruft?«

»Sogar Morten, wenn sie das wollen.«

»Hast du das gehört, Morten? Du musst dich in Zukunft etwas gepflegter ausdrücken, wenn du drahtlos telefonierst. Nicht immer so viel fluchen.«

»Was hätten die davon, einen halb toten, senilen Alten wie mich abzuhören?«

»Erinnere dich nur daran, wie es im Krieg war! Da hätten viele gern Ambrosius' Telefongespräche mitgehört.«

»Ambrosius?«, fragte Inga.

»Das war Mortens Deckname im Widerstand.«

»Wir führen keinen Krieg mehr«, meinte Morten.

Inga bemerkte Hennings mahnenden Blick. Sie machten sich wirklich Sorgen ihretwegen.

»Was passiert, wenn Nazis oder andere Knallköpfe über die NSA oder das Echelon die Macht an sich reißen?«, fragte Morten.

»Daran will ich lieber nicht denken. Ein amerikanischer Senator hat einmal gesagt: ›Was die USA da konstruiert haben, ist die Wasserstoffbombe der Abhörtechnik.‹ Geriete das in die falschen Hände, gäbe es weder für Amerikaner noch für andere Menschen so etwas wie ein Privatleben. Es würde keinen Ort mehr geben, an dem man sich verstecken könnte.«

Kaum hatte Inga ihren Satz beendet, wusste sie schon, wovon ihre Geschichte über Echelon handeln würde.

»Du hast doch nicht etwa vor, dir auch noch die Herren

von der NSA zum Feind zu machen?«, fragte Henning. »Genügt es nicht, dass du den Nazis, den Scientologen, den Terroristen und wem sonst noch alles auf den Schlips getreten bist?«

»Ich hatte nicht vor, mir die NSA zum Feind zu machen. Ich will nur eine Geschichte erzählen.«

»Versprichst du das?«, fragte Morten.

»Versprochen.«

Aber sie dachte daran, was der Schriftsteller über Madeleine und Mme. Le Grand erzählt hatte, und daran, wie gefährlich es sowohl für den Erzähler als auch für den Zuhörer sein könne, einfach nur Geschichten zu erzählen.

11

Am nächsten Tag nahm Inga um drei Uhr den Zug nach Helsingør und war um halb sechs in Lund. Auf dem Weg zum Institut verspürte sie eine leichte Unruhe, was nicht weiter verwunderlich war. Die Nazis befanden sich auf dem Kriegspfad, und es war offensichtlich, dass auch sie sich in der Gefahrenzone befand. Ihre Unruhe erwies sich jedoch als unbegründet. Keine Glatze erwartete sie vor dem Institut. In ihrem Dienstzimmer sah alles aus wie immer. Weder elektronische noch handschriftliche Drohbriefe lagen in ihrem Briefkasten.

Als Erstes erledigte sie einige administrative Aufgaben, dann begann sie, Bücher und Artikel herauszusuchen. Ein bestimmtes Buch wollte sie unbedingt dabeihaben: »The Puzzle Palace« von James Bamford, das einzige Buch, das die Geschichte und die Tätigkeit der NSA beschrieb. Zumindest bis 1982. Denn seither hatte totale Stille geherrscht, bis Nicky Hager sein Buch über das Echelon publizierte.

Sie hatte eben die letzten Sachen zusammengepackt, als sie

von unten Geräusche hörte. Sie schaute auf die Uhr und wartete, dass der Nachtwächter wie immer die Tür zuknallen würde. Stattdessen hörte sie ein Fenster klirren. Sie löschte das Licht, nahm ihren Rucksack und schlich auf den Gang. Sie öffnete die Tür zu einer Abstellkammer am anderen Ende des Korridors und versteckte sich, so gut es ging, darin.

Kurz darauf vernahm sie auf ihrem Stockwerk Stimmen und Schritte.

»Hier nicht!«, hörte sie eine Männerstimme.

»Hier auch nicht!«

Ein schwaches Licht drang unter der Kammertür zu ihr hinein.

»Was ist das hier?«, fragte eine Männerstimme vor der Tür.

Inga hielt den Atem an.

»Sicher nur ein Lagerraum. An diesem Ort gibt es ja so verdammt viele Bücher, dass sie nicht alle in den Regalen unterbringen können. Man sollte alles verbrennen. Schau sicherheitshalber nach.«

Die Klinke wurde nach unten gedrückt. Inga kauerte sich zusammen. Im selben Augenblick rief eine andere Stimme:

»Hier ist es!«

Rasche Schritte entfernten sich, und kurz darauf wurde eine Tür eingetreten. Dann hörte Inga, wie Bücher aus den Regalen gerissen wurden und zu Boden fielen. Gegenstände zersplitterten, über die Zerstörung wurde gelacht.

Einige Minuten später fiel im Erdgeschoss eine Tür zu. Im Korridor wurde es vollkommen still. Eine andere Tür wurde weiter unten geöffnet und wieder geschlossen. Das war der Nachtwächter, der durch den Haupteingang gekommen war, um erst das Erdgeschoss zu kontrollieren. Danach hing alles davon ab, auf welcher Treppe er nach oben kam.

Inga vermeinte, flüsternde Stimmen zu hören, als der Nachtwächter eine dritte Tür öffnete. Dann hörte sie überhaupt nichts. Hatten sie den Schwanz eingezogen und sich davongeschlichen? Oder lauerten sie irgendwo dem Nachtwächter auf? Es wäre unfair, wenn ihm ihretwegen etwas zustieß.

Als sie hörte, wie die Tür zum Korridor geöffnet wurde, fasste sie einen Entschluss. Sie erhob sich, trat aus der Kammer und rief eine Warnung. Sofort machte der Nachtwächter Licht. Aber nichts geschah. Die Tür zu Ingas Zimmer war aufgebrochen. Drinnen herrschte ein großes Durcheinander. Der Computer war zertrümmert worden. An die Wände waren Hakenkreuze gesprayt. Ans Fenster hatte jemand mit einem breiten schwarzen Filzschreiber geschrieben: »Du entkommst uns nicht. Nächstes Mal erwischt es nicht nur den Computer.«

Der Nachtwächter zog sein Handy aus der Tasche. Inga berührte seine Hand.

»Warte!«, sagte sie. »Ich muss erst nachdenken.«

»Aber …«

»Ich weiß. Das gibt ihnen einen Vorsprung. Aber ich muss unbedingt hier weg, bevor die Polizei eintrifft. Ich habe Ferien.«

Erst da verlor sie die Beherrschung. Der Nachtwächter hielt sie in seinen Armen, bis sie wieder sprechen konnte.

»Es tut mir Leid«, meinte sie. »Ich bin nicht so stark, wie ich dachte.«

»Das ist niemand.«

»Ich brauche Hilfe«, sagte sie, als ihre Stimme wieder an Festigkeit gewonnen hatte.

»Sag mir nur, was ich tun soll!«

»Zum einen möchte ich nicht, dass du der Polizei mitteilst, ich sei hier gewesen. Ich habe keine Zeit für Verhöre. Die Presse würde sich sicher auch bei mir melden. Ich werde abtauchen, bis das Schlimmste vorbei ist.«

»Heißt das, dass du dich hier im Institut nicht mehr blicken lässt?«

Seine Stimme klang bedauernd.

»Ja. Aber ich bräuchte einen Verbindungsmann, jemanden, der mir erzählt, was passiert, und der meine Post holt. Könntest du dir vorstellen …?«

»Klar.«

Inga schrieb ihre Adresse in einen Block. Der Nachtwächter nahm den Zettel und versicherte sich, dass er lesen konnte, was sie aufgeschrieben hatte.

»Und falls ich mal anrufen müsste?«

Inga nahm nochmals den Zettel und schrieb eine Telefonnummer auf.

»Das ist die Nummer eines Fischers, der Henning heißt. Über ihn kannst du mich immer erreichen.«

Inga warf sich ihren Rucksack über die Schulter. Dann umarmte sie den Nachtwächter. Zum ersten Mal seit über zehn Jahren umarmte sie einen Mann, mal abgesehen von Henning und Morten, die nicht richtig zählten.

Sven wirkte verlegen, schien sich aber zu freuen.

»Warte noch ein paar Minuten, bis du die Polizei rufst.«

»Mach's gut. Und sei vorsichtig!«

»In Ordnung.«

Sie eilte davon. Sie stieg an einem Ende des Zugs ein und ging durch alle Wagen. Erst als sie sich davon überzeugt hatte, dass keine Skinheads unter den Fahrgästen waren – die schonischen Neonazis hatten ihr Hauptquartier in Klippan –, konnte sie aufatmen. Nachdem sie Kävlinge hinter sich gelassen hatte, nahm sie eines ihrer Notizbücher hervor, Nummer 17 der Faktenserie. Sie hatte sicher über hundert Einträge gelesen, als sie in Gilleleje eintraf. Wie immer war sie mit ihrer Theorie nicht weitergekommen, aber immerhin hatte sie sich auf etwas anderes als sich selbst konzentrieren müssen.

12

Wieder tauchte Mortens Schatten aus dem Dunkel vor der Töpferei auf, als Inga auf dem Heimweg daran vorbeikam. Sie versuchte zu lächeln, aber Morten fragte sofort, was vorgefallen sei.

»Hast du Lust, mir einen Schnaps auszugeben?«, entgegnete Inga. »Dann erzähle ich dir alles.«

»Wir gehen zu Henning. Er wartet schon.«

Schweigend gingen sie durch die nächtliche Stille von Gilleleje. Henning strahlte, als er die Tür öffnete. Doch sowie er ihre Mienen sah, schlug seine Freude in Besorgnis um.

»Stell eine Flasche Aalborg auf den Tisch«, sagte Morten.

»Was ist passiert?«, fragte Henning.

»Immer mit der Ruhe!«, gab Inga zurück. »Wie ihr seht, lebe ich noch. Ich bin einfach nur müde.«

»Aber nicht, weil du mal wieder zu viel gearbeitet hast.«

Inga schüttelte den Kopf. Da sah sie die nackte Angst in ihren Augen.

»Ihr müsst euch keine Sorgen machen«, sagte sie. »Ich habe keinen Rückfall. Die Dorfköter haben nur ihr Revier markiert.«

Sie erzählte alles der Reihe nach. Morten stieg die Zornesröte ins Gesicht, die durch die vielen Schnäpse, die ihm die Kehle herunterrannen, noch dunkler wurde.

»Dieser Nachtwächter scheint in Ordnung zu sein«, meinte Henning nachdenklich.

»Früher war er Seemann.«

»Das erklärt einiges«, meinte Morten. »Auf See sind mir kaum Nazis begegnet. Die hätten bei jeder steifen Brise gleich nach ihrer Mama gerufen.«

»Dieser Schriftsteller«, fuhr Henning fort, als hätte er Morten nicht gehört, »ist auf den Verlass?«

»Ich glaube schon«, antwortete Inga. »Er hat ehrlich gewirkt, als er mir anbot, mir zu helfen. Aber so ganz traue ich ihm doch nicht über den Weg.«

»Glaubst du nicht, dass er sich vielleicht für dich persönlich interessiert?«

Henning warf Morten einen Blick zu, und beide lächelten verstohlen.

»Wie meint ihr das?«

»Wenn ich jünger gewesen wäre, meine Kleine«, sagte Morten, »hätte ich alles unternommen, darauf kannst du Gift nehmen, ich meine, das kannst du mir glauben.«

»In welcher Hinsicht unternommen?«

»Ich hätte dir Avancen gemacht. Was sonst?«

Endlich ging ihr ein Licht auf.

»Na hör mal! Das hätte ich doch gemerkt. Ingesson ist nicht an mir interessiert, da bin ich ganz sicher. Zumindest nicht an mir als Frau.«

Sie merkte, dass die beiden ihr nicht recht glauben wollten. Aber sie wusste, wovon sie sprach, und nur das zählte.

»Zuerst müssen wir überlegen, wie wir uns die Nazis vom Hals halten«, fuhr Henning fort.

»Damit.«

Morten hob seine geballten Fäuste.

»Können wir nicht lieber morgen über die Nazis reden?«, fragte Inga.

»Klar. Aber heute Nacht bleibst du hier, bis wir entschieden haben, was wir unternehmen.«

Inga widersprach nicht.

»Ich schlafe heute Nacht bei Morten«, sagte Henning. »Morgen früh kommen wir mit Brötchen und deiner Zahnbürste hierher. Hast du Mortens Handynummer?«

Inga nickte.

»Und dein Hausschlüssel liegt an der üblichen Stelle?«

»Ja.«

»Gut, dann kümmern wir uns um den Rest. Schlaf gut!«

Sie erhoben sich, Morten mit einer gewissen Mühe. Die Schnapsflasche war nur noch halb voll, und den Großteil hatte Morten geleert.

Kaum war die Tür hinter Morten und Henning ins Schloss gefallen, warf Inga sich aufs Bett und fiel in tiefen Schlaf.

Am nächsten Morgen wurde Inga durch den Duft von frisch aufgebrühtem Kaffee und frischen Brötchen geweckt. Sie ging in die Küche, in der Henning und Morten bereits einen üppigen Frühstückstisch gedeckt hatten.

»Gut geschlafen?«, fragte Henning.

»Wie ein Murmeltier.«

»Was habe ich gesagt?«, sagte Morten zu Henning.

»Na, was hast du gesagt?«, wollte Inga wissen.

»Ich mache mir immer viel mehr Sorgen als Morten«, erwiderte Henning.

»Mich hat das auch nicht vollkommen kalt gelassen, falls ihr das glauben solltet, aber ich habe jedenfalls geschlafen, und Albträume hatte ich auch nicht.«

Als sie ihr Frühstück beendet hatten, sagte Henning:

»Ich halte es für das Beste, wenn du hier einziehst. Ich kann bei Morten wohnen. Er braucht ohnehin Gesellschaft.«

»Wir sitzen ja sowieso nur im Gasthaus rum«, meinte Morten. »Da können wir genauso gut zusammen wohnen.«

»Ihr wisst beide, wie sehr ich eure Fürsorge zu schätzen weiß. Aber danke, ich bleibe lieber in meinem eigenen Haus wohnen. Das Risiko ist minimal. Zum einen kann man nicht ohne weiteres herausfinden, wo ich wohne, zum anderen schicken die Nazis ihre Mörderbanden nicht ins Ausland. So stark sind sie nicht. Noch nicht.«

»Warst du schon mal auf dem Hafenfest in Gilleleje?«, fragte Morten.

»Ich glaube, ich habe es mir mal angeschaut.«

»Dann kann ich dir sagen, dass es auf unserem Hafenfest im Gegensatz zu dem in Hornbæk nie Schlägereien gibt. In Hornbæk gibt es jedes Mal eine Keilerei. Und weißt du auch, worin der Unterschied besteht?«

Morten wartete die Antwort nicht ab.

»Der Unterschied ist der, dass das Hafenfest in Gilleleje von den Fischern veranstaltet wird, denen der Hafen gehört. Wir trinken zwar auch gern einen Schnaps, zumindest ich …«

Er warf Henning einen Blick zu.

»… aber das hält uns nicht davon ab, für Ordnung zu sorgen. Die jungen Hitzköpfe, die auch nicht anders sind als wir früher, beruhigen sich rasch, wenn drei kräftige Gilleleje-Fischer auftauchen und sie nicht aus den Augen lassen. Hier hätten die Nazis keine Chance. Vor nicht allzu langer Zeit gab's hier einen Rowdy von den Bandidos, der im Hafenkiosk den starken Mann markiert und Kinder erschreckt hat, die dort Eis gegessen haben. Als er wieder rauskam, lag seine feine Harley Davidson im Hafenbecken auf Grund. Da war er ganz klein mit Hut und Mappe.«

»Trotz allem ist es vielleicht nicht ganz so einfach.«

»Aber so einfach könnte es sein.«

»Die Menschen wachen immer erst dann auf, wenn es schon zu spät ist«, wandte Henning ein.

»Hört auf!«, sagte Inga. »Ich habe Ferien.«

»Was du nicht sagst!«, erwiderte Morten und wollte schon auf den Boden spucken, als ihm auffiel, dass er sich im Haus befand.

»Entschuldige bitte, Mädel. Fünfundvierzig Jahre habe ich an Deck eines Trawlers gestanden und gespuckt und geflucht, wann es mir gepasst hat.«

»Ihr müsst euch wirklich bei keinem entschuldigen. Am allerwenigsten bei mir. Ihr seid meine besten Freunde.«

Die beiden wandten den Blick ab.

»Schon gut«, meinte Henning. »Dir kann man einfach nicht widersprechen. Du bist eine sture Schmeichlerin. Aber du kannst uns nicht verbieten, ein bisschen auf dein Haus mitsamt Bewohnerin zu achten.«

Als Inga nach Hause kam, begann sie sofort damit, alles verfügbare Material über die NSA und Echelon zu lesen. Sie recherchierte im Internet und in Datenbanken. Sie nahm Kontakt zu Kollegen und Journalisten auf. Sie schickte verschlüsselte Fragen an jene Hacker und Cracker, die ihr schon früher geholfen hatten, als sie in den innersten Zirkel der Geheimniskrämer hatte vordringen wollen.

Bereits am Nachmittag wusste sie, welche Geschichte sie erzählen würde. Sie würde von Menschen handeln, die felsenfest davon überzeugt waren, dass es legitim war, durch geheime Tätigkeit die Welt zu verändern. Sie würde von Menschen handeln, die nicht einsahen, dass man es seinen Mitmenschen schuldig war, Rechenschaft abzulegen. Ein Teil ihrer Geschichte war frei erfunden, aber sie war bemüht, eine plausible und glaubhafte Realität zu konstruieren, um ihrer Fantasie im Rahmen der Wahrheit freien Lauf zu lassen. Das Gespräch mit Ingesson war nicht vergebens gewesen. Ohne ihn hätte sie versucht, mithilfe von Sekundärliteratur und bibliografischer Recherche einen herkömmlichen wissenschaftlichen Artikel zu verfassen. Vielleicht wäre es ihr nicht einmal gelungen, ihn bis zur Konferenz fertig zu stellen. Jetzt fühlte sie sich bereit, als dürfe sie sich fast alles erlauben. Die Wirklichkeit, die sie als Wissenschaftlerin beschreiben musste und von der sie nicht abweichen durfte, glich häufig einem Gefängnis.

Inga beschloss, Ingesson anzurufen und ihm für seine Hilfe zu danken. Das war das Mindeste, was sie tun konnte. Am Telefon musste sie sich zumindest nicht seinem forschenden

Blick aussetzen. Außerdem musste sie ihm wohl oder übel von dem Attentat erzählen. Man wusste nie, was sich so jemand wie Ingesson einfallen ließ, wenn er durch die Zeitung erfuhr, dass sie untergetaucht war.

13

Kaum waren ein paar Tage seit Ingas Besuch verstrichen, begann ich mir ein Leben für jemanden wie sie auszumalen. Wie wäre es, wenn sie …? War sie verheiratet? Hatte sie Kinder? Wovon träumte sie? War sie glücklich?

Um ein paar Anhaltspunkte zu finden, suchte ich Inga Andersson im Internet. Auf der Homepage des Instituts für Soziologie stieß ich auf eine Bibliografie ihrer wissenschaftlichen Arbeiten. Es handelte sich um eine Vielzahl von Artikeln über verschiedene geheime Organisationen, angefangen mit Sekten wie den Scientologen über Terrorgruppen bis hin zur CIA und den Neonazis. Es gab jedoch fast keine Angaben zu ihrer Biografie, nur dass sie Dozentin war und ihre Doktorarbeit über die Verbrechen neureligiöser Sekten geschrieben hatte.

Wovon sollte der Roman handeln? Die Möglichkeiten waren im Großen und Ganzen unendlich. Inga als Wissenschaftlerin. Inga als Mensch. Inga als Kriminologin. Inga als Opfer ihrer Forschungsobjekte. Inga als Frau.

Wie immer begann ich damit, eine Titelseite zu erstellen. Der Roman erhielt den Arbeitstitel »Im Dienst der Wissenschaft«. Dann holte ich ein paar leere Ordner. Auf einen schrieb ich »Manuskript«. Die anderen waren für Sekundärmaterial vorgesehen. Die Beschriftung zweier Ordner verstand sich von selbst. Einen betitelte ich mit »Inga Andersson« in Anführungszeichen, bis mir ein anderer Name einfallen würde, der zweite Ordner hieß genauso selbstverständlich »Geheime Organisationen«. In diesem heftete ich das Verzeichnis der Artikel ab, die Inga veröffentlicht hatte. Anschließend nahm ich mir zwei dicke Mappen mit Zeitungsartikeln und Meldungen vor, die ich stets auf dem Schreibtisch liegen hatte, wenn ich einen Roman schrieb. In diesen hatte ich allerhand Material über menschliche Schicksale und Eigenheiten zusammengetragen. Ich hegte den schriftstellerischen Traum, eines Tages einen Roman zu schreiben, in dem alle Geschichten und Fakten, die ich gesammelt hatte, einen natürlichen und notwendigen Platz fanden.

Ich blätterte in den Mappen und blieb zunächst bei einem Artikel über eine französische Rechtsanwältin hängen, die ihr Leben der Verteidigung minderjähriger Missetäter verschrieben hatte. Ein anderer Artikel handelte von einem Mitarbeiter des bretonischen Seenotrettungsdienstes, der über zwanzig Seeleuten und Seglern das Leben gerettet hatte und der in seinem ganzen Leben dennoch niemals so viel verdienen würde wie ein Fußballprofi in einem Jahr oder in einem Monat. Ein Artikel handelte von einer algerischen Journalistin, die noch unter dem schlimmsten Terror versuchte, die Wahrheit zu schreiben. Und in einem Artikel ging es um einen portugiesischen Katholiken, der im Zweiten Weltkrieg unzähligen Juden das Leben gerettet hatte und dann einsam, arm und ohne den geringsten Dank der Nachwelt gestorben war.

War Inga wie sie? Oder besser gesagt: Sollte ich Inga zu einem dieser uneigennützigen Menschen machen, die bereitwillig ihr Leben opferten, um die Welt eine Winzigkeit besser zu machen? Beschäftigte sie sich mit den Verbrechen geheimer Organisationen, weil sie ein guter Mensch war? Oder war genau das Gegenteil der Fall? War Rachsucht ihr Motiv?

Es war zu früh, diese Fragen zu beantworten. Ich wusste

schließlich noch nicht, wovon der Roman eigentlich handeln sollte.

Was noch? Nach kurzem Zögern griff ich nach einem neuen Ordner und schrieb »Die Frau« auf das Etikett.

Als ich fertig war, war ich recht zufrieden. Das wirklich Wichtige war mir zwar noch nicht gelungen, nämlich den Figuren Leben einzuhauchen, ich hatte jedoch das Gefühl, selbst wieder zum Leben erwacht zu sein, obwohl ich eigentlich nur begonnen hatte, das Leben anderer zu beschreiben. Aber das war zumindest ein Schritt in die richtige Richtung.

All das veränderte sich schlagartig etwa eine Stunde später, als Inga mich anrief und ruhig und gefasst erzählte, dass ihr Büro von Nazis vandalisiert worden war und sie deswegen untertauchen müsste, bis sich der Sturm gelegt hatte. Eigentlich käme es ihr ganz gelegen, da ihr dadurch mehr Zeit für die Arbeit an ihrem Artikel bliebe. Für die Zeitungen und anderen Medien habe sie keine Zeit. In den Abendzeitungen sei vielleicht schon etwas über das Attentat zu lesen. Wenn ich wolle, könne ich sie per Post über das Institut erreichen. Ich fragte sie, ob ich etwas für sie tun könne.

»Nein danke. Ich komme zurecht. Ich bin daran gewöhnt.«

»Ich könnte eine Geschichte für Sie erfinden, in der Sie sich wohl fühlen würden«, sagte ich halb im Scherz, halb im Ernst, meine vorsichtigen Romanfantasien noch in frischer Erinnerung. »Ohne Nazis. Obwohl die ausnahmsweise wahr wären.«

»Das ist nett. Aber ich will keine andere sein als die, die ich bin. Trotz allem.«

»Trotz allem?«

»Das ist eine lange Geschichte. Ich habe allerdings vor, auf der Konferenz eine andere Geschichte vorzutragen als ursprünglich geplant, und das dank Ihnen. Eigentlich habe ich auch nur deswegen angerufen, um Ihnen für Ihre Hilfe zu danken. Sie war wichtiger, als Sie selbst glauben. Ich schicke Ihnen meinen Artikel, sobald er fertig ist, dann sehen Sie ja selbst.«

»Ich bin gespannt.«

»Ich melde mich nach der Konferenz und berichte von den Reaktionen.«

»Darauf freue ich mich. Wann beginnt die Konferenz?«

»In einem Monat.«

Ungefähr so verlief unser kurzes Gespräch, über das ich an jenem Abend noch lange nachdenken musste. Es war, als ob sich der Roman über jemanden wie Inga Andersson, Dozentin in Rechtssoziologie und spezialisiert auf Verbrechen geheimer Organisationen, geradezu von selbst schrieb. So etwas war mir schon einmal passiert, als der Katamaran eines Finnen in einer Sturmnacht im Januar in den Hafen von Dragør gesegelt war und mir damit die Einleitung eines Romans auf einem Tablett serviert hatte. Jetzt schien sich das zu wiederholen.

14

Am Tag nachdem Inga ihren Beitrag per E-Mail zur Konferenz und per Post an Ingesson geschickt hatte, stand sie früh auf. Sie füllte eine Thermoskanne mit Kaffee und packte Frühstück und Mittagessen in ihren kleinsten Rucksack.

Sie ging auf den Pier hinaus und setzte sich an das äußerste Ende. Es war noch dunkel. Die Leuchtfeuer von Kullen, Höganäs und Nakkehoved erhellten die Nacht, ohne sich zu kreuzen, wie ein Schattengefecht in der Nacht ohne Schatten, ein funkelnder Schwerttanz ohne Tänzer. Ein paar Frachter fuhren Richtung Norden. Nur von einem einzigen war die Steuerbordlaterne zu sehen. Dieser würde bei Dämmerung den Öresund durchqueren. Die anderen würden das erste Grau des Morgens auf dem Kattegat erleben. Hinter Inga ließen die Fischerboote von Gilleleje ihre Motoren an. Sie hörte die gedämpften Stimmen der Fischer, die an Bord gingen. Einige kamen mit dem Rad, andere mit einer Vespa oder mit dem Auto. Manche wurden von ihren Frauen gebracht.

Der erste Kutter, die Marianne Hougaard, glitt ein paar Meter von ihr entfernt vorüber. Der Morgen begann zu dämmern. Das Fischerboot schaukelte, als es auf die Dünung vor dem Hafen traf, bog hinter der grünen Bakentonne ab und nahm Kurs Richtung Öresund. Im Abstand einiger Minuten lief der Rest der Fischereiflotte von Gilleleje aus und verteilte sich auf dem Wasser. Nach einer Stunde war es im Hafen wieder still, mit Ausnahme der fernen Motorengeräusche und des gelegentlichen Kreischens einer Fischmöwe.

Als die Sonne etwas später ihre ersten Strahlen über Schweden und über das Wasser schickte, holte Inga ihre Thermosflasche hervor, goss sich eine große Tasse Kaffee ein und brach ein ordentliches Stück von ihrem Baguette ab. Erst als die Sonne ganz aufgegangen war, stand sie auf. Sie lauschte, aber in ihrem Inneren war es ebenso still wie um sie herum.

Sie ging zurück, kletterte über die Felsen an den Strand hinunter und hielt sich westwärts. Um den Gilbjerg Huvud herum lag Geröll verstreut, das ihr Vorwärtskommen erschwerte und gefährlicher machte. Welcher Stein würde ihr Gewicht halten? Welcher Stein nachgeben und sie zu Fall bringen? Sie fühlte sich in die Sommer ihrer Kindheit zurückversetzt, die sie mit ihrer Familie in Kåseberga verbracht hatte und in denen sie von einem Kreidefelsen zum anderen gesprungen war. Bis zu seinem Tod war ihr Vater immer mit ihr gehüpft. Jedes Mal, wenn sie an ihn dachte, sah er sie aus traurigen Augen an, weil er gestorben war und das, was danach geschah, nicht hatte verhindern können. Wenn sie seinem traurigen Blick begegnete, schämte sie sich, weil sie ihr Leben nicht besser gelebt hatte, weil sie so vereinsamt war und sich so abgeschottet hatte.

Inga blieb stehen. Wie konnte man sich vor jemandem schämen, der tot war? Auch auf diese Frage musste sie eine Antwort finden. Sie nahm ihr Notizbuch zur Hand und schrieb etwas auf.

Auf halbem Weg nach Tisvildeleje, den kilometerlangen Strand vor sich, sah sie winzig klein einen Menschen, der ihr entgegenkam. Die Sicht war so klar, dass es eine halbe Stunde dauerte, bis sie sich endlich begegneten. Als die Gestalt näher kam, erkannte sie, dass es sich um einen Mann handelte. Ihr erster Gedanke war, den Pfad zwischen den Sommerhäusern einzuschlagen, um eine Begegnung zu vermeiden. Aber sie tat es nicht. War sie mit Ingesson fertig geworden, brauchte sie die Begegnung mit einem Unbekannten an einem Strand nicht zu fürchten. Ihre Blicke würden sich wie die Lichtkegel der Leuchttürme kreuzen, ohne sich zu treffen, aber sie würden sich nicht ansehen. Sie würden sich zunicken und aneinander vorbeigehen. Nach einer Weile würden sie einander vergessen haben, und es würde so sein, als wären sie sich nie begegnet.

Als der Mann näher kam, geriet Inga dennoch leicht in Panik, was dadurch, dass er ihren Blick suchte und lächelte, nicht besser wurde. Als sie nur noch ein paar Meter voneinander entfernt waren, blieb er stehen und grüßte.

»Vor Ihnen bin ich noch niemandem am Strand begegnet«, sagte er. »Ist es nicht seltsam, dass nicht mehr Leute bei diesem Wetter Lust auf einen Spaziergang haben?«

Inga öffnete den Mund, um etwas zu antworten, aber glücklicherweise kam ihr der Mann zuvor.

»Alle arbeiten natürlich. Die Leute haben keine Zeit, am

Strand spazieren zu gehen, jedenfalls nicht an einem Werktag.«

Werktag, dachte Inga erstaunt, als hätte sie ein Fremdwort gelernt.

»Müssen Sie nicht arbeiten?«, fragte der Mann.

»Ich gehe hier spazieren, um nicht an die Arbeit denken zu müssen«, antwortete Inga, bevor ihr aufging, was sie getan hatte.

Sie hatte sich mit einem Unbekannten unterhalten. Auf nur zwei Meter Abstand!

»Was haben Sie denn für eine Arbeit?«

»Ich bin Rechtssoziologin«, antwortete Inga.

»Das klingt interessant!«

Inga antwortete nicht.

»Sie haben schöne Augen«, meinte der Mann plötzlich, als wäre es das Natürlichste in der Welt, so etwas zu sagen.

Sie begann zu rennen und blieb erst wieder stehen, als ihr der Atem ausging. Was dachte der Mann wohl von ihr? Es war ihr egal. Sie hatte sich mit einem wildfremden Mann unterhalten. Sie hatte eine Blume bekommen, obwohl es sich dabei sicher nur um den Löwenzahn eines Dauercharmeurs handelte.

Drei Stunden später erreichte sie Tisvildeleje. Mit gutem Appetit aß sie am Hafen ihr Mittagessen. Als sie fertig war, nahm sie sich die drei Notizbücher vor, die sie mitgenommen hatte. Es waren Nummer 9, 14 und 17 der zweiten Serie. Sie blätterte, um etwas Lebensbejahendes zu finden, etwas, das Hoffnung weckte. Leider fand sie nicht viel. Es gab eine Notiz über eine Mutter in Sambia, die mit einem Krokodil gekämpft hatte, das ihre Tochter ins Wasser gezerrt hatte, und der es gelungen war, ihre Tochter aus dem Rachen des Krokodils zu befreien. Es gab eine Geschichte über zwei Türken, die das Leben eines Griechen gerettet hatten, der von einer Gang deutscher Skinheads verfolgt worden war. Sie hatte auch eine Meldung über eine Jüdin und einen Palästinenser abgeschrieben, die während der Intifada gegen den Willen und trotz gegenseitigen Hasses der Familien geheiratet hatten. Sie hatte sich weiterhin notiert, dass die Todesstrafe in Polen abgeschafft worden war, wenn auch gegen die Meinung von 75 Prozent der Bevölkerung, aber immerhin!

Manchmal hatte sie sich gefragt, ob sie unbewusst Meldungen sammelte, die den Menschen zu ihrem Nachteil gereichten, und ob sie auch ein dankbares Opfer des Vorurteils war, dass Lichtblicke im Dunkel weder Zeitungen verkauften noch die Zuschauerzahlen in die Höhe trieben. Aber nein, so einfältig war sie auch nicht. Als Wissenschaftlerin war es ihre Pflicht und Schuldigkeit, alles zu berücksichtigen, was gegen ihre eigenen Vorurteile sprach.

Sie fuhr mit dem Bus nach Gilleleje zurück. Als sie nach Hause kam, ging sie ins Badezimmer. Sie betrachtete sich lange im Spiegel. Das Spiegelbild bestätigte ihr, was sie die ganze Zeit gewusst zu haben glaubte. Sie schön zu nennen hätte wirklich nicht der Wahrheit entsprochen.

Oder nur einer gewissen Wahrheit. Unlängst hatte sie einen Bericht über die jüngsten Forschungen innerhalb der Ethnologie gelesen. Eines der Experimente lief darauf hinaus, Frauen in Diskotheken zu fotografieren und sie anschließend um eine Speichelprobe zu bitten. Mithilfe der Fotos wurde festgestellt, wie viel Haut unbedeckt war. Der Zusammenhang war eindeutig klar. Unbewusst entblößten sich die Frauen während ihrer fruchtbaren Tage mehr als gewöhnlich.

Indem man die Bilder ein- und derselben Frau manipulierte, hatte man zudem beweisen können, dass Männer auch auf kleinste Veränderungen im Aussehen der Frauen reagierten. Die Wissenschaftler hatten von einer Anzahl Frauen jeweils drei Fotos gemacht: ein Porträt, ein Ganzkörperfoto ohne Gesicht von vorne und ein Ganzkörperfoto von hinten. Diese Bilder wurden verschiedenen Männern gezeigt, jeder bekam aber nur eines der drei Bilder von jeder Frau zu sehen. Anschließend wurden die Bilder der Schönheit nach geordnet. Die Reihenfolge war jedes Mal dieselbe. Die Frau, die den ersten Platz belegte, war die, die die symmetrischsten Formen aufwies. Sie kam immer auf den ersten Platz, gleichgültig, welches Bild von ihr gezeigt wurde. So war es auch mit den manipulierten Bildern. Eine Frau mit schmaler Taille schnitt immer besser ab als dieselbe Frau mit etwas runderen Formen, obwohl sie im Übrigen identisch war. Das Interessanteste war vielleicht, dass dabei weder der ethnische Hintergrund noch die Religion der Frauen und Männer eine Rolle spielte. Die Einstufung fiel in jedem Fall gleich aus.

Eine andere Wissenschaftlerin namens Astrid Wütte hatte jedoch gezeigt, dass sich dieses inhärente Schönheitsideal ausschalten ließ. Wenn Männer Fotos von Frauen betrachteten und gleichzeitig den Geruch von Vaginalsekret wahrnahmen, geriet die Rangfolge durcheinander. Frauen, die sonst ganz unten auf der Skala gelandet waren, erreichten mithilfe des Sekrets plötzlich Spitzenpositionen.

Und sie? Konnte diese Theorie erklären, warum sie jetzt vor dem Spiegel stand, nachdem sie sich mehrere Jahre lang, abgesehen von ein wenig Wimperntusche, die sie jeden Morgen auflegte, überhaupt nicht um ihr Aussehen gekümmert hatte? Konnte diese Theorie erklären, warum sie ausgerechnet jetzt nach so langer Zeit Lust bekam, etwas für ihr Aussehen zu tun? Als sie ihr Projekt unter diesem Aspekt betrachtete, einerseits eine Theorie über die Menschen, andererseits die Gefühle und Gedanken eines einzelnen Menschen, wirkte es lächerlich. Was bildete sie sich ein? Dass ihr etwas gelingen würde, woran die größten Denker und Wissenschaftler der Geschichte gescheitert waren?

Sie verließ das Haus und ging zum Friseur um die Ecke.

»Machen Sie mich so schön, wie es bei jemandem wie mir nur irgend geht«, sagte sie zu der Frisörin, als sie sich auf den Friseurstuhl fallen ließ.

»Ich werde die Augen schließen«, sagte Inga noch, »und erst wieder öffnen, wenn Sie fertig sind.«

Als Inga schließlich, um siebenhundert Kronen ärmer, eine halbe Stunde später die Augen wieder öffnete, erkannte sie sich kaum wieder. Ihr Haar schimmerte in rostroten Nuancen. Dass das Haar so viel verändern konnte!

In einer Boutique kaufte sie ein rotes Kleid und mehrere Paar schwarze Strümpfe. Dann betrat sie ein Schuhgeschäft, um passende Schuhe zu ihrem Kleid zu suchen. Auf dem Heimweg kaufte sie noch ein paar Frauenzeitschriften. In »Alt før Damerna« stand ein Artikel mit der Überschrift »Schön im Handumdrehen!«. Genau das, was sie brauchte. Sie erstellte eine Liste der verschiedenen Produkte, verließ nochmals das Haus und besorgte alles Nötige bei Matas. Für vierzehnhundert Kronen erhielt sie eine ganze Tüte mit Fläschchen und Tiegeln.

Als Inga wieder zu Hause war, setzte sie sich auf das Sofa und stellte ihre Ausbeute auf den Couchtisch. Sie hängte den Badezimmerspiegel ab – der einzige Spiegel, den sie besaß – und lehnte ihn gegen einen Bücherstapel auf dem Tisch.

Sie begann mit den Augen. Erst las sie die Anweisungen: »Ein hübsches Augen-Make-up ist keine Kunst – wenn die Grundlage stimmt. Beginnen Sie mit einer Augenmaske, die Spuren von Müdigkeit und Schwellungen verringert. Ein Trick, der Frische bringt: ein paar zerkleinerte Eiswürfel in ein Taschentuch wickeln und auf die Augen legen ...«, und so weiter und so fort. Keine Kunst! Wenn man sich seit der

Jugendzeit nicht mehr richtig geschminkt hatte. Sie unternahm einen tapferen Versuch, aber wie sehr sie sich auch bemühte, sie wurde ihre Tränensäcke unter den Augen nicht los, nicht einmal mit der Abdeckcreme. Hingegen war sie mit den schmalen Schatten direkt unter den Brauen, die einen wacher erscheinen lassen und die Aufmerksamkeit auf sich ziehen sollten, recht zufrieden. Ging es nicht überhaupt nur darum?

Danach waren die Lippen an der Reihe. Das war nicht so umständlich wie die Augen, erforderte aber auch ein gutes Stück Arbeit. Wollte man die Anweisungen Punkt für Punkt befolgen, sollte man die Lippen erst mit einer alten und weichen Zahnbürste abreiben, um eine perfekte Grundlage zu erhalten. Gemäß der Zeitschrift war die Zone zwischen Hals und Brust »der weiblichste der sichtbaren Bereiche«, »eine feminine Trumpfkarte«, nicht mehr und nicht weniger. Das war sehr passend, denn das Kleid, das sie gekauft hatte, hatte einen recht tiefen Ausschnitt. Sie konnte zwar keinen großen Unterschied erkennen, als sie mit Creme und Glitter fertig war, aber die Haut schimmerte golden, wenn die Sonne in einem bestimmten Winkel darauf fiel.

Schließlich waren noch die Beine übrig. Das war das Einfachste von allem: Weg mit dem Haarwuchs und dann eincremen, obwohl man sich zwischen einer Unmenge verschiedener Cremes zu entscheiden hatte. Erst als Inga fertig war, fiel ihr ein, dass sie schwarze Strümpfe gekauft hatte, die vermutlich Haare und trockene Haut kaschiert hätten. Sie schaute auf die Uhr. Alles zusammen hatte eine Stunde und zwanzig Minuten gedauert. »Schön im Handumdrehen!« Wie sah man dann erst aus, wenn man Zeit hatte?

Als sie fertig war, zog sie die Strümpfe an, obwohl es nicht die Marke war, die von »Alt før Damerna« empfohlen wurde, sowie das Kleid und die neuen Schuhe. Sie legte sich ein Seidentuch um, um einen Teil des goldschimmernden Ausschnitts zu bedecken. Sonst wäre sie sich zu nackt vorgekommen. Schließlich schaute sie in den Spiegel und traute ihren Augen kaum, was wenig verwunderlich war, denn es fragte sich, ob es überhaupt noch ihre Augen waren.

Bevor sie ausging, setzte sie sich der Gewöhnung halber mit einem Glas Wein vor den Spiegel. Solange sie nicht in den Spiegel schaute, ging alles gut. Aber jedes Mal, wenn sie ihrem Blick begegnete, zuckte sie zusammen. Make-up war schließlich auch eine Art der Geheimniskrämerei. Man gab vor, anders zu sein, als man in Wirklichkeit war.

Als sie den Wein ausgetrunken hatte, setzte sie eine Sonnenbrille auf und verließ das Haus. Zweimal bemerkte sie, wie Männer sie verstohlen ansahen. Wann war das zuletzt passiert?

Sie sah auf die Uhr. Henning und Morten saßen sicher bereits im Kanalkroen und tranken ihr Nachmittagsbier. Was die wohl sagen würden?

Zuerst sagten sie überhaupt nichts. Sie erkannten Inga nicht wieder, warfen ihr einen zerstreuten Blick zu und nahmen ihre Unterhaltung wieder auf. Möglicherweise schaute sie Morten ein paar Sekunden länger an als Henning. Das war alles.

Sie sagte nichts, ging zum Tresen und bestellte zwei Bier für die beiden Herren am Ecktisch. Die Barfrau erkannte sie offenbar auch nicht. Aber sie starrte Inga an, bevor sie Henning und Morten das Bier servierte. Die beiden sahen die Barfrau fragend an, diese deutete mit dem Kinn verächtlich in Ingas Richtung, um zu zeigen, wer das Bier ausgegeben hatte. Endlich war es ihr gelungen, die beiden an der Nase herumzuführen. Sie trat an ihren Tisch.

»Ich bin's«, sagte sie und nahm die Sonnenbrille ab.

Es blieb lange still, bis Morten das Schweigen brach. Er pfiff leise.

»Bist du das wirklich?«, fragte Henning.

»Wer zum Teufel sollte es sonst sein!«, rief Morten. »Ich habe wieder einmal Recht behalten.«

Inga setzte sich.

»Was meinst du?«, fragte sie und blickte Morten unverwandt an.

»Ich und meine große Klappe.«

»Morten findet, dass du ein Teufelsweib bist«, sagte Henning.

»Mit Frauen kenne ich mich aus«, meinte Morten.

»Ach?«, sagte Henning. »Dann kannst du mir vielleicht auch erklären, warum Inga sich als Covergirl verkleidet hat.«

»Ich habe euch reingelegt«, sagte Inga.

»Ja, das hast du«, antwortete Henning nachdenklich. »Aber das war wohl kaum der Grund, weshalb du dich verkleidet und angemalt hast?«

»Sag bloß, du bist verknallt?«, fragte Morten.

»Ganz und gar nicht«, antwortete Inga. »Und selbst wenn das wider Erwarten eintreten sollte, würde ich euch deswegen nicht im Stich lassen.«

Sowohl Henning als auch Morten lächelten. Aber Henning schien immer noch nicht ganz zufrieden zu sein.

»Ich weiß nicht, warum«, sagte Inga zu ihm. »Ich hatte einfach Lust. Schließlich bin ich eine Frau.«

»Du hast nicht mehr so wahnsinnige Angst vor Männern«, meinte Henning.

Wie immer hatte er sie durchschaut.

»Dafür brauchst du aber kein Make-up«, fügte er hinzu. »Du gefällst uns so, wie du bist. Wenn die anderen Männer das nicht begreifen, dann stimmt mit denen irgendetwas nicht.«

»Da hast du etwas Wahres gesagt«, bestätigte Morten.

»Warum seid ihr eigentlich immer so nett zu mir?«, fragte Inga.

»Weil du das verdient hast, Kleines«, sagte Morten. »Und jetzt reden wir nicht mehr darüber.«

Gesagt, getan. Aber sie tranken mehr Bier als sonst, und als hätte sich wirklich etwas verändert, gewann Inga mehr Partien Mogeln als je zuvor.

15

Nach Ingas Anruf verging nicht viel Zeit, bis ich merkte, dass nicht alles so war, wie es sein sollte. Oder dass es zumindest nicht so war, wie ich erwartet hatte. Ich dachte oft an Inga und machte mir Sorgen, dass ihr etwas zustoßen könnte; allerdings nicht der Romanperson, sondern der Frau aus Fleisch und Blut. Dass die Zeitungen, insbesondere die Lokalblätter in Skåne, über das Attentat schrieben, machte die Sache auch nicht besser. Ich kaufte alle, weil ich glaubte, Material für meinen Roman sammeln zu müssen, aber eigentlich hoffte ich nur auf Informationen über Inga selbst, wo sie sich versteckt hielt, wo sie wohnte und wie ihre Lebensumstände und ihre Familienverhältnisse aussahen. Mit Erstaunen stellte ich bald fest, dass ich am liebsten ein Foto von ihr gehabt hätte, um meine Erinnerung an unser Treffen festhalten zu können. Zu guter Letzt gab es auch ein Foto, und zwar in der Kvällsposten. Es zeigte Inga während ihrer Disputation an einem Tisch neben ihrem Opponenten. Offenbar war ihre Dissertation über die Kriminalität von Sekten doch auf so großes Interesse gestoßen, dass zumindest eine Zeitung sich veranlasst sah, einen Journalisten und einen Fotografen zu schicken. Das Foto zeigte eine Frau, die sich über den Ausgang ihrer Disputation nicht die geringsten Sorgen zu machen schien. Im Gegenteil wirkte sie, als sei sie sich des Ernstes der Situation nicht bewusst. Sie hörte dem Opponenten mit vollkommener Konzentration zu.

Ihre Körperhaltung war, wenn auch nicht aggressiv, so doch selbstsicher. Gleichzeitig wies ihr Gesicht Spuren der Müdigkeit auf, was an sich nicht erstaunlich war. Alle, die einmal eine Doktorarbeit geschrieben haben, wissen, wie intensiv die letzte Zeit bis zur Disputation ist. Hingegen meinte ich etwas anderes in ihrem Gesicht erkennen zu können – aber vielleicht lese ich das auch nur im Nachhinein in ihre Züge –, eine Trauer, gemischt mit Bitterkeit und Abscheu. Zusammengenommen zeigte das Foto eine faszinierende, unnahbare und vom Leben gezeichnete Frau.

Wenn auch das Bild von Inga einen Teil meiner unmittelbaren Neugier stillte, fehlten mir nach wie vor Informationen über ihr Leben und ihren Lebenswandel. Der Polizei fehlte jede Spur der Täter, und sie ließ nichts darüber verlauten, ob sie etwas über Ingas Verbleib wusste. Auch die Journalisten konnten nicht viel beitragen. Über die Aussagen der interviewten Kollegen hinaus schienen sie nichts herausgefunden zu haben. Die Dekanin von Ingas Fachbereich hatte geäußert, dass das Attentat niemanden überrascht hatte und dass Inga aufgrund ihrer Forschungen bereits früher Drohbriefe erhalten hatte, und zwar nicht nur von Neonazis, sondern auch von den Scientologen und von den Zeugen Jehovas. Die Dekanin unterstrich, dass Ingas Institut versucht hatte, sie zu einem anderen Schwerpunkt ihrer Forschungen zu überreden – schließlich konnte ihre Arbeit die Mitarbeiter des Instituts gefährden –, und deutete an, dass ihr Forschungsthema nicht überall als wissenschaftlich relevant erachtet wurde. Die Frage, ob sie wisse, wo sich Inga Andersson versteckt hielte, verneinte sie energisch. Laut der Dekanin wusste niemand am Institut, wo sie wohnte. Seit etlichen Jahren sei Ingas Adresse geheim.

Ich wusste jedoch, dass dies nicht ganz der Wahrheit entsprach. Irgendjemand musste Ingas Versteck kennen, da sie mich gebeten hatte, eventuelle Post an das Institut zu schicken. Ich rief dort an und fragte ein paar von Ingas Kollegen und eine Sekretärin, aber alle zeigten sich unkooperativ. Es wurde deutlich, dass Inga am Institut nicht unumstritten war. Ebenso klar trat zutage, dass Mut und Zivilcourage dort Mangelware waren.

In diesem Punkt unterschied sich Ingas Institut in keiner Weise von anderen Instituten. Am Schwarzen Brett hatte ich einen Artikel aus der Personalzeitung aufgehängt. Ein junger Chemiker war gefragt worden, ob es gefährlich sei, dass die Forschung von externen Interessenten finanziert wurde, die in erster Linie am Profit und nicht an der Wahrheit interessiert waren. Der Wissenschaftler hatte geantwortet, dass er sich natürlich gegen die Forschungen, die mit der freien Forschung nicht vereinbar waren, zu wehren versuchte. »Aber«, hatte er hinzugefügt, »wenn man merkt, dass man nicht weiterkommt, muss man wohl zu Kreuze kriechen.« So verhielt es sich jedoch überhaupt nicht. Neben das Interview mit dem Chemiker hatte ich einen Artikel über den Kriminologen Janne Flyghed aus Stockholm gehängt, der dem Forschungsrat 1,6 Millionen Kronen zurückgegeben hatte, da er keinen freien Zugang zum Archiv der Sicherheitspolizei erhalten hatte. Es stand fest, dass Inga nicht zu den Menschen gehörte, die sich bezüglich der Wahrheit auf Kompromisse einließen. Es fragte sich bloß, warum nicht. Darüber wusste ich nichts und konnte nur mutmaßen.

Mit Spannung erwartete ich ihren Artikel für die Konferenz. Ich hoffte, dass ich aus ihm etwas über Inga selbst erfahren würde. Eines Morgens, zwei Wochen nach dem Attentat, erhielt ich schließlich einen braunen Umschlag, der in Kopenhagen abgestempelt worden war. In dem Umschlag lagen nur der Artikel für die Konferenz und eine kleine Karte mit den Worten: »Grüße und danke für die Hilfe. Inga.«

Ich rief sofort zu Hause an und teilte mit, ich müsse Überstunden machen. Dann sprach ich eine Mitteilung auf den Anrufbeantworter, ich sei den Rest des Tages nicht mehr zu erreichen. Anschließend begann ich zu lesen.

16

»Es war einmal ein mächtiger Präsident in einem mächtigen Land. In den Jahren, in denen der Präsident sein Land lenkte, fasste er mehr wichtige Beschlüsse denn je ein Präsident vor oder nach ihm. Er erteilte den Befehl, die zwei größten Bomben abzuwerfen, die die Welt je gesehen hatte. Er beendete den bis dahin blutigsten Krieg der Welt, den zweiten. Aber er war es auch, der einen neuen Krieg begann, den Kalten. Er genehmigte die bisher umfassendste Hilfe für die Kriegsopfer. Er gab die Entwicklung der Wasserstoffbombe in Auftrag. Er steckte hinter der Gründung der schlagkräftigsten Verteidigungsallianz.

Jeder dieser Beschlüsse veränderte die Welt und hätte genügt, dem Präsidenten einen Platz in den Geschichtsbüchern zu sichern. Es waren wichtige Beschlüsse, die von einem mächtigen Präsidenten in einem mächtigen Land gefasst worden waren.

Derselbe Präsident fasste jedoch auch einen weiteren Beschluss, der die Welt vielleicht ebenso stark veränderte wie die anderen. Aber dieser Beschluss steht in keiner Biografie und in keinem Geschichtsbuch. Der Präsident beschloss nämlich, unter dem Siegel größter Verschwiegenheit den geheimsten und später auch größten Nachrichtendienst der Welt einzurichten, die Nationale Sicherheitsagentur, genannt NSA. Dieser neue Nachrichtendienst (denn es gab bereits einen, die Zentrale Informationsagentur, deren Namen alle kannten) war so geheim, dass er das Recht hatte, seine Existenz zu verleugnen. Gleichzeitig galt es als Hochverrat, zu behaupten, dass er existierte. Einerseits durfte er also nicht existieren, andererseits konnte man zu einer lebenslangen Gefängnisstrafe verurteilt werden, wenn man behauptete, dass er existierte! Und nicht genug damit, auch die Direktive, mit der die Agentur formell eingerichtet wurde und die ihre Aufgaben beschrieb, war geheim, so geheim, dass niemand, nicht einmal die Abgeordneten, nicht einmal die gesamte Regierung, wusste, dass es so eine Direktive überhaupt gab. Schließlich existierte der neue Nachrichtendienst nicht. Der Präsident, seine Berater und die Mitarbeiter der Agentur gaben der NSA bald zwei verschiedene Spitznamen, die die Abkürzung geschickt abwandelten und die Lage zusammenfassten: NSA stand einmal für »No Such Agency«, dann wieder für »Never Say Anything«. Man hätte fast glauben können, dass sich jemand diese Spitznamen bereits bei der Taufe der Agentur ausgedacht hatte.

Einige Jahre blieb die Agentur ein wohl gehütetes Geheimnis, obwohl sie immer größer wurde und ihr Hauptquartier Fort George Mead, irgendwo zwischen Washington, D. C., und Baltimore, bald aus allen Nähten platzte. Milliarden von Dollars strömten für neue Gebäude, weitere Angestellte und modernere Ausrüstung zur Kryptierung, zum Abhören, zum Dechiffrieren und zur Analyse aus der Staatskasse in das schwarze Loch der Geheimniskrämerei. Die Instanz, das Komitee für Nachrichtendienste des Präsidenten, die die Tätigkeit der NSA und ihren Dollarverbrauch hätte kontrollieren sollen, stellte ebenfalls ein Staatsgeheimnis dar. Eine geheime Organisation wurde logischerweise von einer anderen geheimen Organisation kontrolliert. Die Agentur stellte schlicht über mehrere Jahre hinweg das perfekt bewahrte Geheimnis dar, den Traum eines jeden Machthabers, und war viel wirkungsvoller als die perfekte Lüge. Denn die perfekte Lüge, die der Wahrheit zum Verwechseln ähnlich ist, hinterlässt immer eine Spur, nämlich eine Aussage, deren Wahrheitsgehalt nachprüfbar wäre. Das vollendete Geheimnis hinterlässt keine Spuren. Es existiert nicht. Es gibt nichts zu dementieren.

Never say anything. No such agency.«

Nach diesem Anfang in unbeschwertem Märchenstil änderte der Artikel seinen Duktus und nahm stärker die Form von Sachprosa populärwissenschaftlicher oder wissenschaftlicher Art an. Der Inhalt war jedoch meines Erachtens sowohl verblüffend als auch beunruhigend, sofern das, was Inga erzählte, tatsächlich der Wirklichkeit entsprach.

Der Artikel lief darauf hinaus, dass sich innerhalb der NSA ein so genannter innerer Raum gebildet hatte, der aus mehr oder minder Robin-Hood-ähnlichen Weltverbesserern bestand, die beschlossen hatten, die Sache selbst in die Hand zu nehmen. Unter größter Geheimhaltung verwendeten sie die enormen Ressourcen der NSA für ihre eigenen Zwecke. Es handelte sich um Menschen, die sich eigentlich der so genannten »moralischen Majorität« zurechneten und von den USA und von der Welt im Allgemeinen enttäuscht waren. Aber es handelte sich auch um Agenten und Analytiker, die über viele Jahre Informationen über Waffenhandel, Drogenbosse, Kinderpornografie, Korruption, Pädophilie und andere privatrechtliche Verbrechen hatten makulieren müssen, um sich stattdessen dem Abhören der Diplomatie, das heißt weltumspannender, aber realpolitischer Machtkämpfe, und Industriespionage zu widmen. Diese Leute hatten begonnen, an der Vortrefflichkeit ihres eigenen Landes zu zweifeln. Sie hatten mit ihren eigenen, für geheim erklärten Augen angesehen, wie realpolitische Rücksichtnahme – oder, um genauer zu sein, realpolitische Rücksichtslosigkeit – im Namen der Freiheit in Chile, Nicaragua, Panama, dem Nahen Osten und in Vietnam Freiheit und Menschenrechte mit Füßen getreten hatte. Sie fanden, dass ein Sicherheitsdienst wie die NSA nur in einem Land gerechtfertigt war, das die Werte, die es zu verteidigen und aufrechtzuerhalten vorgab, auch in der Praxis vertrat. Es handelte sich also um Menschen, die die Ansicht vertraten, dass man erst vor der eigenen Tür kehren sollte, ehe man für sich in Anspruch nehmen konnte, ein Vorbild für die ganze Welt darzustellen.

An der Spitze dieses inneren Raums stand laut Inga ein Mann, den sie X nannte, ein brillanter Kopf, der als Agent der NSA in Vietnam begonnen hatte und dann von der M 5 angeheuert worden war, d. h. der Abteilung für innere Sicherheit der NSA, deren Chef er bereits in jungen Jahren wurde. Inga kommentierte das nicht im Klartext, aber es verstand sich von selbst, dass sich kein Posten besser für eine subversive Tätigkeit eignete als der des Sicherheitschefs. Er bot natürlich ungeahnte Möglichkeiten, Teile der NSA für eigene Zwecke zu gebrauchen. X hatte schon früh erkannt, dass sich die Geschichte durch Information manipulieren ließ, und er hatte als einer der Ersten innerhalb der NSA darauf hingewiesen, dass es mindestens ebenso wichtig war, den Informationskrieg wie den bewaffneten Krieg zu gewinnen. Diese Einsicht lag laut Inga dem Wirken des inneren Raumes zugrunde, mithilfe von Information, sowohl kompromittierender als auch anderer, wahrer als auch unwahrer, die Entwicklung der Welt in eine Richtung zu steuern, die man für wünschenswert hielt.

»Zusammenfassend«, beendete Inga ihren Artikel, *»ist festzustellen, dass X systematisch eine geheime Organisation aufgebaut hat unter dem Deckmantel der Agentur, deren absolutes Ziel die Weltherrschaft durch globale Informationssteuerung darstellt.*

Es wäre hingegen falsch, den Schluss zu ziehen, X sei ein machtbesessener Diktator vom Schlage Hitlers oder Stalins. Alle verfügbaren Informationen deuten darauf hin, dass X und der innere Raum im Grunde genommen auf eine Weltordnung hinarbeiten, die auf humanistischen Idealen basiert, wie sie bereits von den Rosenkreuzern formuliert worden sind. Das ändert jedoch nichts an der Tatsache, dass diese Perspektive aus verschiedenen Gründen zu ernsthafter Beunruhigung Anlass gibt. Zum einen und Wichtigsten gibt es keine Möglichkeit zu kontrollieren, dass die vermeintlich guten Absichten des inneren Raumes auch tatsächlich umgesetzt werden, zum an-

deren scheinen X und seine engsten Mitarbeiter souverän zu entscheiden, was in dieser Welt gut oder schlecht ist. Drittens gibt es keine Garantien dafür, dass die augenblicklichen Ideale beibehalten werden, wenn jemand anders die Macht im inneren Raum übernimmt. Viertens ist wie bei allen privilegierten Idealisten zu befürchten, dass die Ideale wichtiger sind als das Wohl oder sogar das Leben einzelner Menschen. Fünftens wirkt es nicht sonderlich Vertrauen erweckend, dass die Ideologie des inneren Raumes auf der Lehre der Illuminaten über okkulte Traditionen und ihren Gedanken über die uralte Weisheit basiert. Sechstens darf nicht außer Acht gelassen werden, dass das Wirken des inneren Raumes im direkten Widerspruch zu den Interessen der Agentur und des mächtigen Landes steht. Aus dem Streben nach der Erschaffung einer Weltregierung folgt zwingend, dass der innere Raum dem Status des mächtigen Landes als Großmacht entgegenwirken will. Dass sich die Mitglieder des inneren Raumes damit des Hochverrats schuldig machen, bedeutet, dass sie vor keiner Maßnahme zurückschrecken würden, wenn sie den inneren Raum bedroht sähen, beispielsweise dadurch, dass jemand wie der Urheber dieses Artikels seine Existenz enthüllen könnte.

Aufgrund seiner Struktur lässt sich nur schwer abschätzen, wie der innere Raum arbeitet und wie viele Personen im Augenblick an dieser Arbeit beteiligt sind. Unsere Quelle deutet an, dass sich die Zahl der Mitglieder auf etwa siebenhundert Personen aller Personalkategorien beläuft. Das Gros besteht aus Angestellten der Agentur, der Rest stammt aus Organisationen, mit denen die Agentur zusammenarbeitet und die gemeinsam das Echelon bilden. Es kann sich jedoch auch um doppelt so viele Personen handeln. Von diesen siebenhundert sind jedoch nur etwa zweihundert initiiert und haben das Treue- und Schweigegelübde abgelegt. Bemerkenswert ist, dass viele Mitglieder unter Abhörspezialisten und Archivaren rekrutiert wurden, insbesondere unter jenen, die sich mit der überschüssigen Information, die ständig durch die Riesenohren des Echelon hereinströmt, beschäftigen. Das ist verständlich, da die Tätigkeit des inneren Raumes darauf ab-

zielt, Informationen zu speichern, die sonst nicht von der Agentur analysiert worden wären oder die für andere Zwecke als die beabsichtigten verwendet werden können.

Ebenso schwierig wie die Ermittlung genauer Mitgliederzahlen gestaltet sich die Erforschung der Tätigkeit des inneren Raumes. Die Organisation baut auf dem Prinzip auf, dass die eine Hand nicht weiß, was die andere tut. In den meisten Fällen weiß das einzelne Mitglied also nicht, worin seine konkreten Arbeitsaufgaben eigentlich bestehen oder wofür die Informationen, die es dem inneren Raum liefert, tatsächlich verwendet werden. Wir wollen unterstreichen, dass sich keine der Informationen, mit denen unsere Quelle aus dem inneren Raum uns beliefert hat, anderweitig verifizieren ließ. Das liegt in der Natur der Sache. Natürlich können wir den Namen unseres Informanten ebenfalls nicht preisgeben.

Aller Wahrscheinlichkeit nach existiert der innere Raum zumindest. Er ist bereits voll einsatzfähig und stellt schon heute einen Machtfaktor dar, der die Entwicklung der Welt in bestimmten Bereichen beeinflussen kann. Außerdem steht fest, dass sich die Tätigkeit des inneren Raumes jeglicher demokratischer Kontrolle und Einsicht entzieht, und zwar in weitaus höherem Maße als die Agentur selbst, die sich trotz allem in gewissen Fällen gezwungen gesehen hat, ihre Tätigkeit zu modifizieren, obwohl niemand heute weiß, inwiefern sich die Agentur immer noch mit illegalen Tätigkeiten befasst. Wir wollen unterstreichen, dass nichts darauf hindeutet, dass der innere Raum einen Teil der okkulten Konspiration darstellt, deren Existenz fantasievolle Verschwörungstheoretiker immer wieder geltend machen wollen. Das Wirken des inneren Raumes ist ohnehin bereits beunruhigend genug.«

Meine erste Reaktion auf Ingas Vortrag lässt sich vielleicht am besten mit dem Wort Ungläubigkeit beschreiben. Oder genauer gesagt: Ich wusste nicht, was ich glauben sollte. Vom Echelon hatte ich schon gehört. Aber der Rest? Ich schaute noch einmal in den Umschlag, um nachzusehen, ob dort ein Brief von Inga lag. Nichts. Ich las den Artikel mehrmals. Soweit sich das beurteilen ließ, konnte alles wahr sein. Ich war mir ziemlich sicher, dass vieles nicht erfunden war. Der Märchenton am Anfang des Artikels konnte der Verschleierung dienen oder auch darauf hinweisen, dass man nicht alles für bare Münze nehmen durfte. Davon, was Inga mit dem Artikel eigentlich bezweckte, hatte ich nicht die leiseste Ahnung.

Ich versuchte mich zu erinnern, ob es etwas gab, das Ingas Absichten erhellen konnte. Was wollte sie? Wer war sie eigentlich? Aber sie hatte während unseres einzigen Gesprächs nur wenige Anhaltspunkte geliefert. Die von mir gehegte Hoffnung, ihr Artikel würde etwas über ihr Leben oder ihre Persönlichkeit preisgeben, hatte sich nicht erfüllt. Im Gegenteil hatte er meine Unsicherheit noch gesteigert.

Als ich vor mich hin starrte, fiel mein Blick erneut auf den Artikel über Flyghed und die zurückerstatteten Forschungsgelder. Das Wort »Abhören« fesselte meine Aufmerksamkeit. Dass ich daran noch nicht gedacht hatte! Wenn es jemanden gab, der mir etwas über den Wahrheitsgehalt von Ingas Artikel sagen konnte, dann Flyghed, der sich dem Artikel zufolge im Rahmen seiner Forschungen mit Spionage, Terrorismus und Abhörpraktiken beschäftigt hatte.

Ich rief ihn sofort an, stellte mich vor und erläuterte ihm umfassend die Sachlage. Ich teilte ihm mit, dass ich mich mit dem Gedanken trug, einen Roman über das Echelon und den Überwachungsstaat zu schreiben, und dass ich auf einen sonderbaren Artikel gestoßen war, dessen Wahrheitsgehalt ich nicht beurteilen konnte. Ob ich vielleicht einige Minuten seiner Zeit in Anspruch nehmen dürfe? Flyghed war entgegenkommend und wirkte recht interessiert. Ich berichtete kurz, was Inga über den inneren Raum geschrieben hatte, und las einige zentrale Absätze vor, ohne jedoch zu erwähnen, woher der Artikel stammte oder wer ihn geschrieben hatte.

»Es ist eine bekannte Tatsache, dass Nachrichtendienste innere Zirkel bilden«, sagte Flyghed. »Der Begriff ›innerer Raum‹ wird in der Forschung verwendet.«

»Gab es etwas, das unglaubwürdig wirkte?«

»Auf Anhieb nein. Höchstens der Passus über die Rosenkreuzer wirkte etwas gewollt. Aber wenn das, was der Autor des Artikels schreibt, im Übrigen stimmt, muss er über einen Informanten, einen Deep Throat, im inneren Raum verfügen. Sonst gäbe es keine Möglichkeit, an solche Informationen zu gelangen.«

»Könnte die Publikation des Artikels den Autor gefährden?«

»Wahrscheinlich würden sowohl die NSA als auch der innere Raum versuchen, den Autor unter Druck zu setzen. Die NSA, um herauszufinden, ob es diesen inneren Raum gibt, der innere Raum, um zu verhindern, dass bekannt wird, dass ein innerer Raum existiert.«

»In welcher Weise unter Druck setzen?«

»Durch Erpressung, Bestechung, Drohungen, Überredung, rechtliche Maßnahmen. Ich glaube nicht, dass sie im Fall einer Bedrohung irgendwelche Skrupel hätten. Aber bevor sie etwas unternehmen, müssen sie herausfinden, wer dem Autor die Informationen geliefert hat. Wenn sie den Autor beiseite schaffen, riecht sein Informant Lunte und macht sich aus dem Staub. Das ist das große Dilemma der Sicherheitsdienste. Wenn sie zu früh zuschlagen, fehlen ihnen die Beweise. Kommen sie zu spät, können die Verdächtigen flüchten.«

Ich sagte nichts.

»Einerseits muss man sich davor hüten, paranoid zu werden«, fuhr Flyghed fort, »die Kapazität des Echelon ist zwar enorm, seiner Abhörtechnik bliebe im Grunde nichts verborgen, aber die Mitarbeiter können sich nicht alles anhören und vor allen Dingen nicht alles bearbeiten. Man muss nur bedenken, dass jedes unterseeische Telefonkabel eine Kapazität von 120 000 Gesprächen gleichzeitig hat. Oder dass die Hauptverbindungen des Internets Informationen transportieren, die mehreren tausend Büchern normalen Umfangs pro Minute entsprechen. Außerdem steht das Echelon vor dem Problem der verschiedenen Sprachen. Obwohl eine große Zahl von Sprachwissenschaftlern für die NSA arbeitet, herrscht akuter Mangel an Analytikern. Nebenbei bemerkt scheinen die schwedischen Unternehmen nicht eingesehen zu haben, dass sie viel anfälliger für Industriespionage sind, wenn sie sich für Englisch als Geschäftssprache entscheiden. In Vietnam hat es sich als deutlicher Vorteil erwiesen, sich einer anderen Sprache als des Englischen zu bedienen. Jedes Mal, wenn die Amerikaner vergessen hatten, eine Nachricht zu verschlüsseln, und das geschah oft, lasen die Vietnamesen sie wie ein offenes Buch. Umgekehrt galt das natürlich nicht. Eine weitere Erschwernis liegt für das Echelon darin, dass es noch nicht gelungen ist, ein zuverlässiges automatisches Sprachverarbeitungssystem zu konstruieren. Das hat zur Folge, dass alle Telefongespräche aufgezeichnet und von einem Analytiker in der dafür benötigten Zeit abgehört werden müssen. Zudem ist es nicht sicher, dass es dem Echelon gelingt, sämtliche optischen Kabel abzuhören, die sich aufgrund ihrer größeren Kapazität immer mehr durchsetzen. Mit den alten unterseeischen Kabeln ist das einfacher: Man schickt ein U-Boot nach unten, das einen Induktionsring um das Kabel legt. Das ist bei optischen Kabeln nicht möglich. Bei diesen muss man die Verbindungsstationen anzapfen. Wie immer übertreiben und dramatisieren die Medien. Schließlich müssen sie ihre Zeitungen verkaufen. Andererseits …«

»Andererseits was?«

»Andererseits sollte man auf der Hut sein, wenn man der Risikogruppe angehört, das heißt zu jenen zählt, die das Echelon absolut abhören will. Wäre ich die NSA, würde ich mich besonders für Leute wie den Autor Ihres Artikels und wie Duncan Campbell, Nicky Hager, James Bamford, die aus einer Insider-Perspektive über das Echelon geschrieben haben, interessieren. So viel ist auf jeden Fall sicher, es ist schwer für den Einzelnen, sich zu schützen. Wenn sich das Echelon entschlossen hat, sie zu überwachen.«

»Sogar in Schweden?«

»Der Chef des hiesigen Geheimdienstes hat erklärt, dass er von der Existenz des Echelon gehört hat, gleichzeitig jedoch versichert, dass Schweden nicht involviert ist. Diese Äußerung ist natürlich mit Vorsicht zu genießen. Vor nicht allzu langer Zeit habe ich gelesen, dass die schwedische Funküberwachung den viertleistungsfähigsten Computer der Welt außerhalb der USA angeschafft hat. Weshalb sollte sich der schwedische militärische Abschirmdienst einen der leistungsfähigsten Computer der Welt zulegen? Wir verfügen nur über wenige Schiffe mit Abhöreinrichtungen und ein paar Spionageflugzeuge. Es würde mich sehr wundern, wenn dieser neue Computer nicht im Dienst des Echelon stünde. Hingegen glaube ich nicht, dass die Sicherheitspolizei und die NSA Informationen über Einzelpersonen austauschen.«

»Aber unmöglich wäre es nicht?«

»Nein.«

»Wie soll man kommunizieren, wenn man sicherstellen möchte, nicht abgehört zu werden?«

»Per Post oder unter vier Augen. Aber in diesem Fall muss man aufpassen, dass man sich nicht in Räumen mit modernen Telefonen aufhält. Sie können als Mikrofone verwendet werden, auch wenn der Hörer aufgelegt ist. E-Mail, Fax und Telefongespräche sind für alle, die über Abhörtechnik verfügen, ein offenes Buch. Und das Echelon verfügt darüber.«

Ich dankte für die Auskünfte und legte auf. Ich wollte Inga warnen. Normalerweise hätte ich ihr eine Mail geschickt. Unter diesen Umständen war es jedoch ratsam, dies zu unterlassen. Ich musste einen Brief ans Institut schicken und hoffen, dass er tatsächlich ankam.

In dem Brief dankte ich Inga für ihren Artikel. Falls sie weitere Hilfe benötigte, dürfe sie sich gern wieder melden. Ich schrieb ein paar Worte über die Reaktionen auf das Attentat auf ihr Büro und gab meiner Hoffnung Ausdruck, es gehe ihr den Umständen entsprechend gut. Ich bat sie, vorsichtig zu sein, und erklärte etwas neunmalklug, dass mit den Neonazis nicht zu spaßen sei.

Als ich fertig war, las ich den Brief noch einmal durch. Mir gefiel kein einziger Satz. Ich hätte die Wahrheit schreiben sollen, dass ich vorgehabt hatte, sie als Vorwand zu verwenden, um einen Roman zu schreiben, aber dass ich begonnen hatte, zu viel an sie als wirkliche Person zu denken, um noch schreiben zu können. Ich hätte ihr mein Geheimnis anvertrauen sollen. Vielleicht hätte das einen Unterschied gemacht. Vielleicht auch nicht.

17

Die Tage bis zur Konferenz ging es Inga so gut wie schon lange nicht mehr. Jeden Morgen machte sie einen langen Strandspaziergang, oft ohne einem einzigen Menschen zu begegnen, am allerwenigsten jenem Mann, der behauptet hatte, sie habe schöne Augen. Anschließend las sie, vor allem Romane, aber auch Bücher über den Menschen und die Evolution des Menschen mit Titeln wie »Are We Unique«, »The Third Chimpanzee«, »The Origin of

Humankind«, »Becoming Human«, »The Pinnacle of Life Consciousness and Self-Awareness in Humans and Animals«, »Si les lions pouvaient parler«, »L'emergence de la conscience de l'animal à l'homme«, »The Symbolic Species« und »Homo ward sapiens«. Irgendwie hoffte sie, dass eines der Bücher über den Menschen die Theorie enthalten würde, nach der sie suchte. Innerhalb von zwei Wochen schrieb sie ein ganzes Notizbuch voll, jedoch ohne der Wahrheit näher zu kommen.

Spätnachmittags begab sie sich in den Kanalkroen und trank ein Glas Bier oder zwei mit Henning und Morten. Am allerbesten gefiel Inga, wenn Henning und Morten zu erzählen begannen und mit haarsträubenden Geschichten über Seeleute aller erdenklichen Schattierungen aufwarteten.

Eine der Geschichten, an die sie oft dachte, handelte von den Fischern aus Thyborøn während der deutschen Besetzung Dänemarks. Anfangs hatten die Deutschen versucht, die Fischer dazu zu bewegen, Truppen und Munition nach Norwegen zu transportieren. Der stillschweigende Widerstand war jedoch so unerschütterlich gewesen, dass die Deutschen von diesem Plan hatten Abstand nehmen müssen. Später legten die Deutschen zwanzig Seemeilen vor der Küste eine Fischereigrenze fest, hinter der jeder Fischfang verboten war. Das hielt die Fischer aus Thyborøn nicht davon ab, gelegentlich »die Orientierung zu verlieren«, diese Grenze zu passieren und ihre britischen Kollegen zu treffen. Nach der Rückkehr vom Fang saß eines Tages einer der Fischer auf dem Kai und las Zeitung, als ein deutscher Offizier vorbeikam und fragte, was er lese. »The Times«, antwortete der Fischer. »Wo haben Sie die her?«, fragte der Deutsche scharf. Der Fischer schaute auf und antwortete: »Die habe ich abonniert.«

Eine der Fragen, auf die Inga eine Antwort finden wollte, war die, warum einige Widerstand leisteten und den Gehorsam verweigerten, während andere sich abfanden und taten, was ihnen aufgetragen wurde. Henning und Morten glaubten oder gehorchten nie, wenn es nicht unbedingt notwendig war.

Woran lag es, dass sich Menschen in ihrer Neigung, an etwas zu glauben, so stark unterschieden? Irgendwo in ihren Notizbüchern hatte sie aufgeschrieben, die Forschung habe bewiesen, dass sich zehn bis fünfzehn Prozent aller Menschen nicht hypnotisieren ließen. Am anderen Ende der Skala gab es eine ebenso große Anzahl Personen, die der Hypnose mühelos zum Opfer fielen, sogar gegen ihren Willen. Das entsprach ziemlich genau Stanley Milgrams berühmtem und furchtbarem Experiment über die Neigung von Menschen, Befehle auszuführen und Autoritäten zu glauben. Über fünfzehn Prozent der Probanden Milgrams waren bereit gewesen, auf Aufforderung falscher Ärzte einem Patienten einen tödlichen Elektroschock zu verabreichen. Milgram zog den Schluss, dass Gehorsam beziehungsweise Ungehorsam eines Menschen auf dessen Charakter zurückzuführen sei, konnte den kausalen Zusammenhang jedoch nicht näher benennen.

Jeweils am späteren Abend, nachdem Inga sich von Morten und Henning verabschiedet hatte, setzte sie sich an den Computer. Sie ordnete ihr gesamtes Material über die Gesetzesverstöße geheimer Nachrichtendienste. Es handelte sich dabei um eine stattliche Anzahl Unterlagen, die sicher nur die Spitze des Eisbergs darstellten. Sie suchte auch die jüngsten Artikel über Echelon heraus, die jedoch lediglich Altbekanntes wiederkäuten. Die Anzahl neuer Fakten war verschwindend gering. Die NSA hielt offenbar eisern an ihrem Prinzip fest, Angaben oder Behauptungen weder zu dementieren noch zu bestätigen.

Eines Tages recherchierte sie, was in der schwedischen Presse über die Neonazis erschienen war. Sie las die Kommentare über den Anschlag auf ihr Büro, insbesondere die feigen Äußerungen ihrer Dekanin. Aber irgendwie schien Inga das nicht sonderlich zu berühren. Lund lag weit weg. Ihre eigene Forschung ebenfalls. Wenn sie sich vor den Spiegel setzte und das Auflegen von Make-up übte, konnte sie sogar davon träumen, ihr Leben in Zukunft nicht allein leben zu müssen.

Nur zwei Vorfälle im Laufe zweier Wochen brachten sie etwas aus der Ruhe. Der erste war ein Brief Ingessons, den der Nachtwächter weitergeleitet hatte und der in einem beschützenden Ton gehalten war, der sie irritierte. Als bezweifle Ingesson, dass sie auf eigenen Beinen stehen konnte. Schließlich war sie die Spezialistin für geheime Organisationen und wusste daher, welche Risiken sie einging. Was konnte ein Schriftsteller wie Ingesson schon darüber wissen?

Der zweite Vorfall ereignete sich nur wenige Tage vor der Konferenz. Sie wollte sich gerade hinlegen, als sie zum ersten Mal seit langem die Sicherheit ihres Computers überprüfte. Sie hatte ein neues Kontrollprogramm installiert, das nicht nur die Besucher ihrer Homepage zählte, sondern auch registrierte, von welchen Computern diese kamen. Jeder Besucher, gleichgültig welchen Computers, hinterließ eine Spur. Aus diesem Grund bedienten sich Hacker vorzugsweise der Computer anderer. Im Grunde genommen gab es nur eine Möglichkeit, die eigenen Daten vor dem Zugriff Außenstehender zu sichern, nämlich indem man nicht online ging.

Inga steckte in einer Zwickmühle. Einerseits wünschte sie größtmögliche Verbreitung ihrer Forschungsergebnisse, andererseits wollte sie nicht, dass Sekten in ihren Computer eindrangen und Datenbanken oder Dateien zerstörten, ganz zu schweigen von ihrer Festplatte, die sich nur mit großem zeitlichen und finanziellen Aufwand ersetzen ließ. Noch wichtiger war es, die Mails all ihrer Informanten, die sie im Laufe der Jahre innerhalb und außerhalb der geheimen Organisationen organisiert hatte, vor fremden Augen zu schützen.

Sie hatte ihr Möglichstes getan. Zugriff auf ihre Festplatte und ihre Dateien erlangte man nur mithilfe verschlüsselter Codes. Sie öffnete nie die Mails von unbekannten Absendern. Mails wurden von dem momentan genutzten Server automatisch auf ihre Festplatte kopiert. Nachdem sie sie gelesen hatte, löschte sie sie und behielt nur einen Ausdruck. Äußerst wenig Material war auf ihrer internen Festplatte gespeichert. Die meisten Daten speicherte sie auf einer externen Festplatte, die sie nur bei Bedarf in Betrieb nahm, jedoch niemals, wenn sie online war. Sie las auch keine Mails online. Sie hatte sich die effektivste Firewall installiert, die auf dem Markt war.

Bisher war sie ungeschoren davongekommen, wenn man davon absah, dass der Server, den sie verwendete, zweimal mit Mails bombardiert worden und abgestürzt war. Beide Male hatte es den Scientologen missfallen, dass die Wahrheit über sie veröffentlicht worden war.

Aber das lag nun schon über ein Jahr zurück. Deswegen hätte sie auch fast übersehen, dass die Sicherheitskontrolle anzeigte, dass jemand in ihren Computer eingedrungen war. Sie startete ein Suchprogramm. Kurz darauf erhielt sie das Ergebnis. Der Eindringling hatte ihren Beitrag zur Konferenz gelesen sowie ihr recherchiertes Material über Echelon und die NSA. Nach einer Stunde harter Arbeit glückte es ihr, den Computer zu identifizieren. Er gehörte dem »US Government«. Das konnte nur eines bedeuten: Die Agenten Echelons oder der NSA hatten ihren Artikel abgefangen, als sie ihn nach Cerisy-la-Salle geschickt hatte.

Sie dachte an die Warnungen Ingessons. Aber was war natürlicher, als dass Echelon das Wort »Echelon« in seinem Katalog der Schlüsselworte, die automatisch überwacht wurden, abgespeichert hatte? Der dänischen Zeitung Ekstrabladet war das auch passiert, als sie ein Interview mit einem ehemaligen Lockheed-Angestellten veröffentlichte, der Software für das Echelon-System entwickelt hatte. Inga riskierte ebenso wenig wie die Reporter von Ekstrabladet oder all die anderen, die Echelon-kritische Homepages besaßen.

18

Eine Woche war vergangen, seit ich Ingas Konferenzbeitrag gelesen hatte. In meinem Kopf wurde ein Streit auf Leben und Tod ausgetragen. Wenn die reale Inga siegte, würde die Inga der Fantasie untergehen. Wenn die Inga der Fantasie siegte, würde die reale Inga für immer aus meinem Bewusstsein verschwinden. Die Wahrheit war jedoch, dass die Gedanken an die wirkliche Inga wie Bleiklumpen an den Versuchsballons hingen, die ich vergebens mit dem Treibstoff der Fantasie zum Fliegen bringen wollte. War sie sich der Risiken, die sie einging, bewusst? Natürlich. Sie war viel zu gescheit, um nicht zu wissen, worauf sie sich eingelassen hatte.

Kaum hatte ich diesen Gedanken zu Ende gedacht, fügte sich ein neuer Bestandteil zu Ingas Persönlichkeit hinzu, obwohl er aus der Wirklichkeit stammte: Inga ging bewusst Risiken ein. Aber warum? Was war Ingas Geheimnis?

Ich machte ein paar Notizen, wandte mich meinen unerledigten Akten zu und begann darin zu blättern. Formulare für die Neubesetzung einer Stelle, Informationen über die neuen Regeln für Rentenfonds, ein Entwurf für die langfristige Entwicklung der Fakultät, der vermutlich wie alle anderen Policy-Dokumente dieser Art Staub sammeln und überarbeitet werden würde, um nochmals Staub zu fangen, Eingaben über alles Mögliche an alle möglichen Instanzen und ein Bericht über die Reform der Ausbildung des wissenschaftlichen Nachwuchses, die vor einem Jahr in Angriff genommen woren war. Ich legte alles in die Ablage zurück. Ohne Maßnahme.

Stattdessen machte ich einen Spaziergang. Ich ging an der Unibibliothek vorbei, die die Studenten und Dozenten allmählich verließen. Sie blinzelten in die kraftlose Nachmittagssonne, der es gerade gelang, ein paar Strahlen zwischen zwei Häusern hindurchzuschicken, bevor sie endgültig unterging. Gemächlich spazierte ich durch Lundagård. Die großen Ulmen knarrten in den Windböen. Ein Jahr zuvor hatten diese Bäume eine lebhafte Diskussion ausgelöst, da mehrere von ihnen so alt waren, dass sie bei dem ersten Herbststurm umzustürzen drohten. Aus Sicherheitsgründen hatte die Stadt beschlossen, sie zu fällen, um zu verhindern, dass Passanten von entwurzelten Bäumen erschlagen wurden. Statt eines Herbststurms gab es einen Proteststurm. Aktivisten ketteten sich an den Bäumen fest. Schließlich wurden nur die morschesten Bäume gefällt. Die anderen blieben stehen und türmten sich bedrohlich über den Flaneuren auf.

Für Bäume legten sich normale Leute ins Zeug. Doch wenn die Nazis den Geburtstag von Karl XII. feierten, überließ man die Arbeit der Polizei und jener kleinen Minorität, die den Mut aufbrachte, den Mund aufzumachen. Die Baumaktivisten und die Veganer waren bereit, ihr Leben und ihre Gesundheit für Pflanzen und Tiere aufs Spiel zu setzen. Aber wo waren die Menschenaktivisten? Sie ließen sich an einer Hand abzählen. Eine von ihnen war Inga Andersson.

Ich trank im Stortorgets Restaurant ein Bier in der Bar. Auf der gegenüberliegenden Straßenseite standen meine Bücher im Schaufenster von Gleerups Bokhandel. Sogar ein Foto von mir hing dort. Wer war das? Der Autor meiner Bücher, aber nicht ich. Ich war ein Mensch, der versuchte, jemandem, der so war wie Inga Andersson, Leben einzuhauchen. Wie war jemand wie sie? Jedes Mal, wenn ich versuchte, diese Frage zu beantworten, sah ich die wirkliche Inga vor mir. Ich versuchte, sie auszublenden. Ich wollte nicht über die wirkliche Inga Andersson schreiben, nur über jemanden wie sie.

Einige Stunden später im Institut versuchte ich meinen Fantasien Nahrung zu verschaffen, indem ich mehrere Homepages über das Echelon und die NSA las. Ich weiß nicht, wann genau ich mich entschied, aber plötzlich wusste ich, dass mein Roman von einem Menschen vom Schlage Inga Anderssons handeln sollte, dem seine Wahrheitssuche zum Verhängnis wird. Er sollte vom Kampf der kleinen Menschen gegen die große Organisation handeln, vom Kampf der Wahrheit gegen die Macht, vom Kampf Davids gegen Goliath, Don Quichottes gegen die Wirklichkeit.

Ich stellte mir einfach vor, dass Ingas Geschichte von Echelons innerem Raum der Wahrheit entsprach und dass sie dort über einen Informanten verfügte. Woraus folgte, dass der innere Raum einen Verräter in seinen Reihen hatte, der ständig die Existenz des inneren Raumes bedrohte. Ich sah vor meinem inneren Auge, was geschehen würde: Inga schickte ihren Konferenzbeitrag als Mail nach Cerisy-la-Salle. Die Mail wurde von Echelon abgefangen und fiel dem inneren Raum in die Hände. Wie? Das kam später. Würde der Artikel auch bei der NSA Beachtung finden? Aller Wahrscheinlichkeit nach schon.

Damit war die Maschinerie in Gang gesetzt. Sowohl der innere Raum als auch die NSA würden Inga unter Druck setzen, um herauszufinden, wer ihr die Informationen geliefert hatte. Der innere Raum würde alles unternehmen, um ihre Geschichte zu vertuschen. Der innere Raum und die NSA würden sich in ihrem Jagdeifer zu übertreffen suchen.

Ich hörte auf zu schreiben. Diese Spielerei mit Wirklichkeit und Fiktion konnte Folgen haben, weit reichende Folgen. Es war gut möglich, dass sich sowohl der innere Raum als auch die NSA bereits im Besitz von Ingas Artikel befanden. Sie hatte bis zur Konferenz nur wenig Zeit gehabt und ihren Artikel sicher per Mail geschickt. Ich dachte daran, was ich Inga versprochen hatte: dass ich mit ihr nicht dasselbe machen würde wie mit Mme. Le Grand und dem Kranführer Chevalier. Aber ein solches Versprechen zu halten war nur möglich, indem ich überhaupt nicht schrieb.

Plötzlich wurde es viel interessanter, mehr über den Hintergrund von Ingas Artikel zu erfahren. Was war wahr, und was war falsch? Im Netz entdeckte ich eine Homepage über Menwith Hill, den geheimen Echelon-Stützpunkt und größten Abhörstützpunkt der Welt in der Nähe von Harrogate in North Yorkshire. Ich las über eine Friedensaktivistin, die dreiundzwanzigmal versucht hatte, in den Stützpunkt einzudringen. Jedes Mal war es zum Prozess gekommen, und jedes Mal war die Frau freigelassen worden, da sie sich nur auf ein Territorium begeben hatte, das der Stützpunkt unrechtmäßig mit Beschlag belegt hatte. Sofort begann ich mit dem Gedanken zu spielen, dass die Inga des Romans dem Stützpunkt einen Besuch abstattete.

Ich googelte die Stadt Harrogate und stieß auf eine Liste mit Hotels und anderen Informationen für Touristen. Zehn Minuten später hatte ich ein Zimmer im Green Hotel in Harrogate reserviert und ein Flugticket nach London in zwei Tagen gebucht.

Zuletzt heftete ich alles, was ich über Echelon, die NSA und Menwith Hill gefunden und ausgedruckt hatte, in einem Ordner ab. Als ich das Institut verließ, kam mir plötzlich in den Sinn, dass ich schon seit mehreren Stunden nicht mehr an die wirkliche Inga Andersson gedacht hatte. Endlich hatte sich die Fantasie von der Wirklichkeit befreit. Inga Andersson war in die gestaltlose Kunstlosigkeit der Wirklichkeit zurückgekehrt. Genau so sollte es sein.

19

Zwei Tage später saß ich in einem Schienenbus von York nach Harrogate. Dort angelangt lud ich meine Tasche im Hotel ab und kehrte dann zum Bahnhof zurück. Ich wollte nicht, dass mir der Portier ein Taxi rief. Je später ich irgendjemandem mitteilte, dass ich nach Menwith Hill wollte, desto besser.

Gegenüber vom Bahnhof wartete eine lange Reihe Taxis. Richtung Westen, wo ich hinwollte, hingen stahlgraue Tiefdruckwolken, die viel Regen verhießen. Es windete stark. Ich zögerte. Ich sah mich bereits den ganzen Weg zurück nach Harrogate bei strömendem Regen und Sturm zurücklegen. Andererseits wollte ich nicht vergeblich so weit gereist sein.

Schließlich stieg ich in das erste Taxi und bat darum, nach Menwith Hill gefahren zu werden.

»Menwith Hill it is, Sir«, antwortete der Fahrer und schlug damit eine weitere Sorge in den Wind.

Wenn der Fahrer nun nicht gewusst hätte, wo Menwith Hill lag, oder sich geweigert hätte, mich dorthin zu fahren! Aber dann gab er über Funk bekannt:

»Going to Menwith Hill!«

War das Routine? Wir ließen Harrogate hinter uns. Auf beiden Seiten der Straße lagen von Hecken oder Steinwällen begrenzte Weiden. Die meisten waren ungenutzt, auf einigen grasten Schafe.

Der Taxifahrer war glücklicherweise nicht sonderlich gesprächig. Genauer gesagt schwieg er. Ich betrachtete die Landschaft, um mich für meinen Roman an so viel wie möglich zu erinnern. Ich wusste immer noch nicht, was ich nach meiner Ankunft tun würde. Wenn ich nichts sagte, würde mich der Taxifahrer sicher am Haupteingang absetzen. Dort würde ich dann wie auf dem Präsentierteller für die Posten stehen. Was würden sie glauben, wenn ich mit dem Taxi eintraf, um mich sofort wieder auf demselben Weg davonzumachen? Den Fotoapparat vor den Augen der Wachen zu zücken war natürlich ausgeschlossen.

Ich wog die Vorzüge unterschiedlicher Alternativen gegeneinander ab, als das Taxi einen Hügelkamm erreichte. Vom obersten Punkt aus erblickte ich in der Ferne eine Reihe weißer Radoms. Da war es. Menwith Hill existierte. Es konnte keinerlei Zweifel mehr geben. Inga Andersson hatte die Wahrheit gesagt.

Von der Anhöhe führte die Straße sanft bergab. Bald waren nur noch die Spitzen der größten Radoms wie überdimensionierte Golfbälle zu sehen. Rechter Hand lag ein Pub. Dann blinkte das Taxi und verlangsamte. Erst als wir auf die Abzweigung abgebogen waren, bemerkte ich das diskrete Schild:

RAF-Base Menwith Hill 1,5 m

Es war das allererste Schild, das auf Menwith Hill hinwies, und es log. Menwith Hill war kein Luftwaffenstützpunkt. Der Stützpunkt hatte nicht das Geringste mit der RAF zu tun. Eigentlich hätte da stehen müssen:

Abhörstation der NSA und des GCHQ

Oder, um noch genauer zu sein, USD 1000/F 83, der Echelon-Code für Menwith Hill.

Das Taxi fuhr eine zwei Kilometer lange, schnurgerade, ebene Straße entlang, die an einem Hang endete. Rechts lagen weitere Weiden. Links sah ich in verwilderte Büsche, die jeglichen Einblick verwehrten. Bald musste ich sagen, dass ich aussteigen wollte. Aber ich konnte den Fahrer nicht einfach bitten, mitten auf der Straße anzuhalten, denn das hätte zu verdächtig gewirkt. Ein paar Minuten später erblickte ich oben auf einem Hügel, dem wir uns näherten, eine Kreuzung. Als wir nur noch wenige hundert Meter davon entfernt waren, beugte ich mich vor und sagte:

»You can drop me off at the crossing.«

»Here?«

»Yes, please.«

Der Fahrer hielt jenseits der Kreuzung. Es goss in Strömen, als ich die Tür öffnete.

»Are you sure you are all right?«, fragte er.

»Sure.«

Ich setzte eine Mütze auf und ging langsam auf den Haupteingang von Menwith Hill zu, als sei das tatsächlich mein Ziel. Sobald das Taxi gewendet hatte und verschwunden war, überquerte ich die Straße und blieb stehen. Ich war zu weit gefahren. Südlich, in recht weiter Ferne, lagen die Radoms. Ich ließ ein Auto an mir vorbeifahren, ehe ich meinen Fotoapparat herausholte und rasch zwei Bilder knipste. Dann begann ich, zur Kreuzung zurückzugehen. Die ganze Zeit fuhren Autos an mir vorbei, die meisten kamen von Menwith Hill, viele mit amerikanischen Nummernschildern und uniformierten Männern am Steuer.

Ich wurde etwas ruhiger, als ich die Kreuzung erreicht hatte und nach rechts abbog. Dort konnte ich zumindest so tun, als würde ich einfach nur spazieren gehen. Ununterbrochen fuhren Autos an mir vorüber. Erst nach einer Weile registrierte ich, dass es vier Uhr und Freitagnachmittag war. So einfach war das. Ich hatte nicht daran gedacht, dass mein Besuch in Menwith Hill mit dem Feierabend der Menschen mit normalen Arbeitszeiten zusammenfallen würde.

Ich war einige hundert Meter weit gegangen, als in den dichten Büschen eine Öffnung auftauchte. Ein kurzer Weg führte zu einem Tor. An dem Tor war ein Schild:

DO NOT GO BEYOND THIS POINT.
WARNING.
GUARD DOGS ON PATROL.

Zehn Meter weiter hinten erhob sich ein von Stracheldrahtrollen gekrönter Zaun mit winzigen Rasiermessern anstelle normaler Stacheln. Ein Stückchen weiter hinten ragte die weiße Kuppel des größten Radoms auf. Hier und da standen Antennen. Drahtseile bildeten riesige, ineinander geschobene Dreiecke.

Ich hatte ungefähr den halben Weg zwischen Harrogate und Skipton zurückgelegt, als plötzlich ein Polizeiauto auf mich zukam. Ich schaute nicht auf und verhielt mich unauffällig. Nichts geschah. Ein fünfzigjähriger Mann mit kleiner Umhängetasche, der bei schlechtem Wetter spazieren ging, wirkte kaum wie der typische Friedenskämpfer.

Erleichtert atmete ich auf, als ich die Landstraße erreichte. Mein erster Gedanke war, in den Pub zu gehen, ein Bier zu trinken und ein Taxi zu rufen. Die einzigen Fahrzeuge, die davorstanden, waren jedoch vier Armeejeeps, die sicher Angestellten aus Menwith Hill gehörten, die auf dem Heimweg ein Bier tranken. Aller Wahrscheinlichkeit nach hatten die Mitarbeiter von Menwith Hill die Anweisung, über Begegnungen und Unterhaltungen mit Fremden Bericht zu erstatten, und ich wollte niemanden provozieren. Ich hatte mich nur vergewissern wollen, dass Menwith Hill wirklich existierte, und ein paar Fotos schießen wollen, um meinen Roman zu schreiben. Das hatte ich nun getan.

Ich setzte also meinen Weg mit Wind und Regen im Rücken fort. Auf der Anhöhe, von der aus ich Menwith Hill zuerst gesehen hatte, drehte ich mich um. Die Dämmerung und der Sprühregen ließen den Anblick unwirklich erscheinen wie ein Fantasiegebilde, das sich im Grau verlor. Aber es war kein Fantasiegebilde, das wusste ich nun.

Mir blieb nichts anderes übrig, als weiterzugehen. Ich begegnete keiner Menschenseele, nur der Strom von Fahrzeugen, deren Scheinwerfer sich im regennassen Asphalt spiegelten, riss nicht ab. Immer wieder musste ich auf den matschigen Randstreifen mit Pfützen und Maulwurfshügeln ausweichen. Wenn mich Lastwagen überholten, blieb ich stehen, um nicht von der Luftdruckwelle umgerissen zu werden.

Ich kam mir lächerlich vor und wurde von Zweifeln geplagt. Hier latschte ein fünfzigjähriger Professor durch die Ödnis der einsamen Schafweiden North Yorkshires und spielte Detektiv. Warum? Um einen Roman zu schreiben oder um einer Frau zu beweisen, dass er sie ernst nahm? Niemand hatte mich gestoppt. Niemand hatte mich festgenommen und verhören lassen. Vielleicht hatte ich mir alles nur eingebildet und umsonst Sorgen gemacht? Aber dann sah ich Menwith Hill wieder vor mir. Ich hatte keine Gespenster gesehen. Inga Andersson war mehr als nur eine Romanperson. Ungefähr in diesem Moment, als ich die Lichter von Harrogate in der Ferne erblickte, sah ich mit allen Konsequenzen ein, dass ich Inga Andersson unterschätzt hatte und dass sie sich nicht ohne weiteres in Literatur verwandeln ließ, sondern sich widersetzte. Sie war mehr als ein Vorwand. Sie war nicht nur ein Mittel, um mich aus meiner Schaffenskrise zu befreien. Sie war wirklicher, als ich mir je hatte vorstellen können.

Ich brauchte eineinhalb Stunden, um in die Zivilisation zurückzukehren, die sich mir durch den Pub »Nelson Inn« offenbarte. Ich trat ein und bestellte ein Bier. Selten hatte mir ein Bier so gut geschmeckt. Nachdem ich zwei Pints getrunken hatte, bat ich die Kellnerin, mir ein Taxi zu rufen. Im

Unterschied zum letzten Mal war der Taxifahrer gesprächig. Auf dem gesamten Rückweg erzählte er mir davon, dass Harrogate angeblich eine der führenden Konferenzstädte Englands war.

»Hier sind ständig irgendwelche Leute. Erst letzte Woche zweitausend Gärtner. Die besten Konferenzen finden im Mai und Juni statt. Im Mai kommen ein paar tausend Krankenschwestern, und im Juni findet eine Messe für Damenunterwäsche statt. Dann ist die Stadt voller Models. Da nimmt sich kein einziger Taxifahrer frei, das kann ich Ihnen sagen.«

Das war des Pudels Kern! Während hunderte von Models herumliefen, um raffinierte Unterwäsche vorzuführen, hörten hunderte von Agenten die Welt im Kampf um die Weltherrschaft und Macht ab.

Ich ließ mich vor dem Green Park Hotel absetzen, ging auf mein Zimmer und versuchte die Eindrücke zu verarbeiten, während ich meine Beine ausruhte und meine Hose auf der Heizung trocknete. Ich erinnere mich, dass ich mich fragte, wie sinnvoll es sei, Romane zu schreiben, wenn es Organisationen wie Echelon mit Stützpunkten wie Menwith Hill gab. Konnte ein Roman Inga helfen und ihr vielleicht sogar ein lebenswertes Leben ermöglichen?

Wenige Stunden später setzte ich mich in die Hotelbar und bestellte ein Glas Wein, während ich auf einen Tisch wartete. Kurz nach mir trafen weitere Gäste ein, ein älteres Paar und zwei Männer mittleren Alters. Drei Tische von zwanzig waren besetzt, das war alles im Green Park Hotel an diesem Freitagabend. Nachdem ich gegessen hatte, kehrte ich in die Bar zurück. Etwas später kamen die beiden Männer mittleren Alters und nahmen hinter mir Platz. Nach einer Weile schnappte ich ein paar amerikanische Wortfetzen auf. Sie saßen zu weit entfernt und sprachen zu leise, als dass ich sie hätte verstehen können.

Einen Augenblick lang erwog ich, den beiden Männern unter dem Vorwand, allein zu sein und Lust auf Gesellschaft zu haben, eine Runde auszugeben. Ich verzichtete. Wenn es sich bei den beiden um Echelon-Angestellte handelte, waren sie auch darauf spezialisiert, Leute wie mich zu durchschauen. Das wollte ich nicht riskieren.

Erst viel später wurde mir eines klar: Wenn ich überhaupt ein Risiko hätte eingehen sollen, dann dieses.

20

An einem lauen, sonnigen Frühsommertag stieg Inga in den Zug nach Helsingør, um von dort weiter nach Kastrup, Paris und schließlich nach Cerisy-la-Salle zu fahren. Time-out von ihrer wissenschaftlichen Arbeit war genau das gewesen, was sie gebraucht hatte. Das Attentat war geradezu gelegen gekommen. Jetzt musste sie nicht einmal erwägen, an ihren Arbeitsplatz zurückzukehren, denn das stand nicht zur Debatte, solange sie bedroht wurde. Paradoxerweise fühlte sie sich durch das Attentat befreit. Es hatte jegliche Zweifel beseitigt. Ihre wissenschaftliche Arbeit war bedeutungsvoll. Ihr Leben als Wissenschaftlerin war nicht vergeblich gewesen, trotz der Zweifel ihrer Kollegen und ihrer eigenen Unsicherheit. Gleichzeitig war die Forschung irgendwie weniger wichtig geworden. Wenn sie morgens aufwachte, hatte sie nicht mehr das Gefühl, am Rande eines Abgrunds zu stehen. Wenn sie zu Bett ging, war sie nicht mehr erleichtert darüber, dass sie nicht abgestürzt war. Bisweilen spürte sie einen Stich. Aber es tat nicht mehr so fürchterlich weh wie früher. Manchmal konnte sie sogar glauben, dass sie in nicht allzu ferner Zukunft glücklich sein konnte. Vielleicht sogar zusammen mit einem Mann.

21 Als ich mein Ticket abgab und an Gate 22 A im Flughafen von Kastrup meine Boardingcard erhielt, wusste ich, dass ich einen endgültigen Beschluss gefasst hatte, einen Beschluss, dessen Konsequenzen ich nicht überblicken konnte, nicht einmal mithilfe der allergrößten Fantasie.

Einerseits erhoffte ich mir von einer Begegnung mit Inga, sie danach endgültig zu den Akten legen zu können, um dann unbefangen jemanden wie sie zu erschaffen. Andererseits hatte ich mir eingeredet, weitere Recherchen über Inga Andersson anstellen zu müssen, um den Roman schreiben zu können. Es handelte sich also um einen klassischen Fall der Selbsttäuschung. Ich wollte Inga treffen und damit fertig.

Ich hatte mich auf dünnes Eis begeben und befand mich, wenn ich mich nicht schleunigst davonmachte, bald jenseits des point of no return. Ich zündete mir eine weitere Zigarette an. Als ich sie aufgeraucht hatte, fühlte ich mich plötzlich beobachtet. Ich hob den Kopf. Vor mir stand eine Frau in einem roten Kleid, in schwarzen Strümpfen, mit roten Lippen und Augen, von denen man kaum den Blick lösen konnte. Erst nach mehreren Sekunden begriff ich, dass die Frau vor mir Inga Andersson war und dass sie etwas zu mir gesagt hatte. Sie lächelte.

Ich dachte, dass ich dieses Lächeln in meinem Roman nicht vergessen durfte.

22 Inga blieb abrupt stehen. Ingesson! Welch ein Zufall. Sollte sie so tun, als hätte sie ihn nicht gesehen? Andererseits … eine kurze Unterhaltung, anschließend würden sie das Flugzeug besteigen und getrenn-

ter Wege gehen. Es gab nichts, wovor sie Angst haben musste. Sie ging auf ihn zu.

»Hallo«, sagte sie.

Ingesson sah verständnislos auf.

»Dachten Sie gerade über einen Roman nach?«, fragte sie.

Es dauerte eine Weile, bis sich sein Blick erhellte.

»Ja«, erwiderte er, und es hatte fast den Anschein, als schämte er sich. »Wie konnten Sie das wissen?«

»Sie schienen weit weg zu sein.«

»Das war ich auch. Sehr weit weg. Ich dachte an …«

Er sah aus, als hätte er sich die Zunge abbeißen können. Inga wartete auf eine Erklärung, aber Ingesson schwieg.

»Wohin fahren Sie?«, fragte sie. »Nach Paris?«

Er erhob sich.

»Nein … nach Cerisy-la-Salle. Ich habe mich gestern dazu entschlossen«, meinte er noch und sah sie entschuldigend an. »Ich hoffe, dass Sie mich nicht aufdringlich finden, aber unser Gespräch gab den Anstoß zu einer Vielzahl von Überlegungen über Literatur und Verbrechen, die für mein Buch über die Funktion von Fiktion Bedeutung haben, und dann war da Ihr Artikel. Ich muss zugeben, dass er meine Neugierde geweckt hat. Diese Woche halte ich keine Vorlesung, also dachte ich …«

Inga versuchte, ihre Enttäuschung zu verbergen. Was sie gar nicht gebrauchen konnte, war Gesellschaft. Zumindest nicht von jemandem wie Ingesson. Schon allein seinen Blick im Nacken zu spüren würde sie unsicherer machen, als sie ohnehin schon war. Sie brauchte keine Zeugen, am allerwenigsten von der Universität, niemand sollte sehen, wie unbeholfen sie sich anstellte, jetzt, wo sie darauf hoffte, wieder zu lernen, als Frau aufzutreten.

»Darf ich fragen, ob Ihr Artikel der Wahrheit entspricht?«

»Sie dürfen, aber ich mache es wie die NSA. Ich weigere

mich, etwas zu dementieren, zumindest, bis ich der Konferenz den Artikel vorgelegt habe.«

Glücklicherweise wurde in diesem Augenblick ihr Flug aufgerufen, und ebenso erfreulich war es, dass sie nicht nebeneinander saßen. Hingegen begaben sie sich auf dem Charles-de-Gaulle-Flughafen gemeinsam zur Gepäckausgabe, gingen durch den Zoll und nahmen den Bus zum Bahnhof Montparnasse. Ingesson versuchte ein Gespräch anzufangen. Sie antwortete knapp und manchmal überhaupt nicht.

Im Schnellzug nach Le Mans hatten sie nicht nur Plätze in verschiedenen Wagen, sondern befanden sich auch in unterschiedlichen Zügen, die aneinander gekoppelt waren. Sie konnten sich also nicht einmal im Bistro treffen. In Le Mans warteten sie unter einem schweren grauen Himmel gemeinsam auf den Zug nach Caen. Ingesson fragte, ob sie glaube, dass es regnen würde, und sie konnte nicht umhin, ihm zu antworten, das hinge ganz vom Wetter ab. Sie wollte eigentlich nicht unfreundlich sein, aber sie hatte nicht um seine Gesellschaft gebeten. Sie schuldete ihm nichts. Als sie aus dem Taxi stiegen, nahm sie ihre Tasche und eilte zum Haupteingang. Ingesson rannte hinter ihr her und hielt ihr die Tür auf.

Sie ging zum Empfang und nannte ihren Namen, während Ingesson gezwungen war, zum Taxi zurückzukehren, um seine eigenen Taschen zu holen. Auf diese Weise konnte sie dem Portier und den Leuten im Foyer gegenüber klarstellen, dass Ingesson und sie nicht zusammen reisten. Dass sie richtig gehandelt hatte, zeigte sich, als ein großer Mann auf sie zutrat.

»Entschuldigen Sie, wenn ich mich aufdränge«, sagte der Mann, »aber ich habe zufällig Ihren Namen gehört. Sind Sie Inga Andersson von der Universität Lund?«

»Ja, das stimmt.«

»Ich heiße Frank Clifford«, sagte der Mann. »Ich bin Professor am MIT. Meine Spezialität sind Technik und Nachrichtendienste.«

Inga sagte nichts.

»Ihr Beitrag für die Konferenz ist sehr gut.«

»Haben Sie ihn gelesen?«

Inga hörte selbst, dass ihre Stimme erstaunt klang. Als wolle sie sich dafür entschuldigen, dass sie vielleicht etwas gut gemacht hatte. Das war typisch schwedisch. Oder im Übrigen auch dänisch. Oder weiblich. Das Gesetz von Jante: Du sollst nicht glauben, dass du jemand bist. Und wenn doch, zeige es um Gottes willen nicht!

»Ihr Artikel ist zweifellos der spannendste und bietet das größte Spektrum an Perspektiven.«

Inga sah sich rasch um. Ingesson stand schräg hinter ihr und wartete, um sich anmelden zu können. Sie wich seinem Blick aus.

»Ich würde sehr gern einige Punkte Ihres Artikels mit Ihnen diskutieren«, fuhr der MIT-Professor fort.

Jetzt oder nie, dachte Inga. Sag Ja! Sie nickte.

»Wollen wir nicht zusammen zu Abend essen?«, hörte sie Ingesson im nächsten Augenblick fast demonstrativ sagen.

»Wir hatten noch nicht das Vergnügen ...«, meinte Frank Clifford.

»Nein ...«

»Anders Ingesson«, sagte Inga. »Wir sind Kollegen aus Lund. Zufälligerweise saßen wir in derselben Maschine.«

»Ich bin Schriftsteller«, sagte Ingesson und klang fast wie ein trotziges Kind. »Zwei meiner Bücher sind auch in den USA erschienen.«

»In den USA erscheinen fürchterlich viele Bücher«, meinte Frank Clifford. »Ich hoffe wirklich, dass wir noch Gelegenheit haben, uns ausführlicher zu unterhalten«, fügte er hinzu.

»Die trage ich«, sagte er, ohne Ingessons Antwort abzuwarten, und nahm Ingas Tasche.

23

»Danke für die Hilfe«, sagte Inga, als Frank Clifford die Tasche in ihrem Zimmer abstellte.

Die Worte klangen fast selbstverständlich, als sei sie es gewohnt, fremden Männern dafür zu danken, dass sie ihr die Tasche aufs Zimmer trugen. In Wirklichkeit hätte sie sich am liebsten in den Arm gekniffen, um sich davon zu überzeugen, dass das wirklich wahr war. Aber was hätte Clifford denken sollen, wenn sie sich in den Arm gekniffen hätte? Außerdem träumte sie nicht. Im Gegenteil war es sehr lange her, dass sie sich so lebendig gefühlt hatte.

Sie warf Clifford einen unauffälligen Blick zu. Er war ungewöhnlich anziehend, so anziehend, dass es fast wieder verdächtig wirkte. Es war natürlich nicht sein Aussehen an sich, sondern die Tatsache, dass er sich überhaupt für jemanden wie sie interessierte. Falls das überhaupt der Fall war. Vielleicht interessierte er sich trotz allem nur für ihren Artikel. Dass er ihr ihre Taschen aufs Zimmer trug, konnte genauso gut Ausdruck purer Höflichkeit sein. Solche Männer gab es wohl auch. Sie hätte sich etwas mehr Erfahrung gewünscht.

»Die Bar öffnet um sechs«, sagte Clifford. »Ich lade Sie gern zu einem Aperitif ein.«

Zum ersten Mal wagte sie es, ihm in die Augen zu schauen. Sie waren braun und schienen Wohlwollen, wenn nicht gar Freundlichkeit auszustrahlen. Aber sie meinte noch etwas anderes wahrzunehmen, eine Kraft, eine Glut. Einen kurzen, schwindelnden Augenblick lang hatte sie das Gefühl, sich selbst zu sehen. Sie spürte, wie Panik in ihr aufstieg. Was sollte sie antworten? Was wagte sie zu antworten?

Sie musste sich entscheiden. Jetzt oder nie. Es war unsinnig, bis an ihr Lebensende in Panik zu geraten, wenn sich ihr ein Mann näherte. Sie musste sich von ihrer Angst befreien, dass alle Männer falsche oder betrügerische Absichten hegten. Sie musste sich einfach von ihrer Angst vor der Liebe und der daraus resultierenden Wehrlosigkeit befreien. Sie kannte sich außerdem gut genug, um zu wissen, dass ihre Wissenschaftlichkeit und ihre analytische Begabung gegen die Liebe nichts ausrichten konnten. Sie würde ein weiteres Mal einem Geheimniskrämer auf den Leim gehen können. Was blieb ihr sonst? Ein Leben in Einsamkeit. Oder das Risiko einzugehen. So einfach war das. Mut. Sie sah sich gezwungen, den Mut zum Risiko aufzubringen.

»A penny for your thoughts«, sagte Clifford lächelnd.

Ihre Gedanken waren abgeschweift, und sie kam sich ertappt vor.

»Ich verkaufe meine Gedanken nicht.«

Sie versuchte, sein Lächeln zu erwidern.

»Das habe ich auch nicht geglaubt. Die Wissenschaft braucht unbestechliche Köpfe.«

Sie spürte, wie ihr das Blut ins Gesicht schoss.

»Ich meine es ernst«, fügte er hinzu und machte es ihr damit nicht leichter. »Was meinen Sie? Könnten Sie sich vorstellen, die Unterhaltung bei einem Glas fortzusetzen?«

Inga nickte.

»Unter vier Augen, wenn es Ihnen recht ist«, meinte Clifford. »Ich möchte Ihnen einige Fragen zu Ihrem Artikel stellen.«

»Ich bin allein hier«, entgegnete sie.

»Und Ihr Kollege?«

»Wir sind eigentlich keine Kollegen. Wir arbeiten nur an derselben Universität. Er ist Literaturwissenschaftler.«

»Dann sagen wir, in einer Stunde in der Bar. Um sechs.«

Inga nickte bloß. Sie verließ sich nicht auf ihre Stimme. Sobald Clifford gegangen war, warf sie sich aufs Bett und begann leise zu lachen. Wer hätte gedacht, dass die Konferenz damit beginnen würde, dass sie von einem gut aussehenden Mann hofiert wurde, der noch dazu Köpfchen hatte? Wer hätte gedacht, dass sie den Mut aufbringen würde, ihm in die Augen zu sehen? Jedenfalls nicht sie. Dass es in ihrem Bauch kribbelte, war nicht verwunderlich. Sie war so etwas einfach nicht gewohnt. Aber im Umgang mit dem anderen Geschlecht war es hoffentlich wie mit vielem anderen: Übung machte den Meister und verlieh eine gewisse Selbstsicherheit.

Sie stand auf, zog ihre Kleider aus und legte sich nackt aufs Bett. Sie begann sich zu streicheln. Es war zwölf Jahre her, seit sie zuletzt mit einem Mann geschlafen hatte. Keinesfalls wollte sie sich durch ihre Lustgefühle zu etwas hinreißen lassen, das sie später bereuen würde. Sie wollte nicht zu willig oder freizügig wirken, auch wenn ihr das später vollkommen gleichgültig war. Sie hatte keine Freundinnen, die auf sie herabsehen konnten, weil sie mit dem ersten Besten ins Bett ging. Sie hatte nicht einmal einen schlechten Ruf, dem sie gerecht werden musste.

24

Eine gute Stunde später betrat Inga gespannt und erwartungsvoll die Bar. Clifford, der es sich in einem tiefen Ledersessel bequem gemacht hatte, erhob sich sofort und ging auf sie zu.

»Manchmal wäre ich gern Italiener«, sagte er, als er sie zum Tisch führte. Seine Hand berührte dabei leicht ihre Taille.

»Weshalb?«

»Um einer schönen Frau sagen zu können, wie schön sie ist, ohne dass es plump wirkt. Kennen Sie das Plaza Athenée?

Das ist ein Luxushotel in Paris, eines der schicksten Hotels überhaupt. Einmal stand ich abends mit einer Gruppe Amerikaner im Foyer, als eine schöne Italienerin in einem blauen, ausgeschnittenen Seidenkleid die breite Treppe herunterkam. Sie war sich des Aufsehens, das sie bei den Männern am Fuß der Treppe erregen würde, sobald sie ihrer gewahr wurden, natürlich bewusst. Es war amüsant, zu beobachten, wie unterschiedlich sich die verschiedenen Nationalitäten verhielten. Die Franzosen waren zu stolz, ihrer Bewunderung Ausdruck zu verleihen. Die Amerikaner benahmen sich wie Teenager. Die Japaner bemerkten an der Reaktion der anderen, dass etwas Ungewöhnliches geschah, und sahen sich um, aber ich versichere Ihnen, dass sie den Anlass gar nicht verstanden. Wissen Sie, was die Italiener gemacht haben? Im Luxushotel! Sie haben auf den Fingern gepfiffen, ohne dass es deplatziert gewirkt hat. Deshalb wäre ich gern Italiener.«

Es war seltsam, wie schnell sie sich geschmeichelt fühlte, obwohl sie wusste, dass es zum Teil nur Gerede oder von Dingen ausgelöst worden war, die nicht sie selbst waren, wie ihrem Kleid, der Frisur, dem Make-up.

Clifford fragte, ob sie Lust auf ein Glas Weißwein habe, und es wurde ein Eiskübel mit einer ganzen Flasche gebracht.

»Wir müssen ja nicht alles trinken«, sagte er, »aber es gibt hier nichts wirklich Gutes in halben Flaschen.«

Inga nippte an dem Wein. Er schmeckte richtig köstlich und war sicher sehr teuer. Sie hatte schon lange keinen guten Wein mehr getrunken. Die Gelegenheit dazu ergab sich nur selten, wenn die einzigen Freunde, mit denen man ausging, Henning und Morten waren. Was sie wohl gerade taten? Wahrscheinlich saßen sie bei einem Glas Wiibroe im Kanalkroen. Sie musterte Clifford verstohlen und versuchte ihn sich zusammen mit Henning und Morten vorzustellen. Das klappte nicht besonders gut. Aber der Schein konnte trügen. Vielleicht konnte

Clifford sich einen Blaumann anziehen und Tuborg aus der Flasche trinken, ohne dass es unnatürlich wirkte. Doch das wirkte nicht glaubhaft. Hingegen brauchte Inga nicht mehr darüber nachzudenken, wie wichtig Henning und Morten ihr geworden waren. Falls sie wider Erwarten einen Mann in den Kanalkroen schleifen würde, hatte sie vor ihrem Urteil wirklich Angst. Was wäre, wenn der Ärmste keine Gnade fand und sie sich entscheiden musste? Sie hoffte, dass sie dann die Kraft haben würde, sich für die Freundschaft zu entscheiden.

»Hallo!«

Sie zuckte zusammen. Clifford hatte sie wieder an seine Anwesenheit erinnern müssen.

»Es tut mir Leid«, sagte sie.

»Two pence for your thoughts.«

Clifford lächelte.

»So viel wären sie nicht wert.«

»Ich glaube, dass sie weitaus mehr wert sind. Es ist merkwürdig, aber ist Ihnen schon aufgefallen, dass es manche Menschen gibt, deren Gedanken man gern lesen würde? Bei anderen fragt man sich, ob sie überhaupt denken. Ich hoffe, Sie gestatten mir die Bemerkung, dass ich Ihre Gedanken sehr gern lesen würde.«

»Nicht, wenn Sie wüssten, woran ich gerade gedacht habe. Sie würden sich zu Tode langweilen.«

»Das glaube ich ganz und gar nicht. Im Gegenteil. Ich bin mir sicher, dass Sie interessante Geheimnisse haben.«

»Geheimnisse? Ich?«

Der Gedanke, dass sie den Eindruck erwecken könnte, Geheimnisse zu haben, hatte Inga noch nie gestreift.

»Sie ziehen Ihre Schlüsse recht schnell«, sagte sie mit einer gewissen Schärfe.

»Ich weiß mehr über Sie, als Sie denken. Sie vergessen, dass ich Ihren Artikel gelesen habe. Außerdem habe ich ein paar andere Artikel gelesen, die Sie geschrieben haben, und mir Ihre wissenschaftliche Bibliografie angesehen.«

Inga wusste nicht, was sie sagen sollte.

»Ich sehe, dass Sie überrascht sind. Aber so erstaunlich ist das schließlich nicht. Sie werden unzählige Male dasselbe getan haben. Man liest den spannenden Artikel eines Wissenschaftlers und wird neugierig auf den Rest. Und auf die Person, die hinter dem Artikel steckt. Egal wie wissenschaftlich wir uns äußern, es gibt immer eine persönliche Stimme zwischen den Zeilen.«

Er hatte natürlich Recht. Es war nichts dabei, dass er weitere Artikel von ihr gelesen hatte, nachdem der erste ihm gefallen hatte. Sie durfte nicht vergessen, dass Clifford auch Wissenschaftler war, nicht nur ein Mann. Sie musste noch viel lernen.

»Darf ich Sie fragen, wie Ihr Interesse für die Kriminalität geheimer Organisationen geweckt wurde? Das ist wohl kaum ein kriminologischer Forschungsschwerpunkt?«

Wie immer antwortete sie auf die Frage, dass das auf einem Zufall beruhe. Sie habe einige Artikel darüber gelesen, wie die Scientologen Abtrünnige terrorisierten, die gegen die Sekte aussagen wollten. Was sie besonders interessiere, sei die kollektive Verantwortung. Die westliche Gesetzgebung fuße im Großen und Ganzen auf dem Prinzip der Eigenverantwortlichkeit des Individuums. Aber wer trage die Verantwortung, wenn sich eine Organisation der systematischen Gehirnwäsche und Manipulation widme?

Sie erläuterte ihre Ansichten und kam ins Erzählen, bis ihr auffiel, dass sie bereits einen kleinen Vortrag gehalten hatte.

»Ich rede zu viel«, sagte sie.

»Ganz und gar nicht. Ich würde gern mehr hören. Ich wage zu behaupten, dass wir einiges gemeinsam haben, sowohl wissenschaftlich als auch menschlich.«

Diese Äußerung bestätigte sich, als sie über ihre Standpunkte bezüglich der Kriminologie sprachen, über die großen Fragen dieser Wissenschaft, ihre Ziele und Mittel.

»Aber sagen Sie«, fuhr Clifford fort, während er den restlichen Wein auf die Gläser verteilte, »woher hatten Sie eigentlich die Idee, über das Echelon zu schreiben?«

»Dass ich mich für das Echelon entschieden habe, war eher zufällig. Ich wusste nicht viel über Literatur und Verbrechen und hatte auch nicht die Zeit, mich in ein vollkommen neues Thema einzuarbeiten. Ich hatte aus verschiedenen Gründen die Sekten und den politischen Extremismus über, also entschied ich mich für die Geheimdienste.«

»Aber wieso ausgerechnet für das Echelon und die NSA?«

»Ich stieß auf einen Artikel, in dem die Frage gestellt wurde, ob es sich beim Echelon um Wirklichkeit oder Literatur handelt. Das war's auch schon.«

Clifford nickte.

»In letzter Zeit ist einiges über das Echelon geschrieben worden«, sagte er. »Das Thema liegt im Trend.«

»Ich weiß. Aber das wusste ich noch nicht, als ich angefangen habe. Das habe ich erst bei der Recherche entdeckt.«

»Welche Art von Recherche meinen Sie?«

»Teils die übliche, Sie wissen schon, Datenbasen, Artikelverzeichnisse, Bücher, Internet. Teils hatte ich meine Informanten.«

»Informanten?«

Cliffords Augen bohrten sich in ihre.

»Ich hoffe, dass Sie mir diese Frage nicht übel nehmen«, sagte er. »Ich beschäftige mich inzwischen seit fast zwanzig Jahren mit Geheimdiensten, hauptsächlich, um zu verstehen, wie sich diese aufgrund technischer Neuerungen und Erfindungen entwickeln. Die Technik hat die Arbeit der Geheimdienste in der Tat radikal verändert. Sie hat ihnen größere

Möglichkeiten gegeben, ihre Befugnisse zu überschreiten. Gleichzeitig ist es natürlich viel schwieriger geworden, etwas über sie zu erfahren. Unter anderem deswegen bin ich so neugierig auf Ihren Artikel. Sie scheinen äußerst gut unterrichtet zu sein.«

»Ich habe mir Mühe gegeben.«

»Sie müssen über gute Quellen verfügen.«

Inga lachte.

»Dazu will ich mich nicht äußern. Die Pointe meines Beitrags ist schließlich die, dass die Zuhörer raten sollen, was wahr oder falsch daran ist. Die Auflösung kenne nur ich.«

Clifford tat, als sei er enttäuscht. Vielleicht war er es wirklich.

»Daher auch die Form«, meinte sie. »Keine Verweise oder Fußnoten.«

»Ich wollte gerade danach fragen. Schließlich handelt es sich nicht um einen herkömmlichen wissenschaftlichen Artikel.«

»Nein, das stimmt. Die Idee, eine Geschichte zu erzählen, verdanke ich dem Schriftsteller.«

»Dem Schriftsteller?«

»Ja, dem Literaturprofessor, dem Sie im Foyer begegnet sind.«

Clifford wirkte leicht verstimmt. Vielleicht war er es wirklich.

»Haben Sie nicht angedeutet, dass Sie sich nicht kennen?«

»Das tun wir auch nicht. Aber ich habe einen Artikel über seine Forschungen in unserem Personalblatt gelesen. Daraufhin habe ich ihn angerufen, um ein paar Ideen und Literaturempfehlungen zu bekommen. Das ist alles.«

»Weiß er, womit Sie sich beschäftigen?«

»Nein.«

Sie schämte sich, hatte sich aber im nächsten Augenblick

schon davon überzeugt, dass Ingesson in der Tat nicht wusste, worauf ihre Forschungen hinausliefen. Er hatte sie danach gefragt, aber soweit sie sich erinnern konnte, hatte sie entweder ausweichend oder überhaupt nicht geantwortet.

»Er interessiert sich nur für Literatur«, fügte Inga hinzu. »Deswegen ist er schließlich hier. Ich vermute, Cerisy-la-Salle ist ein Treffpunkt für Professoren für französische Literatur.«

»Bestimmt.«

Hiermit glaubte Inga, Ingesson aus der Welt geschafft zu haben.

»Ich gehe davon aus, dass auch er nicht erfahren hat, was an Ihrem Artikel wahr oder falsch ist«, beharrte Clifford hingegen.

»Er weiß das genauso wenig wie alle anderen.«

Inga versuchte gelangweilt auszusehen, um Clifford anzudeuten, dass es weitaus spannendere Themen gab. Er schien den Wink zu verstehen.

»Sagen Sie nur, wenn ich Ihnen zu viele Fragen stelle«, meinte er. »Ich kann es einfach nicht lassen.«

»Ich beschwere mich dann schon. Aber hinsichtlich des Wahrheitsgehaltes meines Artikels müssen Sie wie alle anderen auch warten.«

»Das respektiere ich, obwohl es mir schwer fällt. Besonders im Hinblick auf den inneren Raum …«

Clifford hielt inne, aber Inga setzte zu keiner Erwiderung an.

»Bei meinem Wissen über Nachrichtendienste erschien mir das sofort sehr plausibel. Ich habe auch schon in ähnlichen Bahnen gedacht.«

Clifford begann von seinen Forschungen über die Sicherheitsdienste in verschiedenen Teilen der Welt zu erzählen. Inga war rasch klar, dass er mit seinem Thema äußerst vertraut war. Vor allen Dingen seine Detailkenntnisse imponierten ihr. Sie selbst war in ihrer Arbeit synthetischer: In ihrem Kopf gab es nur Zusammenhänge und übergreifende Linien. Den Rest musste sie sich aus ihren Materialsammlungen oder aus Büchern zusammensuchen. Dass Clifford ihren Artikel lobte, war in der Tat recht beachtlich.

Mit großem Enthusiasmus sprach er auch von seinem Spezialgebiet, ohne dabei jedoch seine Zuhörerin zu vergessen. Es ging ihm nicht darum, sein Können hervorzuheben; ihm war daran gelegen, dass sie seine Ausführungen verstand. Zumindest wirkte es so. Nach einer Weile fragte sie vorsichtig, was sein Interesse an Nachrichtendiensten geweckt habe.

»Hätten Sie Lust auf einen Spaziergang?«, fragte er, statt zu antworten.

Inga folgte ihm, ohne darauf zu achten, welchen Weg sie einschlugen. Nach einer Weile entdeckte sie zwischen großen Eichen Wasser.

»Am Teich steht eine Bank«, sagte Clifford.

Mit einem so gut wie unbekannten Mann auf einer Bank sitzen! Inga wartete auf den Panikschub, der jeden Augenblick von ihr Besitz ergreifen konnte. Aber nichts geschah. Nichts! Außer dass ein berauschendes Gefühl von Kraft sie erfüllte. Als könne nichts sie aus dem Gleichgewicht bringen. In ihrem Inneren wusste sie zwar, dass es verfrüht war, sich ganz sicher zu fühlen. Aber die Stimme, die ihr mitzuteilen versuchte, dass sie auf der Hut sein sollte, konnte sie nicht überzeugen.

»Es gibt überall Ohren«, sagte Clifford, nachdem sie sich gesetzt hatten. »Ich weiß nicht, wie das in Ihrem Land gehandhabt wird, aber ein amerikanischer Staatsbürger in den USA kann sich des Hochverrats schuldig machen, wenn er Geheimnisse über die Nachrichtendienste, insbesondere die NSA, preisgibt. Auf alle Fälle wird man wahnsinnig unter

Druck gesetzt. Hätte ich diesen Artikel geschrieben, hätte mir das schöne Probleme bescheren können.«

»Kann mir das auch passieren?«

»Darauf wollte ich jetzt kommen. An Ihrer Stelle würde ich Augen und Ohren offen halten.«

»Können Sie mir das etwas näher erklären?«

»Wenn gewisse Dinge, die Sie schreiben, wahr sind, aber das wissen schließlich nur Sie selbst, dann würde ich es nicht für unwahrscheinlich halten, dass man mit Ihnen Kontakt aufnimmt, wenn der Artikel bekannt wird.«

»Und wer würde das tun?«

»Die NSA, das Echelon oder der innere Raum, falls er in der von Ihnen beschriebenen Form existiert. Es gibt viele Möglichkeiten. Vielleicht sind auch die Nachrichtendienste anderer Länder interessiert.«

»Wollen Sie mir etwa raten, den Artikel zurückzuziehen?«

Inga spürte einen leichten Ärger in sich aufsteigen. Erst hatte Ingesson sie gebeten, auf der Hut zu sein, und jetzt auch noch dieser Professor. Wozu diese ständige Fürsorglichkeit? Weil sie eine Frau war?

Clifford zögerte.

»Das kann ich nicht beurteilen«, sagte er. »Ich möchte Sie nur auf die Risiken hinweisen.«

»Glauben Sie nicht, dass Sie da ein wenig übertreiben?«

»Niemand wäre erfreuter als ich, wenn ich mich irrte. Leider spricht meine Erfahrung für das Gegenteil. Warum, meinen Sie, hätte ich sonst mein Leben dem Kampf gegen die Geheimniskrämerei geweiht?«

Die Frage war rein rhetorisch, und Inga antwortete daher nicht. Wie hätte sie das auch wissen sollen?

»Die NSA hat das Leben meines Vaters zerstört. Er hat zehn Jahre seines Lebens der Entwicklung eines Stimmenverzerrers gewidmet, wie ihn die Welt noch nicht gesehen hatte. Mein

Vater war ein Idealist. Sein Ziel war es, eine Maschine zu entwickeln, die allen zugute kommen sollte, die sich nicht von Big Brother abhören lassen wollten, genau wie Zimmerman mit seiner Pretty Good Privacy vor einigen Jahren. Außerdem glaubte mein Vater, Stimmenverzerrungsgeräte seien Teil der Entwicklung von Stimmensimulatoren für Stumme – sein Vater war stumm gewesen. Dieselbe Technik, die sich für die Verzerrung von Stimmen verwenden ließ, müsste sich auch zur Simulation von Stimmen gebrauchen lassen. Heute wird das natürlich digital gemacht. Nach zehn Jahren Arbeit beantragte mein Vater ein Patent. Nachdem er über ein halbes Jahr gewartet hatte, erhielt er eine Antwort. Aber seinem Antrag wurde nicht etwa stattgegeben, sondern er erhielt einen seltsamen Vordruck mit dem Stempel SECRECY ORDER. In dieser Verordnung wurde ihm unter Androhung einer zweijährigen Gefängnisstrafe und einer Geldbuße in Höhe von zehntausend Dollar verboten, jemals etwas über seinen Apparat verlauten zu lassen. Die Anordnung war nicht unterschrieben, aber es handelte sich natürlich um die NSA, die sich eines Gesetzes namens Invention Secrecy Act bediente, das bereits 1917 erlassen wurde. Mein Vater kümmerte sich nicht um dieses Schreiben und veröffentlichte seine Erfindung in einer technischen Zeitschrift. Er kam ins Gefängnis und musste zehntausend Dollar Strafe zahlen. Er hatte Frau und drei Kinder zu ernähren. Sein Leben war zerstört.«

Clifford verstummte. Seine Gesichtszüge wirkten steinern.

»Ich verstehe sehr gut, wie das für Sie gewesen sein muss«, sagte Inga.

»Wirklich?«

Inga antwortete nicht. Wenn sie es Clifford hätte erklären wollen, hätte sie ihm ihre Lebensgeschichte erzählen müssen, doch dazu war sie nicht bereit. Sie hätte überhaupt nichts sagen sollen.

»Als ich Ihren Artikel gelesen habe«, fuhr Clifford mit sachlicher Stimme fort, »hatte ich sofort das Gefühl, dass wir auf derselben Seite stehen. Korrigieren Sie mich, wenn ich mich irre.«

»Nein, ich glaube nicht, dass Sie sich irren.«

Clifford schwieg einen Augenblick.

»Frank Clifford ist nicht mein richtiger Name«, sagte er plötzlich. »Frank Clifford ist ein Deckname, oder zumindest ein Deckmantel, den ich mir aus Bequemlichkeit zugelegt habe. Ich bin Professor, allerdings nicht am MIT, sondern in Harvard. Ich kann mich aber unter meinem richtigen Namen nirgendwohin begeben, ohne überwacht zu werden. Manchmal spielt das natürlich keine Rolle. Im Gegenteil. Möchte ich die Entwicklung mit meinen Forschungsergebnissen in eine positive Richtung beeinflussen, und das möchte ich natürlich, ist es nur von Vorteil, dass sich die NSA und die CIA unter meinen Zuhörern befinden. Aber manchmal, wie jetzt, bin ich mehr zum eigenen Vergnügen dabei, und dann ist es weniger angenehm, zu wissen, dass sich ein Aufpasser in der Nähe aufhält. Am allerwenigsten, wenn ich das Privileg habe, mit einer äußerst attraktiven Frau auf einer Parkbank zu sitzen und interessante Fragen zu diskutieren.«

Er wandte sich an Inga und lächelte rasch. Sie tat, als hätte sie seine Worte nicht gehört, obwohl das nicht ganz leicht war.

»Absurderweise«, fuhr Clifford fort, ohne den Tonfall zu ändern, »haben die mehr Angst vor mir als ich vor ihnen. Das Problem der NSA besteht darin, dass sie nur im Verborgenen handeln kann. Ich habe mich entschieden, sowohl heimlich als auch offen zu arbeiten. Das verunsichert sie. Sie wissen nie, woran sie bei mir sind.«

»Kann ein Wissenschaftler überhaupt heimlich arbeiten? Verrät er dadurch nicht die Grundidee der Wissenschaft?«

»Doch, für einen Forscher ist Geheimniskrämerei eine

Todsünde. Aber nicht unbedingt für einen Bürgerrechtsaktivisten.«

»Und für einen Menschen?«

Clifford sah sie fragend an.

»Meine Erfahrung sagt mir, dass Geheimniskrämerei ansteckend ist.«

»Das glaube ich nicht … das heißt, das will ich wirklich nicht hoffen. Wirke ich geheimnisvoll? Glauben Sie, dass ich etwas vor Ihnen verberge? Das wäre schade.«

Eine Weile sagte sie nichts.

»Nein«, entschied sie schließlich. »Das glaube ich nicht.«

»Danke.«

Etwas später kehrten sie zum Hauptgebäude zurück und aßen zusammen zu Abend, als sei das die natürlichste Sache der Welt. Erst nachdem Inga eine weitere halbe Flasche Wein in Cliffords Gesellschaft getrunken hatte und als sie wieder auf ihrem Zimmer war, fiel ihr auf, dass er ihr seinen richtigen Namen gar nicht genannt hatte. Und sie war nicht auf die Idee gekommen, ihn danach zu fragen. In gewisser Weise gefiel es ihr, nicht zu wissen, wer er eigentlich war. Das machte es leichter, wenn sie plötzlich alles bereute oder kalte Füße bekam. Trotz allem hatte er ihr seine falsche Identität eröffnet. Das hätte er kaum getan, wenn er die Absicht gehabt hätte, sie irrezuführen.

25

An den folgenden Tagen trafen sich Inga und Clifford oft. Sie aßen zusammen zu Mittag und zu Abend, verbrachten die Pausen zwischen den Vorträgen gemeinsam und unternahmen gelegentlich Spaziergänge im Park, statt sich einen Vortrag anzuhören, denn überraschend schnell waren sie sich stets einig, welche Themen uninteressant waren. Nach dem Abendessen saßen sie meist bei einem Glas Wein in der Bibliothek und unterhielten sich. Die Augenblicke des Schweigens hätte man an einer Hand abzählen können, als wagten sie es nicht, sich ohne die Worte, ohne die kleine Unsicherheit, die der Abstand zwischen Worten und Wirklichkeit gewährte, ein Schutz vor der vollständigen Nacktheit von Mann-und-Frau-Sein, zu begegnen. Mit jedem Gespräch verringerte sich der kleine Abstand, der noch zwischen ihren Worten und zwischen den Worten und der Wirklichkeit bestand, aber sie wollten den Dingen nicht vorgreifen. Sie sprachen, um sich gegenseitig der Worte zu entkleiden, um einander ohne begegnen zu können.

Inga spürte natürlich, dass etwas mit ihr geschah. Es war nicht nur das Gefühl, ständig in einem leichten Rausch zu leben, sondern auch, dass ihr Intellekt so viel Stimulanz und Wertschätzung erfuhr wie seit Jahren nicht mehr und es ihm immer schwerer fiel, seine tyrannische Kontrolle auszuüben. Die widerborstige Stimme, die zur Vorsicht mahnte, wurde immer lauter, aber auch immer heiserer, als würde sie nach langjährigem Krakeel bald vollends verstummen. Noch wagte Inga es nicht, ihre Gefühle zu benennen, nicht weil sie Angst vor ihnen gehabt hätte, jedenfalls keine große, sondern weil ihr noch deutlicher geworden war, wie viele Worte es gab, deren Bedeutung vage und schwammig geworden war, weil sie allzu zurückgezogen gelebt hatte. Wie hätte sie auch wissen sollen, wie man ihre momentanen Gefühle gemeinhin bezeichnete? Mit welchen Worten hätte sie die prickelnde Freude darüber beschreiben sollen, wahrgenommen und geschätzt zu werden und sich wieder als Frau zu fühlen?

Es war jedenfalls sicher, dass sie lieber lange Spaziergänge mit Clifford unternahm, als Konferenzteilnehmern dabei zuzuhören, wie sie ihre Artikel vortrugen. Sie begann sogar zu überlegen, ob es überhaupt erforderlich war, dass sie ihren eigenen vortrug. Clifford warnte sie offenbar allen Ernstes vor der Reaktion der NSA, falls sie ihren Artikel als schädlich erachten würde. Abgesehen von den Erlebnissen seines Vaters, wusste er auch zahlreiche andere Schauergeschichten über die Methoden der NSA gegenüber Kritikern und Sensationsjournalisten zu berichten. Soweit Clifford dies zu beurteilen imstande war, hatte die NSA noch nie jemanden liquidiert, zumindest nicht in den USA, aber sie hatte das Leben vieler Menschen zerstört. Einige, oder sogar viele, waren derart unter Druck gesetzt worden, dass sie Selbstmord begangen hatten. Fühle sich die NSA bedroht, scheue sie keine Mittel. Clifford hatte übrigens einen besseren Vorschlag.

»Natürlich müssen wir etwas riskieren, sowohl du als auch ich. Aber ich fände es dumm, ein Risiko einzugehen, indem du deinen Artikel auf einer Konferenz über Literatur und Verbrechen präsentierst, nur damit er möglicherweise in einem französischen Sammelband erscheint. Es wäre viel besser, ihn mit meiner Hilfe in einer bedeutenden amerikanischen Zeitschrift zu publizieren, was eine größere Resonanz gewährleisten und zur Debatte über die persönliche Integrität versus das Informations- und Überwachungsbedürfnis des Staates beitragen würde. Außerdem dürfte es der NSA schwerer fallen, die Veröffentlichung in einer unabhängigen Zeitschrift zu verhindern, gerade weil es sich um eine Zeitschrift handelt. Hingegen wäre es für die NSA ein Leichtes, die Veröffentlichung zu verhindern, nachdem du den Artikel hier publik gemacht hast. Bis zur Veröffentlichung verstreicht mindestens ein Jahr. Meiner Einschätzung nach wirst du deinen Artikel nie gedruckt sehen, wenn du ihn hier vorträgst.«

»Du gehst davon aus, dass mein Artikel der Wahrheit entspricht und dass es deswegen bei der NSA böses Blut geben könnte.«

»Stimmt, obwohl ich das nicht wissen kann. Du willst dich dazu ja nicht äußern, nicht einmal mir gegenüber.«

»Nein, nicht einmal dir gegenüber.«

»Vertraust du mir nicht?«

Inga wollte Clifford gerade versichern, dass sie ihm natürlich vertraue, aber im selben Augenblick erinnerte sie sich an all die Male vor vielen Jahren, als man ihr dieselbe Frage gestellt hatte, sobald sie etwas Kritisches über die Scientologenkirche gesagt hatte. »Vertraust du mir nicht?« Wie viele Male hatte sie nicht mit »doch« geantwortet, nur um später zu merken, dass diese Frage Teil einer Strategie gewesen war, sie hinters Licht zu führen. Aber das konnte sie Clifford nicht erzählen.

»Ich will nicht alle meine Geheimnisse auf einmal preisgeben«, sagte sie. »Einige muss ich einfach für mich behalten. Sonst würdest du dich sicher sofort von mir verabschieden.«

Clifford bedachte sie mit einem eigenartigen Blick, den sie nicht von ihm kannte. Hatte sie etwas Falsches gesagt?

»Okay«, lenkte er ein. »Mir bleibt wohl nichts anderes übrig, als deine Entscheidung zu respektieren, aber nur unter Protest. Einstweilen gehe ich davon aus, dass deine Geschichte wahr ist, einschließlich der Beschreibung des inneren Raumes, und dass du über eine Quelle im Zentrum der Organisation verfügst. Aus ebendiesem Grund finde ich, dass du dir hinsichtlich der Risiken und der möglichen Verbreitung des Artikels Gedanken machen solltest.«

»Und wenn sich herausstellt, dass ich mir das meiste nur ausgedacht habe?«

»Das glaube ich nicht, schließlich bin ich recht gut unterrichtet. Außerdem könnte dein Artikel wahr sein, auch wenn du ihn dir nur ausgedacht hättest. Du weißt genug über Nachrichtendienste, um fundierte Mutmaßungen anzustellen und auf bekannte Fakten zurückzugreifen.«

Wieder berührte er Ingas Hand.

»Ich mache mir in der Tat Sorgen darüber, was geschehen könnte.«

Zum ersten Mal, seit sie den Artikel geschrieben hatte, begann Inga selbst zu zweifeln. Clifford hatte die Schleusen geöffnet, die sonst ihre Gefühle regulierten. Er hatte sie mit seiner brennenden Begeisterung für dieselbe Sache, für die auch sie kämpfte, geöffnet: den Kampf für Gerechtigkeit und Respekt, den Kampf gegen Übergriffe und Heimlichtuerei. Ihm war das mit rationellen Argumenten gelungen, die sie ernst nehmen musste.

Sie sah ihm in die Augen und bemerkte sowohl seine Unruhe als auch seine leidenschaftliche Begeisterung. Sie wollte nicht länger allein sein, weder als Forscherin noch als Frau. Am allerwenigsten als Frau.

26

Während Inga und Clifford sich trafen und unterhielten, streifte ich durch die Säle und Korridore von Cerisy-la-Salle. Da ich nichts Besseres zu tun hatte, unternahm ich unbeholfene Versuche, mit den anderen Teilnehmern ins Gespräch zu kommen, doch wir wechselten stets nur leere Worte. Ich machte Spaziergänge im Park, um auf andere Gedanken zu kommen, aber ich hatte mich nie sonderlich für die Natur interessiert, am allerwenigsten für angelegte Natur. Blumen in geraden Reihen und zu Figuren gestutzte Hecken kamen mir wie die Krönung der Sinnlosigkeit vor, oder zumindest wie die komplette Vergeudung wertvoller Zeit. Zeit, die sich beispielsweise dazu verwenden ließ, Romane zu schreiben, von denen einer von einer Frau handeln sollte, die sich auf die Verbrechen geheimer Organisationen spezialisiert hatte. Mehrmals hatte ich mich mit meinen Notizen in die Bibliothek von Cerisy-la-Salle gesetzt und zu arbeiten versucht. Vergeblich. Mutmaßungen über die wirkliche Inga Andersson und den ach so realen Frank Clifford kamen mir ständig in die Quere. Ich versuchte, sie zu ignorieren. Was ging es mich an, ob Inga und Clifford eine Affäre hatten? In dem Roman, den ich schreiben wollte, würde sich Inga nicht verlieben. Und wenn doch, dann in mich.

Meine Vorsätze wurden jedoch jedes Mal zunichte gemacht, wenn ich Inga auf dem Weg zum nächsten Vortrag sah, allein oder in Gesellschaft Cliffords, der wie eine Klette an ihr zu hängen schien. Ganz besonders ärgerte es mich, dass ich Inga so falsch eingeschätzt zu haben schien. Ich hatte geglaubt, sie sei selbstständig und mit einem hervorragenden analytischen Verstand ausgestattet. In diesem Fall hätte sie einsehen müssen, dass Clifford ein billiger Verführer und Tagungscasanova war.

Aber war er wirklich nur das? Wenn ich mich in Inga gründlich getäuscht hatte, war es mir mit Clifford vielleicht ebenso ergangen. In einem klaren Moment sah ich ein, dass Clifford nicht unbedingt ein simpler Don Juan sein musste, bloß weil er wie einer aussah.

Es muss der Tag vor Ingas Vortrag gewesen sein, an dem ich meine erste beunruhigende Entdeckung machte: Frank Clifford existierte nicht. Das heißt, er tat das natürlich, aber nicht als die Person, für die er sich ausgab.

Es begann damit, dass ich mit meinem Laptop ins Netz ging. Schließlich war es klüger, sich der Wahrheit zu stellen, als zu versuchen, einen Verdacht dadurch zu zerstreuen, dass man ihn als Fantasiegespinst eines eifersüchtigen oder gekränkten und daher unzurechnungsfähigen Verstands abtat.

Mein Verdacht erhärtete sich, als feststand, dass es am MIT

keinen Professor namens Frank Clifford gab. Ich hatte zwar mehrere Frank Cliffords im Internet entdeckt, aber keinen, auf den die Beschreibung passte, die Clifford von sich geliefert hatte. Das ließ nur einen Schluss zu: Der Frank Clifford, der Inga beharrlich den Hof machte, war nicht der, für den er sich ausgab. Doch wer war er dann? Und was wollte er von Inga?

Ich packte mein Notebook ein und schaute ins Konferenzprogramm. In einer halben Stunde war der letzte Vortrag des Tages vorbei. Ich ging nach unten und wartete vor dem Saal.

Ausnahmsweise erschien Inga ohne Clifford auf den Fersen.

»Ich muss mit Ihnen reden«, sagte ich und nahm ihren Arm.

Sie entzog sich mir nicht, warf mir jedoch einen ungehaltenen Blick zu.

»Ich höre.«

»Können wir nicht nach draußen gehen?«

Sie sah sich um.

»Es ist wichtig.«

Schließlich folgte sie mir mit deutlichem Widerwillen.

»Worüber wollten Sie sprechen?«, fragte sie, nachdem wir ein Stück gegangen waren.

Ich zögerte. Einerseits wollte ich sie warnen, andererseits bedeutete das, preiszugeben, dass ich Clifford hinterherspioniert hatte. Wenn ich mich irrte! Dass eine bestimmt Person nicht im Internet zu finden war, hieß schließlich nicht, dass es diese Person nicht gab, nicht einmal, wenn sie sich als Professor des hochtechnologischen MIT ausgab. Vielleicht hatte Clifford seine Stelle gerade erst angetreten. Er konnte es aus persönlichen Gründen vorziehen, im Internet nicht in Erscheinung zu treten. Er konnte sogar anonym sein wollen oder unter Pseudonym auftreten, weil er genau wie Inga Forschungen betrieb, die mit großen Risiken verbunden waren.

Plötzlich erschien mir mein Misstrauen absurd. Ich kam mir wie ein schlechter Verlierer mit einem Sinn für Konspirationstheorien vor.

Ich suchte Ingas Blick. Das Erschreckende und Lockende in ihrem linken Auge war verschwunden. Das Unergründliche ihres Blicks schien von einem Spiegel ersetzt worden zu sein, der einzig und allein meine eigene Pupille und meine eigene Sehnsucht widerspiegelte, nichts sonst. Sie strahlte eine große Ruhe aus.

»Ich weiß nicht recht, wie ich anfangen soll …«

Ich wollte keinesfalls lügen, mich keinesfalls der Heimlichtuerei hingeben, die sie vermutlich verabscheute.

»Sie dürfen es mir nicht übel nehmen. Ich habe mir seit dem Anschlag Sorgen um Sie gemacht.«

»Was soll das heißen?«

»Versprechen Sie mir, es mir nicht übel zu nehmen?«

Das klang lächerlich, aber Inga nickte.

»Ich war im Internet und habe die Teilnehmer der Konferenz überprüft. Sie müssen verstehen, dass ich mir Sorgen gemacht habe.«

»Vollkommen unnötige natürlich. Ich kenne meine Neonazis. Sie würden niemals an einem Ort wie diesem zuschlagen.«

»Möglich. Aber wie sieht es mit den Nachrichtendiensten aus?«

Ich wusste nicht, woher dieser Einfall kam, aber er erschien mir sofort plausibel.

»Wie meinen Sie das?«

Immerhin wies Inga diesen Gedanken nicht sofort von sich.

»Einer der Teilnehmer der Konferenz ist nicht der, der zu sein er vorgibt.«

Jetzt war es heraus.

»Frank Clifford steht nicht im Mitarbeiterverzeichnis des MIT.«

Gespannt betrachtete ich Ingas Gesicht. Sie verzog keine Miene.

»Ich weiß.«

»Sie wissen was?«

»Dass Frank Clifford nicht sein richtiger Name ist.«

»Wie bitte?«

Inga lächelte, dieses Mal fast triumphierend.

»Franks Forschungsschwerpunkt sind Nachrichtendienste.«

Er war also schon »Frank«!

»Sind Sie da sicher?«

»Er hat sein Leben dem Kampf für staatsbürgerliche Rechte und Freiheiten gewidmet. Das hat ihn zur Persona non grata bei fast allen amerikanischen Behörden gemacht. Er muss aufpassen.«

»Wissen Sie das sicher?«

Ich hätte nicht so beharrlich sein sollen, aber ich konnte nicht anders.

»Was wollen Sie damit sagen?«

»Nichts.«

»Das wollen Sie doch!«

»Ich möchte Sie nur bitten, auf der Hut zu sein.«

»Vor wem?«

Ja, vor wem eigentlich? Ich konnte nicht mehr klar denken.

»Vor Frank Clifford!«, brachte ich schließlich über die Lippen. »Wer sagt eigentlich, dass ihn nicht die NSA hergeschickt hat, um ein Auge auf Sie zu haben?«

Einen Augenblick wirkte sie unschlüssig, aber dann schaute sie mich wieder so an, als sei ich vollkommen bedeutungslos.

»Ich bin groß genug, um selbst auf mich aufzupassen«, erwiderte sie.

Dann machte sie auf dem Absatz kehrt und ging von dannen. So war es nun mal. Inga Andersson hatte sich dafür entschieden, aus meinem Leben zu verschwinden. Und das war meine eigene Schuld. Erst war ich erleichtert. Jetzt würde die wirkliche Inga nicht mehr zwischen mir und dem Roman stehen.

Aber es dauerte nicht lange, bis sich meine Erleichterung in Bitterkeit verwandelte. Ich hatte Inga doch nur helfen wollen zu leben, nicht meinetwegen, sondern ihretwegen, obwohl vielleicht allmählich auch egoistische Motive eine Rolle spielten. Ich fühlte mich von Inga irgendwie verraten. Ich hatte ihr mit dem Artikel für die Konferenz geholfen. Sie hatte selbst gesagt, dass unser Gespräch über Literatur ihr sehr viel bedeutet hatte. Ein bisschen Dankbarkeit hätte sie schon zeigen können, statt meine Fürsorge brüsk abzuweisen.

Nur wenige Augenblicke später waren diese Überlegungen und Gefühle wie weggeblasen. Ich sah mich wieder in der Bar des Green Park Hotel in Harrogate sitzen. Ganz eindeutig erkannte ich ein Gesicht im Spiegel hinter dem Bartresen. Es war das Gesicht Frank Cliffords! Es konnte keinerlei Zweifel herrschen. Frank Clifford war einer der beiden Amerikaner, die sich vor dem offenen Kamin unterhalten hatten, nachdem ich von meinem Studienbesuch in Menwith Hill zurückgekehrt war.

Ich ließ mich auf eine Bank sinken. Ich hatte mich vielleicht mit Inga überworfen, aber deswegen war ich noch lange nicht vollkommen übergeschnappt. Es gab gute Gründe dafür, ein wachsames Auge auf Frank Clifford zu haben, obwohl dafür immer noch Anhaltspunkte fehlten, die einer wissenschaftlichen Prüfung standgehalten hätten. Schließlich konnte sich Frank Clifford aus denselben Gründen wie ich in Harrogate aufgehalten haben: um sich davon zu überzeugen, dass Menwith Hill in der Tat existierte. Es ließ sich nicht ausschließen, dass Frank Cliffords Forschung ebenso wie Ingas im Zeichen der Kritik stand, genau wie Inga gesagt hatte.

Ich sah auf die Uhr. In einer Viertelstunde begann das Abendessen. Ich ließ mir Zeit. Ich wollte nichts überstürzen. Als ich in den Speisesaal trat, hatte er sich bereits weitgehend gefüllt. Inga und Clifford saßen an einem Fenstertisch und unterhielten sich.

Ich fand einen Platz am anderen Ende des Raumes mit dem Rücken zu ihnen und geriet neben einen Teilnehmer, der die hohe Qualität der Konferenzbeiträge lobte. Wie zufällig erwähnte mein Tischnachbar, dass er besonders gespannt darauf sei, was Inga Andersson aus Lund am folgenden Tag über das Echelon zu sagen habe.

»In letzter Zeit hat darüber viel in der Zeitung gestanden. Sogar die Le Monde hat erst vor ein paar Wochen zwei ganze Seiten über das Echelon gebracht. Was mich am meisten interessiert, ist, wie es ihr gelungen ist, das Echelon mit dem Konferenzthema Literatur und Verbrechen in Verbindung zu bringen.«

Ich wollte gerade erläutern, wie Inga sich diese Verbindung vorstellte, als mir plötzlich aufging, was der Mann gesagt hatte.

»Haben Sie den Artikel noch nicht gelesen?«

»Wie hätte ich das denn tun sollen?«

»Ich dachte, die Artikel seien im Internet verfügbar.«

»Da haben Sie wohl etwas missverstanden. Die Organisatoren nehmen es sehr genau damit, dass die Texte nicht vor dem Vortrag veröffentlicht werden. Auf diese Art gestalten sich die Diskussionen spontaner.«

Der Mann sprach weiter, aber ich hörte ihm nicht mehr zu. Stattdessen drehte ich mich um und betrachtete Frank Clifford.

27

»Was ist los?«, fragte Clifford, als Inga sich in den Barsessel hatte sinken lassen.

»Ich bin wütend.«

»Auf wen?«

»Ingesson. Ich weiß nicht, was mit ihm los ist. Seit er hier ist, benimmt er sich so merkwürdig. Nur weil er aus Lund kommt, hat er nicht das Recht, sich als mein Vormund aufzuspielen.«

»Vormund?«

»Du erinnerst dich doch an den Anschlag, von dem ich dir erzählt habe. Ingesson meint, die Neonazis hätten es auf mich abgesehen. Aber manchmal glaube ich, das ist nur ein Vorwand.«

»Wofür?«

Cliffords Stimme klang ungewöhnlich scharf.

»Es würde mich nicht wundern, wenn er einen Roman schreiben will«, überlegte sie. »Sein letzter handelt von Fanatikern und Rassisten. Dieses Mal will er vielleicht über Neonazis schreiben und sich meine Kenntnisse zunutze machen. Er selbst behauptet, dass seine Romane reine Fantasiegebilde sind. Aber die meisten Schriftsteller beuten sicher die Wirklichkeit aus.«

»Was weißt du über ihn?«

»Nur, dass er ein bekannter Schriftsteller und einer von vielen Professoren an der Universität Lund ist. Wenn ich mich nicht täusche, hat er sich als Wissenschaftler nie besonders hervorgetan. Ich habe einen seiner Romane gelesen. Warum fragst du?«

Clifford antwortete nicht sofort.

»Du willst ihm doch nicht etwa unterstellen, dass er von der NSA bezahlt wird? Fängst du auch noch an?«

»Fängst du auch noch an? Was meinst du damit?«

Zum ersten Mal, seit sie sich begegnet waren, wurde Inga

unsicher. Clifford wirkte plötzlich so abweisend und stur, fand aber sofort wieder zu seiner gewohnten Herzlichkeit zurück, als sei ihm nur kurz entfallen, dass er sie vergessen hatte.

»Ich habe Angst um dich.«

»Ich weiß.«

Wusste sie das wirklich? Das hatte Ingesson mit seinem Misstrauen nun erreicht! Er hatte Zweifel in ihr geweckt. Mit welchem Recht mischte er sich in ihr Leben ein?

»Was hat er gesagt?«, fragte Clifford.

Dieses Mal verzog er keine Miene, als sie erzählte, dass Ingesson ihm unterstellt habe, von einem Nachrichtendienst damit beauftragt worden zu sein, ein Auge auf sie zu haben.

»Aber er schwieg, als ich ihm mitteilte, dass ich bereits wusste, dass Frank Clifford nicht dein richtiger Name ist.«

»Wie konnte er wissen, dass ich nicht der bin, für den ich mich ausgebe?«

»Das hat er auch nicht. Er hat dich im Internet gesucht und dort keinen Frank Clifford gefunden.«

»Er muss an Verfolgungswahn leiden. Du siehst, dass man nicht vorsichtig genug sein kann. Wie hättest du reagiert, wenn Ingesson dir als Erster erzählt hätte, dass Frank Clifford nicht mein richtiger Name ist?«

Sie dachte nach.

»Das weiß ich nicht. Ich hätte vermutlich befürchtet, betrogen worden zu sein. Was nicht bedeutet, dass ich diese Unterstellungen ohne weiteres geglaubt hätte. Am allerwenigsten, da sie von Ingesson stammen.«

»Es freut mich, das zu hören. Misstrauen ist das schlimmste Gift überhaupt, zwischen Menschen, zwischen Völkern und zwischen Nationen.«

Er legte seine Hand auf die ihre und streichelte sie, was ihr wohlige Schauer über den Rücken jagte. Ihr Kopf ermahnte sie, auf der Hut zu sein, aber ihr Körper wehrte sich dagegen und gewann die Oberhand. Sie dachte daran, wie sie am Strand von Gilleleje gestanden hatte und wie sich die Kälte an den Beinen entlang ausgebreitet hatte. Wie kam es, dass sich ihr Körper ausgerechnet da zum ersten Mal seit vielen Jahren wieder in Erinnerung gebracht hatte? Warum nicht früher und nicht später?

»Hast du schon mal daran gedacht, dass Ingesson in dich verliebt sein könnte?«, fragte Clifford.

Sie dachte an Hennings Worte. Aber nein, sie war sich sicher. Ingesson war nicht an ihr interessiert, aber er sah sie auch nicht so, wie sie war. Nicht so wie Clifford.

»Man könnte es ihm nicht verdenken«, fuhr Clifford fort.

Er hob sein Glas und sah ihr in die Augen. Sie schüttelte den Kopf.

Cliffords Knie berührte ihres unter dem Tisch. Wie hatte sie nur so viele Jahre ohne körperliche Berührung leben können?

»Lass uns Ingesson vergessen«, sagte er. »Das hier ist unser letzter Abend.«

Der letzte! War das wirklich so? Das war viel zu früh. Gleichzeitig wurde ihr allen Ernstes bewusst, dass sie fast nichts über Clifford wusste. Er war vielleicht glücklich verheiratet und hatte Kinder. Außerdem war er Amerikaner. Was auch immer geschehen mochte, in den USA würde sie nie leben können, in der Heimat der Scientologen, der Moon-Sekte, der Zeugen Jehovas und der NSA. Schon allein der Gedanke, Gilleleje mit Henning und Morten zu verlassen, brach ihr fast das Herz.

»Nein«, sagte er leise, »das hätte ich nicht sagen sollen. Es muss noch mehr Abende geben.«

Aber es klang angestrengt, als glaubte er selbst nicht daran.

»Ich hab's!«, rief er im nächsten Augenblick.

»Was?«

»Du wolltest mir doch Bescheid geben, ob ich dafür sorgen

soll, dass dein Artikel in den USA veröffentlicht wird? Wenn du Ja sagst, dann bedeutet es, dass wir uns wiedersehen müssen. Wir müssen wegen des Artikels zusammenarbeiten.«

Über diese Idee schien er sich kindlich zu freuen. Sie durchschaute ihn natürlich. Dank Internet und E-Mail ließ sich diese Arbeit auch über größere Abstände hinweg durchführen, aber der Gedanke daran, dass sie sich wiedersehen mussten, tröstete sie etwas.

Den Kaffee tranken sie an der Bar. Es wurden kaum Worte gewechselt. Es gab nichts mehr zu sagen. Drei Tage lang hatten sie sich so ausführlich unterhalten, dass sie nun gezwungen waren, sich zu berühren, um bestätigt zu wissen, dass die Worte wirklich das bedeuteten, was sie glaubten.

»Jetzt gehen wir!«, sagte Clifford. »Ich will dich berühren, dich ganz spüren.«

Inga schwieg.

Auf dem Weg ins Foyer trafen sie Ingesson. Er trat auf sie zu.

»Ich muss mit Ihnen sprechen!«, sagte er, an Inga gewandt.

Clifford ließ ihre Hand los und stellte sich zwischen sie.

»Jetzt reicht es!«, bellte Clifford. »Haben Sie nicht begriffen, dass Inga nichts mit Ihnen zu tun haben will?«

»Gehen Sie beiseite!«, befahl Ingesson.

Clifford schob Ingesson zur Seite.

»Fragen Sie ihn, was er im März in Menwith Hill gemacht hat!«, sagte Ingesson. »Fragen Sie ihn, wie es kommt, dass er Ihren Artikel gelesen hat. Das hat noch niemand außer ihm.«

Clifford versetzte Ingesson einen kräftigen Stoß, und er stürzte zu Boden.

Ingesson suchte Ingas Blick. Sie spürte seine Angst und Unsicherheit. Einen Moment lang hatte sie Mitleid, doch im nächsten fand sie, dass er daran selbst schuld war.

»Er muss mir hinterherspioniert haben«, sagte Clifford mit

unterdrückter Wut im Weitergehen. »Wie hätte er sonst wissen können, dass ich im März in Harrogate war? Ich wollte ein paar Agenten aus Menwith Hill für ein Buchprojekt interviewen. Die Reise war streng geheim.«

»Das ist das Problem mit Geheimnissen«, meinte Inga, um einen normalen Tonfall bemüht. »Wenn ein Geheimnis publik wird, wirkt das immer verdächtig, auch wenn die besten Absichten dahinter stecken.«

»Ingesson darf uns unseren letzten Abend nicht zerstören.«

»Nein«, erwiderte sie.

Aber es dauerte lange, bis Ingesson aus ihren Gedanken verschwand, so lange, bis sie nackt auf ihrem Bett lag und sich von Clifford streicheln ließ. Als er in sie eindrang, wurde sie von ihren Gefühlen so überwältigt, dass sie weinte. Ihr Orgasmus kam fast sofort.

»Wieso weinst du?«, fragte Clifford. »Bist du traurig?«

»Nein, im Gegenteil. Ich bin froh, dass ich dank dir wieder entdeckt habe, dass ich auch einen Körper habe und nicht nur ein Kopf auf zwei Beinen bin.«

Lange lagen sie schweigend nebeneinander. Dann stand Clifford auf und fuhr rasch in seine Kleider.

»Ich bin in zwei Minuten zurück.«

»Wo willst du hin?«

»Das ist eine Überraschung.«

In Cliffords Abwesenheit begann Inga wieder nachzudenken, obwohl sie das eigentlich nicht wollte. Sie versuchte, sich über die Erlebnisse und Gefühle der letzten Tage klar zu werden. Vergebens. Das Einzige, was sie sicher wusste, war, dass sie nichts bereute. Sie hatte sich einem Mann ausgeliefert und überlebt. Sie hatte es sogar genossen. Die Schleusentore zu ihren Gefühlen hatten sich geöffnet. Aber ihre Vernunft war nicht ertrunken. Zumindest nicht ganz. Wenn Ingesson nicht gewesen wäre, hätte sie sogar vollkommen glücklich sein können, auch wenn dieses Glück nur bis zum nächsten Tag gewährt hätte, an den sie nicht denken wollte. Aber sie musste es tun, weil sie ihren Artikel vorstellen sollte. Nur dass sie gar keine Lust mehr dazu hatte. Trotz allem, was Clifford über die Qualitäten des Artikels gesagt hatte, kam er ihr nicht mehr so wichtig vor. Sollte sie sein Angebot nicht einfach annehmen und ihn in den USA veröffentlichen? Warum nicht? Dann brauchte sie auch nicht mehr an ihren Auftritt am nächsten Tag zu denken und konnte das Hier und Jetzt genießen.

Zwei Minuten später kehrte Clifford zurück. In einer Hand hielt er eine Flasche Champagner, in der anderen zwei Gläser.

»Weißt du was?«, sagte sie, nachdem er die Flasche geöffnet und eingeschenkt hatte.

»Nein, wie sollte ich?«

»Ich habe keine Lust, morgen meinen Artikel vorzulesen.«

»Bedeutet das …«

»Dass ich einwillige, dich den Artikel in den USA veröffentlichen zu lassen.«

Er warf die Arme in die Luft, ohne daran zu denken, dass er ein volles Champagnerglas in einer Hand hielt. Champagner spritzte an die Decke und tropfte auf seinen Kopf.

»Ich wusste doch, dass es etwas zu feiern gibt.«

Nicht im Entferntesten hatte sie erwartet, dass ihn dieser Entschluss derart freuen würde. Als er sich wieder beruhigt hatte und neben ihr im Bett saß, füllte er die Gläser erneut und reichte ihr eines.

»Dann kannst du mir vermutlich auch erzählen, was an deinem Artikel wahr und erfunden ist. Wo hast du das alles nur her? Ich bin wahnsinnig neugierig.«

»Immer mit der Ruhe«, meinte sie.

»Immer mit der Ruhe? Was soll das heißen?«

»Du musst dich noch etwas gedulden. Ich muss das alles erst einmal verarbeiten.«

»Ich verstehe nicht.«

»Aus demselben Grund, aus dem du vielleicht nicht willst, dass ich den Artikel vorlese.«

Er lachte, aber sein Lachen klang nicht ganz echt. Er war enttäuscht.

»Und deine Quelle? Du kannst mir doch zumindest erzählen, wo du deine Informationen herhast?«

»Damit du in Erfahrung bringen kannst, was wahr und falsch ist? Du musst dich damit begnügen, dass ich dich den Artikel veröffentlichen lasse. Später vielleicht.«

Als wollte sie einen Teil ihres Selbst für später aufheben. Sie hatte Angst, dass Clifford sie schlicht vergessen würde, sowie er alle Informationen besaß, die er unbedingt haben wollte. Er hatte schon so viel von ihr bekommen.

»Traust du mir nicht?«, fragte er wieder mit einem Unterton, der sie zusammenzucken ließ.

»Doch, aber ich traue mir nicht.«

»Das verstehe ich nicht.«

»Das ist eine sehr lange Geschichte, die ich am liebsten nie wieder erzählen will.«

»Das kann ich akzeptieren, aber nicht, dass du mir misstraust.«

Inga antwortete nicht.

»Wie soll ich es sonst deuten, dass du mir nicht erzählen willst, was du weißt?«

Sie antwortete immer noch nicht. Sie mochte nicht glauben, dass ihr letzter Abend im Streit enden würde. Sie konnte nichts mehr sagen. Sie wollte nichts mehr sagen.

»Okay«, sagte er. »Wir hören auf. Wir kommen nicht weiter.«

Was geschah eigentlich?

»Wieso ist es dir so wichtig, zu erfahren, was wahr und falsch und wer meine Quelle ist?«

»Verstehst du das nicht? Vertrauen, Vertrauen und nochmals Vertrauen, das ist die einzige Waffe gegen die Geheimniskrämer. Außerdem müsstest du doch verstanden haben, wie wichtig das hier für mich ist. Wenn ich wüsste, dass gewisse Behauptungen deines Artikels wahr sind, dann könnte ich die mal ordentlich aufmischen. Ich könnte meinem Vater Genugtuung verschaffen.«

»Es tut mir Leid, aber ich kann nicht. Noch nicht. Später.«

Er sah aus, als mobilisiere er größte Willenskraft.

»Erfahre ich es zumindest, ehe der Artikel veröffentlicht wird?«

»Ja, das verspreche ich.«

Er lächelte und gab ihr einen Kuss. Aber es war ein kalter und pflichtschuldiger Kuss. Ihr war nicht wohl in ihrer Haut.

Etwas stimmte nicht. Er sprach von Vertrauen, weckte aber mit jedem Wort und jedem Blick ihre Zweifel. Der Gedanke, dass er sie verführt hatte, um an ihre Informationen zu gelangen, ergriff langsam und unabwendbar von ihr Besitz. Sie versuchte, ihn zu verscheuchen. Sie versuchte, ihren Körper über ihren Intellekt die Oberhand gewinnen zu lassen. Sie durfte die Angst nicht wieder siegen lassen. Aber der Gedanke biss sich fest. Ihr fielen die Beschuldigungen Ingessons ein. Nein, Clifford war kein Agent, sondern Wissenschaftler. Es gab karriereversessene Forscher, die zu fast allem bereit waren, um als Erste eine Entdeckung zu machen. Das passte jedoch nicht zu dem, was sie von Frank Clifford gesehen und erlebt hatte. Wer war er? Sie streichelte seine Wange, um nicht nachdenken zu müssen.

»Ich verspreche, dass du der Erste bist, der es erfährt«, sagte sie.

»Danke«, erwiderte er und stand auf.

Er ging ins Badezimmer. Inga konnte sich nicht beherrschen. Die Ungewissheit war zu schmerzlich. Sie streckte den Arm aus und fasste in die Innentasche von Cliffords Jackett. Sie nahm seine Brieftasche heraus und öffnete sie. Sämtliche Plastikkarten waren auf Alan Rogers ausgestellt. Das war also sein richtiger Name. Jetzt kannte sie ihn. Aber die Letzte unterschied sich von den Übrigen. Es handelte sich um eine Art Ausweis mit Strichcode, ohne Foto. Sie nahm ihn heraus und las:

»US Government. Colonel Alan Rogers, Liaison Officer, Menwith Hill.«

Inga wurde kalt, so eiskalt, wie Cliffords Kuss einen Augenblick zuvor gewesen war. Es gelang ihr noch, die Brieftasche wieder zurückzulegen, bevor Clifford zurückkehrte. Er sah sofort, dass etwas vorgefallen war.

»Was ist mit dir los?«, fragte er.

Sie versuchte, ihm ein liebevolles Lächeln zu schenken, obwohl sie ihm den Hals hätte umdrehen können.

»Ich glaube, zu viel Champagner. Zu viele Gefühle. Ich bin todmüde. Als hätte mir jemand mit einem Hammer auf den Kopf geschlagen.«

»Arme Kleine!«, sagte Clifford. »Das Beste ist, du schläfst dich erst mal aus. Morgen ist auch noch ein Tag.«

Er küsste sie auf die Stirn. Sie schloss die Augen, um zu verbergen, was in ihr vorging.

»Schlaf gut!«, sagte er.

Vor kurzem hätte sie seine Eile als Rücksicht gedeutet. Jetzt wusste sie es besser: Er hatte seinen Auftrag erfüllt und verhindert, dass Ingas Artikel publik wurde, deswegen konnte er sich nun zurückziehen.

Als die Tür hinter ihm ins Schloss gefallen war, stand Inga auf. Sie blieb einen Augenblick mitten im Zimmer stehen, ging schwankend ins Bad und übergab sich.

28

Als ich nach dem Zwischenfall mit Clifford vormittags um halb elf erwachte, fühlte ich mich wie einer dieser trunksüchtigen Helden aus einem alten amerikanischen Krimi: wie Shit. Mein Kater war jedoch existenzieller Natur. Ich hatte mich bis spät in die Nacht schlaflos hin- und hergewälzt. Ich ging ins Bad und betrachtete mich im Spiegel. Meine Tränensäcke brauchten fast einen BH. Das Weiß meiner Augen war rot wie ein dänischer Briefkasten.

Was würde jetzt geschehen? Inga war verloren, und der Gedanke an den Roman war ungefähr ebenso erbaulich wie mein Anblick im Spiegel. Eines war zumindest sicher: Ich würde nach Hause fahren. Inga hatte meine Worte nicht ernst nehmen wollen. Sie glaubte mir nicht. In ihren Augen war ich der Betrüger, nicht Clifford. Vielleicht hatte sie Recht. Ich hatte geglaubt, ihr beim Leben helfen zu können. Das war ebenso vermessen wie Vautrins Versuch in Balzacs »Verlorene Illusionen«, aus Lucien de Rubempré einen neuen Menschen zu machen. Vautrins Fehler hatte wie meiner darin bestanden, zu glauben, man könne auch im wirklichen Leben Schriftsteller spielen und mit den Mitmenschen wie mit Romanfiguren nach Belieben verfahren. Pygmalion war ein romantischer Mythos. Jetzt musste Inga allein zurechtkommen. Ohne meine unbeholfene Einmischung. Und bereit sein, den Preis dafür zu zahlen.

Ich hatte gerade das Wasser zugedreht, als ein Schatten in meinem Zimmer vorbeizuhuschen schien.

»Ist da jemand?«

Ich erhielt keine Antwort. Wieder nur Einbildung. Es war wirklich höchste Zeit, in die Wirklichkeit zurückzukehren.

Aber kaum stand ich wieder im Zimmer, wurde mir klar, dass das Problem woanders lag. Im Türrahmen stand Frank Clifford. Er hielt eine Pistole mit Schalldämpfer in der Hand.

Ich versuchte mir einzureden, dass ich Gespenster sah. Nur in Romanen und in Filmen lief man nach dem Duschen einem Gorilla mit Pistole in die Arme. Aber Clifford war kein Fantasiewesen. Er hatte am Vortag existiert, und er existierte jetzt. Er wollte etwas von mir. Was? Konnte ich ihm das geben, was er haben wollte? Davon hing alles ab. Meine Gedanken überschlugen sich. Er wollte mich doch nicht erschießen, bloß weil ich ihn nicht mochte oder ihm unterstellt hatte, ein Betrüger zu sein?

Clifford machte ein paar Schritte auf mich zu. Schließlich war die Pistole nur noch einen Meter von mir entfernt. Er sagte immer noch nichts.

»Was wollen Sie?«, fragte ich und gab mir die größte Mühe, so gelassen wie immer zu klingen.

»Das wissen Sie sehr gut.«

»Wenn Sie meine gestrigen Äußerungen meinen, entschuldige ich mich. Das war nicht persönlich gemeint. Es kam einfach so über mich. Ich fahre heute nach Hause. Inga will von mir nichts wissen. Sie können sie ruhig behalten.«

Die Worte sprudelten aus mir heraus. Der Redeschwall endete abrupt, als Clifford die Pistole hob und mir einen harten Schlag an die Schläfe versetzte. Ich sackte zusammen und versuchte, mich wieder aufzurappeln wie ein Boxer, der nicht begriffen hat, dass die Runde zu Ende ist. Aber kaum war ich auf den Knien, traf mich ein Tritt seitlich am Kopf. Jetzt spürte ich den Schmerz, einen brutalen Schmerz, der sich über den ganzen Körper ausbreitete. Der zweite Tritt traf meinen Bauch und raubte mir den Atem, den ich benötigt hätte, um meinem Schmerz Luft zu machen. Ich klappte wie ein Taschenmesser zusammen und blieb liegen. Etwas Warmes rann meine Wange hinab. Mein eigenes Blut.

»Wo ist Inga?«, fragte Clifford.

Ich hielt mir den Bauch. Ich hatte das Gefühl, Cliffords

Tritt hätte meinen Magen zerfetzt. Weshalb fragte er nach Inga?

»Inga?«, krächzte ich. »Die ist hier, in Cerisy-la-Salle. Sie soll heute ihren Vortrag halten. Heute ist ihr großer Tag.«

Ich krümmte und wand mich vor Schmerzen.

»Wo ist Inga?«, fragte Clifford wieder.

»Hier«, wiederholte ich. »Wo sollte sie sonst sein?«

Ich begriff nicht, was er von mir wollte. Irgendetwas stimmte nicht. Jemand hatte einen furchtbaren und grotesken Fehler begangen.

Clifford beugte sich vor und hob erneut die Pistole.

»Nicht schlagen! Um Gottes willen, nicht schlagen!«

»Sagen Sie mir, wo Inga steckt!«

»Ich weiß nicht, was Sie meinen. Inga ist hier. Inga war gestern Abend mit Ihnen zusammen. Sie müssen wissen, wo sie ist. Sie erträgt meinen Anblick nicht. Das haben Sie doch gestern selbst gesehen.«

Zum ersten Mal schien Clifford zu zögern.

»Warum sind Sie Inga gefolgt?«

Ich versuchte mich aufzusetzen, aber der Schmerz machte das unmöglich. Mein Kopf dröhnte. Ich dachte an Anna. Ich musste am Leben bleiben. Ich durfte nicht sterben. Noch nicht. In zehn Jahren, wenn sie erwachsen war. Aber nicht jetzt. Der Schmerz kehrte mit voller Wucht zurück. Ich stöhnte. Ich hatte keine Zeit, mir eine Geschichte auszudenken. Mir blieb nur die Wahrheit. Sonst nichts.

»Ich wollte einen Roman über sie schreiben«, brachte ich über die Lippen.

Clifford hob schon wieder die Pistole.

»Ich litt an einem Schreibkrampf. Ich brauchte eine Vorlage. Inga tauchte auf und stellte Fragen über Literatur.«

Ich war gezwungen, eine Pause einzulegen.

»Wenn ich gewusst hätte ...«

»Was?«

»Dass ich mich in sie verlieben würde.«

Ich war mir sicher, dass Clifford das nicht erwartet hatte. Ich auch nicht. Aber es waren meine Worte und vermutlich auch die Wahrheit.

»Und Ingas Konferenzbeitrag. Haben Sie den gelesen?«

Ich konnte nur nicken.

»Wie kam es dazu?«

»Inga hat mir eine Kopie geschickt. Ohne Absender. Ich hatte nie die Gelegenheit, mich mit ihr darüber auszutauschen. Deswegen entschloss ich mich, hierher zu fahren.«

»Und welche Schlüsse haben Sie gezogen?«

»Dass sie den Artikel geschrieben hatte, um eine Diskussion zu entfachen.«

Der Schmerz ließ eine Spur nach. Wenn nur Clifford nicht wieder zutrat. Ich beschloss, die Wahrheit zu sagen.

»Der Artikel inspirierte mich dazu, einen Roman über Inga Andersson zu schreiben. Sie müssen mir glauben. Ich weiß nicht mal, wo Inga wohnt. Wir haben uns einmal getroffen und über Literatur gesprochen. Dann tauchte sie nach dem Anschlag der Neonazis unter. Das lässt sich durch die Zeitungen überprüfen. Nicht einmal die schwedische Polizei konnte sie ausfindig machen. Ich auch nicht. Ich habe es versucht. Das habe ich wirklich.«

Ich schloss die Augen. Ich hatte keine Kraft mehr. Dass es einmal so enden würde. Nur weil ich einen Roman hatte schreiben wollen! Ich wartete auf den nächsten Tritt oder auf den Schuss.

Aber nichts geschah. Ich öffnete die Augen. Clifford starrte mich an, als überlegte er, was er nun mit mir anstellen sollte.

»Okay«, sagte Clifford. »Ich glaube Ihnen.«

Ich begann zu weinen. Ich wollte weiterleben. Nichts war

mir wichtiger. Ich hatte nur ein einziges Leben, genau wie alle anderen. Und Anna hatte nur einen Vater.

»Aber den Roman über Inga Andersson dürfen Sie nie schreiben«, sagte Clifford. »Sollten wir erfahren, dass Sie daran arbeiten, und wir würden es erfahren, wenn dem so wäre, dann können Sie das Schreiben ganz vergessen.«

Wer ist »wir«?, dachte ich. Meine Kräfte waren am Ende. Kein Wunder, dass ich beim nächsten Tritt sofort das Bewusstsein verlor.

Gefesselt und geknebelt entdeckte mich zwei Stunden später eine Putzkraft, die vor Schreck zu schreien begann, als sie mich fand. Ein Arzt verpflasterte meine Kopfverletzung und gab mir eine Schachtel Schmerztabletten. Von rasenden Kopfschmerzen geplagt, sollte ich dann versuchen, die bohrenden Fragen der Polizei zu beantworten. Sie glaubten mir nicht, als ich behauptete, ich wisse nicht, warum ich von Professor Frank Clifford vom MIT niedergeschlagen und gefesselt worden sei. Ich deutete an, es könne mit einer Frau zu tun gehabt haben. Nachdem sie den Teilnehmern und den Veranstaltern der Konferenz einige Fragen gestellt hatten, stellte die Polizei fest, dass sowohl Frank Clifford als auch Inga Andersson verschwunden waren. Da wir uns in Frankreich befänden, gingen alle davon aus, dass es sich um ein Eifersuchtsdrama handelte, und da ich keine Anzeige gegen Professor Clifford erstatten wollte, geschah nichts weiter.

Glücklicherweise fiel niemandem auf, dass am Empfang ein Brief auf mich wartete, den mir der Portier aushändigte, als ich meinen Schlüssel abgab. Ich las ihn erst, als ich im Zug nach Paris saß. Es war lange her, seit ich mich über einen Brief so gefreut hatte. Ich war also nicht verrückt geworden. Weder Inga selbst noch der Roman über Inga schwebten in unmittelbarer Gefahr. Was nun? Ich wollte, dass es ausnahmsweise einmal glücklich endete. Aber es sah düster aus. Was konnte Inga Gegnern mit unbegrenzten Ressourcen, die keine Skrupel kannten, wenn sie sich bedroht fühlten, schon entgegensetzen? Mich würde man sicher überwachen und belauschen. Sie würden versuchen, Inga über mich ausfindig zu machen. An der Pinnwand über meinem Schreibtisch hatte ich eine Karikatur aufgehängt. Rechts sah man einen Panzer, der eine Granate abfeuerte. Ihm gegenüber stand ein Mann an einem Kopiergerät, das Kopien ausspuckte. Die Wahrheit lautete, dass der Panzer das Kopiergerät mit einem einzigen Treffer in Stücke schießen konnte. Bei Auseinandersetzungen von Angesicht zu Angesicht siegten Worte nur äußerst selten. Sie wurden nicht einmal mit einer Pistole mit Schalldämpfer fertig.

29

Inga tat ihr Möglichstes, um sämtliche Spuren zu verwischen. Sie ließ alle Kleider in ihrem Zimmer zurück und nahm nur ihre Umhängetasche mit ihrem Laptop, den wichtigsten Unterlagen und ihren Notizbüchern mit. Sie schrieb einen kurzen Brief an den Schriftsteller, in dem sie sich dafür entschuldigte, ihm nicht geglaubt zu haben, und ihm mitteilte, dass sie die Konferenz überstürzt verlassen musste. Sie würde wieder von sich hören lassen und ihm alles erklären.

Es war fast ein Uhr nachts, als sie die Treppe hinunterschlich. Sie blieb am Empfang stehen, sah sich um und legte die Mitteilung an Ingesson in sein Fach. Sie hörte Stimmen aus der Bibliothek, aber niemand war zu sehen. Auf dem Weg zum Eingangstor ging sie neben dem Weg, damit das Licht der umliegenden Gebäude nicht auf sie fiel. Es kostete sie den Rest der Nacht, zu Fuß die dreißig Kilometer nach Granville zurückzulegen, statt ein Taxi nach Caen zu nehmen, was naheliegender gewesen wäre. In Granville nahm sie eine frühe Fähre nach Jersey und fuhr von dort weiter nach Portsmouth. Sie stieg in den Zug nach London und checkte in einem Hotel an der Victoria Station ein. Am nächsten Tag buchte sie einen Platz im Nachtzug von London nach Kopenhagen. Die Fluggesellschaften weigerten sich zwar, die Passagierlisten für jedermann zugänglich zu machen, aber für jemanden mit ausreichender Abhörkapazität stellte dies kein Hindernis dar.

Während der gesamten Reise versuchte Inga, eine Erklärung für die bisherigen Ereignisse zu finden. Es gab nur eine Antwort. Aber für wen arbeitete Frank Clifford? Die NSA oder für den inneren Raum der NSA? Was hatte das mit dem Echelon zu tun? Das Echelon war eine Kooperation und keine Organisation.

Erst als sie im Zug nach Kopenhagen saß, wurde ihr das Ausmaß ihrer Handlung bewusst. Bisher war sie nur auf der Flucht gewesen. Aber jetzt, als sie sich zumindest vorläufig in Sicherheit wähnte, geriet sie in Panik. Nicht weil sie gezwungen war unterzutauchen, denn das empfand sie als Erleichterung. Nein, sie hatte Angst, dass sich erneut der Abgrund vor ihr auftun würde. Deswegen lag sie die ganze Nacht mit aufgerissenen Augen hellwach in ihrem Abteil und wagte nicht einzuschlafen. Zwölf Jahre lang hatte sie darum gekämpft, wieder ein Mensch und eine Frau zu werden. Dann kam dieser Clifford daher und zerstörte alles innerhalb weniger Tage! Es war zum Heulen. Das tat sie auch, aber leise, um die anderen im Liegewagenabteil nicht zu wecken.

Als ihre Tränen versiegt waren, knipste sie ihre Leselampe an und nahm ihre Notizbücher hervor. Sie versuchte sich auf jeden Eintrag zu konzentrieren. Einer handelte von einem Medizinmann in Kenia, der an der Leber der Ziege erstickt war, die er gerade geopfert hatte. Eine kurze Geschichte handelte von einem Chinesen, der an Impotenz litt und seinem Arzt, der ihn nicht hatte heilen können, eine Kiste mit Dynamit schickte. Das Ergebnis: sechs Tote und siebzehn Verletzte. Laut einer lakonischen Meldung hatten hundert Leute in Brasilien an einem Wettbewerb darüber teilgenommen, wer am hässlichsten sei. Sechs Rektoren in Ruanda hatten etwa hunderttausend Kronen unterschlagen, die die Regierung den Waisen des Völkermordes zugedacht hatte. An einer anderen Stelle hatte sie notiert, dass vierzig britische Privatschulen vor dem Europäischen Gerichtshof gegen die Abschaffung der Prügelstrafe an Schulen plädierten. Als sie umblätterte, fand sie einen Eintrag über eine religiöse Stiftung in der Türkei, die ein Buch mit dem Titel »Handbuch für Moslems« veröffentlicht hatte. Darin war nachzulesen, dass ein Mann das Recht hatte, seine Frau zu schlagen, solange er nicht allzu fest und nicht ins Gesicht schlug. Weiter unten auf derselben Seite hatte sich Inga eine neue Statistik notiert, die besagte, dass knapp zwei Millionen französische Männer ihre Frauen mindestens einmal im Jahr misshandelten. Sie las auch die Geschichte über den Siebzehnjährigen in den USA, der seine Mutter mit einem Hammer erschlagen hatte, weil sie auf ein anderes Programm im Fernsehen umschalten wollte. Ein Finne hatte seine Mutter erdrosselt, weil sie den Fernseher während eines Formel-1-Rennens abschaltete, als ein Finne in Führung lag. Eine andere Notiz handelte von einer dänischen Samenbank, die beschlossen hatte, Sperma aus dem Ausland zu importieren, weil die Nachfrage nach ethnisch und sogar religiös reinem Sperma gestiegen war. Und so weiter und so fort.

Wie sollten sich derartige Verhaltensweisen mithilfe einer einzigen zusammenfassenden Theorie erklären lassen? Es war zu einfach, die Täter als krank, verrückt oder bestialisch abzustempeln. Auch kranke und verrückte Menschen waren Menschen. Gerade das war so schwer einzusehen, dass auch Pädophile, Vergewaltiger, Neonazis, Psychopathen, Massenmörder, Terroristen und Rassisten Menschen waren. Aber Ingas Theorie musste auch eine Erklärung dafür finden, dass es sie tröstete, in ihren Notizbüchern zu lesen. Es half, zumindest ein wenig, zumindest eine Weile, zu wissen, dass es vielen viel schlechter ging als ihr.

Auf dem Kopenhagener Hauptbahnhof ging sie in eine Telefonzelle und rief Morten an. In knappen Zügen erklärte sie, was vorgefallen war.

»Am Bahnhof in Grønnehave in Helsingør gibt es eine Kneipe«, sagte Morten, ohne zu zögern, »dort treffen wir uns um eins.«

Inga kehrte unverzüglich auf den Bahnsteig zurück und nahm den Zug nach Helsingør. Statt direkt dorthin zu fahren, stieg sie in Espergærde aus und nahm von dort den Bus. Drei Stationen vor dem Bahnhof stieg sie aus und spazierte durch kleine Gässchen nach Grønnehave. Um halb eins betrat sie das Lokal. Eine halbe Stunde später trafen Henning und Morten ein. Sie sah sofort, dass sie sich Sorgen machten, aber auch entschlossen wirkten, als könnte nichts sie aus dem Gleichgewicht bringen.

»Unsere Kleine«, sagte Morten, sobald sie sich mit ihren Gläsern Wiibroe gesetzt hatten, »wolltest du nicht nur eine Geschichte auf dieser Konferenz erzählen?«

»Das habe ich zumindest geglaubt«, antwortete Inga und versuchte zu lächeln. »Dazu kam es aber gar nicht erst.«

Dann erzählte sie alles, ohne etwas zu verschweigen. Weder Henning noch Morten sagte etwas. Aber sie entdeckte einen leichten Vorwurf in Hennings Blick, als sie Frank Clifford beschrieb.

»Ich weiß«, schloss sie. »Ihr braucht nichts zu sagen. Ich

habe mich dumm benommen, wie eine Siebzehnjährige auf einer Pauschalreise.«

»Nicht du hast etwas Dummes getan«, meinte Henning. »Während des Krieges haben viele gesagt, die Juden seien selbst an ihrem Elend schuld, genau wie heute die Immigranten. Man verlangt von ihnen, sich besser zu benehmen und bessere Menschen zu sein als alle anderen. Das ist fast die schlimmste Form von Rassismus. Du hast dir nichts vorzuwerfen.«

»Doch, dass ich Ingesson nicht geglaubt habe.«

»Weiß er, was vorgefallen ist?«

»Ich habe einen Brief an ihn zurückgelassen.«

»Gut. Man weiß nie, ob wir vielleicht seine Hilfe brauchen.«

»Wobei?«

»Das wird sich zeigen.«

»Und was soll ich jetzt tun? Es wird nicht lange dauern, bis sie rauskriegen, wo ich wohne. Ihre Möglichkeiten sind unbegrenzt.«

Henning sah Morten an.

»Wir haben die Sache durchgesprochen. Entweder du ziehst bei mir ein, oder du lässt dich in meinem Boot nieder. Die erste Alternative ist die bequemste. Aber vielleicht würden die Leute in Gilleleje anfangen zu tuscheln. Klatsch ist ein Sicherheitsrisiko. Die andere Alternative ist unbequemer, aber sicherer. Außerdem könnten wir dich dann schneller verschwinden lassen.«

»Und die Leute im Hafen? Würden die sich nicht auch wundern und zu reden anfangen?«

»Im Hafen ist das kein Problem. Wir kennen die Leute dort. Und für die Touristen mit den Segelbooten ist die Saison jetzt bald vorbei.«

»Du brauchst das nicht sofort zu entscheiden«, meinte

Morten. »Wir sind mit dem Boot gekommen, um dich abzuholen. Du kannst das also erst einmal ausprobieren.«

Sie machten sich auf den Weg zum Nordhafen. Henning hatte einen Kutter, der den anderen hellblau gestrichenen Fischkuttern zum Verwechseln ähnlich sah. Das Ruderhaus war nicht groß. Ein Sitz für den Rudergänger mit Instrumenten rundherum, dahinter ein Tisch für vier, das war alles.

»Seit ich mit dem Fischen aufgehört habe, habe ich ihn umgebaut. Eine Zeit lang habe ich mir überlegt, ob ich ihn als Freizeitboot verkaufen soll, aber das habe ich nie übers Herz gebracht. Komm, schau es dir an.«

Sie gingen an Deck und kletterten durch die Bugluke nach unten. Der ehemalige Laderaum war in einen großen Salon mit vier seitlichen Kojen verwandelt worden. In der Mitte stand ein großer Eichentisch, und auf der Steuerbordseite befand sich die Pantry. In einer Ecke stand ein Ölofen. Henning öffnete eine Tür nach achtern. Dort gab es eine Toilette und sogar eine Dusche.

»Wie gefällt es dir?«, fragte Henning.

»Wie ein richtiges Zuhause, nur gemütlicher«, meinte Inga.

»Gemütlich ist auf See vielleicht nicht das richtige Wort«, sagte Henning, »aber ich verstehe, was du meinst. Manchmal habe ich schon überlegt, das Haus zu verkaufen und ganz hier einzuziehen, aber daraus ist bisher nichts geworden. Ein Fischkutter ist zum Fischen und nicht als Hausboot gedacht. Zumindest wenn er einem alten Fischer wie mir gehört.«

»Ich bin kein alter Fischer«, sagte Inga. »Ich könnte mir sehr gut vorstellen, eine Zeit lang hier zu wohnen.«

Das war ihr Ernst. Die Kajüte des Fischerboots war wie ein Kokon, in den man hineinkriechen und die Welt um sich herum vergessen konnte.

»Dann sind wir uns einig!«, sagte Morten, der genauso froh

zu sein schien wie Henning. »Du ziehst aufs Boot, und ich muss Henning nicht länger beherbergen.«

Inga stand an der Reling, als die beiden Fischer ablegten. Sie verloren kein Wort über Leinen und Manöver. Sie neidete ihnen die Selbstverständlichkeit, mit der sie jede Bewegung ausführten, und ihr fiel auf, dass sie sie zum ersten Mal in ihrem Element sah. Zusammen mit Morten und Henning fühlte sie sich geborgen, als könnte ihr nichts zustoßen.

Aber das konnte natürlich sehr gut der Fall sein. Wie sollte sie in Zukunft leben? Als blinder Passagier in einem Laderaum versteckt, darauf warten, dass das Schiff sein unbekanntes Ziel erreichte? Als Flüchtling in einem Versteck auf Hilfe warten, die vielleicht nie kommen würde? Als Soldatin in einem Schützengraben, die auf den Befehl zum Rückzug oder Angriff wartete? Als Unschuldige, die entdeckt hatte, dass sie sich mitten in einem Minenfeld befand, und die es nicht wagte, einen Schritt vor oder zurück zu machen? Als Frau? Als Inga Andersson? Wer war Inga Andersson?

Der Kutter beschleunigte, nachdem sie den Hafen verlassen hatten und nach backbord Richtung Gilleleje steuerten. Inga umwehte an der Reling ein leichtes Lüftchen. Nach einer Weile gesellte Morten sich zu ihr.

»Das ist das richtige Leben«, sagte er. »An Land ist alles so verdammt anstrengend.«

»Es ist meine Schuld, dass es für euch so anstrengend geworden ist.«

»Nein, Kleines, das ist es nicht. An Land war schon immer alles anstrengend. Auf See weiß man, was man zu tun hat und wann eine Aufgabe erledigt ist.«

»Immer?«

»Nein, nicht immer. Aber es kommt vor, dass das Boot nach einer schwierigen Fangtour bei schwerer See, nachdem der Fang gelöscht wurde, sicher vertäut am Kai liegt. Nichts ist beschädigt, und niemand ist verletzt worden oder über Bord gegangen. Da weiß man mit absoluter Sicherheit, dass man getan hat, was man tun musste. Diese Gewissheit habe ich an Land nie besessen.«

Er schwieg einen Augenblick.

»Als der Krieg zu Ende war, glaubten wir, dass es nie wieder Nazis geben würde und dass wir den allerletzten Völkermord erlebt hätten. Wir hatten uns geirrt. Aber das ist ganz allein unsere Schuld. Wir haben uns zurückgelehnt und geglaubt, alles sei getan. Wir haben geglaubt, das Schiff läge sicher im Hafen. Wir haben vergessen, dass wir am nächsten Morgen wieder zum Fischen auslaufen mussten, und zwar so lange, bis du des Weges gekommen bist und uns daran erinnert hast. Du hast uns das Leben nicht erschwert. Im Gegenteil. Du hast uns etwas gegeben, wofür es sich im letzten Herbst des Alters zu leben lohnt. Für Leute wie uns ist das nicht wenig.«

»Sag das nicht! Dann muss ich nur weinen!«

»Du solltest dich eher freuen. Du kannst schließlich nicht alles allein erledigen.«

»Das habe ich auch nie geglaubt.«

»Vielleicht nicht, aber du hast zu viel allein gestemmt. Auf Dauer geht das nicht, nicht einmal, wenn man so starrköpfig ist wie du.«

»Ich bin nicht starrköpfig.«

»Das war ein Kompliment.«

Morten sah sie so freundlich an, dass sie nun doch weinen musste.

»Kannst du sie nicht in Ruhe lassen?«, rief Henning wütend durch das Fenster des Ruderhauses.

»Sag ihm, dass du nicht weinst, weil du traurig bist!«, sagte Morten leise.

Das hätte sie gern getan, aber sie brachte kein Wort über

die Lippen. Wenig später hörte sie Henning und Morten hitzig diskutieren. Sie drehte sich um und machte eine abwehrende Handbewegung.

»Wenn ihr meinetwegen streitet, mustere ich ab!«

Morten sah Henning triumphierend an.

»Was habe ich gesagt!«, meinte er. »Unsere Kleine ist zäher, als du glaubst.«

Henning wirkte beschämt.

Vor dem Leuchtturm von Nakkehoved, etwa zwei Seemeilen östlich von Gilleleje, bat Henning Inga, unter Deck zu gehen.

»Vielleicht mache ich mir ja unnötig viele Gedanken. Aber es könnte Leute geben, die sich fragen, warum du an Bord bist. Das müssen gar nicht mal deine Feinde von der NSA, oder wie das gleich wieder heißt, sein«, fügte er hinzu.

Sie gehorchte und stieg in den Salon hinab. Eine Viertelstunde später, nachdem sie vertäut hatten, gesellten sie sich zu ihr. Morten nahm drei Flaschen Bier aus dem Schrank und stellte sie auf den Tisch.

»Zeit für den Schiffsrat.«

Der Schiffsrat dauerte drei Pils lang. Sie einigten sich darauf, dass Henning sich vergewissern sollte, dass niemand Ingas Haus beobachtete, um danach alles Nötige zu holen. Inga schrieb eine Liste mit allem, was ihr einfiel. Morten würde einen Vorrat an Lebensmitteln und Getränken anlegen. Sie willigte ein, sich ein paar Tage nicht an Land blicken zu lassen, bis sie wussten, ob die Luft rein war. Außerdem war es genau das, was sie selbst am liebsten wollte. Sie brauchte Zeit, um über die Zukunft und die jüngsten Ereignisse nachzudenken. Hier an Bord zusammen mit ihren Schutzengeln Henning und Morten fühlte sie sich erstaunlich gelassen. Es gab eigentlich nur eines, was ihr Sorgen bereitete.

»Wie machen wir das mit dem Geld?«, fragte sie. »Ich habe

Ersparnisse auf der Bank, aber die kann ich nur persönlich abheben, außerdem reichen die auch nicht ewig.«

»Darüber musst du dir keine Gedanken machen«, beruhigte Morten sie.

»Ich will aber nicht, dass ihr für meinen Unterhalt aufkommt.«

»Erstens verfahren wir in dieser Sache nach eigenem Gutdünken«, sagte Henning, »und zweitens glaube ich nicht, dass es klug wäre, wenn du zur Bank gehen und Geld abheben würdest.«

»Warum nicht?«

»Nach dem, was du uns über die NSA erzählt hast, dürfte es denen nicht sonderlich schwer fallen, herauszufinden, wo du das Geld abgehoben hast. Es wäre vielleicht sogar die einfachste Methode für sie, zu erfahren, wo du dich aufhältst.«

Inga sah Henning an. An seinem Verstand war wahrlich nichts auszusetzen.

»Du siehst«, sagte Morten mit einem zufriedenen Grinsen, »dass du mit Hennings Kopf und meinen Fäusten gut bedient bist. Das einzige Risiko besteht darin, dass die Kommunikation zwischen dem einen und dem anderen nicht funktioniert. Aber wir haben das im Laufe der Jahre gründlichst geübt. Seit unserer Jugend sogar. Damals, als wir noch junge Hitzköpfe waren, fing Henning immer Streit an, weil er so ein loses Mundwerk hatte, und ich schlug zu. Das hat fast immer funktioniert.«

»Außer dann, wenn ich vergaß, dass ich allein war.«

»Erinnerst du dich …«, begann Morten.

»Ich glaube nicht, dass wir jetzt die Zeit haben, in Erinnerungen zu schwelgen.«

Morten schüttelte den Kopf.

»Jetzt legen wir los!«, sagte er mit Nachdruck, als freue er sich.

Morten kam als Erster wieder zurück. In jeder Hand hielt er drei Tüten gefüllt mit Lebensmitteln und Getränken, die er auspackte und verstaute. Inga lag in ihrer Koje und folgte ihm mit ihrem Blick.

»Müde?«

»Erschöpft«, antwortete Inga.

»Willst du allein sein, bis Henning kommt? Ich kann im Ruderhaus warten.«

»Nein, bleib ruhig!«

Morten ging hin und her und machte sich in der Pantry zu schaffen, während Inga in der Koje liegen blieb. Es dauerte nicht lange, bis Henning auftauchte. Er musste zweimal gehen, um alles an Bord zu tragen, was er aus Ingas Haus mitgebracht hatte.

»Du hast das doch wohl nicht alles von meinem Haus hierher getragen?«, fragte Inga.

»Nein, ich habe eine Schubkarre benutzt.«

»War das so klug?«, fragte Morten. »Jemand hätte dich sehen können.«

»Ich habe sie hinters Haus geschoben und eine Persenning darüber gebreitet. Niemand hat mich gesehen, weder als ich kam, noch als ich ging.«

»Du kannst die Sachen verstauen, wo du willst«, sagte Henning. »Vorläufig lege ich sie unter die Kojen.«

Anschließend bemerkte Inga, wie er Morten bedeutete, dass sie gehen und sie in Ruhe lassen sollten.

»Wollt ihr nicht bleiben und mit mir zu Abend essen?«

Henning sah sie an.

»Bist du dir sicher, dass du mit zwei alten Männern zu Abend essen willst?«

»Ja, absolut sicher.«

»Dann muss ich wohl noch mal in den Ort gehen und Bier kaufen«, meinte Morten.

»Bier?«, fragte Inga. «Hast du das nicht eben schon gemacht?«

»Ich habe nur Wein gekauft. Du magst diesen feinen Fusel ja.«

Als Morten gegangen war, sagte Inga: »Mir gefällt es auf deinem Boot. Das ist genau das, was ich jetzt brauche. Aber heute Abend will ich nicht allein sein.«

»Komm auf Deck, dann zeige ich dir was!«

Inga folgte Henning.

»Du kannst raufkommen«, sagte er, nachdem er sich umgesehen hatte.

Mit Inga im Schlepptau betrat er das Ruderhaus. Er zeigte ihr ein paar Schalter.

»Lichtschalter. Der hier ist für die Schiffslaternen, der für den Scheinwerfer, der nachts das Schleppnetz beleuchtet. Wenn du die Laternen anmachst, bedeutet das, dass du Gesellschaft wünschst oder dass wir dir etwas besorgen sollen. Sie sind auch bei Tageslicht gut zu sehen. Der Scheinwerfer ist das Notsignal. Mach ihn nur an, wenn wirklich Gefahr im Verzug ist. Dann kommen wir mit den Fischern der Hafengenossenschaft.«

»Habt ihr an alles gedacht?«

»Ich hoffe.«

Er sagte das ohne falsche Bescheidenheit.

»Während des Krieges haben Morten und ich über dreihundert Flüchtlinge nach Schweden gebracht, hauptsächlich Juden und Leute aus dem Widerstand, darunter siebenundzwanzig Kinder. Alle haben ihr Ziel erreicht. Das lag daran, dass wir an alles gedacht hatten.«

»Warum?«, fragte Inga.

»Was warum?«

»Warum habt ihr das getan?«

»Weil es das einzig Richtige war.«

»Aber warum war es das einzig Richtige?«

»Weil wir uns diese Frage nie gestellt haben.«

Henning lächelte schwach.

»Ich weiß, dass du das seltsam findest. Du brauchst immer eine Antwort auf alles, eine Erklärung für alle Fragen. Manchmal ist es das Beste, darauf zu verzichten.«

»Wenn es einem möglich ist.«

»Es ist nie zu spät, das zu lernen.«

Nachdem Henning und Morten sie kurz nach Mitternacht verlassen hatten, war Inga so müde, dass sie sich angezogen in ihre Koje legte und von den fast unmerklichen Bewegungen des Bootes und den Wellen, die sich, nachdem sie auf die Piere und Kais getroffen waren, im inneren Hafen fortsetzten, in den Schlaf wiegen ließ.

30

Die ersten Tage lag Inga nur da und starrte an die Decke, außer wenn ihr Henning und Morten zusammen oder jeder für sich einen Besuch abstatteten, um zu hören, ob sie etwas benötigte oder ein Weilchen plaudern wollte. Bei solchen Gelegenheiten versuchte Inga so zu tun, als sei alles in Ordnung.

Vielleicht stimmte Hennings Behauptung, man könne lernen, nicht für alles nach einer Erklärung zu suchen. Ihr wäre nichts lieber gewesen, als nicht denken zu müssen, während sie in der Koje lag und auf den Staub starrte, der in den Sonnenstrahlen herumwirbelte. Doch es gelang ihr nicht. Sie konnte ihr Gehirn nicht abschalten, genauso wenig, wie man verhindern konnte, Gesprochenes zu verstehen, nachdem man sprechen gelernt hatte. Die einzige Möglichkeit war, sich die Ohren zuzuhalten. Aber wie hielt man sich das Gehirn zu?

Anfänglich fragte sie sich, wie sie so dumm hatte sein können, auf einen wie Clifford hereinzufallen. Sie konnte keine mildernden Umstände dagegen ins Feld führen. Sie hatte es nicht besser verdient. Und wenn sie überhaupt etwas verdiente, dann Verachtung.

Aber so einfach war es nicht. Trotz allem war es schlimmer zu betrügen, als sich betrügen zu lassen. Clifford war der Schurke, nicht sie. Er hatte seine Rolle gut gespielt. Viele Menschen mussten nicht einmal schauspielern, um sich zu verstellen. Wie viele Nazis hatten sich nicht nach dem Krieg mit neuen Identitäten versehen, ohne dass jemand Verdacht geschöpft hatte! Man hätte sich ein Brandzeichen für alle Heimlichtuer gewünscht. Aber das gab es nicht. Man sah ihnen nichts an, wenn sie einem auf der Straße begegneten. Und viele fristeten ein unauffälliges Dasein. Sogar Serienmörder, Terroristen, ehemalige SS-Offiziere und Pädophile konnten als ehrbare und fürsorgliche Mitbürger gelten. In ihren Notizbüchern hatte Inga die Geschichte eines algerischen GIA-Emirs aufgeschrieben, der nachts mit Mordpatrouillen unterwegs war und tagsüber ein westliches Leben führte. Dieser Emir wusste nicht einmal, wie viele Menschen er getötet hatte. Er erhielt Listen über die zu Ermordenden von einem Imam und tötete so viele wie möglich, ohne zu wissen, was sie getan hatten oder weshalb sie liquidiert werden sollten. Tagsüber lief er in Jeans herum und lag mit denselben modernen und vom Westen inspirierten Jugendlichen am Strand, denen er nachts den Kopf abschlug. Seine Freundin wäre nie auf die Idee gekommen, dass der, den sie liebte, ein kaltblütiger Schlächter sein könnte. Inga hatte auch die Geschichte eines iranischen Serienkillers notiert, der über fünfzig Frauen vergewaltigt und ermordet hatte. Als er festgenommen worden war, bat er darum, dass seine Frau nicht informiert wurde. »Sie weiß nichts«, sagte er.

Wie konnte man sich vor solchen Menschen schützen? Auf wen konnte man sich verlassen, wenn jeder über hervorragende schauspielerische Leistungen verfügte? Es war modern, sich alles einfach zu machen; man konnte sich nur auf diejenigen verlassen, die denselben kulturellen Hintergrund und dieselbe Religion besaßen wie man selbst. Moslems waren unzuverlässig. Christen aus der westlichen Welt waren es nicht. Laut Koran durften die Moslems die Ungläubigen belügen, wenn sie ihre Religion bedroht sahen. Aber genau das sagten die Zeugen Jehovas und die Scientologen auch. Keine Gesellschaft konnte ohne ein Minimum an Vertrauen existieren. Aber jede Gesellschaft wurde auch mit einer gewissen Anzahl Betrüger fertig. Mit wie vielen? Und woran erkannte man sie?

Um einen kühlen Kopf zu bewahren, versuchte sie wie immer ein paar Schritte von der Wirklichkeit zurückzutreten und sie wissenschaftlich zu analysieren, aber dieses Mal funktionierte das nicht. Sie hatte sich eine Blöße gegeben. Es schien keine Lösung zu existieren. Nur Niederlage und Resignation.

Schließlich bat sie Henning und Morten um Hilfe, obwohl sie das eigentlich nicht wollte. Sie hatten für sie schon mehr als genug getan. Aber was hatte sie für eine Wahl? Allein würde sie es nicht schaffen.

»Bürgerliche Scheißmoral!«, nannte Morten ihre Abneigung dagegen, ihre engsten – und einzigen – Freunde um Hilfe zu bitten.

»Ich werde mich nicht erkenntlich zeigen können«, verteidigte sich Inga.

»Freundschaft ist kein Tauschgeschäft«, erwiderte Henning gelassen.

Behutsam versuchten Henning und Morten, sie wieder aufzupäppeln. Die Devise stand von Anfang an fest: Zu kapitulieren hieße den Heimlichtuern Recht geben. Das würde bedeuten, die Ideale zu verraten, die sie in all den Jahren der Forschung und des Überlebens auf den Beinen gehalten hatten. Das durfte sie schon allein deswegen nicht, weil sie zwei alte Fischer, die ihr mehr Zuneigung entgegenbrachten als jemandem sonst, nicht enttäuschen durfte. Sie konnten sehr wohl nachvollziehen, weswegen sie sich mit aller Kraft ihrer Forschung gewidmet und sich selbst darüber vernachlässigt hatte. Aber auf Dauer kam man allein nicht zurecht. Sie hätten diesen Gauner, der sie betrogen hatte, auf Anhieb durchschaut und ihm eins auf die Mütze gehauen, meinte Morten. Sich selbst aufzureiben würde Geschehenes auch nicht ungeschehen machen, fand er. Im Grunde sei Ingas Art zu leben nur eine langsame Art der Selbstaufgabe gewesen. Was half es schon, aufrecht zu sterben, wenn man trotzdem starb? Wenn es ihr ernst sei, und das sei es ja wohl, dann sei sie es sich selbst schuldig, so glücklich wie möglich zu leben. Kein Märtyrer habe je etwas zu einer gerechten Sache gemacht. Niemand habe Recht, bloß weil er in einen Hungerstreik trete, sich selbst verbrenne oder in die Luft sprenge. Eher im Gegenteil. Die Opfer seien nicht grundsätzlich bessere Menschen als die Täter. Das gelte auch für Inga. Wolle sie ihr Leben selbst in die Hand nehmen, dann dürfe sie nicht so allein bleiben, wie sie das bisher aus freien Stücken gewesen sei. Als Erstes müsse sie bereit sein, sie beide an ihrem Lebensprojekt zu beteiligen. Sie könnten zwar nicht mit Computern umgehen, am allerwenigsten Morten, aber sie besäßen allerhand andere nützliche Fähigkeiten.

»Du brauchst natürlich nicht den Rest deines Lebens hier zu verbringen«, sagte Henning, als er merkte, dass ihm Inga immerhin zuhörte. »Aber wir müssen vorsichtig vorgehen. Als Erstes müssen wir herausfinden, ob du überhaupt in Gefahr schwebst. Das wissen wir schließlich noch nicht mit endgültiger Sicherheit, oder?«

»Nur weil dir diese Idioten in Frankreich einen Agenten auf den Hals hetzen, um dich auszuhorchen, heißt das noch lange nicht, dass sie dich umbringen wollen«, meinte Morten.

»Vielleicht nicht«, erwiderte Inga. »Aber sie werden auf die eine oder andere Art versuchen, mich zum Schweigen zu bringen. Das war schon früher so, und es wird wieder geschehen.«

»Auf welche Weise?«, fragte Henning.

»In den USA könnte ich der Spionage beschuldigt werden, womit mir eine Gefängnisstrafe drohen würde. Durch ihren Einfluss auf die Verteilung von Forschungsgeldern könnten sie die weitere Finanzierung meiner wissenschaftlichen Arbeit stoppen. Und sollte das nicht genügen, könnten sie mich diskreditieren oder dafür sorgen, dass mich die Universität entlässt. Es gibt Leute, die derart unter Druck gesetzt wurden, dass sie sich das Leben genommen haben.«

»Aber wir sind hier nicht in den USA.«

»Nein, leider. Amerikanische Staatsbürger sind zumindest de jure vor den schlimmsten Übergriffen geschützt. Die NSA darf zum Beispiel Amerikaner nicht abhören, was sie natürlich nicht davon abgehalten hat, es bei diversen Gelegenheiten doch zu tun. Laut eigener Aussage darf die NSA außerdem keinen Menschen des Lebens berauben oder Experimente an ihm durchführen. Immer wenn die NSA ihre Unschuld beteuert hat, war es gleichzeitig ihr Anliegen, darauf hinzuweisen, dass Amerikaner auch weiterhin ruhig schlafen konnten. Ich bezweifle jedoch, dass dies auf Bürger anderer Staaten zutrifft. Einerseits ist es für die NSA oder den inneren Raum schwieriger, mich mundtot zu machen, da ich Ausländerin bin und in Dänemark wohne. Andererseits sind sie sicher zu radikaleren Maßnahmen bereit, wenn ihre Tätigkeit ernsthaft bedroht ist.«

»Und ist sie das?«, fragte Morten.

»Das weiß ich nicht. Ich bin im Moment zu erschöpft, um darüber nachzudenken. Ich will lieber nicht daran denken.«

»Dann denken wir an deiner Stelle darüber nach«, meinte Morten.

Vielleicht lag es daran, dass Inga sich keine Sorgen mehr zu machen brauchte, dass sie langsam, aber sicher wieder Lust aufs Leben bekam, oder zumindest Lust, etwas anderes zu tun, als in der Koje zu liegen und an die Decke zu starren. Eines Tages bat sie Morten, in die Buchhandlung zu gehen und ein paar Romane zu kaufen. Er sollte einfach ein paar aussuchen.

»Das kann ich nicht.«

»Warum nicht?«

»Ich habe seit meiner Schulzeit keinen einzigen Roman mehr gelesen.«

»Das macht nichts. Bitte den Buchhändler, ein paar gute Taschenbuchausgaben auszusuchen.«

Morten strahlte.

»Du darfst sie auch gern selber aussuchen, wenn du möchtest«, meinte Inga. »Du kannst ja auf der Rückseite nachlesen, ob dir etwas interessant erscheint.«

»Es ist vermutlich doch das Beste, den Buchhändler zu fragen.«

Nach einer Stunde kehrte Morten zurück. Er hatte eine Plastiktüte mit Büchern dabei.

»Zwei Stück habe ich selbst ausgesucht«, sagte er stolz und packte die Romane aus.

Der eine von der dänischen Autorin Janne Teller hieß »Odins Insel«.

»Ich habe darin geblättert«, meinte Morten. »Es kommt ein Fischer namens Ambrosius vor. Er muss also gut sein.«

»Und der andere?«

Morten reichte ihr ein weiteres Buch. Inga traute ihren Augen kaum.

»Es handelt von einer geheimen Gesellschaft«, begann Morten. »Ich dachte …«

»Magst du ihn nicht?«, fragte er. »Vielleicht willst du gar nichts über Geheimnisse lesen.«

»Nein, das ist es nicht. Es ist wegen des Autors.«

»Stimmt irgendwas mit ihm nicht?«

»Doch, doch, aber das ist genau dieser Schriftsteller.«

Morten starrte sie verständnislos an.

»Der Schriftsteller aus Lund, Ingesson. Der mir nach Frankreich hinterhergereist ist. Er hat dieses Buch geschrieben.«

»Wirklich? Das ist ja ein Ding! Soll ich es umtauschen?«

Inga schüttelte den Kopf.

Sie las beide Romane innerhalb weniger Tage. Es war, genau wie Morten gesagt hatte, ein Ding. Beide handelten von Geheimnissen. In Ingessons Roman ging es um eine geheime keltische Gesellschaft und bei Janne Teller um eine Insel namens Drude Estridsö, die mehrere Jahrhunderte lang ein gut gehütetes Geheimnis gewesen war.

Inga begann wieder an die Heimlichtuerei zu denken, jedoch nicht an die Geheimbünde, Sekten, Logen, Nachrichtendienste oder Terroristen, sondern an das Phänomen an sich. Nach einigen weiteren Tagen bat sie Morten, ihren Laptop, die übrigen Notizbücher und ein paar Bücher aus ihrem Haus zu holen.

Sobald Morten ihren Auftrag ausgeführt hatte, eilte er zu Henning.

»Inga kommt wieder auf den richtigen Kurs«, sagte er. »Sie hat nach ihren Notizbüchern und ihrem Computer verlangt.«

»Gut. Wir haben uns ein kaltes Bier verdient, findest du nicht?«

»Unbedingt. Weißt du übrigens, wie viele von diesen schwarzen Büchern Inga hat?«

»Keine Ahnung.«

»Über fünfzig. Ich habe sie gezählt. Und alle sind in winziger, fast unleserlicher Schrift voll gekritzelt.«

»Hast du reingeschaut?«

»Ich habe eigentlich nichts gelesen, sondern nur geblättert. Da stand auch eine Menge auf Ausländisch. Weißt du, womit sie sich beschäftigt?«

»Nur das, was sie selbst erzählt hat, dass es sich um Forschung handelt. Sie will versuchen, den Menschen zu verstehen.«

»Aber über fünfzig solche Bücher! Glaubst du wirklich, dass das zu irgendwas führt?«

»Das hoffe ich, schon allein wegen Inga.«

Während Henning und Morten den ersten Schluck kaltes Pils tranken, genoss Inga es, ihre in Wachstuch gebundenen Bücher wieder in den Händen zu halten. Das unlinierte Papier bekam einen matten Kreideglanz, als die Sonne durch die Bullaugen der Kajüte fiel. Die schwarze Tinte hob sich mit messerscharfen Konturen ab, als seien die Buchstaben in das Papier eingraviert. Inga schätzte diese Art von Notizbüchern sehr.

Sie betrachtete sie eingehend. Es handelte sich um über tausend dicht beschriebene Seiten mit Zitaten, Fakten, Absurditäten, Sprichwörtern, Paradoxa, Hypothesen und Fragen. Sie konnte einen gewissen Stolz nicht unterdrücken. All das hatte sie aufgeschrieben. Sie war vollkommen ruhig. Es kam ihr vor, als hätte sie unendlich viel Zeit, mehr als je zuvor. Zum ersten Mal konnte sie nun alle Notizbücher in aller Ruhe von der ersten bis zur letzten Seite durchlesen.

Punkt zwei Uhr, als Hennings Schiffsuhr glaste, ohne dass sie überhaupt wusste, was das bedeutete, begann sie zu lesen. Zwei Wochen verbrachte sie auf diese Weise und vergaß alles andere, mit Ausnahme ihrer täglichen Dosis angewandter

Menschlichkeit durch ihr Beisammensein mit Henning und Morten. Sie wollte von vorn anfangen. Sie wollte sich ins Herz des Geheimnisses hineinbohren. Worin bestand aber das Geheimnis des Geheimnisses?

31

An einem Montagvormittag über vier Wochen nach ihrer Rückkehr von der Konferenz war Inga mit dem ersten Durchgang ihrer Notizbücher fertig. An diesem Tag wehte ein starker Ostwind. Das Kattegat war von der weißen Gischt sich brechender Wellen bedeckt. Die kräftigen Windböen brachten das Boot zum Schaukeln. Inga ging ins Ruderhaus und schaltete die Schiffslaterne ein, um Henning und Morten auf sich aufmerksam zu machen. Es dauerte nicht lange, und die beiden tauchten unzertrennlich wie immer auf.

»Hast du fertig gelesen?«, fragte Morten, als er sah, dass der Stapel mit den Notizbüchern jetzt woanders lag.

»Fertig werde ich nie. Aber ich bin ein Stück weiter gekommen. Jetzt denke ich ein paar Tage darüber nach.«

»Worüber?«, fragte Henning.

»Das ist ein Geheimnis.«

Henning und Morten sahen sich an.

»Das war nur ein Witz. Ich will darüber nachdenken, was ein Geheimnis eigentlich ausmacht.«

»Muss man darüber denn nachdenken?«

Morten wirkte aufrichtig erstaunt.

»Ich glaube, Inga will darüber nachdenken, warum die Menschen Geheimnisse voreinander haben«, meinte Henning.

»Etwa in die Richtung«, sagte sie. »Ich würde zum Nachdenken gern hier im Boot bleiben. Darf ich das?«

»Aber natürlich, Kleines«, erwiderte Morten.

»Ich möchte allerdings gelegentlich einen Spaziergang machen.«

Henning wirkte skeptisch.

»Mir wäre es lieber, wenn wir damit noch eine Weile warten.«

»Warum das? Habt ihr etwas Verdächtiges bemerkt?«

»Nicht direkt«, gab Henning zu. »Das ist nur so ein Gefühl.«

»Henning war schon immer vorsichtig«, warf Morten ein. »Das hat manchmal gewisse Vorteile. Aber es kann auch irritierend sein. Erinnerst du dich noch an das eine Mal …«

»Das ist nicht nur ein Gefühl«, fiel Henning ihm ins Wort. »Zweimal sind Amerikaner in der Stadt gewesen. Männer. Es könnten Touristen gewesen sein, aber ich will lieber auf Nummer Sicher gehen.«

»Das macht nichts«, meinte Inga. »Ich kann noch etwas warten. Glaube ich zumindest.«

»Versprich uns, dass du nicht rausgehst, ohne uns Bescheid zu sagen.«

»Versprochen. Aber um eines will ich euch bitten.«

»Schon bewilligt«, erwiderte Morten.

»Dass ihr das Boot so vertäut, dass ich zumindest über das Kattegat sehen kann, wenn ich im Ruderhaus sitze. Auf die Auktionshalle zu starren ist auf Dauer ganz schön langweilig.«

Nach wenigen Minuten hatten Henning und Morten das Boot anders vertäut. An dem neuen Liegeplatz schaukelte es stärker, aber jetzt konnte sie den Horizont sehen und das rostbraune Granitmassiv der Kullenhalbinsel, das sich deutlich vor dem knallblauen Himmel abzeichnete. Jetzt konnte sie die Schiffe sehen, die Richtung Norden oder Süden unterwegs waren. Nun konnte sie sich fortträumen, wenn ihr danach war.

Aber ihr war nicht danach. Sie wollte in die Realität zurück, die sich hinter dem Schein, den Geheimnissen, der Heuchelei und den Betrügereien verbarg. Was war das Geheime an den Geheimnissen?

Nachdem Morten und Henning gegangen waren, ließ sie den Blick über das Wasser schweifen. Dort draußen lag unterhalb des Horizonts Hesselø, die Insel, an die Janne Teller gedacht haben musste, als sie »Odins Insel« schrieb. Diese Insel hieß eigentlich Drude Estridsö. Sie war erst ein wohl gehütetes Geheimnis gewesen und dann in Vergessenheit geraten, weil die beiden Geheimniskrämer, zwei Könige, gestorben waren. Wie hatte Drude Estridsö nur so lange ein Geheimnis bleiben können?

Inga versuchte, einen Blick auf Hesselø zu erhaschen, obwohl sie wusste, dass es ihr nicht gelingen würde. Nicht einmal von oben, vom Nakkehoved, dreißig Meter über dem Meer, hatte sie die Insel erkennen können.

Im selben Augenblick fiel bei ihr der Groschen. Die Wahrheit war so simpel, dass man sie mühelos übersah. Drude Estridsö war ein Geheimnis geblieben, weil niemand auf dem Festland sie mit eigenen Augen hatte sehen können. Die Insel war ständig in Nebelwolken gehüllt, und wer ihr aus Versehen zu nahe kam, kehrte nie wieder zurück und konnte nicht erzählen, was er gesehen hatte.

Das Wesen des Geheimnisses bestand darin, dass das, was geheim gehalten wurde, nicht offensichtlich sein durfte. Man konnte kein Geheimnis daraus machen, dass die Sonne schien, dass Autos auf Rädern fahren oder dass der Abstand zwischen Hand und Gehirn größer ist als der zwischen Fuß und Gehirn. Daraus folgte, dass es bei der Geheimhaltung um eingeweiht und nicht eingeweiht ging, was wiederum dazu führte, dass man zwischen jenen, die ein Geheimnis bewahren konnten, und jenen, die das nicht konnten, also zwischen loyal und illoyal, zwischen zuverlässig und möglicherweise verräterisch unterschied. Aber das beantwortete nicht die Frage, was Menschen dazu bewog, Geheimnisse voreinander zu haben. Was war Ursache, was Resultat? Die Menschen unterschieden sich dadurch von den Tieren, dass sie sich belügen und Geheimnisse voreinander haben konnten. Aber das bedeutete nicht, dass die Motive für diese Lügen und Geheimnisse besonders menschlich sein mussten. Inga hatte unzählige Bibliografien und Datenbanken im Hinblick auf die Forschung über Heimlichtuerei durchgesehen. Es gab eine Vielzahl von Schriften über geheime Organisationen, Nachrichtendienste, Spione, Sekten und Logen. Aber über das Verheimlichen an sich gab es fast nichts, weder im Bereich der Philosophie noch im Bereich der Psychologie oder Soziologie. Das war erstaunlich und frustrierend zugleich, denn das bedeutete, dass sie die gesamte intellektuelle Arbeit selbst leisten musste.

Nachdem sie einige Tage nachgedacht hatte, unternahm Inga einen ersten Versuch, einige ihrer Überlegungen niederzuschreiben:

»Es gibt mindestens zwei Haupttypen von Geheimnissen: die ausgesprochenen und die unausgesprochenen. Zum ersten Typus gehören die Verschlusssachen. Man macht kein Geheimnis daraus, dass diese Dokumente de facto existieren, lediglich ihr Inhalt ist unter Verschluss. Zu den ausgesprochenen Geheimnissen zählen auch Weihnachts- und Geburtstagsgeschenke. Zu dem zweiten Typus gehören beispielsweise Direktiven, die die Tätigkeit der NSA regeln, bevor diese der Allgemeinheit offenbart wird. Dazu zählen auch die Überprüfungen des eigenen Personals durch die Nachrichtendienste oder die Lauschangriffe der Polizei, da diejenigen, die überprüft oder abgehört werden, davon nichts erfahren dürfen.

Innerhalb ein und derselben Organisation oder innerhalb eines Staates kann es sowohl ausgesprochene als auch unausgesprochene Geheimnisse geben. Der Staat gibt normalerweise bekannt, dass der Nachrichtendienst das Geheimhaltungsrecht besitzt, d. h., dass der Nachrichtendienst selbst beurteilt, welche Teile der eigenen Tätigkeit der Öffentlichkeit zur Kenntnis gelangen. Das ändert nichts daran, dass es innerhalb des Nachrichtendienstes verschiedene Geheimhaltungsstufen gibt. In manchen Fällen flüstert man, damit die Leute wissen, dass man flüstert, beispielsweise um Straftaten zu verhindern. In anderen Fällen hält man geheim, dass man flüstert, beispielsweise um jemanden bei einer Straftat zu überraschen. In bestimmten Fällen können Nachrichtendienste bekannt geben, welche Akten der Geheimhaltung unterliegen, obwohl das normalerweise nur durch den gummiartigen Begriff »Sicherheit des Staates« begründet wird. In anderen Fällen kann der Nachrichtendienst geheim halten, dass er überhaupt über gewisse Informationen oder Dokumente verfügt.

Inwieweit man darüber spricht, ein Geheimnis zu kennen, braucht keine Bedeutung für den Inhalt des Geheimnisses zu haben. Hingegen gibt es einen wichtigen Unterschied zwischen den beiden Typen: Das ausgesprochene Geheimnis erfordert normalerweise, dass ein Grund für die Geheimhaltung genannt wird. Die Schweigepflicht des Arztes wird mit der Rücksichtnahme auf die Integrität des Patienten begründet, die Tätigkeit des Nachrichtendienstes mit Rücksicht auf die Sicherheit des Staates, die Schweigepflicht des Anwalts mit Rücksicht auf die Chancen des Verdächtigen auf einen fairen Prozess, die Schweigepflicht des Beichtvaters damit, dass der Beichtende seine Sünden tatsächlich bekennen soll, um Vergebung zu erlangen. Damit lässt sich an den Verlautbarungen erkennen, welches Vertrauen die Heimlichtuer genießen.

Wie ist das dann mit den Geheimnissen einzelner Menschen, solchen, die die anderen nicht in wir und sie einteilen? Kann man sich überhaupt einen Menschen vorstellen, der alles von sich preisgibt? Einen Menschen, dessen Inneres von Glas umgeben ist, einen vollkommen durchsichtigen Menschen? Es lässt sich vielleicht nicht ausschließen, dass die Geheimnisse gewisser Menschen für ihr seelisches Gleichgewicht vonnöten sind und deswegen als gute Geheimnisse gelten müssen. Andererseits …«

Inga hielt im Schreiben inne. Ihre Gedanken strebten in verschiedene Richtungen. Jedes Mal, wenn sie sich dem Kern des Geheimnisses zu nähern meinte, entglitt er ihr. Das Geheimnis war etwas anderes als sein Inhalt. Alles, was nicht allgemein bekannt war, konnte verheimlicht werden.

Alles! Deswegen unterwanderte die Heimlichtuerei auch das Vertrauen der Menschen zueinander. Eben weil sich das Geheimnis nicht mit seinem Inhalt gleichsetzen ließ, weil man nie wissen konnte, was gerade geheim gehalten wurde, schürte es so viel Misstrauen. Das galt nicht nur für unausgesprochene Geheimnisse, sondern auch für solche, die bekannt gemacht worden waren. Denn wie sollte man wissen, dass das, was für geheim erklärt worden war, wirklich geheim gehalten werden musste? Wie sollten die Bürger wissen, dass die Geheimnisse des Nachrichtendienstes der Sicherheit des Staates dienten? Antwort: Die Bürger konnten dies nicht wissen. Die Kontrollorgane, die Staatschefs und Regierungen eingerichtet hatten, um ihre eigenen Geheimniskrämer zu überprüfen, unterlagen der Schweigepflicht.

Wie sehr sie ihre Gedanken auch drehte und wendete, Inga kam stets auf den einen springenden Punkt zurück: das Vertrauen als Grundlage jeder Gesellschaftsform. Viele ehemalige Agenten und unabhängige Experten hatten sich dazu geäußert, wie wichtig persönliches Vertrauen für das Funktionieren geheimer Organisationen sei. Man durfte nie außer Acht lassen, dass geheime Organisationen nicht nur nach außen hin geheim waren, sondern auch nach innen. Oder genauer gesagt, um nach außen hin geheim bleiben zu können, durfte nicht jeder innerhalb der Organisation über die gesamte Tätigkeit Bescheid wissen. »You don't need to know«, hieß es allgemein innerhalb der NSA. Das traf auf Nachrichtendienste ebenso zu wie auf Terrororganisationen wie die ETA oder manipulative Sekten wie die Scientologen. Es gab nichts, was für eine geheime Organisation so gefährlich war wie Misstrauen. Der bloße Verdacht im Hinblick auf einen Verräter oder Spitzel, insbesondere in der Führung, konnte eine geheime Organisation lähmen oder gar paranoid machen. Deswegen gab es auch nichts Besseres, um eine geheime Organisation zu bekämpfen, als in ihrer Mitte Misstrauen zu säen. Die Unfehlbarkeit des Leiters anzuzweifeln war beispielsweise die effektivste Methode, eine Sekte zu unterminieren. Und was für geheime Organisationen galt, galt für die gesamte Gesellschaft. Misstrauen war die ätzende Säure der Gesellschaft. Heimlichtuerei war der schlimmste Feind des Vertrauens.

Sie musste unweigerlich an Clifford denken, obwohl sie sich vorgenommen hatte, dies zu unterlassen. Wie sollte sie ihm je wieder vertrauen können? Oder jemandem wie ihm? Antwort: Es war unmöglich. Von neuem vertrauen zu können, nachdem man Opfer der Heimlichtuer geworden war, war so gut wie unmöglich. Was für Inga selbst galt, galt auch für die Gesellschaft. Wenn die Machthaber das Vertrauen missbrauchten, gab es keine andere Methode, dieses Vertrauen zurückzugewinnen, als die Machthaber auszutauschen. Abgeordnete waren austauschbar, aber bisher hatte es auf dieser Welt noch keine vom Volk gewählte Regierung gegeben, die auf einen Nachrichtendienst mit einem Recht auf Geheimnisse verzichtet hätte. Aber wie verzichtete man auf geheime Organisationen, von deren Existenz man nichts wusste?

Am schlimmsten war es natürlich mit den unausgesprochenen Geheimnissen. Solange niemand wusste, dass es ein unausgesprochenes Geheimnis gab, war das Vertrauen ungetrübt. Aber sobald ans Licht kam, dass jemand Geheimnisse gehabt hatte, ohne etwas darüber verlauten zu lassen, wurde dieses Vertrauen vollkommen erschüttert. Man nehme nur das Beispiel der Untreue! Untreue ohne Heimlichtuerei rief Trauer und Verzweiflung hervor, aber sie schürte wenigstens kein Misstrauen.

Das perfekte Verbrechen ist ein Verbrechen, von dem niemand weiß, dass es begangen worden ist. Die glaubwürdigste Lüge ähnelt der Wahrheit zum Verwechseln. Das gefährlichste Geheimnis ist das, das nur die Geheimniskrämer kennen.

Ein paar Tage später fiel Inga ein, dass Henning und Morten im Widerstand mit Geheimnissen einschlägige Erfahrungen gemacht haben mussten. Als sie mit ihnen darüber sprach, bestätigten sie, wie unendlich schwer es gewesen sei, das Vertrauen aufrechtzuerhalten. Während ihres Kampfes gegen die Nazis hatten sie unter größter Geheimhaltung operieren müssen. Aber aus Furcht vor Denunzianten und Spitzeln hatten sie nicht einmal innerhalb der Widerstandsbewegung offen sein können. Das Schwierigste sei gewesen, herauszufinden, auf wen man sich verlassen konnte, und das Schlimmste sei die hoffentlich noch frühzeitige Entdeckung gewesen, einem Verräter vertraut zu haben.

»Was habt ihr mit ihnen gemacht?«, fragte Inga.

»Diejenigen, die nicht so viel wussten, haben wir eingeschüchtert«, antwortete Henning, »und wer zu viel wusste und das Leben der Flüchtlinge gefährden konnte, wurde ganz einfach liquidiert.«

»Ganz einfach?«

»Tja, einfach war das natürlich nicht. Von den vierhundert angeblichen Verrätern, die während und kurz nach dem Krieg liquidiert wurden, waren nur gut die Hälfte wirklich welche. Viele haben dies als Argument benutzt, um die Widerstandsbewegung zu diskreditieren. Vielen missfiel außerdem, dass einige Fischer sich die Überfahrt nach Schweden von den Flüchtlingen bezahlen ließen. Aber das sind Vereinfachungen. Unter den Fischern und Widerstandsleuten gab es sicher überdurchschnittlich viele gute Menschen, aber natürlich gab es auch hier welche, die versucht haben, aus dem Unglück der anderen Kapital zu schlagen. Keine Organisation oder Bewegung kann behaupten, frei davon zu sein. Deshalb ist es ja auch so schwierig, zu entscheiden, auf wen man sich wirklich verlassen kann. Aber eines darf man nicht vergessen: Gleichgültig, ob sich einige der Fischer bezahlen ließen, die normalen Einwohner von Gilleleje hielten dicht. Alle schwiegen wie ein Grab. Einmal standen hundertzwanzig Juden auf dem Kai, als es hieß, eine Abteilung der SS sei unter Leitung von Gestapo-Juhl aus Helsingør unterwegs. Eines der Schiffe nahm sofort alle hundertzwanzig an Bord und entkam der Gestapo. Niemand in Gilleleje tat oder sagte etwas, um den Deutschen zu helfen. Man sorgte sogar dafür, dass die Familie des Schiffers bis zum Kriegsende über die Runden kam, als er zurückkehrte. Einigen fällt es so verdammt leicht, alle über einen Kamm zu scheren. Wir taten unser Möglichstes, um die Unschuldigen zu schützen. Einige Widerständler waren so hasserfüllt, dass sie die Denunzianten aus Rache töteten. Viele wollten auch mit den Kollaborateuren nach dem Krieg abrechnen. Für uns hat nur das Leben der Flüchtlinge gezählt, nicht unser eigenes.«

»Weißt du, wofür ich die Denunzianten am meisten hasse?«, sagte Morten. »Dafür, dass sie uns zu Mördern gemacht haben.«

»Ihr seid keine Mörder«, erwiderte Inga aufgebracht.

»Henning nicht. Ihm ist das erspart geblieben. Aber ich war zweimal gezwungen, den Henker zu spielen.«

»Das war nicht deine Schuld!«

»Doch, das war es. Ich hätte es nicht tun müssen. Ich sage nicht, dass es falsch war oder dass ich es bereue. Aber ich hätte es nicht tun müssen. Ich allein entschloss mich, zu tun, was ich tat, und sonst niemand.«

Inga schämte sich, weil sie wegen eines simplen Betrügers wie Clifford fast aufgegeben hätte. Zwei Tage später schlug sie die Zeitung auf und las, dass die schwedische Regierung ohne große Diskussion den Scientologen den Status einer Religionsgemeinschaft zuerkannt hatte. Inga hatte das Gefühl, vor Wut explodieren zu müssen. Schwedens demokratisch gewählte Regierung hatte ohne weiteres beschlossen, dazu beizutragen, einer manipulativen und undemokratischen Sekte die Billigung zu erteilen, die diese für ihre weitere Ausbreitung dringend benötigte.

Am selben Tag berief sie einen Schiffsrat ein.

»Ich habe mich entschieden«, sagte sie knapp. »Ich werde meinen Artikel veröffentlichen.«

Morten sah Henning viel sagend an.

»Was habe ich gesagt?«, meinte Henning und nahm Morten die Worte aus dem Mund.

»Ich werde Clifford eine Lektion erteilen. Ihm und allen anderen Heimlichtuern.«

»Was habe ich gesagt?«, beeilte sich Morten zu sagen.

32

Drei Wochen waren vergangen, seit ich grün und blau geschlagen aus Cerisy-la-Salle zurückgekehrt war. Diese drei Wochen würde ich gern aus meinem Leben streichen. Die blauen Flecken waren aus meinem Gesicht verschwunden. Der Schorf war abgefallen. Der dumpfe Schmerz im Bauch war abgeklungen, aber die seelische Verletzung war immer noch da.

Ich unternahm mehrere Versuche, an dem Roman zu arbeiten, doch sobald ich mich an den Schreibtisch setzte, kam mir die Wirklichkeit in Gestalt Ingas in die Quere. Mir wurde immer deutlicher, dass ich wissen wollte, wer sie eigentlich war, nicht nur, wer jemand wie sie eigentlich sein konnte.

Lange und gründlich hatte ich über die Ereignisse in Cerisy-la-Salle nachgedacht. Ich konnte sie mir nur auf eine Art erklären: Frank Clifford arbeitete für die NSA oder den inneren Raum. Die Ereignisse entsprachen der Handlung meines Romans. Die NSA oder der innere Raum hatte Ingas Artikel in die Finger bekommen, als sie ihn nach Cerisy-la-Salle geschickt hatte. Sie hatten einen Agenten dorthin entsandt, der Inga zwingen sollte, ihre Quelle preiszugeben, und der verhindern sollte, dass ihr Artikel an die Öffentlichkeit gelangte. Irgendwie war Inga Clifford auf die Schliche gekommen und dann geflüchtet. Mich hatte Clifford misshandelt, weil er glaubte, dass ich mit Inga unter einer Decke steckte.

So sah die Wirklichkeit aus. Der einzige Unterschied zu meiner erdichteten Geschichte bestand darin, dass auch ich in Mitleidenschaft gezogen worden war. Was hatte ich noch im Scherz zu Inga gesagt, als sie mich angerufen und mir von dem Anschlag der Neonazis erzählt hatte? Dass ich mir für sie eine Geschichte ohne Neonazis ausdenken würde. Als ob das hätte helfen können! Dabei konnte ich mir nicht einmal für mich selbst eine Geschichte ausdenken, mit der es sich leben ließ.

Allmählich begann ich auch einzusehen, dass ich aufrichtig gewesen war, als ich Clifford gesagt hatte, ich sei in Inga verliebt. Dass ich mich verliebt hatte, erstaunte mich an sich nicht. Das Einzige, was man benötigt, um sich auf den ersten Blick zu verlieben, ist eine lebhafte Fantasie. Und die besaß ich. Aber in welche Inga hatte ich mich nun verliebt? In die wirkliche oder in die erfundene? Der Unterschied war nicht groß. Nach wie vor wusste ich kaum etwas über die wirkliche Inga. Was ich über sie zu wissen glaubte, hatte ich mir im Grunde genommen selber ausgedacht.

Trotzdem war ich nicht bereit, den Roman aufzugeben. Das wäre mir so vorgekommen, als würde ich Inga töten. Zu versuchen, über sie zu schreiben, war die einzige Art, sie am Leben zu halten.

Ich erinnerte mich all meiner großartigen Auslassungen über das Wesen und die Funktion der Literatur und darüber, dass Schreiben eine Liebeserklärung sein sollte oder dass es sich um Fiktion handeln müsse. Was nützte mir das jetzt? Je mehr ich mich auf mein Schriftstellersein besann, desto mehr entfernte ich mich von der Frau, der ich mit dem Roman, den zu schreiben ich vorhatte, meine Liebe erklären wollte. Wie sollte ich wissen, wie ein Roman auszusehen hatte, den Inga als Liebeserklärung erkennen würde? Vielleicht arbeitete ich jahrelang daran und widmete ihn ihr, um dann zu erfahren, dass sie ihn miserabel fand.

Zu guter Letzt sah ich nur einen Ausweg, nämlich zumindest vorübergehend auf die Fantasie zu verzichten, nichts mehr zu erfinden, sondern Inga so zu beschreiben, wie sie war. So konnte ich zumindest mit dem Schreiben fortfahren und dabei gleichzeitig versuchen, ihr näher zu kommen.

Ich dachte an die Warnung Cliffords. Die Bedrohung wurde sicher nicht geringer dadurch, dass ich einen dokumentarischen Bericht schrieb. Genau deswegen hatte ich allen Grund, mir besondere Mühe zu geben. Sollte das Buch eine Liebeserklärung an Inga darstellen, musste es sie auch in ihrem Kampf gegen die geheimen Organisationen unterstützen.

Ich begann meine Beobachtungen und die Ereignisse niederzuschreiben. Ich schrieb auf, was in Cerisy-la-Salle vorgefallen war. Das war nicht viel und reichte zu nicht mehr als dem Fragment eines Lebens auf einem knappen Dutzend Seiten. Über das Wichtigste wusste ich fast nichts. Beispielsweise über Ingas Gefühle. Clifford gegenüber. Mir gegenüber? Sich vorzustellen, was Clifford für ein Typ war, war nicht sonderlich schwer. Ein Typ eben. Außerdem gab es in meinem Roman, falls dieser je zustande kam, keinen Platz für ihn. Und Inga? Was hatte sie für Clifford empfunden? Hatte sie sich verliebt? Wieso hatte sie mir nicht geglaubt, nicht glauben wollen? Irgendetwas an mir flößte ihr Angst ein oder stieß sie ab. Aber was?

Wenn ich Ingas Lebensgeschichte aufzeichnen wollte, war ich gezwungen, Nachforschungen anzustellen. Wie? Ich hatte keine Ahnung, wie man sich Informationen über Privatpersonen beschaffte. Ich vermutete, dass man nicht einfach bei den Sozialbehörden oder beim Einwohnermeldeamt anrufen und um Auskunft bitten konnte.

Weiterhin erschwerend war der Umstand, dass Inga weiterlebte, während ich schrieb. Wie sollte die Erzählung über ihr Leben jemals die Wirklichkeit einholen können? Wo zog man in der Biografie eines lebenden Menschen den Schlussstrich? Der Tod war ein Schlussstrich, aber ich hatte nicht die geringste Lust, zu warten, bis Inga alt wurde. Die Liebe war ein weiterer Schlussstrich. Die Erzählung würde enden, wenn Inga und ich »einander bekamen und glücklich bis ans Ende unserer Tage lebten«. Aber das war Wunschdenken. Mein Auftrag war, niederzuschreiben, was ich wusste, wahre Sätze in einer einzigen langen Folge.

Mir fiel auf, dass Inga und ich die Rollen getauscht hatten. Ich hatte einen Roman schreiben wollen und schrieb jetzt eine Biografie. Inga hatte vorgehabt, einen wissenschaftlichen Artikel zu verfassen, und hatte stattdessen eine Geschichte erzählt. Eines hatten wir jedenfalls gemeinsam: Keiner wusste, wo das alles hinführte und wie es enden würde. In diesem Punkt stimmten Wirklichkeit und Literatur überein: Beides war unvorhersehbar.

Davon, dass ich mein Buch aus ganz anderen Gründen schreiben würde, hatte ich zu jenem Zeitpunkt natürlich noch nicht die geringste Ahnung. Glücklicherweise konnte ich nicht in die Zukunft blicken.

33

Frühmorgens am 11. Oktober begann Inga mit ihren Vorbereitungen für den Angriff auf die Heimlichtuer. Der innere Raum, die NSA, das Echelon und Alan Rogers alias Frank Clifford waren ihre ersten Ziele. Sie richtete eine Homepage mit Links ein, die sie Centre of Research for the Disclosure of Secrets, CRDS, nannte. Sie hoffte, dass dieser Name ausreichend seriös und viel versprechend wirkte, um Forscher, Journalisten, Bürgerrechtsaktivisten und andere Neugierige anzulocken. Als Stichwörter, die bald alle Suchmaschinen der Welt auf CRDS aufmerksam machen würden, wählte sie Echelon, NSA, Menwith Hill, Kryptierung, Geheimnisse, Scientology, Zeugen Jehovas, Moon, Nachrichtendienst, Spionage, innerer Raum, persönliche Integrität, Geldwäsche, Kriminalität, Abhören, Alan Rogers … und Frank Clifford. Sie schrieb eine Programmerklärung, in der stand, äußerstes Ziel des CRDS sei, jegliche Heimlichtuerei zu bekämpfen und eine offenere Gesellschaft herbeizuführen. Sie forderte alle auf, die der Geheimniskrämerei zum Opfer gefallen waren oder in einer geheimen Organisation arbeiteten, ihr Wissen preiszugeben. Das CRDS würde ihnen Anonymität garantieren und dafür sorgen, dass ihre Informationen maximale Verbreitung fänden.

Eine ganze Woche lang arbeitete Inga intensiv daran, Links auf der Seite zu platzieren. Diese teilte sie in drei Kategorien ein: andere verwandte Homepages, beispielsweise »Echelon

Watch«, »Freedom of Speech«, »State Watch« und »Index of Censorship«, Berichte, beispielsweise den des französischen Parlaments über die Sekten, und schließlich die geheimen Organisationen selbst oder genauer gesagt ihre Selbstdarstellung, beispielsweise die Homepage der NSA.

Die Arbeit ging zügig voran, da sie auf den Großteil benötigten Materials bereits zurückgreifen konnte. Einiges dauerte länger, zum Beispiel die Links zu Antisektenorganisationen und Vereinigungen, die Angehörige von Sektenmitgliedern unterstützten. Die Scientologen verfügten über modernste Computertechnik und hatten unter anderem ihre eigenen Homepages mithilfe automatischer Programme vervielfältigt, um alle kritischen Stimmen zum Verstummen zu bringen. Es gab etwa hundert Homepages von Organisationen, die die Scientologen bekämpften, während diese selbst über fünfzehntausend besaßen, von denen die meisten identisch waren. Inga nahm es sehr genau damit, alles zu überprüfen, um nicht auf Homepages zu verweisen, die die Glaubwürdigkeit des CRDS untergraben konnten. Eines Morgens erschien Henning stolz mit der Adresse einer Seite, die »Secrecy« hieß, aber dort tummelten sich Männer und Frauen, die fremdgegangen waren und Hilfe benötigten, um mit den Konsequenzen klarzukommen, also nichts, was für das CRDS von Bedeutung gewesen wäre. Andere waren richtige Entdeckungen: beispielsweise »The James Madison Project«, eine ideelle Vereinigung, deren erklärtes Ziel es war, die Heimlichtuerei des Staates in den USA zu verringern und die Allgemeinheit über Nachrichtendienste und nationale Sicherheit zu informieren. Nach langer Suche fand sie auch unter *home.worldnet.fr/gonnet* die Homepage eines ehemaligen Scientology-Mitglieds, das keine Mühe scheute, um andere daran zu hindern, seinem abschreckenden Beispiel zu folgen.

Sie erstellte eine Bibliografie mit Artikeln und Büchern,

die beschrieben, wie Privatpersonen oder Gruppen verschiedene Geheimnisse enthüllt hatten. Das sollte die anderen ermutigen, sich ein Beispiel an ihnen zu nehmen.

Als die Homepage fertig war, stellte sie eine lange Adressenliste jener Leute zusammen, denen sie regelmäßige Newsletter zukommen lassen würde. Die Liste stimmte teilweise mit den Links überein, enthielt aber darüber hinaus wichtige Medien, Journalisten und Nachrichtenagenturen.

Da sie davon ausging, dass die Homepage früher oder später angegriffen werden würde, sorgte sie dafür, dass sie sich auf mehreren Servern gleichzeitig befand. Sie forderte die Besucher auf, sofort Bookmarks von den verschiedenen Links des CRDS anzulegen. Mehrere von ihnen führten zu Homepages, die nur die eine Funktion hatten, zum CRDS zurückzuführen, jedoch von einem anderen Server aus. Sie installierte außerdem eine Firewall, um unerlaubtes Eindringen zu erschweren. Schließlich fertigte sie eine kryptierte Kopie des gesamten Materials des CRDS an. Um Zugang zur kryptierten Version zu erhalten, war ein codiertes Keyword erforderlich, das man nur erhielt, wenn man mit dem CRDS Kontakt aufnahm. Ziel war es nicht, die Informationen zu schützen. Im Gegenteil, die Besucher sollten glauben, dass die kryptierte Version besonders kompromittierende Informationen enthielt. Sie wandte also die Psychologie der Heimlichtuer gegen sie selbst an. Je geheimer, desto interessanter.

Henning und Morten halfen, so gut es ging. Henning hatte sogar gelernt, eine Tastatur zu bedienen und im Internet zu surfen. Im Gegensatz zu Morten konnte er etwas Englisch, zumindest genug, um selbstständig gewisse relevante Links zu suchen und sich eine Vorstellung vom Inhalt zu machen, obwohl er gelegentlich Fehler machte. Morten kümmerte sich um die Grundversorgung. Er kaufte ein, erledigte die Wäsche und kochte. »Kochen« hieß meist, dass er Pizza und Bier holen ging.

»Ein Glück, dass Henning und ich nicht unter Essstörungen leiden«, meinte er eines Tages.

»Wieso denn?«, fragte Inga.

»Wie sollte ich dem Pizzabäcker sonst erklären, dass ich immer drei Pizzen bestelle? Es ist schon seltsam genug, dass zwei alte Fischer Pizza mampfen, aber es schmeckt uns wirklich.«

Trotzdem schien er dann keinen größeren Appetit zu haben. Den hatte dafür Inga. Sie fühlte sich wie ein richtiger Computerfreak, der von Kaffee und Junk-Food lebt. Das Einzige, was fehlte, war Coca-Cola, die sie aus Prinzip nicht mehr trank, seit der Direktor einer Coca-Cola-Fabrik in Guatemala vor über zwanzig Jahren ein paar Gewerkschaftler hatte erschießen lassen.

»Du bist zu mager«, sagte Morten mehrmals und schob ein Stück seiner Pizza zu ihr hinüber.

Sie sah Henning an.

»Ja«, bestätigte dieser, »du hast wirklich abgenommen, seit du aus Frankreich zurückgekommen bist.«

Das erstaunte sie nicht, obwohl sie schon seit einigen Wochen nicht mehr in den Spiegel geschaut hatte. Wieso sollte sie sich für die Männer herausputzen, wenn sie dann doch nur hinters Licht geführt wurde? Jetzt aß sie, weil sie Energie brauchte, und fertig.

Nach vierzehn Tagen harter Arbeit waren sie so weit, dass sie ihren ersten Versuchsballon steigen lassen konnten. Der Schiffsrat trat frühmorgens zusammen.

»Sollen wir loslegen?«, fragte Inga.

Sie wirkte ungeduldig.

»Haben wir wirklich an alles gedacht?«, fragte Henning besorgt.

»Ja«, fand Inga.

»Nein«, wandte Morten zum Erstaunen der beiden ein. Er war sonst nie derjenige, der bremste.

»Das heißt«, fuhr er fort, »in gewisser Weise haben wir das. Mit Ausnahme des Unvorhergesehenen.«

»Wie wäre es, wenn du Klartext reden würdest?«, fragte Henning.

»Ich habe etwas nachgedacht ... ja, du weißt schon, das passiert manchmal, wenn man am wenigsten damit rechnet. Was ich gedacht habe, ist ungefähr Folgendes ... du und ich, wir sind beide nicht mehr blutjung. Entschuldige, dass ich das sage, Inga, aber in Hennings und meinem Alter darf man nicht vergessen, dass man jederzeit den Löffel abgeben könnte. Du brauchst deswegen nicht so ein trauriges Gesicht zu machen, meine Kleine. wir haben beide nicht vor, gleich tot umzufallen, zumindest nicht, solange wir ein Wörtchen mitreden können. Ich habe mal im Radio gehört, dass das Durchschnittsalter des sowjetischen Politbüros zeitweilig 76 Jahre betrug. Stellt euch vor! Es wäre also durchaus möglich gewesen, dass binnen einer Woche die gesamte Führung dieser Supermacht von Herzinfarkten und Schlaganfällen dahingerafft worden wäre.«

»Kannst du ihm nicht sagen, er soll aufhören?«, sagte Inga zu Henning.

»Gibt es etwas, das ich nicht kann, dann Morten zum Schweigen zu bringen. Leider hat er ausnahmsweise mal Recht.«

»Ausnahmsweise!«, rief Morten mit gespielter Entrüstung. »Überleg mal, Kleines. Wir sind im Begriff, gegen die großen, hässlichen Monster dieser Welt anzutreten, nicht nur gegen ein paar Neonazis um die zwanzig, die noch dazu kein Rückgrat haben. Ich habe mir überlegt, dass unsere Gruppe gut etwas Verstärkung gebrauchen könnte. Wir bräuchten einen Ersatzspieler, der bei Bedarf einspringen könnte. Obwohl wir nicht vorhaben, hier und jetzt zu sterben, kann uns trotzdem mal ein Formtief ereilen.«

»Und wo sollte diese Verstärkung herkommen?«

»Darüber habe ich mir in der Tat auch schon Gedanken gemacht … ja, ich weiß, dass mir das nicht ähnlich sieht, aber die Not kennt kein Gesetz. Ich dachte an diesen Nachtwächter, Sven.«

»Aber den kenne ich doch kaum.«

»Oh doch. Und du vertraust ihm, nicht wahr? Er hat sich bereits bewährt.«

»Stimmt.«

»Also. Gib mir ein paar Tage, und ich mache ihn ausfindig und spreche mit ihm.«

»Ich gebe es zwar nur ungern zu, aber Mortens Vorschlag ist gut«, sagte Henning. »Einige Tage mehr oder weniger dürften kaum eine Rolle spielen, wenn man die Höhe des Einsatzes bedenkt.«

Nach anfänglichen Protesten willigte schließlich auch Inga ein. Immerhin waren die beiden Männer in der Mehrheit.

»Wie wäre es mit dem Schriftsteller?«, fragte Henning. »Würde er nicht auch auf die Reservebank passen?«

Morten sah Inga an, aber sie schwieg.

»Ich habe auch an ihn gedacht«, meinte Morten, »kam dann aber zu dem Schluss, dass er nicht in dieses Team passt. Entschuldige, dass ich das sage, aber ich bin mir nicht sicher, ob er sich da einfinden kann. Außerdem bestünde das Risiko, dass er Inga ablenkt.«

Henning nickte, Inga schwieg.

Vier Tage später versammelten sich alle vier auf dem Boot. Morten hatte keinerlei Mühe gehabt, Sven zu überreden. Im Gegenteil.

Inga war gerührt darüber, sie um sich zu haben und ihre

Begeisterung zu spüren. Sie erzählte während dieses ganzen Vormittags nicht nur von ihren Plänen und Absichten, sondern auch, was sich in Cerisy-la-Salle zugetragen hatte.

Die Arbeitsaufgaben wurden verteilt. Sven würde wie bisher an der Universität weitermachen und Augen und Ohren offen halten. Sie waren sich einig, dass der innere Raum, die NSA oder das Echelon oder wer immer es sein mochte, wahrscheinlich damit beginnen würde, am Institut nach Inga zu suchen. Henning zog einen Umschlag hervor und reichte ihn Sven.

»Was ist das?«, fragte Inga.

»Die Entschädigung für den Arbeitsausfall.«

»Ich will kein Geld«, sagte Sven.

»Das ist kein Honorar. Aber diese Sache wird Geld kosten. Fahrten, Telefon, alles Mögliche. Und sie soll nicht am Geld scheitern. Mach dir keine Sorgen. Morten und ich haben einiges auf der hohen Kante.«

»Ich auch«, meinte Sven, »obwohl meine Frau nichts davon weiß.«

Schließlich gelang es Henning, ihn dazu zu bewegen, das Geld anzunehmen. Sie trennten sich, nachdem sie ein weiteres Treffen in einer Woche vereinbart hatten, falls sich vorher nichts Ernsthaftes ereignet haben sollte.

Am nächsten Tag setzte Inga sich an den Computer. Zunächst verschickte sie den ersten Newsletter, der ihren nicht vorgetragenen Beitrag zur Konferenz enthielt, den sie so umgeschrieben hatte, dass er wie ein typisches authentisches Dokument wirkte. Dazu fügte sie eine Präsentation des CRDS mit der Aufforderung an alle Interessierten, dem neu gegründeten Forschungsinstitut behilflich zu sein, indem sie, wo auch immer sie sich gerade aufhalten mochten, Geheimnisse und Geheimniskrämer enthüllten. Erste Reaktionen trafen bereits am folgenden Tag ein. Es handelte sich dabei um Vorschläge für Links, aber auch ein paar kleinere Enthüllungen waren darunter. Es kam auch ein Dank von Nicky Hager persönlich, der mit seinem Buch »Secret Power« die Tür zur geheimen Kammer des Echelon aufgestoßen hatte. Hager schrieb, das CRDS sei eine ausgezeichnete Initiative, an die schon früher jemand hätte denken sollen. Wolle man die persönliche Integrität und die Bürgerrechte schützen, sei es wichtig, das Echelon im Auge zu behalten. Auf die Medien sei leider kein Verlass, da sie viel zu oberflächlich seien.

Hagers Brief freute Inga nicht nur, er war auch ein Indiz dafür, dass ihr neu gegründetes Forschungsinstitut glaubwürdig wirkte.

Zwei Tage später schrieb sie den nächsten Newsletter, den sie mit einem Zitat Hagers begann, um mitzuteilen, dass auf der Homepage neue Enthüllungen zu lesen waren. Sie deutete auch an, dass es schon bald weitere und recht verblüffende Informationen über den inneren Raum der NSA und des Echelon geben würde. Das Institut sei im Augenblick noch dabei, diese Angaben zu überprüfen.

Sie rechnete damit, dass diese Andeutungen Rogers und seine Kumpane nervös machen würden. Darin bestand der entscheidende Unterschied zwischen Wissenschaftlern, die niemand ernst nahm, bevor die Beweise vorlagen, und Heimlichtuern, die stets zu glauben geneigt waren, dass hinter jeder Andeutung und Anspielung eine explosive Wahrheit steckte.

Wiederum einige Tage später verfasste sie einen dritten Newsletter, in dem stand, dass auf die Dozentin Inga Andersson von der Universität Lund, die Autorin des ersten Artikels über den inneren Raum, Druck ausgeübt worden sei, um die Veröffentlichung ihres Artikels zu verhindern. An Inga Andersson sei laut eigener Auskunft ein falscher Professor namens Frank Clifford herangetreten und habe sowohl versucht, den Artikel zu stoppen, als auch herauszufinden, wer ihre Quelle sei. Inga Andersson sei anschließend genötigt gewesen, im Interesse ihrer eigenen Sicherheit unterzutauchen.

Der nächste Newsletter verbreitete eine weitere sensationelle Enthüllung Inga Anderssons, nämlich dass der Satellitenverkehr zwischen dem Stützpunkt Menwith Hill bei Harrogate und dem NSA-Hauptquartier Fort George Mead systematisch von einer fremden Macht angezapft werde. Um die Glaubwürdigkeit ihrer Angaben zu untermauern, referierte sie ausführlich, wie dies vonstatten ging. Das war nicht allzu schwer: Sie musste nur das kopieren, was sie über moderne Kryptierung und Dekryptierung wusste.

Nach der letzten Enthüllung ließ sie einige Tage verstreichen, um zu sehen, wie die Reaktionen ausfielen. Sie ließen nicht lange auf sich warten. Es kamen Anfragen vom EU-Parlament, von Aktivisten, Journalisten und Forschern. Es kamen auch einige Fragen unidentifizierter Quellen, die sie bis zu Computern in England und den USA zurückverfolgen konnte.

Sie beantwortete jedoch keine der Fragen direkt, sondern wies auf den kommenden Newsletter hin. Das war Teil ihrer Strategie, die Neugier zu schüren, ohne sie je ganz zu befriedigen. Genau wie in einem Kriminalroman sollten die Kapitel immer dann enden, wenn man besonders gespannt war.

34

Es dauerte nur wenige Tage, alles niederzuschreiben, was ich sicher über Inga wusste, unsere Begegnungen zu beschreiben und alles, was ich in Cerisy-la-Salle selbst gesehen hatte. Meine Beschreibungen waren sachlich und konkret: Sie enthielten keine Deutungen und Hypothesen, nur das, was Inga getan und gesagt und wie sie ausgesehen hatte. Als ich fertig war, wusste ich keinen Deut mehr über Inga als zuvor und hatte mich ihr keinen Millimeter weiter genähert.

Um voranzukommen, ging ich an Ingas Institut, um ihre Kollegen zu befragen. Da man mich dort kannte, hielt ich mich in etwa an die Wahrheit und sagte, dass ich an einem Roman über geheime Organisationen arbeitete und mich deswegen für Ingas Forschungen und die Ansichten des Instituts interessierte.

Rasch wurde deutlich, dass die meisten sich nur ungern über Inga äußerten. Einigen schienen meine Fragen Unbehagen zu bereiten, und sie antworteten ausweichend. Andere behaupteten, nicht genau zu wissen, womit sich Inga beschäftigte – mir fiel auf, dass sie von Inga in der Vergangenheit sprachen, als sei sie ein abgeschlossenes Kapitel. Ich erfuhr, dass Inga immer sehr zurückhaltend gewesen war. Sie sei zu »politisch« gewesen, um eine gute Wissenschaftlerin abzugeben, meinte einer, während ein anderer, ein Professor, äußerte, sie sei eine Fakten sammelnde Positivistin gewesen, die sich eingebildet habe, es gebe nur eine Wahrheit, die sich eindeutig beschreiben ließe. Die Wissenschaft und insbesondere die Theorie, meinte der Professor, seien ihr entglitten. Von unumgänglichen Begriffen wie Diskursanalyse, Postmoderne und Dekonstruktion hätte Inga kaum eine Ahnung gehabt. Das hätte es ihr natürlich schwer gemacht, an der gesellschaftswissenschaftlichen Spitzenforschung teilzuhaben.

»Eigentlich«, schloss der Professor, »glaube ich nicht, dass Inga sich explizit für die Wissenschaft interessierte. Sie war von anderen Motiven beseelt, die Forschung voranzutreiben.«

»Und zwar welchen?«

»Ich habe keine Ahnung. Im persönlichen Bereich war sie

sehr verschwiegen. Aber es ließ sich unschwer erkennen, dass sie ihre Forschungsobjekte hasste.«

»Wie lässt sich das mit ihrem Positivismus vereinbaren?«

Den Professor schien diese Frage zu überraschen.

»Darüber habe ich in der Tat nie nachgedacht. Der Hass war ihrer Forschung nicht anzumerken. Er kam eher zum Ausdruck, wenn ihre Artikel in Seminaren und zwischen Tür und Angel diskutiert wurden.«

Auch die Dekanin hielt keine großen Stücke auf Inga.

»Sie hat das Institut in Verruf gebracht.«

»Inwiefern?«

»In den Zeitungen stand, das Institut habe Ingas Forschungen behindert. Das ist nicht wahr.«

»Und was ist wahr?«

»Wie bitte?«

»Ich meine, wie lautet die Wahrheit über Inga und ihre Forschungen?«

»Wenn ich das wüsste. Ich war vier Jahre lang ihre Mentorin, und trotzdem weiß ich kaum etwas über sie.«

»Gar nichts?«

»Ich weiß natürlich, wie sie als Forscherin denkt und arbeitet. Aber ich weiß eigentlich nichts über sie persönlich, nur dass ihr Vater hier in Lund Archäologe war und an einer Krankheit starb, als Inga noch jung war. Ich meine mich auch zu erinnern, dass Inga eine Krise hatte, nachdem sie ihr erstes Examen absolviert hatte. Sie war gerade zum Promotionsstudiengang angenommen worden und hatte ein paar Veranstaltungen besucht, als sie über ein Jahr lang verschwand. Als sie zurückkehrte, war sie eine andere Inga, zielbewusster und verbissener. Ihre Arbeitskapazität lag weit über dem Durchschnitt und überstieg die allgemeinen Erwartungen. Sie schrieb ihre Doktorarbeit in Rekordzeit. Sie wirkte manisch, fast fanatisch.«

Endlich verfügte ich über ein paar konkrete Angaben, die mich Inga näher brachten. Sie hatte, genau wie ich, ihren Vater in jungen Jahren verloren.

Ich sprach mit einigen weiteren Kollegen von Inga, aber keiner von ihnen schien sie zu kennen oder ihr nahe zu stehen. Ich konnte mir kaum vorstellen, wie es Inga gelungen war, so wenig über sich selbst zu sprechen, insbesondere in einer Zeit, in der es galt, sich möglichst auf Kosten anderer in den Vordergrund zu spielen. Bei einigen meinte ich so etwas wie ein schlechtes Gewissen zu bemerken. Das Institut hatte sich nicht auf ihre Seite gestellt. Man hatte sich nicht auf die Konfrontation mit den dunklen Kräften, die der Wissenschaft entgegenwirkten, eingelassen. Es war bequemer gewesen, das eigene Gewissen zu besänftigen, indem man Inga ohne Proteste untertauchen ließ. Es war nicht anders zu erwarten gewesen. Die Geschichte war sonnenklar: Trotz weniger strahlender Ausnahmen waren Akademiker noch nie sonderlich beherzt auf die Barrikaden geklettert, wenn es darum gegangen war, Freiheit und Menschenrechte, geschweige denn Presse- und Meinungsfreiheit zu verteidigen, ohne die jegliche Wissenschaft ihren Sinn verlor.

Erst als ich mich mit einer Sekretärin und einigen Studenten unterhielt, stieß ich auf ein gewisses Mitleid mit Inga und Sorge über ihren Verbleib. Eine der Sekretärinnen erwähnte, Inga habe sich immer nach der Arbeit und der Familie anderer erkundigt, nie umgekehrt.

»Inga hat man einfach nicht gefragt«, sagte die Sekretärin.

»Warum nicht?«

»Ich weiß nicht recht, aber ich glaube, alle spürten, dass Inga ihre Gründe hatte, nicht über sich zu sprechen. Sie war nett. Wir hatten wohl Angst, sie zu verletzen.«

»Wie hätte man ihr durch eine Frage wehtun können?«

»Inga hatte es im Leben nicht leicht, da bin ich mir sicher.«

»Hatte sie keine Freunde am Institut?«

»Keine engeren Freunde, die sie auch privat getroffen hätte. Jedenfalls nicht unter den Dozenten. Die finden sie nur anstrengend. Aber ich mochte sie. Und die Studenten auch.«

Die Sekretärin schien zu zögern.

»Ich weiß nicht, ob ich das sagen soll …«, begann sie.

»Ich würde Inga gern helfen, wenn ich könnte.«

Die Sekretärin musterte mich, um sicherzugehen, dass sie sich auf mich verlassen konnte. Dann schien sie sich entschlossen zu haben.

»Ich glaube, dass Inga eine unglückliche Beziehung hinter sich hatte.«

»Wie kommen Sie darauf?«

»Sie hat Angst vor Männern. Ab und zu kam es schließlich vor, dass irgendein Kollege oder Gastdozent sich für sie interessierte. Das merkt man als Frau. Inga kümmerte sich nicht um ihr Äußeres, aber eigentlich sah sie recht gut aus. Und sie hatte einiges im Kopf, jedenfalls sagen das diejenigen, die das beurteilen können. Aber sobald ihr ein Mann zu nahe kam, wirkte Inga gehetzt und machte sich aus dem Staub. Das ist natürlich nichts, was ich mit Sicherheit weiß, sondern nur ein Gefühl.«

Sie schwieg einen Augenblick.

»Inga kann einem Leid tun«, sagte sie schließlich.

Ich hatte noch eine Frage.

»Weiß wirklich niemand, wo Inga wohnt oder wo sie sich jetzt versteckt?«

»Nicht dass ich wüsste. Einige Leute glaubten vermutlich, Inga leide an Verfolgungswahn, weil sie ihre Adresse geheim hielt. Nach dem Anschlag haben sie vermutlich ihre Meinung geändert.«

»Und wie funktioniert das mit ihrer Post? Wie erhält sie die?«

»Das ist merkwürdig. Ich lege die Post in ihr Fach. Und einmal in der Woche, aber an unterschiedlichen Tagen, wird das Fach geleert. Von wem? Ich weiß es nicht und will auch gar nicht spionieren. Ich bin einfach froh, dass Inga jemanden hat, auf den sie sich verlassen kann.«

Der Besuch im Institut war hinsichtlich der Menschen niederschmetternd gewesen, hatte mir aber ein paar interessante Informationen beschert. Jetzt verfügte ich immerhin über etwas Konkretes, dem ich nachgehen konnte. Die folgenden Tage widmete ich mich einer intensiven Detektivarbeit. Ich beschaffte Informationen über Ingas Kindheit und Jugend, ihren schulischen Werdegang und ihre Familienverhältnisse. An diese Informationen zu kommen war wie erwartet schwer. Das bestätigte, was ich schon immer behauptet hatte: Es war viel einfacher, eine Dokumentation zu schreiben als einen literarischen Fantasietext. Hingegen war es nicht einfacher, sich Kenntnisse über die Wirklichkeit anzueignen, als eine Wirklichkeit zusammenzufantasieren. Es war klarer denn je zuvor, dass es den Menschen nicht schwer fiel, zu glauben, zu träumen und zu fantasieren. Nein, Schwierigkeiten bereitete ihnen die Wahrheit. Sich verlässliches Wissen jenseits jeglicher Vorurteile, Einbildung, Konventionen und Stereotype über die Wirklichkeit zu beschaffen. Wie sah die Wahrheit über Inga aus?

Ich trug die neuesten Informationen, die ich über sie gewonnen hatte, zusammen: Inga Andersson wurde 1963 in Malmö geboren als Tochter von Karin Lejonsten, Journalistin bei einer Frauenzeitschrift, und Bengt Andersson, einem Archäologen und Museumsdirektor in Ystad, Spezialist für Schiffssetzungen und in seinen letzten Lebensjahren Dozent mit halber Stelle in Lund. Die Artikel ihrer Mutter, die ich in der Universitätsbibliothek gefunden hatte, ließen darauf schließen, dass sie auf die Eitelkeiten der High Society spezialisiert gewesen war. Sie hatte ihre Artikel unter Pseudonym verfasst, eigentlich hatte sie, viel alltäglicher, Karin Svensson geheißen. Ingas Vater war Spezialist für ältere nordische Archäologie gewesen. Seine Doktorarbeit handelte davon, wie man die wichtigsten Werkzeuge in der Geschichte des Menschen identifizieren konnte, d. h., wie man entscheiden konnte, was tatsächlich ein Werkzeug und nicht nur ein Steinsplitter gewesen war. Ihr Vater hatte sich an der leidenschaftlichen Debatte über die Ursprünge und die Funktion der Schiffssetzung Ales Stenar beteiligt. Nach den Artikeln zu urteilen, hatte ihr Vater eine unbedingte Sachlichkeit vertreten und hatte für alle möglichen New-Age-Leute, die versuchten, Schiffssetzungen in etwas Mystisches und Rätselhaftes zu verwandeln, sehr wenig übrig gehabt.

Inga war ein Einzelkind, die Familie hatte während ihrer gesamten Kindheit in Malmö gelebt. In der Schule war Inga offenbar gut zurechtgekommen, ohne herausragend zu sein, jedenfalls nach ihren Noten zu urteilen. Einige Tage nachdem Inga dreizehn Jahre alt geworden war, war ihr Vater an Lungenkrebs gestorben. In diesem Halbjahr hatte Inga in allen Fächern mit Ausnahme vom Sport, in dem sie ohnehin miserabel war, schlechtere Noten erhalten. Aber anschließend war sie bis zum Abitur eine Musterschülerin mit besten Noten in allen Fächern gewesen. Ein Jahr nach dem Tod des Vaters heiratete ihre Mutter einen französischstämmigen Friseur, der zu dieser Zeit in Stockholm sehr angesagt war, was ebenfalls in einem Artikel der Regenbogenpresse zur Sprache kam.

Welches Verhältnis Inga zu ihrem Stiefvater gehabt hatte, ließ sich nicht ermitteln. Jedenfalls war sie sofort nach dem Schulabschluss von Malmö nach Lund gezogen. An der Universität hatte sie erst Philosophie studiert und war dann zu Jura und Soziologie gewechselt. Ihr erstes Examen hatte sie nach normaler Studiendauer mit einer Abschlussarbeit im Fach Philosophie zum Thema »Die moralische Bedeutung des Todes« abgelegt. Ein für die Zeit ungewöhnliches Thema, da in der Philosophie Begriffsanalyse populär war. In der Arbeit hatte Inga untersucht, welche moralischen Konsequenzen bedeutende Philosophen aus der Tatsache gezogen hatten, dass sich der Mensch des herannahenden Todes bewusst ist. Ihr Fazit lautete, dass es zwei Lager gab, in die sich die Philosophen einteilen ließen: Hedonismus auf der einen Seite, Pflichterfüllung auf der anderen, oft gekoppelt an den Glauben an ein Leben im Jenseits, in dem Pflichterfüllung belohnt wurde. Was den Aufsatz ausgezeichnet hatte, war sein persönlicher und engagierter Tenor gewesen. Inga sah offenbar einen direkten Zusammenhang zwischen Wissenschaft und ihrer eigenen Existenz, was ein Anhaltspunkt für ihr Interesse an geheimen Organisationen sein konnte …

Ich hörte auf zu schreiben. Jetzt war ich wieder dort. Ich hatte mich mitreißen und zu Mutmaßungen verleiten lassen. Dass es so schwer sein würde, sich an die reinen Tatsachen zu halten, Steinzeitpositivist zu sein! Ich wusste, warum. Die trockenen Fakten, die ich bisher herausgefunden hatte, sagten fast nichts über den Menschen Inga, den ich gern kennen lernen wollte, aus.

Ich schrieb weiter: Nach ihrem Examen hatte Inga eine fast eineinhalbjährige Pause eingelegt, bevor sie zum Magisterstudiengang an das Institut für Soziologie zurückgekehrt war. Eine Hauptseminararbeit hatte von dem schädlichen Einfluss der Klatschpresse auf die Werte und die Wirklichkeitswahrnehmung der Menschen gehandelt. Für die Magisterarbeit hatte sie sich dann auf das Thema Sekten verlegt. Diese Arbeiten hatten sich ebenfalls durch großes persönliches Engagement ausgezeichnet, besonders ihre Arbeit über die Sekten war von großer Abneigung gegen ihr Forschungsobjekt durchdrungen gewesen, was der Qualität nicht unbedingt zuträglich gewesen war. Nachdem sie ihr Magisterexamen abgelegt hatte, war Inga zum Doktorandenstudiengang zugelassen worden. Sie hatte jedoch eine Pause von fast einem Jahr eingelegt, bevor sie ihre Ausbildung in Rekordzeit abgeschlossen hatte …

Mein Stift verharrte in der Luft. Fast eine Woche Detektivarbeit und dann nur das! Es kam mir sinnlos vor. Der Roman ging nicht vorwärts, die bekannten Fakten waren weitgehend uninteressant, und währenddessen lebte Inga weiter, ohne dass ich wusste, wo oder wie. Nicht einmal meinen Brief hatte sie beantwortet.

Entgegen allen Vorsätzen begann ich, wieder mit dem Gedanken an den Roman zu spielen. Ich versuchte mir vorzustellen, was sich hinter Ingas Studienunterbrechungen verbergen mochte, was der Grund für ihre existenziellen Abhandlungen gewesen war und womit sie sich gerade beschäftigte. Ich versuchte mir sogar vorzustellen, dass sie an mich dachte, sah mich aber leider gezwungen einzusehen, dass das nicht sehr wahrscheinlich war.

Als ich eines späten Abends in meinem Arbeitszimmer saß, geriet ich nichts Böses ahnend auf eine Homepage, die ich nie zuvor gesehen hatte, CRDS, Centre of Research for the Disclosure of Secrets. Verblüfft las ich in dem Newsletter die Informationen über das Echelon und vor allem über den inneren Raum, die das Zentrum von der Universitätsdozentin Inga Andersson erhalten hatte. Immerhin ein Lebenszeichen! Sie hatte beschlossen, ihren Artikel zu veröffentlichen und die Auseinandersetzung mit der mächtigen NSA oder mit dem inneren Raum zu suchen. Das konnte nur auf eine Art enden. Die Wirklichkeit schien mir die ganze Zeit davonzulaufen. Ich würde sie nie einholen. Selbst wenn mir das gelänge, befürchtete ich, dass es dann zu spät sein würde.

Rasch druckte ich alles aus und trat in die kühle Nacht Lunds hinaus, um mich zu beruhigen. Als ich zurückkam, schrieb ich einen langen Brief an Inga, in dem ich ihr nahelegte, nicht so große Risiken einzugehen, es dürfe ihr nichts zustoßen, ich würde es mir nie verzeihen, falls ihr nach Cerisy-la-Salle ein weiteres Unglück zustieße. Es sei meine Schuld, dass alles so gekommen sei.

Ich schickte auch eine Mail an das CRDS, um zu fragen, ob es eine Möglichkeit gäbe, mit Inga Kontakt aufzunehmen.

In dieser Nacht schlief ich überhaupt nicht. Am nächsten Morgen ging ich zu Ingas Institut und legte mit Zustimmung der Sekretärin den Brief in Ingas Fach. Dann saß ich in meinem Büro vor dem Computer und wartete auf eine Antwort des Zentrums. Sie trat kurz nach zwölf ein. Sie lautete Nein, aus nachvollziehbaren Gründen könne das Zentrum keine Kontakte zu seinen Informanten vermitteln.

35

Etwa zehn Tage nachdem Inga ihre Gegenoffensive eingeleitet hatte, gerieten die Dinge in Bewegung. Sven berichtete, im Institut seien zwei amerikanische Journalisten aufgetaucht und hätten Fragen gestellt. Sie wollten Inga wegen eines Interviews treffen, wie sie behaupteten, und hinterließen bei der Sekretärin ihre Handynummer.

»Dann war da noch etwas«, sagte Sven. »Ich weiß nicht, ob das von Bedeutung ist. Aber diese so genannten Journalisten waren nicht die Einzigen.«

»Wer noch?«, fragte Henning.

»Dieser Schriftsteller und Professor.«

»Was wollte er?«, wollte Inga wissen.

»Ich weiß nicht. Er hat mit den Leuten gesprochen. Ich

wollte ihn nicht fragen. Ich hielt es für klüger, dass niemand erfährt, dass ich dich kenne.«

Inga schwieg. Sie hatte nicht erzählt, dass sich Ingesson beim CRDS gemeldet hatte. Das war nicht wichtig. Jedenfalls nicht jetzt.

»Eigentlich hätte ich früher kommen müssen, aber es wäre aufgefallen, wenn ich einfach nicht bei der Arbeit erschienen wäre. Und ich habe kapiert, dass man in einem solchen Fall keine E-Mails schicken sollte.«

»Eigentlich ist es schon komisch«, meinte Morten. »Während des Krieges wären wir überglücklich gewesen, wenn wir Computer mit Mail und Handys gehabt hätten. Die Kommunikation war immer das größte Problem. Wann würden die Flüchtlinge auftauchen? Wann sollte sie jemand abholen? Wann war die Luft rein? Hatte es irgendwelche Truppenbewegungen gegeben? Und so weiter und so fort. Solange die Fragen nicht beantwortet waren, konnten wir nichts unternehmen und mussten in einem Versteck kauern, während uns die Unsicherheit wie ein Stein auf der Brust lag. Jetzt verfügen wir über alle möglichen technischen Hilfsmittel und könnten, wann immer und wohin immer wir wollen, Botschaften in Millisekundenschnelle verschicken. Aber dieser Hilfsmittel dürfen wir uns nicht bedienen, weil man sie ohne weiteres abhören kann. Soll das etwa der Fortschritt sein?«

»Aus technischer Sicht muss man das wohl als Fortschritt bezeichnen«, sagte Henning, »aber menschlich gesehen muss es nicht unbedingt einer sein.«

Die folgenden Tage waren alle sehr gespannt und hatten das Gefühl, dass die Lösung bevorstand.

»Könntest du nicht einfach bei dieser NSA anrufen und um ein Treffen bitten?«, fragte Morten eines Morgens. »Dann müssen wir nicht länger hier herumsitzen und Nägel kauen.«

»Du meinst, rumsitzen und Pils trinken?«, erwiderte Inga.

»Ja, unter diesen Umständen wird auch mal zu viel getrunken. Schließlich muss man seine Nerven irgendwie beruhigen. Dauert das noch länger, werde ich noch zum Alkoholiker.«

»Das bist du doch schon«, gab Henning zurück. »Aber ich glaube nicht, dass Inga den ersten Schritt machen will. Sie wartet ab, um festzustellen, wie sehr sie unter Druck stehen. Habe ich Recht?«

»Ja. Sie stehen unter Zugzwang, was für uns von Vorteil ist. Sie müssen uns etwas anbieten, um uns für ein eventuelles Treffen zu interessieren. Schließlich geht es nicht darum, Bier zu trinken und Höflichkeiten auszutauschen. Wir brauchen Fakten. Sie sollen sich verraten, indem sie mit uns reden. Dieser kleine Vorteil bedeutet auch, dass wir entscheiden können, wann und wo das Treffen stattfindet.«

»Wir hätten dich im Widerstand gebrauchen können«, meinte Morten mit bewundernder Stimme.

»Das glaube ich nicht«, erwiderte Inga. »Ich glaube nicht, dass ich jemanden hätte opfern können, um einen anderen zu retten. Ich hätte zu viele Fragen gestellt und das Für und Wider abgewogen. Man muss mit beiden Beinen auf der Erde stehen, um das zu tun, was ihr getan habt.«

»Das wärst du dann schon«, meinte Henning. »Es blieb sowieso keine Zeit, um über moralische Grundsätze nachzudenken, wenn man um zwei Uhr nachts unten im Hafen stand und darüber entscheiden sollte, wer bei der ersten Fahrt der Nacht mitsollte und wer in der Kirche zurückbleiben musste, ohne zu wissen, ob er in der nächsten Nacht noch am Leben sein würde. Man hat Entscheidungen getroffen, und damit Schluss.«

»Hat nie jemand protestiert?«

»Nicht viele. Vereinzelte. Um die hat sich Morten gekümmert.«

»Was soll das heißen, gekümmert?«

»Er hat sie k. o. geschlagen und hoch in die Kirche geschleppt, wo er sie geknebelt hat, damit sie nicht alle anderen in Gefahr brachten.«

»Was hättest du getan?«, fragte Morten rhetorisch.

Inga antwortete nicht. Es gab keine Antwort. Wenn es doch mit den Heimlichtuern nur auch so leicht gewesen wäre. Den Sektenführern eins überziehen und sie knebeln! Die Geheimagenten niederschlagen! Den Neonazis eine Tracht Prügel verpassen, wie Sven es vorgeschlagen hatte.

»Habt ihr die Nazis gehasst?«, fragte sie.

»Dazu blieb keine Zeit«, meinte Henning.

»Keine Zeit?«

»Hass ist reines Gift. Wenn du Menschen hasst, kannst du ihnen nicht helfen.«

Morten nickte zustimmend.

»Henning meint«, sagte er, »dass wir nicht jeden Deutschen in Uniform, den wir zufällig getroffen haben, gehasst haben. Wir waren bereit, unser Leben zu opfern, um die Nazis zu bekämpfen, aber wir waren nicht bereit, unser Leben durch Hass zu zerstören. Nichts versetzt einen in so schlechte Stimmung wie der Hass.«

Inga wandte betroffen den Blick ab.

»Hier und da gab es bestimmte Subjekte, die wir gehasst haben«, meinte Henning, um es ihr leichter zu machen. »Und zwar die, die wir bei bestialischen Taten beobachtet haben. Wir wussten, dass sie böse waren. Die meisten Deutschen in Uniform waren leider so wie die meisten Menschen. Für den Rest der Welt war es bequem, die Deutschen als Hassobjekte abzustempeln, aber dasselbe ist vorher und nachher auch passiert und wird in anderen Ländern wieder passieren. War Stalin besser als Hitler? Pol Pot, wie war es mit ihm und mit denen, die unter seiner Knute standen und seine Befehle ausgeführt haben? Ruanda? Der Kosovo? Nein, Inga, das Traurige ist, dass die Menschen überall gleich sind, dieselbe Mischung aus Bösen und Guten, dieselbe Mischung aus Dummen und Klugen, aus Sadisten und barmherzigen Samaritern, aus Freundlichen und Rücksichtslosen. Das gilt auch für Dänemark. Man möchte gern glauben, dass die Opfer bessere Menschen sind als die Täter. Aber sie sind es nicht.«

»Führt das eigentlich irgendwohin?«

»Was denn?«

»Das, was wir tun.«

»Klar«, meinte Henning. »Dank dem ganzen Pils, das Morten in sich hineinschüttet, steigert Wiibroe seinen Umsatz in diesem Jahr beachtlich.«

»Das können sie auch gut gebrauchen«, meinte Morten. »Wiibroe ist von Carlsberg aufgekauft worden, und es wird diskutiert, die Produktion in Helsingør stillzulegen. Dann wird Wiibroe zu der gleichen Brühe wie das andere Bier in Dänemark auch.«

»Könnt ihr denn nicht ernst bleiben?«

»Ich bin ernst«, meinte Henning. »Wir beharren nur auf unserem Recht, ein friedliches Pils trinken zu dürfen, ohne über das Unglück der Welt nachdenken zu müssen. Wir beharren auf unserer Würde. Ob es tatsächlich dazu führt, dass wir hier friedlich unser Pils trinken dürfen, kann man nie wissen. Wir wussten damals nie, ob wir wirklich etwas dazu beigetragen haben, die Nazis in die Knie zu zwingen. Und doch mussten wir genau das tun, was wir taten. Genau wie du. Wenn man sich absolut sicher wäre, dass die eigenen Handlungen die gewünschten Konsequenzen zeitigen würden, dann würde nie etwas geschehen. Allein schon alle eventuellen Folgen zu durchdenken würde zu viel Zeit kosten.«

Wenig später, nachdem Henning und Morten gegangen

waren, musste Inga doch an Ingesson denken. Sie hatte überlegt, sich mit ihm in Verbindung zu setzen, es aber jedes Mal aufgeschoben. Einerseits konnte er ihr mit seiner Fantasie sicher helfen, indem er mögliche Szenarien voraussah, andererseits misstraute sie seinem Realitätssinn. Es half auch nicht, dass er Professor war; er interessierte sich mehr für das Mögliche als für das Faktische. Wie sollte sie sich sicher sein, dass er nicht nur eine Geschichte erzählte, statt ihr eine wissenschaftlich fundierte Analyse des wahrscheinlichsten weiteren Geschehensverlaufs zu liefern? Es bestand das Risiko, dass er genau das tun würde, wovor Henning und Morten gewarnt hatten, nämlich zu viel Zeit darauf zu verwenden, über alle vorstellbaren Folgen und Möglichkeiten nachzudenken. War das nicht genau das, was Schriftsteller taten?

Das änderte aber nichts daran, dass er ihr Leid tat. Hatte er begriffen, was in Cerisy-la-Salle vorgefallen und warum sie Hals über Kopf abgereist war?

Die dritte Warnung kam im Übrigen von Ingesson. Sie erhielt einen unzusammenhängenden Brief, aus dem seine Verzweiflung herauszulesen war. Ingesson behauptete, nicht schreiben zu können, solange er nicht wisse, wie es Inga seit Cerisy-la-Salle ergangen sei. Er schien sich selbst die Schuld an Ingas gegenwärtiger Situation zu geben. Er schien zu glauben, dass sie durch ihn auf die Idee gekommen war, eine Geschichte zu erzählen, statt bei der Konferenz einen wissenschaftlichen Aufsatz vorzulegen. Er berichtete über seine Reise nach Menwith Hill, wo er Frank Clifford gesehen hatte. Er schrieb, er habe die Reise ihretwegen unternommen, ohne dies eingehender zu erklären. Er habe den Kriminologen Janne Flyghed in Stockholm konsultiert. Flyghed habe ihm erklärt, dass es nicht ungefährlich sei, den mächtigsten Nachrichtendienst der Welt herauszufordern. Nebenbei, als sei das nur ein unwichtiges Detail, erwähnte er auch, dass er von Clifford nach ihrer Flucht aus Cerisy-la-Salle misshandelt worden sei.

Schließlich schrieb er, er gehe davon aus, dass er überwacht werde, was ihm nichts ausmache. Den Pranger und sogar den Galgen zu riskieren gehöre zu seinem Job als Schriftsteller. Aber er habe ein Kind. Er habe nicht vor, dieses junge Leben auf dem Altar der Literatur zu opfern. Um zu verhindern, dass dem Kind etwas zustieß, habe er daher beschlossen, sich scheiden zu lassen. Außerdem … Dieser Satz blieb unvollendet.

Inga schrieb einen kurzen Brief und erklärte, dass es ihr gut ging und dass sie von sich hören lassen würde, sobald sie ihren Auftrag beendet hatte. Sie entschuldigte sich dafür, ihn in etwas hineingezogen zu haben, das ihn nicht betreffe. Sie versuchte ihm zu vermitteln, dass sie durchaus dazu in der Lage war, Verantwortung für ihr eigenes Leben zu übernehmen.

Sie gab Sven den Brief mit und trug ihm auf, ihn in Malmö einzuwerfen. Falls die NSA oder der innere Raum Ingesson unter Druck setzten, würde er nur das sagen können, was er wusste, nämlich dass er einen in Malmö abgestempelten Brief von Inga erhalten habe.

36

Ich hielt Ingas kurzen Brief in der Hand. Er war sachlich, und nichts darin deutete auf Stress oder Aufregung hin. Kein Wort über die Vorgänge im Internet, über die fast täglichen Newsletter mit Enthüllungen über geheime Organisationen, hinter denen niemand anderes als Inga stecken konnte. Auch kein Wort zu meiner Besorgnis. Inga hatte mich abgehakt. Das Versprechen einer Begegnung, wenn alles vorüber war, bot nur geringen Trost, besser gesagt, überhaupt keinen Trost.

Ich stürzte mich in die Arbeit an meinem Buch. Ich wollte die Wirklichkeit einholen, koste es, was es wolle. Ich machte Leute ausfindig, die Inga oder ihre Eltern gekannt hatten. In Archiven suchte ich nach Zeitungsartikeln. Ich las Ingas wissenschaftliche Aufsätze. Hier und da stieß ich auf Indizien und Anhaltspunkte, aber auf nichts Wesentliches.

Eines Tages erhielt ich jedoch einen Brief von einer Frau, die bei der staatlichen Versicherungsgesellschaft arbeitete. Sie hatte meine Romane gelesen und wollte mich treffen. Ich war sofort einverstanden. Zum ersten Mal in meinem Leben wollte ich bewusst einen anderen Menschen manipulieren. Nachdem wir uns etwa eine Stunde über meine Bücher unterhalten hatten, fragte mich die Frau wie erwartet, woran ich gerade arbeite. Das ermöglichte es mir, auf meine kreative Krise zu sprechen zu kommen. Ich trug dick auf, ohne direkt zu lügen, und endete damit, dass ich Hilfe benötige und dass sie mir in der Tat behilflich sein könne.

»Wie?«

Vorsichtig erklärte ich ihr, fast wahrheitsgemäß, dass ein Vorbild oder eher ein Vorwand meines nächsten Romans eine Frau namens Inga Andersson war, von der sie sicher schon gehört habe. Die Neonazis hätten ihr Büro am Institut für Soziologie verwüstet. Die Sachbearbeiterin nickte.

»Ich müsste mehr über Inga Andersson in Erfahrung bringen, um endlich anfangen zu können. Ich will natürlich nicht über sie persönlich, sondern über eine Person wie sie schreiben. Könnten Sie nachsehen, ob es in Ihren Archiven Informationen über Inga gibt? Ich wäre Ihnen außerordentlich dankbar, wenn Sie mir diesen Gefallen tun könnten.«

Ich merkte, dass die Sachbearbeiterin hin- und hergerissen war, einerseits wollte sie sich keines Dienstvergehens schuldig machen, andererseits wollte sie der Literatur dienen, insbesondere meiner. Schließlich, nach weiterem Zögern ihrerseits und erneuter Überredung meinerseits, siegte die Kunst über Gesetz und Gewissen. Zwei Tage später traf ein Brief mit den Kopien der Akten über Inga Andersson ein. Meine Hände zitterten, als ich ihn öffnete. Ich ahnte, dass er Wahrheiten enthalten würde, denen ich mich nicht einmal in meinen wildesten Fantasien genähert hatte.

Diese Ahnung wurde in jeder Hinsicht bestätigt. Inga hatte Unfassbares durchgemacht, das nach wie vor ihr Leben prägte. Sie tat mir wahnsinnig Leid, obwohl sie so stark wirkte. Hatte sie nicht den mächtigsten Nachrichtendienst der Welt zum Duell herausgefordert? Ihr durfte nichts zustoßen. Aber wie konnte ich, ein einfacher Schriftsteller, ihr helfen? Ich beherrschte nur eine Art von Waffe, nämlich Worte, und diese wirkten nur langsam, auch wenn man sie mit größtmöglicher Geschicklichkeit wählte. Zum allerersten Mal hatte ich das Gefühl, dass ein Leben davon abhing, ob und wie gut ich meine Erzählung zu Papier brachte. Jetzt wusste ich endlich, welche Geschichte erzählt werden musste. Die Frage war nur, ob es mir gelang, sie fertig zu stellen, ehe es zu spät war.

37

Sie harrten der weiteren Ereignisse und feilten unterdessen an dem Pressematerial, das an sämtliche wichtige Medien in Europa verschickt werden sollte, sobald sie die Heimlichtuer aus der Reserve gelockt hatten. Sie wollten sie mit Information, also ihrer eigenen Waffe schlagen und davon abhalten, ohne den geringsten Einblick oder die geringste Kontrolle im Verborgenen zu arbeiten. Genau wie alle anderen sollten sie Rechenschaft über ihre Taten ablegen. Das Material musste nur noch durch ein paar Namen und nachprüfbare Fakten anstelle von begründeten Mutmaßungen ergänzt werden. Inga war sich immer noch gewiss, einen Trumpf in der Hand zu haben: Die NSA oder der innere Raum waren davon überzeugt, dass sich ein Verräter unter ihnen befand. Früher oder später würden sie gezwungen sein, mit ihr Kontakt aufzunehmen, um herauszufinden, von wem sie ihre Informationen erhalten hatte. Dieses Mal würde sie gewappnet sein. Billige Clifford-Charmeure brauchten gar nicht erst bei ihr anzuklopfen. Sie wollte mit einem der Chefs sprechen.

Jeden Morgen beim Frühstück hielten sie Schiffsrat. Sie besprachen die Lage und die Planung des Tages, wer einkaufen sollte, wann Inga ihre kurzen Spaziergänge am Strand unternehmen konnte und wer sie dabei begleiten durfte – darüber wurde immer gestritten –, zu welchen Zeiten sie im Internet tätig werden sollte, ob in ihrem Haus etwas geholt werden musste, ob sie nicht, falls es das Wetter zuließ, zur Abwechslung einen Ausflug mit dem Schiff unternehmen könnten. Immer gab es etwas zu tun, sodass sie sich nie unter Deck eingesperrt vorkam.

Henning und Morten bemühten sich, unbeschwert zu klingen, aber manchmal fand Inga, dass sie ihre Vorsicht übertrieben. Sie widersetzte sich jedoch nicht. Teils machten sie sich ihretwegen Sorgen, teils gingen sie mit Leib und Seele in der Arbeit auf. Irgendwie kamen sie ihr sogar fröhlicher und glücklicher vor, seit sie sie näher kennen gelernt hatte. Besonders Morten steckte voller Energie und Lebenslust. Seine Bereitschaft, sich für sie ins Zeug zu legen, schien grenzenlos zu sein. Von morgens bis abends war er beschäftigt. Henning stand ihm kaum nach. Morten war kein naiver Optimist, aber er ging davon aus, dass alles gut werden würde, wenn er sich nur anstrengte und Inga und Henning die intellektuelle Arbeit überließ. Henning war kein Pessimist, der stets den Teufel an die Wand malte, aber er wusste, dass nicht alle Geschichten ein Happy End hatten, auch dann nicht, wenn man guten Willens war und sein Möglichstes tat.

Nach dem Frühstück und dem Schiffsrat zur besten amerikanischen Schlafenszeit fuhr Inga ihren Computer hoch, um zu sehen, ob neue Mitteilungen oder Reaktionen auf der Homepage des CRDS eingegangen waren. Das Zählwerk registrierte immer mehr Besucher, E-Mails von Gleichgesinnten oder Gegnern strömten herein, und Anfragen kamen täglich zu Dutzenden, aber die, auf die sie es eigentlich abgesehen hatte, blieben stumm. Hatte sie sich alles nur eingebildet? War sie ihrem eigenen Verfolgungswahn zum Opfer gefallen, weil sie sich schon so lange mit geheimen Organisationen beschäftigte?

»Vielleicht haben sie einfach nicht kapiert, dass ich hinter dem CRDS stecke«, sagte sie eines Morgens zu Henning.

»So dumm können die doch kaum sein.«

»Aber warum melden sie sich dann nicht? Wenn sie Alan Rogers nach Frankreich schicken, um zu verhindern, dass der Artikel publik wird, müssen sie doch auch versuchen, etwas gegen die Homepage und unsere Newsletter zu unternehmen.«

»Das wird schon seine Gründe haben«, meinte Morten. »Vielleicht wollen sie mit dir auch einfach nicht per E-Mail Kontakt aufnehmen.«

»Warum denn nicht?«, fragte Henning.

»Warte mal!«, rief Inga. »Ich glaube, Morten hat den springenden Punkt entdeckt.«

»Ach?«

»Nur mal angenommen, sie wollen aus irgendeinem Grund keinen elektronischen Kontakt zu mir aufnehmen. Wieso eigentlich nicht?«

»Keine Ahnung«, sagte Morten.

»Ich weiß es vielleicht. Sie befürchten, dass ihre Nachricht in falsche Hände gerät. Solange sie nicht wissen, wer hinter der Homepage steckt, wagen sie es nicht, sich zu erkennen zu geben. Aber in diesem Fall ist es kaum die NSA, die da ihr Unwesen treibt, sondern der innere Raum. Es muss ihnen wichtig sein, eventuelle Kontakte zu mir nicht an die große Glocke zu hängen.«

Zwei Tage später erhielt Inga folgerichtig einen gewöhnlichen Brief aus Amerika, der an die Institutsadresse geschickt worden war. Sven überbrachte ihn persönlich. Inga spürte, dass sie endlich angebissen hatten. Gespannt und im Beisein von Henning, Morten und Sven öffnete sie ihn.

»Was steht drin?«, fragte Morten eifrig.

»Immer mit der Ruhe«, meinte Henning. »Sie muss ihn erst mal lesen, das ist dir doch klar. Außerdem würdest du sowieso nichts verstehen. Der Brief ist auf Englisch.«

Nachdem Inga fertig gelesen hatte, schaute sie abwechselnd Henning und Morten an.

»Ich glaube, es hat geklappt«, sagte sie.

»Was?«, fragte Morten.

»Kannst du dich ein paar Sekunden gedulden?«, wollte Henning wissen.

»Nein.«

»Dazu wirst du wohl gezwungen sein. Ich muss den Brief erst übersetzen.«

38

»Bist du nicht bald fertig?«, fragte Morten nach wenigen Sekunden.

Inga spannte sie noch etwas länger auf die Folter, konnte sich ein Lächeln aber nicht verkneifen.

»Folgendes steht hier: Während der letzten Wochen hat die National Security Agency mit zunehmender Besorgnis die

Newsletter zur Kenntnis genommen, die vom CRDS verbreitet werden, sowie die Informationen auf der Homepage des CRDS. Wir haben festgestellt, dass viele Behauptungen über die NSA, über das Echelon und den inneren Raum jeglichen Wahrheitsgehaltes entbehren. Die NSA dementiert grundsätzlich keine Angaben zur NSA und ihrer Tätigkeit, die in der Presse oder andernorts zirkulieren. Daher können wir auch nicht öffentlich richtig stellen, in welchen Punkten die Informationen des CRDS, woher sie auch immer stammen mögen, fehlerhaft oder irreführend sind. Die Hauptaufgabe der NSA besteht darin, den Präsidenten und die Regierung der USA unter Wahrung der Geheimhaltung so getreu wie möglich über die Geschehnisse in der Welt in Kenntnis zu setzen. Dass die NSA das Vertrauen der Machthaber und der Bürger als ein Instrument im Dienste der Wahrheit genießt, ist natürlich von äußerster Wichtigkeit. Weder die Regierung der USA noch die NSA können falsche Gerüchte oder Verleumdungskampagnen dulden, die das Fundament der friedenssichernden Tätigkeit der NSA bedrohen. Aus nachvollziehbaren Gründen hat die NSA nicht die Möglichkeit, die Verantwortlichen der Homepage im Ausland gerichtlich zu belangen. Das hindert die NSA jedoch nicht daran, alle erdenklichen Maßnahmen zu ergreifen, um auch mithilfe ihrer Verbündeten, u. a. in der NATO, zu verhindern, dass das CRDS weiteren Schaden verursacht. Wir wollen jedoch nur ungern zu Mitteln greifen, die auch in unseren Augen unlauter erscheinen, und schlagen daher ein Treffen vor, das uns ermöglicht, unsere Anschauungen und unsere Tätigkeit nuancierter darzustellen, als es durch das Material des CRDS geschieht. Wir sind im Sinne einer Einigung zu großem Entgegenkommen bereit, u. a. könnten wir das CRDS mit höchst kompromittierenden Informationen über ungesetzliche Aktivitäten religiöser Sekten beliefern. Wir verfügen aber auch über spezielle Informationen, die für eine Mitarbeiterin des CRDS, genauer gesagt die Dozentin Inga Andersson, von größtem Interesse sein könnten, Informationen, die sicher zu einer raschen Einigung im beiderseitigen Interesse führen werden. Es ist uns wichtig, so rasch wie möglich eine Antwort auf unsere Anfrage zu erhalten. Wir würden eine Antwort an die unten stehende Adresse bevorzugen, damit keine Dritten von unserem Angebot Kenntnis erhalten.«

Als Inga fertig übersetzt hatte, begann Morten zu lachen.

»Unsere Kleine! Sie haben angebissen!«

»Sie an den Haken zu kriegen«, meinte Henning, »ist eine Sache. Den bösen Fang auch an Land zu ziehen etwas ganz anderes.«

»Spielverderber!«, sagte Morten.

»Jetzt wollen wir nicht streiten«, meinte Inga mit unverhohlener Freude.

»Es ist doch ganz einfach«, sagte Morten. »Sie sind zu Kreuze gekrochen. Jetzt müssen wir nur die Kreuzigung organisieren, und dann ist alles in Butter.«

»Immer mit der Ruhe, Morten«, erwiderte Henning. »Wir sollten erst einmal gründlich darüber nachdenken, was sie eigentlich sagen.«

»Sie sagen doch wohl, was sie sagen. Dass sie uns treffen wollen und dass sie dazu bereit sind, ihre Geheimnisse zu lüften, genau wie wir es wünschen.«

»Ja«, sagte Inga, »das sagen sie. Und zwar wer? Die NSA, das Echelon oder der innere Raum? Das geht nicht eindeutig aus dem Schreiben hervor, oder? Die Adresse ist natürlich falsch. Sie scheint einer x-beliebigen Privatperson zu gehören. Aber ich vermute, dass es sich um den inneren Raum handelt, der sich da gemeldet hat, und nicht um die NSA, obwohl der Brief im Namen der NSA geschrieben ist. Warum sollte uns die NSA nicht bitten, dass wir uns unter ihrer eigenen Adresse mit ihr in Verbindung setzen, beispielsweise über Fort George Mead?«

»Spielt das denn eine Rolle?«, fragte Morten. »Kannst du nicht einfach die Betreffenden hierher zitieren und fragen, was sie wollen?«

»Das können wir natürlich. Aber wir müssen gewappnet sein. Wir könnten auch antworten, dass wir erst genau wissen wollen, mit wem wir es eigentlich zu tun haben, ehe wir in ein Treffen einwilligen.«

»Ich frage mich trotzdem, ob das wirklich nötig ist«, meinte Henning. »Was wir ihnen jedoch klar machen müssen, ist, dass wir die Bedingungen stellen. Keiner von uns fährt in die USA oder sonst wohin, um sie zu treffen. Sie können sich hübsch hierher bequemen. Und wir legen bis ins kleinste Detail fest, wie das Treffen abzulaufen hat. Sie sollen mit uns nicht wie mit anderen Leuten umspringen, die sie einfach gekidnappt und in einen Militärflieger Richtung USA gesteckt haben. Mit solchen Leuten muss man auf dem eigenen Terrain verhandeln, sonst hat man keine Chance. Außerdem müssen wir ihnen mitteilen, dass wir hier keine ganze Delegation haben wollen. Sie sollen einen Vertrauensmann schicken, der eine ausreichend hohe Position innehat, um zu wissen, worum es eigentlich geht. Sie wären sicher misstrauisch, wenn wir nach Namen fragen würden. Außerdem könnten sie problemlos falsche Namen nennen. Wie sollten wir das auch kontrollieren? Aber Dienstgrad und Verantwortungsbereich müssen wir erfahren, sonst schicken sie uns nur einen Subalternen, der uns auszutricksen versucht.«

»Das versuchen sie vielleicht sowieso«, meinte Inga, »wie mit Clifford.«

»Clifford war kein Subalterner. Aber es ist klar, dass sie es vielleicht trotzdem versuchen, damit wir nicht zu viel erfahren. Aber wir müssen darauf bestehen, dass derjenige, den sie uns schicken, wichtig genug ist, um einen akzeptablen Gesprächspartner abzugeben.«

»Wie sollen wir wissen«, meinte Inga, »dass sie uns nicht einen ganzen Trupp Agenten schicken, die uns heimlich beobachten?«

»Mach dir darüber keine Gedanken«, antwortete Morten. »Wir haben, wie bekannt, einige Erfahrung auf diesem Gebiet. Rein praktisch wissen wir, wie man es anstellt, den Bevollmächtigten von seinen Begleitern zu trennen, und dass er welche dabeihat, davon müssen wir ausgehen. Alles andere wäre ungewöhnlich.«

»Morten hat Recht. Der Beauftragte wird nicht allein kommen. Deswegen müssen wir uns auch um alle praktischen Fragen des Treffens kümmern. Wir, und nicht die anderen, entscheiden über Zeit und Ort. Wir sagen denen, was sie zu machen haben, und nicht umgekehrt.«

Henning las den Brief nochmals durch.

»Was meinen sie wohl mit den speziellen Informationen, die für dich von äußerstem Interesse seien?«, fragte er Inga.

»Ich vermute, dass es sich dabei um einen Köder handelt. Sie wissen nicht, dass ich hinter dem CRDS stecke. Ihnen ist aber bekannt, dass ich in irgendeiner Form beteiligt bin, da mein Artikel vom CRDS veröffentlicht wurde. Ich denke, dass sie irgendwie sicherstellen wollen, dass ich bei den Verhandlungen dabei bin. Wenn meine Vermutung zutrifft, heißt das, dass ihnen mein Artikel immer noch ein Dorn im Auge ist. Das wäre auch ein Indiz dafür, dass der innere Raum hinter dem Brief steckt.«

»Das klingt logisch«, sagte Henning. »Sind wir uns also einig, einem Treffen zuzustimmen?«

Morten nickte eifrig.

»Was meinst du, Sven? Du hast noch gar nichts gesagt.«

»Mir fallen keine Einwände ein.«

»Siehst du!«, meinte Morten. »Dann können wir ja loslegen.«

Inga sah sie an.

»Glaubt ihr wirklich, dass wir das hinkriegen?«, fragte sie.

»Aber klar, meine Kleine. Wir werden deine Geheimniskrämer dazu zwingen, die Hosen runterzulassen. Einschließlich Clifford-Rogers.«

»Ich glaube, ich will ihn nie wieder ohne Hosen sehen«, meinte Inga.

»Dann denke ich mir für ihn etwas anderes aus. Es wird mir ein Vergnügen sein.«

Als sie sich am Abend wieder versammelt hatten, las Inga ihre Antwort an den vermuteten inneren Raum vor. Die Antwort wurde einschließlich des Zeitpunkts für das Treffen, das sie mit Hennings und Mortens Zustimmung auf zwölf Tage später gelegt hatte, um der Gegenseite Zeit zu geben, auf ihren Brief zu antworten und die Reise vorzubereiten, per Akklamation gutgeheißen. Anschließend begannen die praktischen Vorbereitungen für das Treffen. Henning leitete die Diskussionen und entschied, wie sie konkret vorgehen wollten. Mit Ausnahme Ingas erhielt jeder bestimmte Aufgaben, um sicherzustellen, dass der Abgesandte Inga allein traf, ohne Aufpasser auf den Fersen.

Die Antwort auf ihren Brief wurde einige Tage später per Eilboten zugestellt. Sie hatten nichts dagegen einzuwenden, dass das CRDS das Treffen organisierte und dass es in Kopenhagen stattfand.

»Ich glaube, es besteht die Möglichkeit, dass sie uns unterschätzen«, meinte Henning. »Umso besser.«

Während Henning und Morten die Aktion bis ins kleinste Detail durchsprachen, damit nichts schief ging, setzte Inga ihre Arbeit mit dem CRDS fort. Sie enthielt sich weiterer sensationeller Enthüllungen hinsichtlich der NSA und des Echelon. Vor dem Treffen wollte sie so wenig wie möglich online sein. Trotz allem bestand das winzige Risiko, dass es ihren Gegnern vor dem Treffen gelingen würde, sie ausfindig zu machen und andere Maßnahmen zu ergreifen als ein Gespräch unter vier Augen.

Am Tag vor dem Treffen fuhren Henning und Inga mit dem Kutter nach Bäckviken auf der Insel Ven. Sie hatten sich für Schweden entschieden, um den Feind – so nannten sie den Gegner mittlerweile – nicht auf die richtige Spur zu führen. Eine Insel war immer gut, da man leicht überblicken konnte, wer mit der Fähre eintraf. Wirkte etwas verdächtig, konnte man jederzeit wieder ablegen. Ihr Kontakt hatte die Anweisung erhalten, einen Mann, und zwar Sven, auf dem Flughafen Kastrup zu treffen. Vor dem Flughafen würde Morten mit einem Auto warten. Nach Leibesvisitation und Kontrolle aller Habseligkeiten würden sie nach Malmö fahren und von dort einen Zug nach Lund nehmen und dort in einen Nahverkehrszug Richtung Kävlinge und Landskrona umsteigen. Der Zeitplan war so straff konzipiert, dass eventuelle Verfolger keine Gelegenheit haben würden, eine Fahrkarte zu kaufen. Und welche Destination hätten sie in so einem Fall wählen sollen? Von Malmö fuhren viele Züge. Außerdem würde Sven ihnen folgen, um festzustellen, ob der Kontakt tatsächlich allein gereist war. In Landskrona würde ein Mietwagen warten, mit dem sie zur Fähre fahren würden. Sie würden erst in letzter Minute an Bord gehen. Sollte Sven etwas Verdächtiges auffallen, würde er dies durch ein vereinbartes Signal mitteilen, ohne sich dem Kontaktmann zu erkennen zu geben. In diesem Fall blieb nichts anderes übrig, als ihm das Treffen zu verweigern, solange er sich nicht seiner Gehilfen entledigt hatte. Wenn sich aber wider Erwarten herausstellen würde, dass die Gehilfen keine Verbündeten waren – wenn der Kontaktmann vom inneren Raum kam, war es nicht ausgeschlossen, dass ihn die NSA ohne sein Wissen überwachen ließ –, gab es mehrere Möglichkeiten, wie sie ihre Verfolger abschütteln konnten.

Aber alles verlief reibungslos. Ihr Kontaktmann reiste zwar in Gesellschaft zweier Leute, aber er versuchte sie nicht zu verstecken, und sie blieben in Kastrup zurück. Unterwegs fiel Sven nichts Verdächtiges auf. Hingegen stieß Morten bei der Leibesvisitation auf einen Sender. Der Kontaktmann erklärte, die NSA sei so nervös, dass es verdächtig wirken würde, wenn er den Sender abstellte. Dem ließ sich ohne weiteres abhelfen. Der Sender fuhr von Lund aus mit dem Zug nach Stockholm weiter, was auch für das übrige Gepäck des Mannes galt. Sie wollten keine unnötigen Risiken eingehen.

In Bäckviken erwartete sie Henning. Wenig später verließ auch Sven die Fähre. Sobald sie von Bord gegangen waren und die übrigen Passagiere sich zerstreut hatten, band Henning dem Mann eine Augenbinde um.

»Nun verhält es sich folgendermaßen«, erklärte Henning in bestem Fischerenglisch, »ich werde Sie eine Leiter hinunter auf ein Boot begleiten. Die Leiter ist steil, also seien Sie bitte vorsichtig. Dann begeben Sie sich mit einem Mann unter Deck, wo Sie die Frau erwartet, die Sie treffen wollen. Der Mann versteht kein Englisch, Sie können sich mit der Frau also ungeniert unterhalten, ohne befürchten zu müssen, dass Ihnen jemand zuhört. Aber keine faulen Tricks. Unser Mann beherrscht zwar kein Englisch, aber er verfügt über riesige Fäuste und weiß diese auch zu gebrauchen. Ein weiterer Mann und ich bleiben die ganze Zeit über an Deck. Während Sie sich mit der Frau unterhalten, sitzen Sie an einem Ende des Tisches und die Frau am anderen. Falls Sie versuchen, um den Tisch herumzugehen, oder sich ihr anderweitig nähern, sind Sie erledigt, ehe Sie es überhaupt merken. Haben Sie das verstanden?«

»Ja. Aber Ihre Sicherheitsvorkehrungen sind überflüssig. Ich kann Ihnen mein Ehrenwort geben, dass ich Inga Andersson nie etwas antun würde. Ich komme als Freund.«

»Soweit ich weiß, hatten wir bisher noch nicht das Vergnügen«, erwiderte Henning. »Weshalb sollte ich mich also auf Ihr Ehrenwort verlassen?«

Der Mann antwortete nicht.

»Über eines müssen Sie sich im Klaren sein«, fuhr Henning fort, »und das sage ich Ihnen mit einem besonderen Gruß von unserem Mann unter Deck. Hier sind Sie allein. Sollten Sie Inga etwas antun, müssen Sie Ihre Heimreise in einer Holzkiste in einem Frachtflugzeug antreten. Jetzt gehen wir nach unten.«

Henning packte den Mann am Arm und führte ihn unter Deck. Morten und Sven folgten den beiden. Henning setzte den Mann auf den Stuhl an dem einen Tischende. Morten nahm auf der Steuerbordkoje einen Meter von der Längsseite des Tisches entfernt Platz. Inga saß bereits am anderen Ende des Tisches.

»Bitte schön!«, sagte Henning auf Dänisch zu Inga. »Hier ist dein Kontaktmann, und zwar wohlbehalten. Er ist garantiert frei von Sendern, Schlägertypen und Waffen, hat aber ein paar Papiere dabei, die er dir zeigen möchte. Die durfte er behalten. Willst du sehen, wie er aussieht?«

Inga nickte. Henning hob das Tuch, hinter dem sich das Gesicht des Mannes verbarg. Inga verzog bestürzt ihr Gesicht.

»Du!«, sagte sie.

»Ja«, sagte Frank Clifford alias Alan Rogers. »Ich bin's.«

39

»Ich hätte es ahnen müssen«, meinte Inga nach einer Weile.

Sie sah die anderen an.

»Meine Freunde, darf ich euch einen erstklassigen Schauspieler vorstellen? Frank Clifford. Er würde als Liebhaber in jeden billigen Hollywoodfilm passen, insbesondere, wenn es darin um Spione und Geheimagenten ginge. In Wirklichkeit seht ihr jedoch einen leibhaftigen Oberst der National Security Agency, kurz NSA, vor euch. Sein wirklicher Name, wenn es denn sein wirklicher ist, lautet Alan Rogers, und seine offizielle Rolle, sofern davon in einer Organisation die Rede sein kann, die das Recht hat, ihre eigene Existenz zu leugnen, ist die eines Verbindungsoffiziers in Menwith Hill, der Abhöranlage der NSA bei Harrogate in North Yorkshire. Dieser Posten läuft für gewöhnlich unter der Bezeichnung SUSLO, Senior United States Liaison Officer, mit Büro am Bryanston Square 35 in London, nur einen Steinwurf weit vom Hydepark entfernt. Wer nun glaubt, dass es sich bei dem Job eines Verbindungsoffiziers zwischen der NSA und ihrer britischen Schwesterorganisation, dem GCHQ, um einen abseitigen Posten handelt, irrt jedoch. Wenige Ernennungen sind so wichtig und begehrt wie die zum SUSLO. Oberst ist schließlich auch kein unbedeutender militärischer Rang.«

Sie sah Rogers an.

»Sie dürfen mich gerne korrigieren, falls ich mich irren sollte.«

Rogers protestierte nicht. Trotz seines Schauspielertalents gelang es ihm nicht, sein Erstaunen zu verbergen. Im Gegenteil, er wirkte wie gelähmt. Falls er bisher nur vermutet hatte, dass Inga über eine nicht unbedeutende Quelle innerhalb der Organisation verfügte, war er jetzt restlos davon überzeugt.

»Aber seltsamerweise«, fuhr Inga fort, »beehrt uns Rogers heute nicht in seiner Eigenschaft als Verbindungsoffizier der NSA …«

Sie machte eine Pause, Rogers sah sich um.

»Nein«, wiederholte Inga, »Oberst Rogers vertritt hier den inneren Raum der NSA, einen inneren Raum, der eine Organisation innerhalb der Organisation darstellt und der allen, selbst der NSA, vollkommen unbekannt war, bis vor kurzem eine gewisse Inga Andersson damit begann, die Umwelt von seiner Existenz in Kenntnis zu setzen.«

Wieder machte Inga eine Pause.

»Sie dürfen mich gern korrigieren, wenn ich mich in irgendeinem Punkt irre. Es ist durchaus möglich, dass ich mir alles nur ausgedacht habe.«

Rogers' Blick wanderte von einem Gesicht zum nächsten.

»Nein«, sagte er schließlich, »Sie irren sich nicht. Jedenfalls nicht ganz.«

Inga lächelte. Jetzt hatte sie den Beweis, und zwar auf Band, auf dem jedes Wort von Rogers aufgezeichnet wurde, seit er mit ihnen in Verbindung getreten war. Auch Henning, der sofort die Tragweite von Rogers' Eingeständnis erkannte, musste hinter dessen Rücken grinsen.

»Was ist denn so lustig?«, fragte Morten. »Kann mir hier niemand dieses Kauderwelsch übersetzen?«

Das tat Henning allerdings in einem Nordseelanddialekt, der sogar für Inga schwer zu verstehen war.

»So ein Dummkopf!«, meinte Morten und schlug die Faust in die flache Hand. »Begreift er denn nicht, dass wir jedes Wort mitschneiden?! Was ist das für ein Geheimagent, der sich von ein paar alten Fischern und einem kleinen Mädchen reinlegen lässt? Hat er denn keine Ausbildung?«

»Er unterschätzt uns«, meinte Henning.

Vielleicht, dachte Inga. Aber vor allen Dingen war es unklug gewesen, Rogers zu schicken. Eigentlich hätten sie begreifen müssen, dass sie gegen ihn noch ein paar weitere Trümpfe in der Hand hielt. Mit einem Unbekannten hätte sie kein so leichtes Spiel gehabt. Andererseits hatten sie nicht wissen können, dass Inga Frank Cliffords wahre Identität kannte. Sie hatte jedoch nicht vor, ihn deswegen zu unterschätzen und sich frühzeitig eines Sieges zu freuen. Er musste auch noch ein paar Trümpfe im Ärmel haben. Sonst würde er nicht mit ihr am Tisch sitzen. Fragte sich bloß, welche Trümpfe.

»Ich glaube, du kannst uns jetzt allein lassen«, sagte Inga auf Dänisch zu Henning. »Lass das Tonband laufen und sorge dafür, dass sofort Kopien gemacht werden, zumindest, sobald er etwas Wichtiges gesagt hat.«

Wohlweislich nahm sie keinerlei Wörter wie Kassette in den Mund, damit Rogers nicht auf den Gedanken kam, dass sie das Gespräch mitschnitten. Er würde es früh genug erfahren, aber erst nachdem er alles gesagt und enthüllt hatte.

Kein Wort wurde gewechselt, während Henning die Leiter hinauf verschwand. Rogers warf Inga einen aufmerksamen Blick zu, als er hörte, wie ein Schlüssel umgedreht wurde.

Inga zündete sich eine Zigarette an. Wie auf Kommando erhob Morten sich, stellte zwei Becher auf den Tisch und goss Kaffee ein. Inga schob ihren Stuhl zurück und lehnte sich mit dem Becher in der Hand gegen die Wand. Sie genoss Rogers' unentschlossene Miene. Was auch immer er erwartet hatte, dies war es nicht gewesen. Vielleicht glaubte er, dass sie von Anfang an Theater gespielt hatte, dass sie es war, die ihn reingelegt hatte, und nicht umgekehrt. Vielleicht glaubte er sogar, dass Inga für die geheime Organisation eines anderen Landes arbeitete. Das war noch ein weiterer Trumpf, den sie in der Hinterhand hatte. Andererseits hätte dies zur Folge, dass Rogers vorsichtiger zuwege ging, obwohl sie davon ausgehen musste, dass sein vornehmlichstes Ziel darin bestand, den Namen derjenigen Person herauszufinden, die die Informationen über den inneren Raum preisgegeben hatte.

Rogers nippte an seinem Kaffee und verzog das Gesicht.

»Eine Mischung aus Branntwein und Kaffee«, meinte Inga. »In meiner Sprache heißt das Kaffekask. Das ist der Champagner der Fischer. Das macht munter und bringt die grauen Zellen in Schwung.«

Rogers öffnete den Mund, um etwas zu sagen, überlegte es sich dann aber anders.

»Wir haben viel Zeit«, bemerkte Inga.

Rogers schwieg. Falls Inga erwartet hatte, dass ihn sein Ausgeliefertsein bekümmern würde, hatte sie sich getäuscht, denn es schien ihm nichts weiter auszumachen.

»Ich möchte damit beginnen, mich zu entschuldigen«, sagte er nach einer Weile. »Ich kann sehr gut verstehen, dass Sie mich hassen.«

»Ich halte es für unklug, auf Persönliches einzugehen. Ein guter Wissenschaftler muss zwischen Person und Sache unterscheiden können. Nicht wahr, Herr Professor?«

Rogers schwieg.

»Was ich von Ihnen halte, spielt jetzt keine Rolle«, sagte Inga.

»Wie Sie meinen, obwohl ich finde, dass Sie mich missverstehen. Ich beginne also lieber damit, meine freundschaftlichen Absichten zu bekunden. Ihre Freunde scheinen etwas anderes zu glauben.«

»Das ist doch wohl das Naheliegendste?«

»Ich möchte das gerne erklären.«

»Erst möchte ich wissen, warum Sie hier sind. Klar und deutlich, um jegliche Zweifel auszuräumen.«

»Okay. Als Erstes wegen des Namens Ihres Informanten.

Zum Zweiten, damit Sie aufhören, Gerüchte über die NSA und diesen angeblichen inneren Raum innerhalb der NSA zu verbreiten.«

»Angeblich? Eben noch schien er zu existieren.«

»Sowohl als auch. Ich komme darauf zurück.«

»Und wieso glauben Sie, dass ich auf Ihre Wünsche eingehen könnte?«

»Wenn Sie mir zuhören, werden Sie hoffentlich einsehen, dass Ihr Verhalten vielen Menschen schadet. Und da spreche ich nicht von mir selbst oder von Angestellten der NSA, nein, ich spreche von Menschen, die unter größenwahnsinnigen Tyrannen leiden, die unschuldig ungerechtfertigten Kriegen zum Opfer fallen oder von Drogenbossen misshandelt werden. Genau die Menschen, für die Sie eintreten, das weiß ich.«

Rogers öffnete seine Mappe.

»Glücklicherweise haben Ihre Freunde mir gestattet, meine Papiere zu behalten, obwohl sie meine Aktentasche konfisziert haben, wohl aus Angst davor, was sich darin verbergen könnte.«

Er nahm ein Foto aus der Mappe und warf Morten einen fragenden Blick zu.

»Kann ich Ihnen das Foto zuschieben, ohne bewusstlos geschlagen zu werden?«

Inga nickte Morten zu. Rogers erhob sich halb und schob das Foto zu ihr hinüber. Es war das Foto eines kleinen Jungen auf einem Feldbett, der ein Bein amputiert hatte. Ein Arm war verbunden, das Gesicht mit Wunden übersät. Aus seinem Blick sprachen ratlose Verzweiflung und Schmerzen. Inga konnte das Foto nur mit Mühe betrachten.

»Es tut mir Leid, Ihnen diese Fotos zeigen zu müssen.«

Er schob ihr ein weiteres Foto zu, das sie bereits kannte. Es zeigte ein Massengrab in Bosnien. Das nächste Foto war in

Ruanda aufgenommen. Das vierte zeigte ein paar elende Gestalten in einem Krankenhaus.

»Aidskranke Drogenabhängige«, erklärte Rogers. »Und so sahen sie aus, bevor ihre Sucht begann.«

Er reichte ihr ein Foto mit gesunden, rotwangigen Jugendlichen.

»Hier kommt das Letzte. Ich will sie nicht einstufen, aber das hier ist fast das schlimmste.«

Ingas Magen verkrampfte sich. Das Foto zeigte einen Pädophilen, der sich an einem Kind vergriff, das sicher nicht älter als zehn war. Inga schob die Fotos von sich.

»Warum zeigen Sie mir das?«

»Damit Sie verstehen. Erinnern Sie sich, dass ich Ihnen erzählt habe, dass das Leben meines Vaters von der NSA ruiniert wurde? Diese Geschichte ist wahr.«

»Und trotzdem arbeiten Sie für die NSA?«

Rogers ignorierte ihren Einwand.

»Ich könnte Ihnen noch mehr Bilder zeigen, und zwar die, die vermutlich jeder kennt, zum Beispiel aus Dachau. Mein Großvater ist dort gestorben. Nicht weil er Jude war, sondern weil er Juden half. Als ich zehn Jahre alt war, gelobte ich, mein Leben dem Kampf gegen die Tyrannen zu weihen. Das hatte vielleicht etwas von Robin Hood, feierliche Gelöbnisse abzulegen, genau wie Sie das in Ihrer Geschichte beschrieben haben, aber mir war es in der Tat ernst. Und mir ist es immer noch ernst.«

»Da sind Sie nicht der Einzige.«

»Dessen bin ich mir bewusst. Wenn ich der Einzige wäre, würde ich mich vermutlich gleich aufhängen. Ich versuche nicht, mich zu rechtfertigen, ich versuche nur zu erklären. Mit fünfzehn trat ich in die Armee ein. Ich war kein Pazifist, ebenso wenig wie Robin Hood.«

Rogers lächelte schwach.

»Meine gesamte Ausbildung fand unter der Fuchtel des Militärs statt, Gymnasium, Universität, Offiziersschule. Ich wurde nach Vietnam geschickt. Dort entdeckte ich, dass mein eigenes Land und die Soldaten meines eigenen Landes ebenso rücksichtslos, blutdürstig und verängstigt sein konnten wie der Feind. Hätte ich gegen Hitler oder Stalin gekämpft, würde ich vielleicht immer noch glauben, dass der Krieg ein Mittel ist, um unnötiges Leiden zu beenden, ein notwendiges Übel auf dem Weg zu einer besseren Welt. Aber da habe ich gesehen, dass dies fast nie zutrifft. Wollte man etwas für die Welt tun, musste man sich anderer Methoden bedienen. Aber welcher? Etwa zu diesem Zeitpunkt wurde ich verwundet. Nichts Ernstes, ein Granatsplitter in der Hinterbacke, aber ausreichend, um im Lazarett zu landen. Dort traf ich X.«

»X?«

»Ja, genau. X.«

Da verstand sie, es handelte sich um keinen Geringeren als den X aus ihrer eigenen Geschichte.

»Wir begannen Erfahrungen und Gedanken auszutauschen. Bald entdeckten wir, dass wir uns in fast allen Punkten einig waren. Er erzählte, er sei nicht nur Fernmeldeoffizier, sondern auch bei der NSA angestellt für den Dienst im Felde. Damals wusste ich noch kaum etwas über die NSA. Er überzeugte mich jedoch davon, dass Informationskontrolle und -steuerung der richtige Weg seien. Was sich auch als zutreffend erwies. Heute ist der Propagandakrieg mindestens ebenso wichtig wie der konventionelle Krieg. Wer das Urteil der Welt auf seiner Seite hat, gewinnt in der globalisierten Welt den Krieg. X überzeugte mich davon, dass ich bei der NSA anfangen sollte. Denn dort gab es die Informationen und die Informationsspezialisten. Seither haben X und ich zusammengearbeitet. Wir sind wie Brüder, obwohl er unser Leiter ist und ich sein nächster Mann bin. Er besitzt die nötigen Führungseigenschaften und den Überblick. Er ist der Mensch, den ich am meisten respektiere. Für ihn würde ich alles tun.«

»Und würde er auch alles für Sie tun?«

Diese Frage überraschte Rogers.

»Vielleicht hat er ja andere Prioritäten und Loyalitäten«, fuhr Inga fort.

»Sie meinen die von Ihnen beschriebenen Rosenkreuzer. Das hat Ihre Quelle gründlich missverstanden. X ist weder Rosenkreuzer, Freimaurer noch etwas anderes. Er war es auch nie. Möglicherweise hat er sich in gewissen Punken von ihnen inspirieren lassen, genau wie viele andere.«

»Wie können Sie sich da so sicher sein?«

»Das bin ich. Ich kenne X. Sie und Ihre Quelle hingegen nicht. Ich wage zu behaupten, dass X dasselbe Format hat wie ein Mandela oder Havel. Der Unterschied ist nur, dass er sich dafür entschieden hat, im Verborgenen zu wirken. Offizielle Anerkennung wird er nie erhalten. Höchstens in hundert Jahren, wenn die Historiker anfangen, unsere Zeit näher zu untersuchen. Wenn es dann überhaupt noch etwas zu untersuchen gibt.«

»Worauf wollen Sie hinaus?«

»Sagten Sie nicht, wir hätten Zeit? Ich möchte Ihnen gerne erläutern, dass wir weder machtbesessene Monster aus den USA sind, die sich zur so genannten moralischen Majorität zählen, noch okkulte Mystiker, die die Weltherrschaft an sich reißen wollen, so wie Sie es dargestellt haben.«

Trotz allem nippte Rogers an seinem »Kaffekask« und warf Morten einen Blick zu.

»Stimmt es wirklich, dass er kein Wort Englisch versteht?«

»Probieren Sie es doch aus.«

Rogers unterließ es.

»Ich gehe etwas zurück. X und ich begannen mit der Arbeit, sobald die NSA uns eingestellt hatte. Wie Sie offenbar bereits wissen, gibt es mehrere so genannte gelehrte Gesellschaften innerhalb der NSA. Sie besitzen keinen offiziellen organisatorischen Status, aber sie betätigen sich ganz offen innerhalb der NSA. Wir gründeten unsere eigene gelehrte Gesellschaft, die wir schlicht ›Informationsgruppe‹ nannten, und setzten uns zum Ziel herauszufinden, wie Information die Weltgeschichte beeinflusst hat. Es gibt natürlich mehrere berühmte Beispiele aus der Geschichte der Kryptierung, beispielsweise wie die Engländer im Zweiten Weltkrieg den deutschen Enigma-Code geknackt haben. Aber wir wollten darüber hinaus im Detail untersuchen, was passiert, wenn eine bestimmte Information die Entwicklung entscheidend beeinflusst. Als Angestellte der NSA wussten wir bereits sehr viel über internationale Realpolitik, die sich auf Information gründet oder auf Mangel an Information. Kriege werden gewonnen, weil es gelingt, die eigenen strategischen Pläne geheim zu halten, oder weil man die des Feindes kennt. Verhandlungen glücken, weil die Gegenseite nicht dieselben Informationen besitzt wie man selbst. Großaufträge werden an Land gezogen, weil die Konkurrenten schlechter informiert sind. Verbrecher bleiben oft unbehelligt, weil sie ihr Geld in Ländern waschen können, die weniger kleinlich sind und sich weigern, Informationen über ihre Banktransaktionen weiterzugeben. Niemand ist für Umweltkatastrophen verantwortlich, weil die Unternehmensstrukturen so kompliziert sind, dass es unmöglich ist, Informationen über die tatsächlichen Eigentumsverhältnisse zu erhalten. Und so weiter. Information ist der Schlüssel zur Einflussnahme auf die Entwicklung. In vielen Fällen kann eine einzige Aussage alles verändern. Wir wollten genau wissen, was sich zugetragen hatte und welche Konsequenzen daraus erwachsen waren. Wir beschäftigten uns damit ganz unverhohlen, und es ist möglich, dass dies auch der NSA zum Vorteil gereichte, insbesondere während der letzten Jahre, in denen man sich immer mehr auf Industriespionage verlegt hat, um die eigene Existenz zu sichern. Aber ich will ausdrücklich darauf hinweisen, dass wir das nicht getan haben, um der NSA zu helfen oder den Status der USA als Supermacht aufrechtzuerhalten, was die Hauptaufgabe der NSA ist. Wir haben es schwarz auf weiß gesehen, von innen, zu welchen Übergriffen die USA fähig waren, um ihre Ziele zu erreichen. Was nicht bedeuten soll, dass beispielsweise China, die Sowjetunion oder selbst Europa unserer Meinung nach besser wären. Das genau ist einer der Hauptpunkte: Das Böse, Übergriffe und Tyrannei müssen unbedingt bekämpft werden, unabhängig davon, im Namen welcher Ideologie oder welcher Staaten sie verübt werden. Nach unseren bisherigen Gesprächen gehe ich davon aus, dass das auch Ihre Einstellung ist.«

Inga ahnte, worauf Rogers hinauswollte. Sie sollte mit der Tätigkeit des inneren Raumes sympathisieren. Er wollte sie davon überzeugen, dass der innere Raum gut für die Welt war.

»Während wir uns in aller Offenheit kundig gemacht haben, haben wir gleichzeitig mit dem Aufbau der Organisation begonnen, die Sie den inneren Raum nennen. Es dauerte zehn Jahre, bis er einsatzfähig war. Alles musste natürlich unter größter Geheimhaltung geschehen. Stellen Sie sich nur vor, einen geheimen Raum in einer Organisation zu schaffen, die darauf spezialisiert ist, Geheimnisse zu enthüllen. Das ist keine leichte Aufgabe und kostet Zeit. Alles fußt auf Vertrauen, Vertrauen und nochmals Vertrauen. Als Erstes müssen wir uns vergewissern, dass jeder neue Anwärter vollkommen zuverlässig ist und dass er oder sie ganz und gar zu den Zielen der Organisation steht. Letzteres ist in der Tat am einfachsten. Die NSA hat über vierzigtausend Angestellte. Es versteht sich von selbst, dass viele von ihnen mustergültige Menschen sind, die für eine bessere Welt arbeiten wollen. Die Zuverlässigkeit ist schwieriger zu beurteilen. Die NSA führt Personenkontrollen, Interviews und Tests mit dem Lügendetektor durch. Das reicht nicht aus, dessen sind wir uns bewusst. Die NSA hat wiederholt Überläufer und Leute beschäftigt, die Informationen verkauft haben, obwohl die meisten dieser Fälle vertuscht wurden. Bei uns erhalten neue Rekruten nur nach und nach Zutritt zur Organisation. Die meisten wissen zu Anfang fast nichts. Besser gesagt: Sie erfahren gar nicht, dass es eine Organisation gibt. Sie glauben, es ginge darum, jemandem einen Dienst für einen guten Zweck zu erweisen, etwas in Erfahrung zu bringen, abgehörtes Rohmaterial zu bearbeiten, das noch in den Archiven liegt, oder jemandem eine Information zu vermitteln, die wir anderweitig beschafft haben. Wir teilen ihnen natürlich mit, dass dies nicht ganz den Regeln der NSA entspricht. Einige bekommen sofort kalte Füße, andere führen die Aufgabe mit Freuden aus, da sie davon überzeugt sind, dass die NSA nicht immer genug unternimmt. Mit denjenigen arbeiten wir auch weiterhin. Aber eigentlich erfährt niemand etwas über die Organisation als Ganzes. Die Identität des Chefs ist nur mir und einer Hand voll anderer Personen bekannt. Daher kann ich mit Sicherheit sagen, dass Sie nicht wissen, wer sich hinter dem X Ihres Artikels verbirgt. Also konnte Ihnen Ihre Quelle auch keine weiteren konkreten Informationen geben, Namen, Aktionen, Mitgliederzahlen und Ähnliches. Das kann er nämlich gar nicht wissen.«

»Terrororganisationen wie die ETA oder die IRA sowie viele Sekten sind genauso organisiert.«

»Man soll nicht nach solchen Äußerlichkeiten gehen.«

Ganz offensichtlich verärgerte dieser Vergleich Rogers.

»Im Gegenteil«, fuhr er fort. »Wir bekämpfen Terrororganisationen wie die ETA und die IRA, aber auch Humana People und die GRAPA. Wir versuchen unser Möglichstes, um den schädlichen Einfluss der Sekten einzudämmen, obwohl dies nicht unsere höchste Priorität darstellt. Verglichen mit ethnischen Säuberungen, Drogen und Pädophilie sind die Sekten immer noch das kleinere Übel.«

»Wer entscheidet, welches Übel bekämpft werden soll?«

»Der Leiter in Absprache mit einem inneren Kreis von Beratern. Aber es geht nicht darum, aufgrund nationaler Interessen realpolitische und strategische Beschlüsse zu fassen. Das müssen Sie verstehen. Ich kann natürlich keine konkreten Details über bestimmte Aktionen preisgeben, aber im Prinzip beschließen wir, uns auf ein bestimmtes Gebiet zu konzentrieren. Beispielsweise Kindesmissbrauch. Dann besprechen wir, welche Informationen vonnöten wären, um dem Missbrauch Einhalt zu gebieten. Viele Informationen liegen bereits der NSA und den Partnern von der Echelon-Zusammenarbeit vor, befinden sich aber unbearbeitet in riesigen Archiven. Technisch gesehen handelt es sich dabei nicht um Information. Es ist der NSA gelungen, zu erwirken, dass nur solches Material, das man lesen und verstehen kann, als ›Information‹ betrachtet wird. Es geht also um einen gigantischen Vorrat an überschüssiger Information, der gemäß gegenwärtiger Prioritäten nicht als relevant erachtet wird. Aber für uns stellt er eine Goldgrube dar. Wir haben natürlich auch Zugang zu großen Teilen des Materials, das die NSA bereits bearbeitet und für geheim erklärt hat. Wir können es auf nicht vorgesehene Weise recyceln, sogar im Widerspruch zu den Absichten der NSA, solange niemand Verdacht schöpft. Aber man darf nicht vergessen, dass ein Gros des vertraulichsten Materials bei den Analytikern liegt und nicht bei den Chefs, die die unendliche Informationsmenge, die gesammelt und gelagert wird, natürlich nicht überblicken können.

Manchmal bestellen wir auch Informationen von den Echelon-Partnern der NSA. Das Echelon ist so groß, dass sich niemand in Neuseeland oder Australien Gedanken darüber macht, wenn wir die Genehmigung einholen, eine bestimmte Person oder Organisation abzuhören. Das Abhören und der Datentransfer erfolgen außerdem automatisch mit optischen OCR-Programmen und avancierten Stimmerkennungsprogrammen. Wenn eine Bestellung erst einmal angenommen ist, macht sich niemand mehr die Mühe, die Informationen zu überprüfen, die eingesammelt und an uns weitergegeben werden. Schließlich ist es uns einige Male auch gelungen, unsere eigenen Suchwörter in der Stichwortbibliothek des Echelon zu platzieren, in der Ausdrücke enthalten sind, die automatisch von den Abhörstationen und Satelliten in aller Welt aufgefangen werden. Wie Sie verstehen werden, besteht unser Problem nicht darin, Information zu beschaffen. Es geht darum, sie richtig einzusetzen und dafür zu sorgen, dass sie nicht in die falschen Hände gelangt. Ich bin autorisiert, Ihnen drei konkrete Beispiele zu nennen, damit Sie verstehen, dass es uns ernst ist. Im ersten geht es um die chinesische Botschaft in Belgrad, über die Sie selbst schreiben. Der Unterschied ist nur, dass die Aktion nie durchgeführt wurde. Wir haben sie erwogen und vorbereitet, was Ihre Quelle offenbar zu Fehlschlüssen verleitete. Die Aktion wurde jedoch abgeblasen, als wir Hinweise darauf erhielten, dass die NSA der Air Force aufgrund diffuser Anhaltspunkte mitgeteilt hatte, dass sich serbische Soldaten in dem Gebäude aufhielten. Im zweiten Beispiel geht es eben gerade um Kindesmissbrauch. Wir überwachen eine gewisse Anzahl auffälliger Pädophiler und ihre nächste Umgebung. Wir haben die Polizei auf die Spur eines Pädophilennetzwerkes in Wales gebracht. Es wird vermutet, dass von ihnen elftausend Kinder missbraucht wurden. Elftausend! Wenn wir unsere Möglichkeiten zum Abhören ohne begründeten Verdacht auf eine Straftat nicht ausgenützt hätten, wären sicherlich noch viele tausend hinzugekommen. Das dritte Beispiel handelt von der Geldwäsche. Wir wollen damit hauptsächlich den Drogenbossen und Waffenschiebern das Handwerk legen.«

Wollte man Rogers Glauben schenken, schien der innere Raum aus Engeln zu bestehen, die die Welt erlösen wollten. Jetzt verstand sie auch, wie es Frank Clifford gelingen konnte, sie zu düpieren. Er hatte eigentlich die gleichen Ansichten vertreten wie sie, jedoch mit ganz anderem Ausgangspunkt.

»Warum erzählen Sie mir das alles?«, fragte Inga. »Befürchten Sie denn gar nicht, dass ich wie zuvor alles über das Internet weiterverbreite?«

»Dieses Risiko nehmen wir in Kauf. Auf mein Anraten hin. Mal ganz abgesehen davon, was Sie von mir halten, möchte ich betonen, dass ich Ihnen und Ihren Absichten größten Respekt entgegenbringe. Unter anderen Umständen ...«

Rogers zögerte.

»... unter anderen Umständen ... aber das ist wohl etwas, das bei Ihnen unter persönlich läuft. Wichtiger ist, dass ich im Grunde nichts gesagt habe, was Sie nicht bereits von Ihrer Quelle wissen oder selbst haben folgern können. Ich wollte nur die tatsächlichen Verhältnisse schildern, denn Ihre Quelle hat Ihnen ein Zerrbild geliefert. Außerdem können Sie keine konkreten Beweise vorlegen. Damit müssten Sie Ihre Quelle verraten, und das würden Sie nie tun. Auf Dauer steht hier Wort gegen Wort, und obwohl ich alle Sympathie für Davids Kampf gegen Goliath habe, denn so empfinden wir unsere Situation schließlich auch, besteht der Unterschied darin, dass David Gott auf seiner Seite hatte. Das trifft auf Sie nicht zu. Sie sind allein.«

Inga dachte an das Tonband, das Rogers' Worte aufnahm.

Inzwischen hatte Sven sicher bereits Kopien des bereits Gesagten angefertigt und an einem sicheren Ort versteckt. Oben im Ruderhaus saß außerdem Henning mit Kopfhörern und hörte jedes Wort.

»Ganz allein bin ich nicht«, sagte sie. »Ich habe Freunde.«

Sie warf Morten einen aufmunternden Blick zu. Ihm schien die Situation zu gefallen. Offenbar sah er an Ingas Miene und hörte an ihrem Tonfall, dass alles nach Wunsch verlief.

»Gegen den inneren Raum oder die NSA kommt man mit ein paar Freunden nicht weit. Der innere Raum hat immerhin noch Skrupel. Die NSA, wenn sie sich bedroht fühlt, jedoch nicht. Und das tut sie im Augenblick, und zwar von der Existenz des inneren Raumes.«

»Dazu habe ich auch noch eine Frage. Wie kommt es, dass sich die NSA nicht bei mir gemeldet hat? Sie müssen sich doch genauso für die Wahrheit über das Trojanische Pferd in ihrer Mitte interessieren?«

»Sie haben von sich hören lassen!«

»Wann, wo und wie?«

Inga begriff nichts.

»Die NSA hat mich losgeschickt, um herauszufinden, was Sie über diesen angeblichen inneren Raum wissen. Ich habe den Auftrag, keine Mittel zu scheuen. Außerdem will die NSA Näheres über das angebliche Abhören der Satellitenverbindung zwischen Menwith Hill und Fort Mead wissen. Das interessiert mich in der Tat auch, rein beruflich. Denn wenn das wahr wäre, dann wäre das der schwerste Schlag, der jemals gegen die technische und kryptographische Überlegenheit der NSA ausgeübt wurde. Ist das wahr?«

»Kann das die NSA, können die anderen das auch. Wie kommt es, dass die NSA ausgerechnet Sie dazu erkoren hat, mich zu verhören?«

»Ohne zu viel zu verraten, kann ich sagen, dass eine meiner Aufgaben darin besteht, alles, was über das Echelon geschrieben wird, zu analysieren. Ich beurteile, ob das, was in der Presse über das Echelon erscheint, möglicherweise seinen Ursprung in den USA hat. Deswegen wurde ich auch nach Cerisy-la-Salle geschickt. Außerdem brauchten sie jemanden mit akademischem Hintergrund, der als Professor glaubwürdig wirkte.«

Das konnte nur eines bedeuten; Rogers arbeitete bei der M 5, der Abteilung der NSA für innere Sicherheit, in der sie auch X zu Anfang seiner Karriere platziert hatte.

»M 5 also«, sagte Inga.

Rogers bestätigte das nicht direkt.

»Ich kann Ihnen zumindest eines garantieren«, sagte er. »Sollten Sie und ich zu keiner Einigung kommen, wird die NSA keine Mittel scheuen, Sie ausfindig zu machen, um von Ihnen die Informationen, die sie haben will, zu erzwingen. Sie würden auf unabsehbare Zeit keine ruhige Minute mehr haben. Sie würden Sie zerstören, wie sie das mit meinem Vater getan haben. An Ihrer Stelle würde ich mit uns eine Einigung anstreben und nicht mit denen.«

»Warum sollte ich mich überhaupt mit irgendjemandem einigen?«

»Ich dachte, Sie hätten mittlerweile eingesehen, dass wir keine Monster sind. Unser Ziel ist es, die Welt ein wenig erträglicher zu gestalten. Genau das, was Sie mit Ihrer Forschung auch bezwecken. Wir stehen auf derselben Seite, auch wenn Sie das nicht zugeben wollen.«

»Unsere Methoden sind grundsätzlich verschieden. Offenheit, Öffentlichkeit, Einblick, Wahrheit, kritische Überprüfung in meinem Fall. Abschottung, Heimlichtuerei, Verbreitung von Gerüchten, Illegalität in Ihrem.«

»Ist der Unterschied so groß? Sind Ihre wissenschaftlichen

Hypothesen besser als unsere begründeten Mutmaßungen und das, was Sie Gerüchte nennen? Sind nicht die Informationen, die wir auffangen, Wahrheiten?«

Die Frage traf einen wunden Punkt. Denn was hatte sie getan, als sie ihre Geschichte erzählt hatte: Sie hatte ein Gerücht verbreitet, auch wenn inzwischen feststand, dass es sich bei dem Gerücht um die Wahrheit gehandelt hatte. Aber sie setzte ihre Erzählung zumindest der öffentlichen Kontrolle aus. Die Ziele und die Mittel ließen sich nie voneinander trennen. Deswegen waren auch alle Weltrevolutionen korrumpiert worden. Deswegen hatte der ökonomische Liberalismus nie eine gute Gesellschaft schaffen können. Deswegen waren die Heimlichtuer die größten Feinde der Demokratie. Aber das würden Leute wie Rogers nie begreifen. Sie waren so erfüllt von ihren guten Absichten und von ihrer moralischen Vortrefflichkeit, dass sie sich für unfehlbar hielten.

»Aber auch wenn Sie unsere Methoden kritisieren«, fuhr Rogers fort, »steht dennoch fest, dass wir mit unseren Aktionen unzählige Menschenleben gerettet und vielen Menschen großes Leid erspart haben. Wir wissen, dass wir die Entwicklung in Richtung Demokratie und Rechtsstaatlichkeit vorangetrieben haben. So viele reden nur davon, dass etwas getan werden muss. Und die meisten unternehmen gar nichts. Aber wir, und zwar unter großen persönlichen Opfern. Ich will, dass Sie das verstehen. Ihre Aufklärungs- und Hetzkampagne, je nachdem, wie man die Sache sehen will, hat großen Schaden angerichtet. Seit über einem Monat haben wir nicht mehr normal arbeiten können. Eines unserer Hauptziele im Augenblick ist es, dazu beizutragen, den Bürgerkrieg in Angola zu beenden, einer von mehreren absurden Kriegen, die viele Unschuldige das Leben kosten und Leid und Elend mit sich bringen. Ein großer Teil des Krieges wird mit illegalem Diamantenhandel finanziert. Mittlerweile ist es so, dass es bei diesem Krieg mehr um die Herrschaft über die Diamantengruben geht als um die politische Macht oder irgendeine Ideologie. Wir besitzen Informationen darüber, wer die illegalen Diamanten in Europa und in den USA aufkauft. Einige der Käufer gehören den führenden Gesellschaftskreisen an. Die Affäre, die in Frankreich bereits Angolagate genannt wird, geht auf unser Konto. In ein paar Wochen hätten wir all unsere Informationen eingesetzt, um die Finanzierung der Warlords zu unterbinden. Nach unserer Einschätzung hätten wir die Waffen- und Munitionskäufe auf die Hälfte und das Verlegen von Minen um zwei Drittel reduzieren können. Wie viele Menschenleben hätten sich Ihrer Meinung nach dadurch retten lassen? Wie vielen Menschen, darunter Kinder, hätten wir erspart, verstümmelt zu werden? Stattdessen müssen wir jetzt all unsere Kraft darauf verwenden, uns zu verteidigen. Die NSA hat eine interne Ermittlung in Gang gesetzt, um herauszufinden, ob ein innerer Raum existiert. Glücklicherweise sind X und ich mit dieser Aufgabe betraut worden. Aber wir können auch nicht beliebig lange mit gezinkten Karten spielen.«

Inga hätte sich nie träumen lassen, dass ihre Kampagne so rasch eine solche Wirkung erzielen würde. Aber nach wie vor galt es, sich nicht zu früh zu freuen. Im selben Augenblick kam ihr ein anderer Gedanke. Wenn der Chef des inneren Raumes mit der internen Kontrolle betraut worden war, konnte das nur heißen, dass X mit großer Wahrscheinlichkeit der Chef der M 5 war, der Abteilung für die innere Sicherheit der NSA! Gab es einen besseren Deckmantel? Wer würde den Chef der inneren Sicherheit je verdächtigen, illoyal zu sein? Da sah man mal wieder, wie gefährlich es war, einen Dialog zu führen, statt zu schweigen. Man konnte immer etwas übersehen und sich dabei verplappern. Und das hatte Rogers soeben getan. Im nächsten Newsletter würde sie also enthüllen können, wer der Chef des inneren Raumes war! Das würde die ganze NSA ins Wanken bringen! Wie sollten sie sich noch aufeinander verlassen können, wenn sie sich nicht einmal mehr auf ihren Chef für die innere Sicherheit verlassen konnten, auf die Person, deren Aufgabe es war, dafür zu sorgen, dass das gegenseitige Vertrauen innerhalb der Organisation intakt blieb?

»Wir sind handlungsunfähig«, fuhr Rogers aufgebracht fort. »Und unterdessen sterben immer mehr Menschen. Unterdessen werden immer mehr Kinder von Landminen verstümmelt. Unterdessen werden immer mehr Frauen vergewaltigt. Wollen Sie das wirklich?«

»Was glauben Sie?«

»Ich weiß in der Tat nicht, was ich glauben soll. Ich kam mit freundschaftlichen Absichten hierher, aber ich merke, dass ich auf keinerlei Resonanz stoße.«

»Wenn Sie in freundschaftlicher Absicht gekommen wären, wie Sie sagen, dann hätten Sie keinen Sender am Körper getragen, der den anderen, die vielleicht nicht ganz so gutherzig sind wie Sie, in jedem Augenblick verrät, wo Sie sich befinden.«

»Wenn ich selbst diesen Sender abgenommen oder abgestellt hätte, dann hätte das äußerst verdächtig gewirkt. Ihretwegen stehen sich alle bei der NSA im Augenblick sehr misstrauisch gegenüber.«

»Alle?«

»Alle, die der Meinung sind, dass die NSA ein Sicherheitsproblem am Hals hat, das vielleicht das schlimmste in der Geschichte der NSA ist.«

»Und was habe ich damit zu tun? Hätten Sie mit offenen Karten gespielt, wäre es nie dazu gekommen.«

»Um Gottes willen, Inga, begreifen Sie das denn nicht? Es geht um das Leben von Menschen, nicht darum, von wem sie gerettet werden. Was spielt es für eine Rolle, ob wir im Geheimen arbeiten und Sie öffentlich? Solange sie nur gerettet werden?«

»Zum einen«, sagte Inga und beugte sich vor, »spielt das eine größere Rolle, als Sie je begreifen werden. Eine offene, gerechte und freie Gesellschaft wird niemals durch Heimlichkeiten hervorgebracht. Niemals. Im Gegenteil zeigt die Geschichte mit aller wünschenswerten Deutlichkeit, dass das kontraproduktiv ist. Sie untergraben genau das, was Sie zu beschützen vorgeben. Die Geheimniskrämerei führt zu Misstrauen, und dieses untergräbt seinerseits alle menschlichen Beziehungen. Sehen Sie sich doch nur die alten kommunistischen Staaten an. Da ist es genauso wie bei Ihnen und mir. Warum sollte ich Ihnen vertrauen? Sie haben mich bereits einmal betrogen. Wer sagt mir, dass Sie das nicht gerade wieder tun? In Wahrheit ist vielleicht alles, was Sie gesagt haben, Lüge. Sie servieren mir eine rührselige Geschichte, damit ich meine Quelle preisgebe und um zu verbergen, dass Sie in Wahrheit machtversessene Verrückte sind, die die Welt beherrschen wollen. Sie geben vor, ein Trupp von Engeln zu sein.«

»Das habe ich nicht behauptet. Ich habe nur gesagt, dass wir nicht die Monster sind, zu denen Sie uns in Ihrem Newsletter machen wollen, und dass wir uns Mühe geben.«

»Warum sollte ich Ihnen glauben?«

»Weil es die Wahrheit ist.«

»Aber das ist es ja gerade, was ich nicht glauben kann. Wahrheit ist eine Frage der Beweise, nicht des Glaubens und Vertrauens. Legen Sie die Beweise auf den Tisch! Aber das können Sie nicht, weil dann Ihre gesamte Organisation zusammenbricht. Denn dann müssten Sie sich der kritischen Prüfung von Journalisten und Forschern stellen. Dann müssten Sie Ihre Taten vor der Öffentlichkeit rechtfertigen und sich damit auseinander setzen, inwiefern Ihnen die Bevölkerung und die

Gesellschaft vertrauen. Sie müssten möglicherweise einsehen, dass Sie sich geirrt haben. Sie behaupten, dass Sie zu den guten Kräften der Gesellschaft gehören. Das behaupten die Sekten, die Terroristen, die außerparlamentarischen Parteien, die Nachrichtendienste und die Todesschwadronen der Diktaturen auch. Wie soll ich das eine vom anderen unterscheiden, wenn ich dem, was Sie sagen, nicht trauen kann?«

Fast hätte sie noch hinzugefügt: Besonders, da ich weiß, dass Sie Ingesson misshandelt haben, um herauszufinden, wo ich mich verstecke. Sie hielt es jedoch für unnötig, ihm zu verraten, dass sie zu Ingesson Kontakt hatte.

»Ich gebe zu, dass es ein Fehler war, nicht von Anfang an mit offenen Karten zu spielen.«

»Auch das ist falsch. Es war kein Fehler. Das war die natürliche Folge Ihrer Arbeitsmethoden. Eine Frau zu verführen, um ihr Informationen zu entlocken, ist für Sie ganz normal.«

»Es war nicht beabsichtigt, dass es so weit …«

Rogers verstummte. Er klang, als täte ihm das Vorgefallene wirklich Leid. Vielleicht war das auch so. Inga sah ein, dass Rogers sich vielleicht sogar, entgegen seinen Vorsätzen und seinem Dienstbefehl, in sie als Mensch verliebt hatte.

»Problem?«, fragte Morten. »Soll ich ihn etwas durchschütteln?«

»Nicht nötig«, erwiderte Inga. »Das ist mir scheinbar bereits gelungen.«

Morten grinste. Rogers blickte in seine Richtung, aber ohne ihn wirklich wahrzunehmen. In Rogers' Augen war Morten kein Mensch, der zählte, genauso wenig wie Ingesson das gewesen war.

»Wir könnten Ihnen vielleicht helfen«, meinte Rogers.

»Mir helfen?«

»Bei Ihrem Kampf gegen die Sekten. Wir haben Informationen, von denen Sie nicht einmal träumen können.«

»Zum Beispiel?«

»Sie könnten eine Liste sämtlicher Politiker der USA bekommen, die sich im Wahlkampf finanziell von Moon und den Scientologen haben unterstützen lassen. Ich könnte Ihnen die Namen der Scientologen geben, die führende Stellungen bei Microsoft bekleiden, und sogar ganze Tochtergesellschaften benennen, die sich zu den Scientologen bekennen. Sie würden bis ins Kleinste erfahren, wie es der Kirche gelingt, jedes Jahr 300 Millionen Dollar Gewinn zu machen. Steuerfrei. Wir wissen genau, wie die Scientologen und die Moon-Anhänger die United States Commission for Religious Freedom infiltriert haben, die in allen größeren amerikanischen Botschaften ihre Vertreter haben. Wir wissen, wer von diesen Vertretern ein aktives Sektenmitglied ist.«

»Ich glaube, Sie haben mich immer noch nicht verstanden. Ich glaube Ihnen nicht. Wie sollte ich glauben können, dass Ihre Informationen stimmen? Und selbst wenn, dann würden sie für ein Gericht nie als Beweismittel infrage kommen, da sie nicht auf gesetzmäßigem Weg zusammengetragen worden sind.«

»Sie wollen den Namen Ihrer Quelle also nicht preisgeben?«, fragte Rogers schließlich.

»Nein, und wenn es nur aus dem Grund wäre, dass Sie für seine Sicherheit nicht garantieren können. Im Gegenteil bin ich mir ziemlich sicher, dass Sie ihn leichten Herzens der guten Sache opfern würden. Was spielt schon ein Menschenleben für eine Rolle, verglichen mit allen anderen, die Sie retten wollen?«

»Haben Sie auch weiterhin vor, Lügen und falsche Gerüchte über uns zu verbreiten?«

»Nennen Sie es, wie Sie wollen. Die Frage so zu stellen ist schließlich dasselbe, wie zu sagen, dass es nichts zu diskutieren gibt. Deswegen werde ich auch weitermachen.«

»Ich hoffe, Sie sind sich des Risikos bewusst?«

Rogers regte sich über ihre Weigerung, ihm entgegenzukommen, nicht so auf, wie sie erwartet hatte. Das beunruhigte sie. Er schien erwartet zu haben, dass sie seinen Forderungen nicht nachgeben würde. Sie beschloss, einen weiteren Trumpf auszuspielen.

»Das Risiko ist nicht so groß«, meinte Inga. »Zum einen können Sie mich nicht totschlagen, denn dann haben Sie keine Möglichkeit mehr, die Quelle zu identifizieren, zum anderen haben wir jedes Wort, das Sie seit Ihrem Kommen gesagt haben, auf Band. Kopien der Kassette befinden sich bereits an einem sicheren Ort. Was mir für meinen nächsten Newsletter noch fehlt, ist die Enthüllung, wer der Leiter des inneren Raumes ist. Um genauer zu sein, dass X kein geringerer ist als der Chef der M 5.«

Rogers erhob sich zur Hälfte, aber weiter kam er nicht, denn Morten beugte sich schon über ihn. Rogers ließ sich wieder auf seinen Stuhl fallen.

Hatte sie gewonnen? Sie wagte es fast nicht zu glauben. Rogers hatte die Fassung verloren und vergessen zu dementieren. Sie hatte richtig geraten.

»Sie missverstehen alles«, sagte Rogers müde. »Ich hatte auf eine Einigung gehofft. Ich hätte so gerne unterlassen, wozu ich mich jetzt gezwungen sehe. Es wäre eine Belohnung und ein Beweis meiner Zuneigung, kein Tauschgeschäft gewesen. Aber Sie haben sich das selbst zuzuschreiben.«

Rogers öffnete wieder seine Mappe. Inga verspürte eine leise Unruhe. Sie hatte nicht gewonnen. Man konnte nicht gewinnen. Rogers nahm ein Foto heraus, legte es auf den Tisch und schob es langsam zu Inga herüber, während er einen wachsamen Blick auf Morten warf. Das Foto zeigte einen etwa zwölfjährigen Jungen, der verschreckt und feindselig in die Kamera schaute. Rogers wartete, aber Inga wagte nicht, die Frage zu stellen, die sie stellen musste. Sie dachte, sie würde zerspringen, sobald sie nur atmete.

»Wir haben ihn gefunden. Sie können ihn zurückbekommen, wenn ich den Namen Ihrer Quelle erhalte und Sie Ihre Kampagne beenden.«

Inga begriff nun, warum Rogers nie richtig besorgt gewesen war. Er hatte die ganze Zeit gewusst, dass er einen letzten Trumpf ausspielen konnte. Sie hatte diesen Gedanken noch nicht zu Ende gedacht, da tat sich der Abgrund auf. Sie hörte sich schreien, einmal, zweimal und ein letztes Mal. Aber sie konnte die Antwort nicht mehr hören, denn es wurde ihr schwarz vor Augen.

40

Als Inga wieder zu sich kam, standen Henning, Morten und Sven über sie gebeugt.

»Was ist passiert?«, fragte sie.

»Du hast geschrien«, sagte Henning, »und dann bist du in Ohnmacht gefallen.«

»War ich lange bewusstlos?«

»Nein, nur ein paar Sekunden.«

In diesem Augenblick erinnerte sie sich daran, was passiert war. Sie begann zu zittern. Sie strengte sich unendlich an, um die Gewalt über ihren Körper und ihre Sinne zurückzugewinnen, jedoch vergeblich.

»Rogers?«, fragte sie, als das Zittern nach mehreren Minuten nachließ.

»Der sitzt fest«, meinte Morten.

Sie sah sich um. Rogers lag mit einem Bluterguss im Gesicht und schiefer Nase gefesselt auf dem Boden.

»Wir hatten ihn schließlich gewarnt«, sagte Morten.

»Wo ist das Foto?«

»Es befindet sich in sicherer Verwahrung.«

»Ich kümmere mich um diese Sache«, meinte Morten.

Er wuchtete Rogers mit dem Rücken an die Wand.

»Ich könnte dich totschlagen«, fluchte er, ohne sich zu erinnern, dass Rogers kein Wort verstand. »Keiner würde etwas erfahren, und keiner würde dich vermissen. Niemand vermisst solche Arschlöcher wie dich.«

Rogers sagte nichts.

»Sie haben genau zwei Sekunden Zeit, um mir zu sagen, wo er sich befindet. Eins … zwei …«

Rogers verstand genug, um zu wissen, was von ihm erwartet wurde. Er kauerte sich zusammen und öffnete den Mund, um etwas zu sagen.

»Mach den Mund auf!«, befahl Morten.

»Wenn Sie mich totschlagen, wird Inga nie erfahren, wo er sich befindet. Sie können den Rest Ihres Lebens nach ihm suchen, aber ich verspreche Ihnen, dass Sie ihn nicht finden werden.«

Henning dolmetschte für Morten.

»Ich kann Sie auch ganz langsam totschlagen, wenn ich will. Dann sehen wir, ob Ihnen nicht doch etwas einfällt.«

Henning übersetzte auch das.

»Sie könnten mir einen Kinnhaken versetzen!«, meinte Rogers. »Das haben Sie im Übrigen bereits getan. Aber Folter! Das würde Inga nie zulassen.«

»Was sagt das Schwein?«

»Er sagt, dass ich nie zulassen würde, dass du ihn misshandelst. Er hat Recht, Morten.«

»Spucken Sie schon aus, was Sie sagen wollen!«, sagte Henning mit drohender Stimme.

Rogers schaute sich um.

»Das geht ganz schnell. Wir versuchten uns ein möglichst umfassendes Bild von Inga zu machen. Nicht um etwas zu finden, das wir gegen sie verwenden könnten, sondern in erster Linie, um sie ausfindig zu machen, bevor sie noch mehr Schaden anrichtete. Es dauerte nicht lange, bis wir auf diese fürchterliche Geschichte stießen. Wir suchten mit allen uns verfügbaren Mitteln weiter und konnten recht bald feststellen, dass er noch am Leben ist. Es dauerte dann etwas länger, seinen genauen Aufenthaltsort ausfindig zu machen. Den kennen wir jetzt.«

Inga starrte Rogers mit leerem Blick an. Er log. Es durfte einfach nicht wahr sein.

»Ich hatte wirklich gehofft, dass es nicht auf diese Weise enden würde«, sagte Rogers. »Ich wollte die Neuigkeit als freudige Überraschung unabhängig von allem anderen überbringen.«

Er sah Inga an.

»Das hätte beweisen sollen, dass ich es gut meine.«

»Sie lügen!«

Rogers wirkte wie gelähmt.

»Glauben Sie wirklich, dass ich in einer solchen Frage lüge? Und das Foto? Lügt das auch?«

»Verdammt!«, sagte Morten wütend. »Verdammt, verdammt! Ich könnte dir den Hals umdrehen.«

Es war deutlich, dass Rogers genau verstand, was Morten meinte.

Sven, der von Deck heruntergekommen war, hielt Inga im Arm.

»Nimm sie mit hoch ins Ruderhaus!«, sagte Henning. »Gib ihr einen Schnaps. Ich kläre alles Übrige mit Rogers.«

Morten trug Inga behutsam die Leiter hinauf.

Nachdem die beiden verschwunden waren, sagte Henning: »Jetzt verklickern Sie mir, was Sie wollen, aber ein bisschen dalli.«

»Inga liefert uns den Namen ihres Informanten im inneren

Raum. Sie beendet ihre Kampagne und dementiert alle Angaben, die sie bisher verbreitet hat. Und zwar auf überzeugende Art und Weise. Sie übergibt mir alle Kassetten, die sie heute aufgenommen hat. Als Gegenleistung sorgen wir dafür, dass sie ihn zurückbekommt.«

»Und wie wollen Sie ›dafür sorgen‹?«

»Wir werden ihn kidnappen.«

»Kidnappen?«

»Auge um Auge, Zahn um Zahn! In diesem Fall braucht man wohl kaum moralische Bedenken zu haben. Er sitzt im Gefängnis, und wir helfen ihm nur zu türmen. Noch etwas: Wenn Inga uns zufrieden lässt, stellen wir ihr unsere Mittel in ihrem Kampf gegen die Scientologen und die Neonazis zur Verfügung. Ich wollte diese Situation vermeiden, aber mir bleibt keine Wahl.«

»Keine Wahl? Wenn Sie Inga wohlgesinnt wären, würden Sie sie nicht erpressen!«

»Und uns der Gefahr aussetzen, dass uns die Quelle auch noch an andere verrät und dass Ingas Kampagne zwanzig Jahre Arbeit zerstört!«

»Und wenn sie sich weigert, auf Ihre Bedingungen einzugehen?«

»Das kann sie nicht.«

»Da wäre ich mir nicht so sicher.«

»Unmöglich! Keine Frau wäre zu so etwas fähig!«

»Ich werde mit ihr sprechen. Es wird eine Weile dauern. Sie steht unter Schock. Sie bleiben hier, bis wir fertig sind. Um Hilfe zu rufen ist zwecklos, wir laufen gleich aus.«

»In diesem Loch werde ich seekrank.«

»Das hoffe ich wirklich. Aber Sie können ja versuchen, in den Eimer da drüben zu kotzen.«

Henning löste das Seil um Rogers' Handgelenke.

»Und die Füße?«

»Ich will nicht, dass Sie meine ganze Kajüte voll kotzen. Es ist schon genug Dreck über Ihre Lippen gekommen.«

Er stieg die Leiter hoch, machte die Luke dicht und ging zu den anderen ins Ruderhaus. Inga lag auf der Pritsche. Sie hatte wieder etwas Farbe im Gesicht. Sie öffnete den Mund, um etwas zu sagen.

»Noch nicht«, meinte Henning, »du musst dich erst sammeln. Wir legen jetzt sofort ab.«

Nachdem Morten die Leinen losgemacht hatte, bat Henning Sven und Morten, Inga an Deck zu helfen, damit sie etwas frische Meeresluft schnappen konnte. Henning hatte befürchtet, dass sie protestieren würde, aber sie ließ sich widerstandslos hinausgeleiten, was immerhin ein gutes Zeichen war. Henning hatte schon befürchtet, dass die Neuigkeit sie gänzlich gebrochen hätte. Es war nicht leicht, sich nach so vielen Jahren damit abzufinden, dass ein Mensch, den man bereits begraben hatte, plötzlich wieder zum Leben erwachte. Inga war sowohl zerbrechlich als auch stark. Und dann diese Ungewissheit. Das konnte gründlich schief gehen und Inga jeglichen Lebensmut rauben. Wenn sie jetzt ihre Seele für nichts und wieder nichts verkauft hatte! Das durfte einfach nicht passieren.

Nach einer Stunde kamen Inga und die beiden Männer zurück. Jetzt konnte Inga wieder ohne Hilfe gehen. Henning schaltete den Autopiloten ein und stellte vier Flaschen Bier, Brot, Butter und Aufschnitt auf den Tisch.

»Wir müssen etwas zu uns nehmen«, meinte er energisch.

Während der Mahlzeit hörten sie seltsame Geräusche unter Deck.

»Das Schwein ist seekrank«, erklärte Henning.

»Ich würde ihm seine Kotze gerne wieder in den Hals schieben«, meinte Morten.

»Pst«, sagte Sven. »Wir haben eine Dame dabei.«

»Die hält mehr aus, als du denkst«, erwiderte Morten. »Oder, Inga, sag ihm doch, dass du einiges verkraftest.«

Gleichzeitig sah er sie jedoch besorgt an. Sie versuchte zu lächeln.

»Da siehst du«, meinte Morten, obwohl es ihm anzusehen war, dass er nicht ganz überzeugt war.

»Ich bin bereit«, sagte Inga.

Henning erzählte. Als er geendet hatte, schwieg Inga lange.

»Könnte das nicht auch alles gelogen sein?«, fragte sie schließlich.

»Das glaube ich nicht«, antwortete Henning.

»Und wenn doch, dann schlage ich ihn ganz sicher tot«, meinte Morten.

Inga hielt sich die Hände vor das Gesicht und stützte die Ellbogen auf den Tisch.

»Aber …«, wandte Sven zögernd ein, »… niemand kann von dir verlangen, dass du ihre Bedingungen akzeptierst, solange wir nicht wissen, ob sie lügen. Wie schlimm es auch immer klingen mag, wir können nicht ausschließen, dass es sich um ein Manöver ihrerseits handelt, um dich zum Nachgeben zu zwingen.«

Inga sah Sven fassungslos an.

»Ich befürchte, Sven hat Recht«, sagte Henning. »Wir müssen uns der Wirklichkeit stellen. Es muss sich nicht so verhalten, wie Sven sagt. Aber wir müssen etwas gegen sie in der Hand haben, um uns sicher zu sein, dass sie ihren Teil der Vereinbarung einhalten. Dann, wenn du Gewissheit hast, kann alles Mögliche passieren. Wir könnten einige Kopien der Kassetten behalten, ohne dass sie das erfahren. Außerdem weißt du immer noch, wer der Chef des inneren Raumes ist. In einem Jahr sieht alles vielleicht schon ganz anders aus.«

»Aber wenn ich der Presse das Material übergeben würde,

würden sie ihn und mich ermorden und vielleicht euch auch.«

»Um uns beide wäre es nicht sonderlich schade«, meinte Morten.

»Es ist nicht gesagt, dass sie so weit gehen würden«, wandte Henning ein. »Höchstens aus Rache. Wenn wir die Informationen verbreiten würden, die wir bereits haben, wäre der Schaden für die NSA und den inneren Raum recht bald nicht wieder gutzumachen. Uns zu ermorden würde daran auch nichts mehr ändern. Jedenfalls brauchen wir uns darüber im Moment nicht den Kopf zu zerbrechen.«

»Wo hast du bloß deine ganze Klugheit her?«, fragte Inga.

»Tja, von mir jedenfalls nicht«, sagte Morten und versuchte ein vorsichtiges Lachen.

Einige Stunden später erreichten sie Gilleleje.

»Ich glaube nicht, dass du dich weiterhin verstecken musst«, meinte Henning zu Inga. »Außerdem müssen wir die Kajüte sauber machen, bevor du wieder darin wohnen kannst.«

»Das erledige ich«, sagte Sven. »Seit meiner Zeit auf See bin ich es gewohnt, Erbrochenes aufzuwischen.«

»Danke«, sagte Henning. »Und du, Morten, kannst du Inga nach Hause begleiten?«

»Was machen wir mit Rogers?«

»Ich schlage Folgendes vor: Ich gehe runter und teile ihm unseren Beschluss mit. Rogers sieht sicher ein, dass wir keine andere Wahl haben. Wir besprechen dann, wie sich das rein praktisch durchführen lässt, d. h., wann, wo und wie das Treffen statttfinden soll. Wenn das geregelt ist, bringen Sven und ich Rogers mit dem Boot nach Kopenhagen. Wir fesseln ihn ordentlich, verbinden ihm die Augen und setzen ihn an einem abgelegenen Platz in der Nähe der Langelinie aus. Wenn wir wieder hier sind und das Boot an seinem Platz vertäut ist, rufen wir die amerikanische Botschaft an und teilen dort mit, wo sie ihren NSA-Agenten abholen können. Schließlich wollen wir auch unseren Spaß haben. Sind alle einverstanden? Was sagst du, Inga?«

»Ich frage mich, ob es nicht besser gewesen wäre, wenn du dich von Anfang an um alles gekümmert hättest. Ich bin nur müde. Furchtbar müde.«

Henning und Sven waren gegen neun Uhr wieder zurück. Alles war wie geplant verlaufen, mit einer Ausnahme vielleicht. Da Inga wollte, dass das Treffen stattfand, ehe sie Rogers ihre Antwort gab, war Rogers nicht bereit, den ganzen Apparat sofort in Gang zu setzen. Wie der Austausch vonstatten gehen sollte, mussten sie aushandeln, wenn Inga grünes Licht gegeben und sich mit den Bedingungen einverstanden erklärt hatte. Rogers hatte protestiert, als sie ihm mitgeteilt hatten, dass Botschaftspersonal ihn abholen würde. Aber Morten erläuterte ihm, dass auf verletzte Eitelkeit momentan keine Rücksicht genommen werde. Rogers erklärte, dass es ein oder zwei Wochen dauern würde, das Treffen zu organisieren, von dem er hoffte, es könne in Kopenhagen stattfinden. Er würde die Einzelheiten mitteilen, wenn es so weit war. Bis dahin durften sie die Verleumdungskampagne gegen die NSA und den inneren Raum natürlich nicht fortsetzen. Auch geringste Zuwiderhandlungen setzten ihre Abmachung außer Kraft.

»Ich habe ihn gebeten, die Anweisungen an die Universität zu schicken«, sagte Henning. »Dann kann Sven sie dort abholen. Soweit ich das beurteilen kann, weiß Rogers immer noch nicht, wo sich Inga aufhält. Es ist nicht auszuschließen, dass er herausgefunden hat, dass du mal in Gilleleje gewohnt hast. Aber ich habe dafür gesorgt, dass aus allen Datenbanken hervorgeht, inklusive jenen der Steuer- und Meldebehörden, dass du vor einigen Monaten ins Ausland verzogen bist. Wenn dir danach ist, kannst du sicherlich weiterhin in aller Ruhe in deinem Haus wohnen und dich im Ort zeigen, bis wir Bescheid erhalten.«

»Ja, das mache ich.«

»Ich finde«, meinte Morten, »wir sollten uns jetzt in den Kanalkroen begeben und ein paar Bier trinken.«

Das taten sie. Sie tranken ein Glas nach dem anderen, ohne viele Worte. Es war fast alles gesagt. Inga gab sich alle Mühe, ihren chaotischen Gefühlswirrwarr aus Zorn, Enttäuschung, Freude, Trauer, Schmerz, Hoffnung, Ungewissheit und Zweifel zu beherrschen. Sie hatte das Foto behalten, aber nicht gewagt, es nochmals anzusehen. Die anderen sagten nicht viel, da sie befürchteten, sie mit einer falschen Bemerkung aus der Fassung zu bringen.

Nach einem Bier erhob sich Inga.

»Jetzt gehe ich nach Hause«, sagte sie.

»Kommst du zurecht?«, fragte Henning.

»Natürlich«, erwiderte sie.

»Bestimmt?«

»Aber sicher. Schließlich geht ja die Welt nicht unter.«

»Nein«, entgegnete Morten nachdrücklich.

Gedankenverloren sah Inga aus dem Fenster.

»Das Wichtigste ist nicht, zu gewinnen, sondern gut gekämpft zu haben«, sagte sie tonlos und mit einem Lächeln, das nur eine Anspannung der Gesichtsmuskeln war. »Das meintest du doch, nicht wahr, Henning?«

»Dieses Spiel gewinnt man nie«, erwiderte dieser. »Man kann nur verlieren. Wenn man aufgibt und aufhört ein Mensch zu sein.«

»Da hast du sicher Recht«, erwiderte Inga mit mutloser Stimme.

Als sie ins Freie trat, spürte sie den Sturm von Nordwest. Sie ging nach Hause und schaltete das Radio ein. Im Wetterbericht wurde vor einer steifen Brise mit Windböen in Sturmstärke gewarnt. Inga ging um ihr kleines Haus herum, kam sich aber wie eine Fremde vor. Sie nahm den Staubsauger aus dem Schrank, stellte dann fest, dass Morten sauber gemacht hatte, während sie im Boot gewohnt hatte. Es gab auch keine Schmutzwäsche, die sie in die Waschmaschine hätte stecken können. Sie ging in ihr Arbeitszimmer hinauf. Dort stand ihr Computer, ausgeschaltet, untätig, sinnlos, ein geschlossenes, verriegeltes Tor zur Welt. Am nächsten Tag gab es nicht einmal eine Zeitung. Das Abonnement hatte Morten auf ihren Wunsch hin gekündigt. Sie machte die Lampe an der Rückseite des Hauses an und trat in den Garten. Morten hatte den Rasen gemäht und sich um die Blumen gekümmert. Unentschlossen blieb sie eine Weile stehen, dann fiel ihr auf, dass der Wind zugenommen hatte. Sie hörte sogar das Schild des Töpfers quietschen, ein sicheres Indiz dafür, dass die Windgeschwindigkeit mehr als 15 m in der Sekunde betrug.

Sie kehrte ins Haus zurück und zog sich ihre Regenkleidung über. Einige Minuten später stand sie unter dem Vordach. Sie nahm Anlauf und stürmte bis zum Ende des Piers, ohne ein einziges Mal innezuhalten. Sie hielt sich an derselben Eisenkonstruktion wie immer fest. Schließlich richtete sie sich auf und schrie in die Dunkelheit hinaus. Sie wartete und lauschte. Dann schrie sie noch einmal. Dieses Mal meinte sie etwas zu hören, ein geflüstertes Flehen wie von einem Menschen in Not. Sofort entspannte sie sich. Es war nicht der Abgrund gewesen, der ihren ersten Schrei verschluckt hatte. Der Abgrund, das war die Stille, die kompakte, dunkle und undurchdringliche Stille. Der Abgrund, das sinnlose schwarze Loch, das die Einsamkeit war. Jetzt hatte sie eine Antwort erhalten, obwohl sie wusste, dass diese Antwort vermutlich nur das Echo ihres eigenen Schreis gewesen war.

Auf dem Rückweg ging sie an den Trawlern vorbei, die an ihrer Vertäuung rissen. Auf einem stand ihr Blecheimer. Es freute sie, dass er Verwendung gefunden hatte.

Am Hafenkiosk erwartete sie Henning. Das hätte sie wissen müssen. Er legte ihr einen Arm um die Schultern und begleitete sie nach Hause.

»Du hast alles zu gewinnen«, sagte er zu ihr, als sie sich trennten. »Alles.«

»Ja, aber jetzt habe ich auch etwas zu verlieren. Das hatte ich vorher nicht.«

»Umso besser«, meinte Henning.

41

Nach etwa einer Woche erschien Sven mit einem Brief in Gilleleje.

»Das muss die Nachricht sein, auf die wir warten«, sagte er. »Kein Absender, aber in den USA abgestempelt.«

»Mach du ihn auf«, sagte Inga zu Henning.

Er nahm den Brief und schlitzte ihn auf.

»Sie hatten es eilig«, meinte er. »Offenbar stehen sie unter Druck.«

»Da sind sie nicht die Einzigen«, meinte Inga.

Inga war aufs Äußerste gespannt. Henning wollte gar nicht erst darüber nachdenken, wie es wäre, wenn Rogers nichts erreicht hätte. Das Einzige, was für Inga jetzt zählte, war Gewissheit.

Henning faltete den Brief auseinander und las rasch.

»Grünes Licht!«, sagte er. »Am Freitag! Bei den Scientologen in der Store Kongensgade.«

Inga verlor zwar nicht die Beherrschung, aber ihre Beine gaben nach, was Morten vorausgesehen hatte. Er fing sie auf und setzte sie auf einen Stuhl.

Eine Stunde später versammelten sie sich auf Hennings Boot. Inga wirkte entschlossen, aber erleichtert. Am Schlimmsten war das Warten gewesen. Die Ungewissheit. Die Angst vor der Hoffnung, weil dann die Enttäuschung umso größer wurde.

Es war Henning, der als Erster wieder das Wort ergriff.

»Heute ist Montag. Wir haben drei Tage Zeit, um alle Eventualitäten durchzuspielen, damit wir keine Fehler machen.«

Er wandte sich an Inga.

»Ich glaube, ich weiß, wie du dich fühlst. Aber trotzdem muss ich ein paar Dinge sagen, die möglicherweise wehtun. Es ist nur zu deinem Besten. Zumindest glaube ich das …«

Er schwieg einen Augenblick und fuhr dann fort:

»Erstens, wir können uns nicht darauf verlassen, dass derjenige, den du triffst, wirklich derjenige ist, auf den wir hoffen.«

»Was soll das heißen?«, rief Morten.

Inga sah verängstigt aus.

»Es tut mir Leid, Inga, aber wir dürfen nicht außer Acht lassen, dass es sich um einen Trick handeln könnte, um deiner habhaft zu werden. Ich glaube nicht, dass dies der Fall ist. Wir haben zu viele Trümpfe im Ärmel. Rogers hat sicher begriffen, dass er von uns nicht das Geringste erfährt, wenn er sein Versprechen nicht hält. Aber er ist nicht allein. Andere denken vielleicht anders. Sein Chef hält es vielleicht für möglich, Inga zur Zusammenarbeit zu zwingen.«

»Nie. Niemals.«

Inga hatte sich halb aufgerichtet.

»Ich glaube auch nicht, dass du etwas ausplaudern würdest.

Nicht einmal unter Folter, obwohl niemand seine Widerstandskraft im Voraus einschätzen kann. Die Gefahr, dass man zusammenbricht, besteht immer.«

»Was weißt du schon darüber?«

Inga war streitsüchtig.

»So viel, wie man über diese Dinge nur wissen kann.«

Morten mischte sich ein.

»Henning wurde während des Krieges von der SS in die Mangel genommen.«

Inga ließ sich wieder auf ihren Stuhl sinken.

»Ich habe es überlebt«, meinte Henning, »nichts verraten, niemanden verpfiffen. Ich bin durchgekommen, weil ich zäh bin und sturer als tausend Esel. Genau wie du, Inga. Aber noch wichtiger war, dass ich allein war. Keine Familie, keine Freunde, außer Morten, aber von ihm wussten sie nichts. Es gab niemanden, mit dem mich die SS hätte unter Druck setzen können.«

»Wie meinst du das?«, fragte Inga.

»Abraham aus der Bibel opferte seinen Sohn, um seinen Gott nicht zu verraten und zu enttäuschen. Ein spanischer Adliger namens Guzman stand genauso zu seinen Prinzipien. Er gestattete es den Mohammedanern, seinem eigenen Sohn, den diese als Geisel genommen hatten, den Hals abzuschneiden, statt zu kapitulieren. Was ich meine, ist, dass weder Inga noch wir solche Mistkerle wie Abraham oder Guzman sind. Würdest du nicht einlenken, wenn sie ihn vor deinen Augen misshandeln würden? Oder Morten? Oder sogar mich?«

»Doch«, flüsterte Inga.

»Ich sage nicht, dass Rogers so ist. Ich sage nur, dass diese Möglichkeit besteht. Selbst bei solchen Scheißkerlen gibt es Abstufungen und Unterschiede. Wenn er ein so gutes Herz hat, wie er behauptet, dann kommt es vermutlich zu dem Tauschgeschäft. Aber wir dürfen nicht vergessen, dass sie es mittlerweile recht eilig haben. Es geht für sie nicht nur um zwanzig Jahre harter Arbeit, sondern sie müssen auch befürchten, des Hochverrats bezichtigt zu werden, gleichgültig, wie viel Gutes sie immer vollbracht haben wollen. Deswegen ist es lebenswichtig, dass wir ihnen etwas entgegenzusetzen haben, wenn sie uns bedrohen oder versuchen, uns zu betrügen. Ich spreche nicht von Gewalt, denn in dieser Hinsicht sind sie uns zweifellos weit überlegen, selbst wenn wir Morten und Sven dabeihaben.«

»Worin liegt also unsere Stärke?«, fragte Sven.

»Wir haben die Kassetten mit der Aussage von Rogers. Wir wissen, wer der Chef des inneren Raumes ist. Inga kennt den Namen ihres Informanten. All das wollen sie haben.«

»Das stimmt nicht ganz«, sagte Inga mit einem erschöpften Lächeln. »Ich kann keinen Namen nennen.«

Ratlos starrten alle drei sie an.

»Ich habe keinen Informanten.«

»Was soll das heißen?«, fragte Morten.

»Dass ich die ganze Geschichte vom inneren Raum nur erfunden habe. Von Anfang bis Ende.«

»Das ist ja unglaublich! Hast du die ganze Bande an der Nase herumgeführt?«

Morten schlug sich vor Begeisterung auf die Knie.

»Ich habe sie betrogen und auch wieder nicht. Ich habe eigentlich nichts erfunden. Man könnte vielleicht sagen, dass ich eine begründete Vermutung auf Grundlage von Fakten angestellt und damit einen Volltreffer gelandet habe.«

»Habe ich das nicht schon immer gesagt?«, fragte Morten. »Unser kleines Mädchen ist unglaublich klug. Ich glaube sogar, dass sie dich, Henning, um ein paar Bootslängen schlägt. Inga spielt in der Champions League, während wir uns in der untersten Liga abmühen.«

»Daran hat ja wohl nie jemand gezweifelt«, meinte Henning. »Aber wieso hast du nicht erzählt, dass du keinen Informanten hast?«

»Ich weiß es nicht. Zu Anfang war es mir wichtig, Rogers davon zu überzeugen, dass ich einen Informanten habe. Ob das stimmte oder nicht, spielte da noch gar keine Rolle. Also habe ich mit euch nicht darüber gesprochen. Erst als ich mich hier mit Rogers unterhalten habe, musste ich einsehen, welchen Stellenwert die Frage nach dem Informanten hat. Niemand aus dem inneren Raum kann sich natürlich vorstellen, dass es möglich ist, ohne Informanten so ins Schwarze zu treffen.«

»Eigentlich verändert sich dadurch nichts«, sagte Henning. »Solange sie davon überzeugt sind, einen Verräter in ihrer Mitte zu haben. Und das sind sie ja offenbar. Worauf ich hinauswill, ist Folgendes: Wir müssen ihnen von Anfang an klar machen, dass es sich nicht lohnt, Inga oder denjenigen, der sie nach Kopenhagen begleitet, beispielsweise mich, zu bedrohen. Wir müssen sagen, dass all unser Wissen, einschließlich der Kassetten, sofort an die Medien und andere Interessierte weitergeleitet wird, wenn wir nicht binnen zweier Stunden zurück sind.«

»Wie merken wir, ob sie uns tatsächlich glauben?«, fragte Sven. »Sie setzen vielleicht alles auf eine Karte und hoffen das Beste. Oder es kommt hart auf hart. Sie könnten den Spieß einfach umdrehen: wenn ihr das Material in Umlauf bringt, dann schlagen wir tot: zum einen Inga, zum anderen Henning.«

»Das können sie ja wohl kaum tun«, meinte Inga.

»Leider hat Sven Recht. Es wäre ihnen zuzutrauen. Aber dann ist es mit dem inneren Raum vorbei. Das wissen sie auch. Ich habe mir Folgendes ausgedacht, falls das eure Zustimmung findet. Sollten wir nicht innerhalb von zwei Stunden zurück sein, dann verschicken wir über das Internet eine interessante

Kostprobe, beispielsweise die Enthüllung, wer der Chef des inneren Raumes ist. Sollten sie es darauf ankommen lassen, müssen sie immerhin zur Kenntnis nehmen, dass wir es ernst meinen. Sollten sie versuchen, Inga und mich dazubehalten, dann klären wir sie darüber auf, dass die Kassette mit Rogers in ungekürzter Form verbreitet wird. Was meint ihr?«

»Entschuldigt meinen pessimistischen Einwand«, sagte Sven, »aber könnten sie nicht so unter Druck geraten, dass sie mit Gewalt zu verhindern versuchen, dass das Material unter die Leute kommt?«

»Genug«, erwiderte Inga mit einer gewissen Strenge. »Wir machen es so, wie Henning vorschlägt, aber wir können uns nie gegen alles absichern.«

»Inga hat Recht. Es ist wie damals, als wir die Flüchtlinge nach Schweden gebracht haben. Wir mussten einfach etwas unternehmen. Aber es gibt noch etwas anderes, das ich dir sagen wollte, Inga.«

Henning zögerte.

»Ich weiß nicht, ob ich es sagen soll, aber so hart es auch klingt, du musst dich darauf gefasst machen, dass er vielleicht nichts von dir wissen will.«

»Darauf bin ich vorbereitet. Die letzte Woche habe ich an nichts anderes gedacht. Ich bin sogar überzeugt davon, dass die Scientologen die Zeit bis zu unserem Treffen nutzen werden, um ihn dazu zu bringen, mich zu verabscheuen, wenn sie das nicht schon früher getan haben. Ja, Henning, ich weiß, was mich möglicherweise erwartet. Ich weiß, wie sie sind, ich weiß es besser als alle anderen.«

Inga versuchte, sich auf das Schlimmste gefasst zu machen. Sie suchte alle Notizbücher der dritten Serie heraus und las sie immer wieder ganz durch.

Sie las über den sexuellen Missbrauch von Kindern, der in den letzten Jahren in Asien stark zugenommen hatte. Nicht weil die Sextouristen aus der westlichen Welt plötzlich pädophil geworden wären, sondern weil sie Angst vor Aids hatten und deswegen große Summen für Sex mit Kindern ohne vorherige sexuelle Kontakte zahlten. Sie versuchte sich vorzustellen, wie es gewesen sein musste, als mehrere Frauen auf den Azoren eines oder mehrere ihrer Kinder amerikanischen Adoptiveltern gegen Essen und Kleider aushändigten; wie konnte jemand nur sein eigenes Kind für hundertsechzig Dollar verkaufen? Sie versuchte irgendwie zu begreifen, wie man jedes Jahr ein- bis zweihundert Kinder in Kolumbien kidnappen konnte, um Lösegeld zu erpressen oder um sie in die USA weiterzuverkaufen. Der Cashpreis für ein gesundes kolumbianisches Kind betrug zwischen zwanzig- und fünfzigausend Kronen, je nach Hautfarbe und gesundheitlicher Verfassung. Sie dachte daran, wie es für eine rumänische Vierzehnjährige sein musste, erst aus ihrem Heimatdorf gekidnappt zu werden, um sich dann in Italien prostituieren zu müssen, wo sie innerhalb von sechs Monaten viermal den Besitzer wechselte.

Inga las eine Notiz nach der anderen. In Michigan zog ein Sechsjähriger eine Pistole und erschoss eine gleichaltrige Mitschülerin. Im Iran wurde ein Mädchen wegen unzüchtigen Lebenswandels ausgepeitscht. Anschließend unternahmen ihre Eltern mit ihr einen Spaziergang. Dort erdrosselten sie sie und warfen sie in einen See, um ihre Ehre zu retten. In Griechenland sperrte die Landeszentralbank ein Konto mit Spendengeldern für die Leukämiebehandlung eines Dreijährigen. Eine staatliche Kommission wollte kontrollieren, ob sie wirklich legal eingesammelt worden waren. Zwei Tage bevor die Kommission ihren Bericht vorlegte, starb der Junge. In Norwegen testete die CIA in den Fünfzigerjahren tödliche Medikamente an den Kindern deutscher Soldaten der Besatzungstruppen. Die Kinder wurden aus Heimen für geistig Behinderte geholt, in die man diese sofort nach Kriegsende gesteckt hatte. In den USA hatten sieben Waffenfabrikanten die Regierung verklagt, weil diese vorgeschlagen hatte, dass die Polizei nur noch Waffen mit Kindersicherung verwenden sollte. Und so weiter. Und so weiter.

Was bedeutete schon ihr eigener Schmerz im Vergleich zu den Erlebnissen jener Kinder? Konnte sie nicht deren Unglück auf sich nehmen statt ihr eigenes? Circa zehn Prozent aller Kinder entstammten außerehelichen Beziehungen, ohne dass ihre mutmaßlichen Väter davon wussten. Das hinderte diese Väter nicht daran, die Kinder als ihre eigenen zu betrachten und sie zu lieben wie ihre eigenen. So musste sie auch sein. Sie musste mit der Ungewissheit zurechtkommen. Sie musste menschlich sein und nicht nur ein Spielball ihrer Gefühle und Gene.

Aber das genügte nicht. Zum ersten Mal seit zehn Jahren tat sie einen Schritt über den Abgrund hinweg und ließ ihrem Zorn freien Lauf. Sie glaubte, dass der Zorn sie stärker machen konnte.

Ein französisch-deutsches Paar, das dem Sektenorden Tabitha's Place angehörte, hatte ein Kind von neunzehn Monaten an Unterernährung sterben lassen. Zwischen 1994 und 1997 waren insgesamt einundsiebzig Menschen bei kollektiven Selbstmorden der Sonnentempelsekte ums Leben gekommen. In Uganda hatte ein ähnliches Sektenmassaker zu über fünfhundert Toten geführt, unter ihnen mindestens achtundsiebzig Kinder. Die Sektenführer hatten die Fenster des Tempels vernagelt und sämtliche Türen abgeschlossen, um ihren Anhängern die Flucht zu vereiteln. Unter den 913 Personen, denen der Guru Jones in Guyana den Selbstmord befahl, befanden sich 270 Kinder unter sechzehn Jahren. Die Zeugen Jehovas betrachten Kinder, die entweder einen ungläubigen Vater oder eine ungläubige Mutter haben, als Waisen. Die Kinder erfahren, dass ihre ungläubigen Eltern zu den

Bösen zählen, die bald getötet werden. Im Namen der sexuellen Befreiung ermuntern die Kinder Gottes zu sexuellem Umgang mit Kindern ab fünf Jahren. Die Tochter des Sektenführers Moïse David erzählte von systematischem Missbrauch und von Vergewaltigungen ab ihrem neunten Lebensjahr. Wie so viele andere Sekten auch zwingen die Scientologen ihre Anhänger, sich zwischen der Scientologenkirche und den eigenen Eltern zu entscheiden, wenn diese nicht ebenfalls Scientologen sind. Einen Mittelweg gibt es nicht.

Ingas Wut und das Bewusstsein, dass es andere gab, denen es viel schlechter ging als ihr selbst, schienen ihr zu helfen. Aber als der Donnerstag anbrach, erwachte sie von ihrem eigenen Weinen, hin- und hergerissen zwischen der Angst vor der Gewissheit und einer noch größeren Angst davor, was diese Gewissheit mit sich bringen würde. Es war, als hätten Henning und Morten geahnt, wie sie sich fühlen würde, denn sie kamen früh, machten ihr Frühstück und ließen sie nicht aus den Augen, bis es Zeit war aufzubrechen.

Gegen Mittag nahmen sich Henning und Inga am Hafen von Gilleleje ein Taxi, um zum Bahnhof von Græsted zu fahren und von dort den Zug zu nehmen. Sie wollten es nicht riskieren, dass jemand sie zusammen durch Gilleleje spazieren sah. In Hillerød wartete Sven, der ihnen in diskretem und angemessenem Abstand folgte.

Eineinhalb Stunden später standen Inga und Henning auf dem Kongens Nytorv. Die Eindrücke überwältigten Inga. Es war, als würde sie jedes Geräusch und jeden Geruch mit besonderer Intensität wahrnehmen, als ob ihre Sinne in Erwartung der Dinge, die ihrer harrten, aufs Äußerste geschärft wären. Sie überquerten den Platz und bogen in die Store Kongensgade ein. Wenig später standen sie vor einem Schaufenster, das mit dem Dianetikbuch Ron Hubbards in arabischer Sprache voll gestellt war.

»Hast du gesehen?«, fragte Henning. »Alles auf Arabisch. Diese Idioten! Sie versuchen, ihre Bibel auf Arabisch in Kopenhagen zu verkaufen.«

»Nein«, erwiderte Inga. »Moralisch gesehen sind sie Idioten, aber nicht, was das Geschäft betrifft. Im Augenblick stellen die arabischen Immigranten die am meisten gefährdete und schwächste Bevölkerungsgruppe dar. Daher konzentrieren sich die Scientologen im Augenblick auch auf diese Menschen. Morgen ist es schon wieder jemand anders.«

Der Laden lag in einer der teuersten Geschäftsstraßen Kopenhagens und glich nicht im Entferntesten den unordentlichen Souterrainbuchcafés der Sechzigerjahre. Ein wichtiger Bestandteil der Scientologenstrategie war, nach außen hin eine helle und makellose Fassade zu präsentieren. »Freundlichkeit« hieß die Losung aller Scientologen, die auf der Straße versuchten, Kunden anzuwerben. »Freundlichkeit«, »Zukunftschancen« und »ein neues, reineres Leben« waren die Köder, um Interessenten in die geräumigen, offenen, hellen und schallisolierten Räumlichkeiten zu locken.

Ingas Füße waren wie Bleiklumpen. Henning griff ihren Arm.

»Komm jetzt!«, sagte er leise.

»Ich habe Angst.«

»Es wäre unnatürlich, wenn du keine Angst hättest. Aber du musst reingehen. Sonst wirst du nie ins Leben zurückkehren können.«

»Und wenn ich ihn jetzt nicht wieder erkenne? Ich kann mir nicht einmal sicher sein, dass er es wirklich ist und nicht ein anderer, den uns die Scientologen oder Rogers unterschieben, um uns zu manipulieren!«

»Wir haben alle denkbaren Möglichkeiten durchgesprochen. Diese auch.«

»Ich weiß.«

Unzählige Seiten hatte sie über die Scientologensekte voll geschrieben. Bis ins kleinste Detail hatte sie erläutert, wie sie vorgingen, um ihre Anhänger zu manipulieren. Sie hatte sich mit ihren ausgeklügelten Methoden auseinander gesetzt, mit deren Hilfe sie das Selbstvertrauen der Jünger zersetzten und ihre ursprüngliche Identität ausradierten. Sie hatte schlüssig nachgewiesen, dass die Motivation der Scientologen, als Religion und Kirche anerkannt werden zu wollen, finanzieller Natur war. Stapelweise hatte sie Berichte von Psychologen gelesen, die versucht hatten, Aussteigern aus der Sekte wieder in das normale Leben zurückzuhelfen. Sie wusste genau, welche berechnenden und zynischen Monster ihr ihren Sohn weggenommen hatten. Und sie wusste, dass Rogers genau das einkalkuliert hatte. Inga sollte mit eigenen Augen sehen, was die Scientologen verbrochen hatten, und von solchem Hass und Abscheu erfüllt werden, dass sie auf die Forderungen des inneren Raumes einging. So sah die Rechnung aus.

Auf der Schwelle hielt sie inne. Klarer denn je erkannte sie, wie sehr Henning sie mochte und wie sehr ihm ihr Wohl am Herzen lag. Er würde sie nie eintreten lassen, wenn er sich nicht absolut sicher wäre, dass es zu ihrem Besten war. Sie dachte an Morten und Sven, die über sie wachten und sich auf sie verließen. Sie konnte sogar Mortens kräftige Stimme hören:

»Du schaffst das schon, Kleine! Zeig ihnen, was eine Harke ist!«

»Ich bin bereit«, sagte sie. »Morten würde mir nie verzeihen, wenn ich unverrichteter Dinge zurückkäme. Du auch nicht.«

»Verzeihen würden wir dir durchaus. Aber Zaudern bringt dich nicht weiter.«

Sie trat über die Schwelle. Vor ihr thronte eine massive Bronzestatue Ron Hubbards. Teppichböden, Schreibtische aus schwerem Holz, indirekte Beleuchtung, überall Bücher über Dianetik in allen möglichen Sprachen, Poster mit Verheißungen künftigen Glücks. Ihre Schritte waren kaum zu hören. Auch die hellen und einladenden Räumlichkeiten waren Teil ihrer Strategie. Sogar das Putzen war so organisiert, dass ein unmittelbarer Eindruck von Sauberkeit entstand. Als Erstes lockten sie verwirrte Seelen mit Hilfe und unendlicher Freundlichkeit, dem so genannten Liebesbombardement. Dann überhäuften sie ihr Opfer mit noch mehr Freundlichkeit, Lächeln und Verheißungen eines neuen Lebens in reinen, Geborgenheit spendenden Räumen. Das waren die ersten Etappen, bevor die eigentliche Gehirnwäsche und Indoktrination begann.

In einem Büro saß ein gut gekleideter jüngerer Mann und lächelte sie an.

»Treten Sie ein!«, sagte er und sah wenn möglich sogar noch freundlicher aus.

Inga musste sich sehr beherrschen, um dem Mann keine Ohrfeige zu geben. Sie hätte ihm seine Freundlichkeit am liebsten in den Mund gestopft, damit er daran erstickte. Henning drückte beruhigend ihren Arm.

»Womit kann ich Ihnen dienen?«, fragte der Mann.

»Wir haben einen Termin«, sagte Henning.

Der Mann strahlte.

»Ein Persönlichkeitstest?«

»So könnte man es nennen«, erwiderte Henning. »Aber keinen gewöhnlichen. Könnten Sie bitte ausrichten, dass Inga Andersson hier ist?«

»Natürlich. Einen Moment, bitte.«

Er nahm den Telefonhörer und wählte die Nummer eines Nebenanschlusses.

»Ja«, sagte er. »Ja … natürlich.«

Er legte auf.

»Würden Sie mir bitte folgen?«

Er führte sie durch einen Gang mit beiderseits geschlossenen Türen. Am Ende des Korridors öffnete er eine Tür und bat sie ebenso freundlich wie zuvor einzutreten. Ganz offensichtlich wusste er nicht, wer sie waren und was der Grund ihres Besuches war.

Inga betrat das Zimmer, blieb stehen und ging dann weiter. In dem Zimmer stand ein Tisch mit etwa zehn Stühlen. Inga war zu nervös, um Platz zu nehmen.

Henning stellte sich neben die Tür, damit man ihn nicht gleich sah, wenn sie sich öffnete, was ihnen vielleicht einen kleinen Vorteil verschaffte. Sie waren sich in jedem Fall sicher, dass er nicht allein kommen würde.

Es verstrich eine gute Minute, bis die Tür wieder geöffnet wurde. Das war die längste Minute in Ingas Leben. Zwei Personen, ein Mann um die vierzig und ein Junge, der dreizehn oder vierzehn Jahre alt sein mochte, kamen herein und blieben stehen, ohne Henning, der hinter ihnen stand, entdeckt zu haben.

Inga hielt sich am Tisch fest. Ihr Blick war auf den Jungen geheftet, der abwechselnd Inga und seinen Begleiter ansah. Henning war auf alles Mögliche gefasst. Er litt mit Inga, die so stark und doch so schwach war.

»Jonas!«, sagte Inga und streckte die Arme aus.

Jonas sah sie verständnislos an, und in Henning regte sich der Verdacht, dass er ihre Worte nicht verstehen konnte.

»Jonas!«, sagte Inga ein weiteres Mal.

»Er heißt Ron«, sagte der Mann, der neben Jonas stand, »und er versteht kein Dänisch, nur Englisch.«

»Ron?«, wiederholte Inga mechanisch.

»Ja, er heißt Ron. Er ist nach unserem geistlichen Führer benannt. Das stellt in unserer Kirche eine große Ehre dar. Ron spricht nur Englisch, da er sein Training in den USA erhalten hat. Außerdem ist Englisch die Sprache der Kirche, die Sprache der Sprachen. Unsere heiligen Schriften sind alle in Englisch geschrieben.«

Aber Inga brachte es offenbar nicht über sich, Ron zu sagen.

»Jonas!«, flehte sie, sprach den Namen aber englisch aus.

»Wer ist Jonas?«, fragte der Junge.

Henning sah, dass ein Lächeln über das Gesicht des Begleiters huschte, als er seinen Kopf zur Seite wandte und dem Jungen einen kurzen Blick zuwarf.

»Erkennst du mich nicht?«, fragte Inga.

Jonas antwortete nicht.

»Weißt du nicht, wer ich bin? Hat dir niemand gesagt, wer ich bin?«

Jonas schüttelte den Kopf. Inga holte tief Luft, und es kostete sie alle ihre Kraft, die vier einfachen Worte zu sagen.

»Ich bin deine Mutter.«

Es wurde still. Jonas sah seinen Begleiter entsetzt an.

»Ich bin deine Mutter«, sagte Inga noch einmal. »Deine Mutter, verstehst du denn nicht, was eine Mutter ist?«

»Ja … nein. Ich habe keine Mutter. Wir haben keine Mutter.«

Er sah seinen Begleiter unverwandt an.

»Das Leben in der Gebärmutter«, begann der Begleiter, »ist weit vom Paradies entfernt. Die Gebärmutter ist feucht, unbequem und ungeschützt. Wenn die Mutter niest, verliert das Baby das Bewusstsein. Wenn die Mutter gegen einen Tisch stößt, drückt es dem Baby den Kopf ein. Wenn die Mutter Verstopfung hat, dann wird das Baby zerquetscht. Wenn der Vater sexuell erregt ist, kommt es dem Baby so vor, als läge es in einer Waschmaschine. Wenn die Mutter aus der Haut fährt, führt das bei dem Baby zu einem Engramm. Der Vater schlägt die Mutter, das Baby bekommt noch ein Engramm.

Viele Mütter versuchen, ihre Föten abzutreiben. Die Mutter ist während der Schwangerschaft oft krank, und ihr ist übel, weil sie versucht hat, das Kind mit Injektionen, Stricknadeln oder Ähnlichem loszuwerden. Es ist die Schuld der Mütter, dass wir Menschen solche Mühe haben, das Thetan zu erlangen. Nur die Dianetik kann uns vor den Schäden retten, die uns die Mütter zugefügt haben. Nur die Dianetik kann uns zu ganzen, reinen und freien Menschen machen.«

Henning bemerkte den Zorn in Ingas Augen.

»Pseudowissenschaft«, erwiderte sie voller Abscheu mit eisiger Stimme, die Henning bisher noch nie von ihr vernommen hatte. »Eine Erfindung Hubbards, um seine Jünger von jenen Menschen zu trennen, die sie zutiefst und um ihrer selbst willen lieben. Ron Hubbard ist ein Betrüger.«

Jonas' Begleiter trat einen Schritt vor.

»Die Umstände haben uns gezwungen, in dieses Treffen einzuwilligen und hinzunehmen, dass Sie unsere Kirche entweihen. Wir haben jedoch nicht gestattet, dass Sie mit unserem geistlichen Führer Frevel treiben und ihn verleumden.«

»Freveln! Ich sage nur die Wahrheit. Und die Wahrheit ist, Jonas, dass ich deine Mutter bin und dass dein Vater dich gekidnappt und den Scientologen überlassen hat, um ihnen seine Loyalität und Unterwerfung zu beweisen. Und weißt du, warum? Weil dein Vater nicht genug Geld besaß, um in der Hierarchie dieser so genannten Kirche aufzusteigen.«

»Ich warne Sie. Wir wissen sehr gut, wer Sie sind. Sie gehören zu den Feinden der Scientology-Kirche. Sie zählen zu den Suppressiven.«

»Zu den Suppressiven? Sie meinen, zu denen, die, falls nötig, aus dem Weg geräumt werden dürfen. Sie meinen, zu jenen Leuten, die Gegenstand Ihrer schwarzen Propaganda werden könnten. Sie meinen, zu denen, die Opfer Ihrer Hetzkampagnen werden könnten. Sie meinen, zu jenen, die man, ohne mit der Wimper zu zucken, ihrer Ehre berauben darf.«

Jonas' Begleiter antwortete nicht.

»Ich will mit Jonas allein sein«, sagte Inga.

»Das war nicht vereinbart.«

Henning sah, wie Jonas der Schweiß ausbrach. Offenbar geriet er in Panik. Niemand hatte ihm gesagt, was ihn erwartete. Wahrscheinlich hatte man ihm nur mitgeteilt, dass er einer der schlimmsten Feindinnen der Scientologen, einer Suppressiven, wie sein Begleiter sie nannte, begegnen würde.

»Ich heiße nicht Jonas«, rief er plötzlich mit einer Stimme, die den Stimmbruch verriet. »Du bist nicht meine Mutter. Ich habe nie eine Mutter gehabt. Ich will auch keine Mutter haben. Meine Familie ist die Kirche. Du bist böse.«

Die Worte sprudelten nur so aus ihm heraus.

»Doch«, erwiderte Inga, »ich bin deine Mutter, und ich werde immer deine Mutter sein, egal was du tust und was man dir einredet.«

»Nein, nein, nein.« Jonas hielt sich die Ohren zu.

»Jetzt reicht es«, sagte der Begleiter und griff Jonas am Arm. »Sie haben gesehen, was Sie sehen wollten, und wir haben unseren Teil der Abmachung eingehalten.«

»Warum diese Eile?«, meinte Henning und trat ein paar Schritte vor.

Der Begleiter war einen Kopf kleiner als er. Henning starrte ihm in die Augen und erblickte deutliche Anzeichen von Angst. Die Scientologen zeichneten sich offenbar nicht durch Mut aus.

»Wer sind Sie?«

Henning hatte plötzlich eine Idee.

»Ich soll kontrollieren, dass Sie Ihren Teil der Abmachung einhalten, und diese Abmachung beinhaltet, dass Inga ihren Sohn unter vier Augen spricht.«

»Ron ist Sohn der Kirche.«

»Das soll er selbst entscheiden. Wenn Sie sich weigern, betrachten wir das als feindseliges Verhalten, das schwerwiegende Konsequenzen für Ihre Kirche haben kann.«

Die Angst des Begleiters wurde nicht geringer. Henning hatte richtig geraten. Rogers und der innere Raum hatten etwas gegen die Scientologen in der Hand. Vermutlich hatten sie sich kompromittierende Informationen aus dem NSA-Archiv besorgt.

»Wir verlassen jetzt gemeinsam das Zimmer, damit Jonas und seine Mutter sich in Ruhe unterhalten können.«

»Das geht nicht.«

»Natürlich geht das.«

Henning packte den Mann ganz einfach am Arm.

»Jetzt gehen wir!«

Henning schleifte den Mann nach draußen und machte die Tür hinter sich zu, ohne den Arm des anderen loszulassen. Jetzt hätte Morten ihn sehen sollen. Er war nicht so stark wie dieser, aber als Fischer hatte er zumindest genug Kraft in den Händen, um so eine Scientologenmemme in den Schwitzkasten zu nehmen.

Was geschah hinter der geschlossenen Tür? Henning befürchtete das Schlimmste, aber er hatte Inga die Gelegenheit bieten müssen, bis zu Jonas durchzudringen. Er lauschte, ob hinter der Tür etwas gesagt wurde. Aber alles blieb still. Er war sich sicher, dass Inga versuchen würde, Jonas hinter seinem Panzer zu erreichen. Dann dachte Henning, dass das Zimmer natürlich schallisoliert war. Niemand, der auf dem Gang vorbeiging, sollte hören können, was sich hinter den geschlossenen Türen abspielte. Das war nötig, da eine Methode der Scientologen darin bestand, zukünftige Mitglieder fast in den Wahnsinn zu treiben, damit sie nach jedem noch so kleinen Strohhalm griffen, um nicht vollkommen verrückt zu werden.

Minuten – oder waren es nur Sekunden? – vergingen. Dann hörte Henning einen gedämpften Schrei. Verzweiflung? Angst? Wahnsinn? Im nächsten Augenblick wurde die Tür aufgerissen, und Jonas rannte an ihm vorbei. Tränen liefen ihm übers Gesicht.

»Sie ist böse!«, jammerte er, als litte er furchtbare Schmerzen. »Sie ist böse!«, wiederholte er immer wieder wie eine Litanei. »Ich will sie nicht mehr sehen! Bringt sie weg! Schafft unsere Feinde weg!«

Der Begleiter sah Henning triumphierend an. Henning wäre fast handgreiflich geworden. Hatte Inga ihn nicht gefragt, ob er die Nazis gehasst hatte? Ja, einige, denen er von Angesicht zu Angesicht gegenübergestanden hatte, hatte er gehasst. Die anderen nicht. Jetzt hasste er den Scientologen, der Jonas einen Arm um die Schultern legte und ihn mit Worten tröstete, die eigentlich von Inga hätten kommen müssen.

Henning befürchtete das Schlimmste und betrat das Zimmer. Inga saß auf einem Stuhl und starrte mit vollkommen leerem Blick vor sich hin. Henning vermutete, dass sie zu schockiert war, um zu verstehen, was geschehen war. Er irrte sich. Als sie ihn bemerkte, sah sie ihm in die Augen.

»Ich hatte einmal einen Sohn«, sagte sie. »Er starb vor einigen Monaten. Ich habe ihn selber begraben. Ich habe seine Asche ins Meer gestreut. Sie lag in einem schönen Blecheimer. Den Eimer habe ich auf eines der Fischerboote gestellt, ich glaube, auf die Mette. Es ist gut, dass er noch Verwendung findet. Es war ein guter Eimer.«

»Inga!«, sagte Henning nur.

Er wusste nicht, was er sagen sollte.

»Komm, lass uns gehen!«, sagte sie mit lebloser Stimme. Inga schwankte, als sie auf die Straße trat. Henning nahm ihren Arm und führte sie zu einem Taxistand um die Ecke. Zehn Minuten später standen sie auf dem Hauptbahnhof. Alles war im Voraus geplant. Sie stiegen in einen Zug nach Esbjerg. Zehn Minuten später, als der Zug in Høje Taastrup hielt, stiegen sie in letzter Sekunde aus. Falls ihnen jemand gefolgt war, saß er noch im Zug. Vor dem Bahnhof stiegen sie in einen Mietwagen mit schwedischem Kennzeichen, den Sven besorgt hatte. Sie fuhren nach Süden, über die Öresundbrücke und auf der Autobahn nach Helsingborg. Henning sah regelmäßig in den Rückspiegel, aber das einzige Fahrzeug, das ihnen die ganze Zeit in größerem Abstand folgte, war der Lieferwagen von Svens Anstreicherfirma mit Sven am Steuer. Als sie am Hafen von Helsingborg anhielten, gaben sie ihm ein Zeichen, dass ihnen niemand folgte. Zusammen gingen sie an Bord der Schnellfähre. Am anderen Ufer wartete Morten mit einem Lieferwagen, den er von einem der Fischer geliehen hatte. Morten musterte Inga, wagte aber nicht, sie zu fragen, wie es gelaufen sei. Henning, Sven und Inga nahmen hinten im Lieferwagen, wo man sie von außen nicht sehen konnte, Platz. In Gilleleje fuhren sie direkt zu Hennings Boot. Morten vergewisserte sich gründlich, dass er nur bekannte Gesichter im Hafen sah, ehe er die Hecktüren des Lieferwagens öffnete. Sie gingen alle unter Deck. Morten stellte sofort Bier und eine Flasche Schnaps auf den Tisch. Er spürte, dass sie das jetzt alle gebrauchen konnten.

Inga hatte während der ganzen Fahrt kein Wort gesprochen. Als sie sich gesetzt hatten, nickte sie Henning zu, und er berichtete, was vorgefallen war.

»Diese Schweine!«, schimpfte Morten. »Diese verdammten Schweine.«

Inga schwieg. Alle Blicke waren auf sie gerichtet. Schließlich ergriff Morten das Wort.

»Was tun wir jetzt?«, fragte er.

Inga sah von einem zum anderen. Ihr Blick war entschlossen, wirkte aber leblos.

»Jeder darf sagen, was er denkt. Wenn sich jemand aus dieser Sache zurückziehen will, nur zu. Eigentlich würde ich am liebsten allein weitermachen. Hat Henning nicht gesagt, dass man stärker ist, wenn man allein ist? Weil man dann nichts zu verlieren hat?«

»So habe ich das nicht formuliert. Allein ist niemand stark. Allein ist man im Gegenteil so schwach, dass man meint, jedes Risiko eingehen zu können, vielleicht, um dann endlich alles hinter sich zu haben.«

»Was meinst du mit zurückziehen?«, fragte Sven.

Inga ließ sich mit der Antwort Zeit.

»Wenn ihr keine Einwände habt, dann verbreite ich in ein paar Tagen das gesamte Material, sobald ich es so sortiert habe, dass es am meisten Wirkung zeigt. Die Kassetten mit Rogers und die Identität des Chefs des inneren Raumes, meine ich. Keiner von uns weiß, wie Rogers und seine Kumpane darauf reagieren werden. Es könnte gefährlich sein. Wir können nicht ausschließen, dass sie sich rächen. Ich will nicht, dass einem von euch meinetwegen etwas zustößt.«

»Bei so viel Grips müsstest du doch kapieren«, begann Morten, »dass dich niemand im Stich lässt. Jetzt noch viel weniger als vorher.«

Inga sah sie der Reihe nach an, ohne den geringsten Zweifel in ihren Mienen entdecken zu können.

»Dann verschicken wir also das Material?«, fragte sie. »Wir teilen Rogers mit, dass aus dem Tauschgeschäft nichts wird, weil es nichts zum Tauschen gibt?«

»Als wir die Einzelheiten des Treffens besprochen haben, habe ich eine E-Mail-Adresse erhalten. Er riet davon ab, sie für längere Mitteilungen zu verwenden. Ein Ja von Inga genüge.«

»Dann verwenden wir diese Adresse und ersetzen das Ja durch ein Nein.«

»Kann er nicht herausfinden, wo die Mail abgeschickt wurde?«, fragte Sven.

»Ich dachte, du könntest sie von einem Computer an der Universität in Lund abschicken. Ginge das?«

»Wenn du mir alles genau erklärst. Ich weiß ungefähr, wie man E-Mails verschickt, aber ich will keinen Fehler machen. Ich fahre sofort. Wann soll ich die Mail abschicken?«

»So bald wie möglich.«

»Ist das klug?«, fragte Morten. »Sollten wir damit nicht warten, bis wir das Material verschicken?«

»Wenn er uns in den letzten Wochen nicht gefunden hat, wird es ihm auch in den nächsten Tagen nicht gelingen. Ich will, dass er seine Antwort jetzt erhält. Außerdem wird er sich allmählich überlegen, wann sie endlich kommt. Das läuft auf ein und dasselbe hinaus.«

»Okay«, sagte Henning, und damit war die Sache entschieden. »Während Inga das Material vorbereitet, müssen wir anderen darüber nachdenken, was zu tun ist, wenn wir es verschickt haben. Das wird einen ziemlichen Zirkus geben.«

Es gab aber nicht sonderlich viel, das sie hätten tun können, außer über Inga zu wachen und Sven nach Lund zurückzuschicken, damit er dort die Augen offen hielt.

»Jetzt dürfen wir nicht vergessen, weswegen wir dies alles tun«, meinte Henning.

Inga sah ihn verständnislos an.

»Um in Ruhe ein Pils trinken zu können, ohne an das Elend dieser Welt, einschließlich unseres eigenen, zu denken.«

Inga lächelte, aber nicht, weil sie sich freute, sondern aus Dankbarkeit. Es würde lange dauern, bis sie Inga wieder auf die Beine bringen würden, dachte Henning. Aber sie hatte das Wichtigste vollbracht. Sie hatte ihre Würde bewahrt. Mehr konnte niemand von ihr verlangen. Irgendwann würde sie das auch verstehen. Aber bis dahin würden Morten und er selbst sich ins Zeug legen müssen. Inga sollte so leben dürfen, wie sie es verdiente. Etwas anderes war undenkbar.

42

Es war der Tag vor Ingas sensationellen Enthüllungen über den inneren Raum, seine Tätigkeit und seinen Chef an die Medien, die Bürgerrechtsaktivisten, die NSA und die NSA-Echelon-Partner. Vorgestern hatte sie Alan Rogers mitgeteilt, dass aus dem Tauschgeschäft nichts werden würde, weil es nichts zu tauschen gab.

Henning und Morten waren wie immer kurz vor fünf auf dem Weg zum Kanalkroen, um ein Pils zu trinken. Rogers hatte sie zwar gesehen und würde sie wieder erkennen, aber sie glaubten nicht, dass er sie innerhalb von zwei Tagen ausfindig machen konnte. Er hatte sicher Besseres zu tun, als den Öresund entlangzureisen und nach ihnen zu suchen.

»Ich glaube, heute trinke ich ausnahmsweise einen Schnaps«, sagte Morten, »oder zwei. Ich habe einen ganz üblen Geschmack im Mund.«

»Kein Wunder.«

»Ich weiß nicht, wer schlimmer ist. Die Agenten oder diese Sektenschweine.«

»Für Inga macht das wohl keinen Unterschied.«

»Da bin ich ihrer Meinung. Und dieser Typ? Kidnappt das eigene Kind, um seine Loyalität zu beweisen. Der muss ja gehirntot oder vollkommen übergeschnappt sein.«

»Übergeschnappt ja, aber nicht gehirntot. Sie wissen genau, was sie tun. Alle Mittel sind recht, damit die Mitglieder der Sekte treu bleiben und nie etwas infrage stellen.«

»Das ist ja schlimmer als Sklaverei. Sklaven wissen immerhin, dass sie Sklaven sind.«

Sie blieben am Fluss vor dem Kanalkroen stehen.

»Glaubst du, dass Inga ihn je zurückbekommt?«, fragte Morten.

Henning ließ sich mit der Antwort Zeit.

»Nein«, erwiderte er schließlich. »Du hast doch gehört, was Inga heute Morgen gesagt hat. Solche Sektenmitglieder sind derart geschädigt, dass eine Heilung mehrere Jahre dauern kann. Außerdem muss der Betroffene selbst den ersten Schritt wagen, damit so ein Prozess gelingen kann. Ich bin mir ganz sicher, dass sie Jonas jetzt besonders gründlich überwachen. Sie sehen in Inga eine ihrer Todfeindinnen.«

»Dazu haben sie auch allen Grund. Sie ist wirklich eine bewundernswerte Frau, unsere Inga.«

Morten spuckte in das braune Wasser.

»Aber jetzt will ich mein Bier und meinen Schnaps.«

Sie überquerten die Straße und öffneten die Tür des Gasthauses. Kaum waren sie eingetreten, wandte sich ihnen einer der halb betrunkenen Stammgäste zu und lallte:

»Wo habt ihr denn euer schwedisches Liebchen?«

Morten drehte sich um. Er hob den Arm und knallte seine Faust mit solcher Wucht auf den Tisch, dass ein Bierglas zu Boden fiel und zerbrach.

»Kein böses Wort über Inga«, donnerte er. »Nicht ein einziges! Sie ist ein hundertfach besserer Mensch als wir alle zusammen. Hört ihr? So ein Taugenichts wie du kann ihr nie das Wasser reichen.«

Henning legte Morten einen Arm um die Schultern.

»Komm«, sagte er leise. »Wir haben jetzt keine Zeit zu streiten.«

Morten warf dem Halbbetrunkenen einen Blick zu, der ihm trotz seines benebelten Zustands klar machte, dass er besser den Mund hielt.

Sie nahmen ihr Bier und ihren Gammeldansk und setzten

sich in die Ecke, in der Inga immer gegessen hatte, nachdem sie auf dem Pier gewesen war. Diese Zeiten schienen unendlich lang zurückzuliegen.

»Manche Leute gehen mir einfach unheimlich auf die Nerven«, sagte Morten.

»Ich weiß. Aber wir müssen uns zusammennehmen. Schon allein wegen Inga.«

»Falls die ihre hässlichen Visagen in Gilleleje zeigen sollten, kann ich für nichts garantieren.«

»Mir geht's genauso. Aber wir dürfen keinesfalls die Aufmerksamkeit auf Inga lenken.«

Henning sah sich um.

»Wer weiß, vielleicht haben sie ja auch hier ihre Spione. Was ist das zum Beispiel für ein Typ, der da drüben am Billardtisch sitzt?«

Morten folgte Hennings Blick.

»Das ist ein Makler.«

»Den habe ich noch nie gesehen.«

»Er kommt ursprünglich aus Kopenhagen. Er wohnt seit sieben Jahren hier. Aber ich glaube, es ist das erste Mal, dass ich ihn hier in der Kneipe sehe.«

»Kannst du dich noch daran erinnern, wie wir im Krieg Juden nach Schweden gebracht haben?«

»Natürlich kann ich mich daran erinnern. Warum?«

»Erinnerst du dich, wie vorsichtig wir waren? Man konnte niemandem vertrauen, nicht einmal einem Makler, der seit sieben Jahren in Gilleleje gewohnt hatte.«

»Ich habe begriffen, vielen Dank. Seltsam, dass jemand, der so dumm ist wie ich, mit jemandem, der so klug ist wie du, so gut befreundet sein kann. Skål!«

Sie kippten ihren Gammeldansk.

»Was passiert wohl als Nächstes?«, fragte Morten.

»Keine Ahnung. Eines steht wohl fest: Rogers unterschätzt

Ingas Intelligenz nicht. Aber ich glaube trotzdem nicht, dass er auf die Idee kommt, sie könnte hier in Gilleleje geblieben sein. Falls er jemanden herschickt, dann nur, um nach Spuren und nicht nach Inga selbst zu suchen.«

»Was passiert, wenn die Presse die Neuigkeit verbreitet?«

»Dann gibt es hoffentlich einen richtigen Aufstand.«

»Und was tun wir dann?«

»Ich würde vorschlagen, dass wir Inga im Boot mitnehmen und erst mal eine Weile Urlaub machen. Hast du einen guten Vorschlag?«

»Thyborøn.«

Morten rieb sich begeistert die Hände.

»Da waren wir schon lange nicht mehr. Da ist es wie in einer Sackgasse, wenn man nicht mit dem Boot kommt. Und wir kennen dort genug Leute, die neugierigen Fremden gerne eine Tracht Prügel verabreichen. Thyborøn würde ich gern noch mal sehen, bevor ich weiterziehe.«

Henning schaute Morten von der Seite an.

»Wie geht es dir eigentlich?«, fragte Henning.

»Ich schaff's noch eine Weile. Wenn ich nur ab und zu ein Bier und einen Schnaps kriege. Aber jetzt reden wir nicht mehr davon. Skål. Auf Inga!«

Sie hoben ihre Gläser und tranken.

»Was macht Inga eigentlich gerade?«, fragte Morten, nachdem sie ihre Flaschen abgestellt und sich den Bierschaum mit dem Handrücken von der Oberlippe gewischt hatten.

»Sie feilt noch an dem Rundbrief. Sie will außerdem ein letztes Mal zu ihrem Haus hochgehen, um ein paar Papiere zu holen. Wir haben ungefähr sechs Uhr vereinbart. Aber vielleicht war sie auch schon dort. Du weißt, wie sie ist. Sie gehorcht einfach nicht.«

»Sicherheitshalber gehe ich rüber und bewache das Haus.«

Morten blickte aus dem Fenster.

»Ich kapiere das einfach nicht«, sagte er.

»Was denn?«

»Weshalb man sich in Krisensituationen lebendiger fühlt. Im Krieg war das auch so. Die Spannung, die Unsicherheit, die Risiken, das Abenteuer, sogar das Leiden; Eltern, die von ihren Kindern getrennt, andere, die von den Nazis festgenommen wurden und für immer verschwanden. Alles hing zusammen. Aber man wusste, dass man lebte. Es gab etwas, wofür es sich zu leben lohnte. Obwohl man nichts sehnlicher wünschte, als dass es ein Ende nehmen würde. Und danach kehrte man zu Frau und Kindern und der Fischerei zurück. Alles war wie immer. Nett und freundlich, aber auch verdammt langweilig. Man hatte sein Leben für ein Leben riskiert, das nicht besonders lebenswert war.«

»Hast du nicht behauptet, bei dir sei nicht viel los im Oberstübchen?«

»Manchmal setzt sich etwas in Bewegung, wie wenn der Diesel zu viel Luft bekommt. Dann geht plötzlich alles verdammt schnell. Dann kann man nur noch auskuppeln und die Luftzufuhr blockieren, sonst fliegt einem alles um die Ohren.«

»Ich glaube, in unseren Köpfen besteht nur geringe Überhitzungsgefahr.«

»Sag das nicht. In meinem fühlt es sich manchmal so an. Besonders in den letzten Jahren. Schließlich bleibt ja nicht mehr so viel Zeit, es gilt also über all die Dinge nachzudenken, über die man in der Jugend nie nachgedacht hat, weil man anderes zu tun gehabt hat. Es ist wirklich verrückt. Wenn man jung ist, ist man zu dumm, um bewusst zu leben. Wenn man alt und klug ist, ist es dafür zu spät.«

»Immerhin haben wir Inga, um die wir uns kümmern müssen, das ist jedenfalls besser, als in der Kneipe herumzugammeln.«

»Da hast du etwas Wahres gesagt. Es ist gut, dass es dich gibt. Jetzt gehe ich. Hast du dein Handy an?«

Henning nickte.

»Ich melde mich, wenn ich irgendwelche zwielichtigen Gestalten sehe.«

Er erhob sich.

»Und behalt den Kopenhagener im Auge. Man kann nie wissen.«

»Mach ich. Ich gehe nachher zum Boot runter, um zu sehen, ob Inga noch etwas für die Nacht braucht, und ein wenig mit ihr zu plaudern. Sie kann eine kleine Aufmunterung gebrauchen.«

»Ja, eine Weile können wir uns noch um sie kümmern. Aber alte Kerle wie wir sind nicht von Dauer. Rede mal mit ihr darüber.«

»Mach ich. Wir sehen uns nachher bei dir. Es kann ein Weilchen dauern.«

43

Morten ging am Flussufer entlang zum Hafen, der nur einen Steinwurf weit vom Kanalkroen entfernt lag, und umrundete das innere Hafenbecken. Vor der Werft blieb er stehen und schaute den Kai entlang, an dem Hennings alter Kahn vertäut lag. Eigentlich hätte er schon längst abgewrackt werden müssen. Aber Henning brachte es natürlich nicht übers Herz, sich davon zu trennen. Er hatte treue Dienste geleistet, sowohl während des Krieges als auch anschließend. Morten fragte sich, warum er in letzter Zeit so oft an die Besatzung dachte. Es verging kein Tag, an dem er nicht vor sich sah, wie Henning und er mitten in der Nacht eine Bootslast unglücklicher Menschen verstaut und mit gelöschten Laternen abgelegt hatten. Am schlimmsten war es, wenn sie Kinder von ihren Eltern hatten trennen müssen. Kinder wurden zuerst nach drüben gebracht, das war Vorschrift. Er erinnerte sich daran, wie die Eltern voller Verzweiflung wie festgenagelt auf dem Kai gestanden hatten und wie sehr ihm das zugesetzt hatte. Manchmal, wenn er nicht an Bord gewesen war, war ihm die Aufgabe zugefallen, die Eltern in die Kirche zurückzubringen, in der sie warten sollten, während ihre Kinder in der Dunkelheit verschwanden, ehe die Deutschen kamen. Es war ihm ungemein schwer gefallen, seine Wut und Fäuste zu zügeln. Sein Zorn hatte in seinem Inneren gebrodelt wie bei einem Vulkan kurz vor dem Ausbruch. Immer noch ballte er ohnmächtig die Fäuste, wenn er daran dachte, wie die Nazis Menschen wie Vieh zusammen getrieben hatten, die dann in einem Zug Richtung Süden verschwunden waren. Noch schlimmer war es, wenn er an all jene dachte, die zugesehen hatten; die Zuschauer, die sich an dem Schauspiel ergötzt hatten. Dass es Täter gab, war traurig genug, aber ohne stillschweigende Zuschauer hätten die Täter ihre Taten nie verüben können.

Morten sah einen schwachen Lichtschein in einem der Bullaugen. Inga hatte wohl vergessen, das Licht zu löschen, als sie zum Haus hochgegangen war, um ihre Sachen zu holen. Niemals hatte er eine so wissbegierige und schreibwütige Person wie Inga getroffen. Das hatte sich auch nach ihrer Rückkehr aus Frankreich nicht geändert. Aber er konnte sie verstehen. Sie wollte zurückschlagen. Er hätte ihr so gern geholfen. Nicht mit dem Computer natürlich. Seine riesigen Finger erwischten immer zwei Tasten gleichzeitig. Sein Handy bediente er mit dem Taschenmesser.

Inga hatte wirklich niemandem etwas zuleide getan. Im Gegenteil. Sie hatte einfach kein Glück im Leben gehabt. Aber sie hatte alles unternommen, um ihren Stolz zu bewahren und anderen ein ähnliches Schicksal zu ersparen. Jetzt waren sie hinter ihr her. Nicht dieselben wie früher, aber Leute vom selben Kaliber. Ebenjene, die Inga Heimlichtuer nannte. Aber sie sollten sie nicht kriegen.

Er umrundete das Werftgebäude. Dahinter lagen überwiegend kleinere, an Land gezogene Fischkutter in zwei Reihen. Langsam ging er an ihnen entlang, blieb stehen, sah sich um, ging weiter. Als er sich vergewissert hatte, dass ihm niemand folgte, überquerte er den Havnevej und betrat den Hof hinter Per Skomars Haus. Dort stand ein alter Zirkuswagen aus Holz. Haus und Wagen gehörten einem alten Fischer, der ins Altersheim gezogen war und dort sachte verkümmerte, weil er nicht mehr seine tägliche Runde im Hafen drehen konnte. Morten hatte ihm versprochen, sich um sein Haus zu kümmern.

Er betrat den Wagen, zog sich einen Stuhl an das Fenster, von dem aus man Ingas Haus beobachten konnte, zündete seine Pfeife an und machte das Licht aus. Eigentlich hätte er mit dem Rauchen aufhören sollen, aber er war so alt, dass es schon keine Rolle mehr spielte. Es würde sowieso nichts ändern. Er würde lange genug leben, um Inga aus ihrer Bredouille zu helfen. Dann war es Zeit, endgültig Feierabend zu machen.

Er nahm eine der Tabletten, die möglicherweise seine Schmerzen linderten, aber auch nicht besser als ein Gammel Dansk und ein Bier. Er schaute auf die Uhr. Sechs. Nun würde Inga bald auftauchen, nachdem sie alles Nötige zusammengepackt hatte.

Er fragte sich, ob ihr bewusst war, dass Henning und er rund um die Uhr über sie wachten. Sie hatten es ihr nicht erzählt, weil sie ohnehin nur protestiert hätte. Sie war stur wie ein alter Esel. Mit allem wollte sie immer allein fertig werden.

Zehn Minuten verstrichen, ohne dass er einen Schimmer von Inga gesehen hätte. Die Gardinen im Obergeschoss waren zugezogen. Was sie wohl tat? Vermutlich alles Mögliche.

Wäsche waschen. Sich umziehen. Papier und Bücher holen. Das konnte dauern. Dass Inga wie ein Dieb in ihrem eigenen Haus herumschleichen musste! Nur weil sie die Wahrheit sagen wollte.

Er spürte, wie die Wut erneut in ihm aufstieg. Irgendetwas stimmte nicht mit dem Getriebe der Menschen. Ein lausiger Mechaniker hatte den Motor zusammengesetzt. Wie es in der Welt aussah! Schön, den Dreck bald nicht mehr mit ansehen zu müssen. Er hatte Glück gehabt, dass es ihn nur mit einem einzigen Weltkrieg erwischt hatte.

Er wollte sich erheben, um einen neuen Kaffee aufzusetzen, als er sah, wie zwei Männer vor Ingas Haus stehen blieben. Sie sahen sich um, als wollten sie überprüfen, dass niemand in der Nähe war. Gespannt beobachtete er sie. Es konnten Touristen sein. Passanten von außerhalb blieben oft stehen und bewunderten die alten Fischerhäuser mit ihren Strohdächern.

Hingegen kam es nur selten vor, dass die Touristen um die Häuser herumschlichen, um sie von hinten zu bewundern.

Morten eilte ins Freie. Er kletterte über den Holzzaun, der Per Skomars Garten von dem Parkplatz hinter dem Havnekroen trennte. Er versuchte nicht, sich zu verstecken. Seine Aufgabe war, die Eindringlinge zu verscheuchen. Er war nur wenige Meter von Ingas Haus entfernt, als er das Klirren einer Fensterscheibe hörte. Inga hatte alles dichtgemacht. Das würde ihm ein paar Sekunden mehr geben. Er rüttelte an der Haupttür. Ebenfalls abgeschlossen. Er rief Inga zu, durch die Haustür zu fliehen, wusste aber, dass diese alten Häuser aus Stein gut schallisoliert waren. Er erhielt keine Antwort. Also folgte er den beiden Männern in den Garten auf der Rückseite. Er sah niemanden, als er um die Ecke bog. Sie befanden sich bereits im Haus. Er begriff, dass er nicht einfach Hals über Kopf nur mit seinen Fäusten als Waffe ins Haus stürzen konnte, auch wenn er sie gut zu gebrauchen verstand. Er entdeckte eine Harke, die er mitnahm. Das Küchenfenster war eingeschlagen. Er drückte die Klinke der Hintertür herunter. Sie war offen. Er schlich ins Haus und lauschte. Im Obergeschoss hörte er Stimmen, Schubladen und Schränke wurden geöffnet. Was hatten sie mit Inga gemacht?

In der Küche tauschte er die Harke mit einem großen Küchenmesser. Dann ging er vorsichtig die Treppe hoch, aber das nützte nichts, da die Stufen laut knarrten.

»What's that?«, hörte er eine leise Stimme.

Er hielt inne und wagte weder vor- noch zurückzugehen. Im nächsten Augenblick tauchte ein Kopf über dem Treppengeländer im ersten Stock auf. Er brüllte laut und rannte mit hoch erhobenem Messer die letzten Stufen hinauf.

»Was habt ihr mit Inga gemacht?«, schrie er.

Er erreichte das Ende der Treppe, drehte sich um und stand einem Mann gegenüber, den er noch nie gesehen hatte.

»Wo ist Inga?«, schrie Morten wieder.

Der Mann antwortete nicht. Der zweite Mann tauchte hinter ihm auf.

»Drop the knife!«, sagte der erste.

Morten verstand nicht, was er sagte. Aber er entdeckte eine Pistole mit Schalldämpfer in der Hand des einen Mannes. Morten zögerte nur eine Sekunde und warf sich dann mit aller Kraft, die er sich für Augenblicke wie diesen aufgespart hatte, nach vorn. Er hörte das dumpfe Geräusch eines Schusses und merkte, wie das Messer in den Schenkel des Mannes eindrang, ehe er selbst zu Boden sank.

»The bastard! He got me in the leg.«

Das waren die letzten Worte, die Morten in seinem Leben hörte. Er verstand sie nicht.

44

Es war wieder einer dieser glasklaren Tage in Gilleleje. Inga saß am Ende des Piers und starrte über das Kattegat. Sie weinte nicht mehr. In ihrem Inneren war es stumm und leer. Unablässig dachte sie an Morten. Sie konnte an nichts anderes denken.

Und Henning? Henning hatte sie getröstet, im Arm gehalten, ihr gut zugeredet und sie gewiegt wie ein Kind. Aber er hatte nicht um Morten getrauert, wie sie das getan hatte.

»Du musst bedenken, dass wir alte Männer sind, Morten und ich. Solche wie wir sterben bald. Stell dir vor, wenn wir nicht sterben würden. Da wäre der Teufel los. Die Staatskasse wäre bei all den Renten bald leer, und die Leute würden sich wegen des Wohnungsmangels in die Haare geraten.«

»Aber Henning … fehlt dir denn Morten gar nicht?«

»Er fehlt mir mehr als jeder andere Mensch. Ich vermisse ihn mehr, als ich mich selbst vermissen würde, falls ich stürbe. Ich vermisse ihn auf meine Weise. Viele glauben, dass Trauer für alle das Gleiche bedeutet. Weinen und Schreien, Abschiednehmen in der Kirche oder im Gasthaus. Aber nicht alle brauchen diese so genannte Trauerarbeit. In gewisser Hinsicht ist Morten gar nicht tot. Er lebt in deinem und in meinem Kopf weiter. Aber es bleibt uns überlassen, ihn am Leben zu erhalten. Wenn wir ihn einen Tag lang vergessen, wenn wir einander und auch den anderen nicht mehr erzählen, dass es ihn gegeben hat, ist es bald mit ihm vorbei. Dann können wir richtig um ihn trauern. Aber dann ist es zu spät.«

»Das verstehe ich nicht ganz.«

»Ich bin mir nicht sicher, ob ich das überhaupt selbst tue. Man muss auch nicht unbedingt alles auf dieser Welt verstehen, meine Kleine.«

Inga zuckte zusammen. Zum ersten Mal hatte Henning »meine Kleine« gesagt. Das hatte sonst immer Morten getan.

Er sah sie an.

»Du siehst, meine Kleine, dass ich auf meine Art trauere. Später einmal, wenn du dich wieder gefangen hast, werde ich es dir erklären.«

»Das werde ich nie.«

»Doch, schon allein wegen Morten.«

Zuerst dachte Inga, dass er das nur sagte, um sie zu trösten. Dann aber glaubte sie zu verstehen, dass dies Hennings Art war, seine Trauer in Schach zu halten. Erst als ihre Tränen vollständig versiegt waren, begriff sie, dass er es ernst meinte.

Sie ließ ihren Blick wieder über das Wasser zum Horizont schweifen. Sie erinnerte sich an die wilde Freude, die sie erfüllt hatte, als ihr der wirkliche Zusammenhang zwischen den Geheimnissen, den Fiktionen und den Menschen aufgegangen war. Sie erinnerte sich, dass sie innerlich gejubelt hatte, als sie verstanden hatte, warum Lügen und Geheimnisse so gefährlich waren und warum es so wichtig war, sie zu bekämpfen und die Wahrheit zu verteidigen. Ohne Bedauern stellte sie fest, das von der Freude und dem Rausch nichts übrig geblieben war. Ihr Kampfgeist war ermattet. Die Kampfeslust war mit Morten zusammen gestorben. Sie hatte keine Kraft mehr. Sie wollte nicht mehr. Sie konnte nicht mehr. Die Heimlichtuer hatten gewonnen. Sie hatte die belastenden Unterlagen zusammengestellt. Sie konnten nun an die Medien, die Forscher, die Minister, die Bürgerrechtsorganisationen, die NSA und andere Interessierte weitergeleitet werden, aber sie würde darauf verzichten. Als Nächstes war vielleicht Henning an der Reihe. Oder Sven. Es reichte, dass sie Mortens Tod auf dem Gewissen hatte.

Sobald sie diesen Gedanken gedacht hatte, zum hundertsten oder tausendsten Mal, begann sie am ganzen Körper zu zittern. All ihre wissenschaftlichen Dämme, Sperren und

Schlösser waren geborsten. Ihre analytisch-kühle Distanz war von den Gefühlsstürmen mitgerissen worden. Ihre Zielstrebigkeit und ihr Richtungssinn waren zerstört. Wo kam sie her? Wo befand sie sich? Wohin sollte sie?

Das Zittern ließ langsam nach. Das Meer lag ruhig und funkelnd vor ihr. Irgendwo dort draußen war Morten begraben. Alles passierte noch einmal vor ihrem inneren Auge Revue. Henning war kurz nach neun Uhr abends zum Boot heruntergekommen und hatte sie nach Morten gefragt. Sie seien vor einer Stunde auf ein letztes Bier im Kanalkroen verabredet gewesen. Henning war dann zu Ingas Haus gegangen, um nachzusehen, ob etwas passiert sei. Morten konnte auf seinem Posten eingeschlafen sein. Eine Stunde später war Henning zurückgekommen und hatte erzählt, Morten sei tot. Erschossen. Von wem? Von Ingas Feinden. Aber von welchen? Die Spuren im Haus hatten eine deutliche Sprache gesprochen. Eine oder möglicherweise mehrere Personen waren eingebrochen, vielleicht um Ingas Unterlagen zu stehlen oder um nach Hinweisen über ihren Verbleib zu suchen. Im Haus hatte ein großes Durcheinander geherrscht, und sie hatten den Computer hochgefahren. Morten musste sie überrascht haben. Es war zum Kampf gekommen, und Morten hatte ihn verloren. Ein Messer gegen eine Pistole. Henning war sich sicher gewesen, dass Morten sofort gestorben war. Zwei Schüsse aus einer großkalibrigen Pistole hatten Morten in der Herzregion getroffen. Als Henning endlich gewagt hatte, Inga allein zu lassen, war es drei Uhr gewesen. Er hatte seinen Leiterwagen geholt, ihn zum Haus gezogen und Morten mit einer Persenning bedeckt darauf gelegt. Dann war er mit dem Wägelchen zum Boot zurückgekehrt, sie hatten das Beiboot zu Wasser gelassen, es am Achtersteven festgebunden und hatten Morten hineingelegt. Im Morgengrauen waren sie mit dem Beiboot im Schlepptau mit den anderen Fischerbooten ausgelaufen, als wollte Morten zum letzten Mal zum Fischen. Sie hatten nordwestlichen Kurs genommen und waren bald allein gewesen. Henning hatte den Motor abgestellt und war in das Beiboot geklettert. Er hatte die Persenning von dem Toten genommen und sie sorgfältig zusammengelegt. Dann hatte er Morten aufgesetzt, sodass er über das Dollbord schauen konnte. Henning hatte ein paar Eisenblöcke vom Fischerboot geholt und sie ins Beiboot gelegt. Er hatte Mortens Beine an den Blöcken festgezurrt.

»Du brauchst dir keine Sorgen zu machen«, hatte er zu Morten gesagt. »Ich kümmere mich um Inga. Ich habe zwar nicht deine Fäuste, aber ich muss versuchen, meinen Kopf noch etwas mehr anzustrengen, damit ich nicht in eine Schlägerei gerate.«

Er hatte eine Weile geschwiegen.

»Du wirst uns fehlen, Inga und mir«, hatte er schließlich gesagt. »Aber mach dir darüber keine Gedanken. Wir sehen uns wohl nicht wieder. Uns beiden lag diese Sache mit Gott und dem Paradies sowieso nie. Aber man kann es sich ja immer noch anders überlegen, falls es sich als Irrtum erweisen sollte. Eines verspreche ich dir auf jeden Fall. Solange ich lebe, wirst du nicht richtig sterben. Adieu, Morten. Ich wünsche dir eine gute Reise! Es tut mir Leid, dass ich nicht mitkommen kann. Aber ich muss mich um Inga kümmern. Das verstehst du sicher.«

Er hatte die Hand ausgestreckt und Morten die Wange gestreichelt, als sei er ein Kind, das einschlafen sollte.

»Übrigens«, hatte er gesagt, »das hätte ich beinahe vergessen. Du nimmst es doch immer mit dem Wetterbericht so genau. Ich habe ihn heute Morgen um fünf angehört. Ich wusste schließlich, dass du heute auslaufen würdest. Heute wird es heiter bis bewölkt. Kein Niederschlag. Wind von Südwest, fünf bis acht Meter in der Sekunde. Dein Lieblingswetter. Bei diesem Wetter hast du dich immer am wohlsten gefühlt. Es hätte nicht besser kommen können. Nicht wahr?«

Dann hatte Henning sich vorgebeugt und den Pfropfen aus dem Boden gezogen. Er war an Bord des Fischerbootes geklettert und hatte die Leine losgemacht.

Bevor er sie losgelassen hatte, hatte er das Beiboot herumgedreht.

»Damit er Gilleleje sieht«, hatte Henning zu Inga gesagt. »Dort hat er sein ganzes Leben verbracht. Er könnte niemals woanders wohnen.«

Dann hatte Henning die Leine losgelassen. Einige Minuten später war Mortens Geschichte zu Ende gewesen, nur in den Köpfen Hennings und Ingas nicht. Dort würde er noch eine Weile weiterleben.

Inga war so von den Bildern ihrer Erinnerung erfüllt, dass sie es nicht bemerkt hatte, als sich Henning neben sie auf den Pier setzte.

»Ich wusste doch, dass du hier bist und mit Morten sprichst«, sagte er. »Es ist schön, zu wissen, dass er dort ist, wo er hingehört.«

Inga ließ sich in Hennings Arme sinken. Er strich ihr übers Haar.

»Ich habe der Polizei mitgeteilt, Morten sei bei einem Manöver über Bord gefallen. Ich habe sie davon überzeugt, dass es sich nicht lohnt, nach der Leiche zu suchen, da es einem Fischer am besten bekommt, im Meer und nicht auf einem Friedhof zu liegen. Morten hat auch keine Verwandten, die Schwierigkeiten machen könnten. Seine Schwester ist vor fünfzehn Jahren gestorben, und ihre Kinder haben sich nie um Morten gekümmert. Das sind feine Leute aus Kopenhagen, die sich mit einem einfachen Fischer nicht abgeben, der noch dazu kein Blatt vor den Mund nimmt. Mit dem Erbe gibt es auch kein Problem. Morten hat vor einigen Monaten sein Testament gemacht. Er wollte, dass das Haus verkauft wird und du den Erlös bekommst.«

»Ich?«

Inga war sprachlos.

»Ja, damit du dir zumindest über Geld keine Gedanken machen musst. Das Haus ist vermutlich ein, zwei Millionen wert. Belastet ist es auch nicht. Morten fand, dass du auch so schon genügend Sorgen hast, ohne dass du dir Gedanken über Geld machen musst.«

Unerklärlicherweise konnte Inga plötzlich wieder weinen. Vielleicht würde es damit nie ein Ende haben.

»Ich bin schuld an Mortens Tod«, sagte sie, als sie endlich wieder Worte fand.

»So darfst du nicht denken. Da wäre dir Morten böse. Außerdem wäre er sowieso bald gestorben. Wusstest du, dass er schon fünfundsiebzig war?«

»Fünfundsiebzig! Das hätte ich nie erraten. Ich dachte, er sei genauso alt wie du.«

Henning lächelte.

»Und wie alt bin ich?«

Inga versuchte ihn so zu betrachten, als würde sie ihn nicht kennen. Es klappte nicht.

»Mitte fünfzig ungefähr«, sagte sie schließlich.

»Und du willst Wissenschaftlerin sein! Mit Sinn für die Realität! Ich bin vierundsiebzig. Als der Krieg neununddreißig ausbrach, war ich noch ein Kind. Weder Morten noch ich waren trocken hinter den Ohren, als wir der Widerstandsbewegung beitraten. Er war achtzehn und ich siebzehn. Aber wir wurden rasch erwachsen. Fast über Nacht.«

Inga sagte nichts. Offenbar sah sie verblüfft aus, denn Henning lachte, nicht laut, das tat er nie, sondern verschmitzt und glucksend. Sie hatte den Eindruck, dass er mehr aus dem Bauch lachte als mit dem Gesicht. Dann wurde er wieder ernst.

»Morten hatte Krebs. Ich vermute, dass du auch davon keine Ahnung hattest. Deswegen hat er nur so wenig gegessen. Das wollte ich dir noch erzählen. Seine Ärzte erwarteten schon vor Monaten, dass er sterben würde. Nun hat er etwas länger gelebt. Ich glaube sogar, dass das dein Verdienst war.«

»Mein Verdienst?«

»Du hast ihm in seinen letzten Tagen etwas Wichtiges gegeben, wofür es sich zu leben lohnte.«

Inga konnte nur mit Mühe ihre Tränen zurückhalten.

»Wein nur, wenn du das willst und wenn du das brauchst. Aber nicht, weil Morten auf diese Weise starb. Wer weiß, ob er es nicht sogar absichtlich getan hat.«

Inga starrte Henning verständnislos an.

»Um nicht an lauter Schläuchen und voll gestopft mit Schmerzmitteln im Krankenhaus sterben zu müssen. Weißt du, was er vor einem halben Jahr vorgeschlagen hat? Dass wir mit meinem Boot aufs Kattegat hinausfahren und uns einen würdigen Tod und eine schöne Seebestattung verschaffen sollten. Es war ihm ernst damit. Aber ich war zu feige. Morten war viel mutiger als ich. Dann kamst du und brauchtest Hilfe. Danach hat Morten seinen Vorschlag und seine Krankheit nie wieder erwähnt.«

Henning schwieg eine Weile.

»Erinnerst du dich, wie sehr es Morten gefreut hat, als du damit einverstanden warst, in meinem Boot statt in meinem Haus zu wohnen?«

Inga nickte.

»Aber du weißt sicher nicht, warum. Es war meinetwegen. Wenn du in meinem Haus gewohnt hättest, wäre ich bei ihm eingezogen. Er wollte nicht, dass ich sehe, wie er sich vor Schmerzen windet und schreit, wenn es besonders wehtut. Ich habe in meinem Leben nur einen richtigen Freund gehabt, und zwar Morten.«

Inga spürte, dass ihr die Tränen über die Wangen rollten. Sie versuchte, nicht mehr an Jonas zu denken, doch es gelang ihr nicht. Wenn er doch nur jemanden wie Henning und Morten kennen gelernt hätte, bevor es zu spät war! Wenn sie sich doch nur nicht in Jonas' Vater verliebt hätte. In diesem Fall hätte es Jonas nie gegeben. Aber all diese Überlegungen waren sinnlos. Die Wirklichkeit war hart wie die Feuersteine am nördlichen Strand von Gilleleje. Wenn man auf sie einschlug, um ihnen eine schönere Form und Beschaffenheit zu geben, zersplitterten sie und bekamen scharfe, zackige Kanten, an denen man sich verletzen konnte.

Inga spürte Hennings Hand auf ihrer Wange.

»Wir müssen versuchen, ohne Morten und Jonas zu überleben«, meinte er einfach. »Obwohl ich nicht so mutig bin wie Morten, habe ich doch gewisse Fähigkeiten.«

»Es hat keinen Sinn.«

»Natürlich hat es einen Sinn, wenn du überlebst und wieder zu deinem inneren Gleichgewicht zurückfindest. Ich will nicht in dem Wissen sterben, dass du aufgegeben hast. Versprich mir, dass du es wenigstens versuchst. Ich sollte das vielleicht nicht sagen, aber wir sind es Morten einfach schuldig.«

Inga nickte. Alles andere wäre schmachvoll gewesen.

»Aber wie denn? Ich weiß nicht, was ich machen soll.«

»Aber ich. Du hast doch sicher in der Zeitung gelesen, dass die Bornholmer Fischer Probleme haben? Der Kabeljau reicht nicht für alle. Einige von den Jüngeren haben bereits beschlossen, ihr Glück in anderen Gewässern zu versuchen. Zwei Trawler haben Kurs auf Mauritius im Indischen Ozean genommen. Kannst du dir das vorstellen! Ich habe einen alten Freund, der Mühe hat, über die Runden zu kommen, und gerne etwas anderes ausprobieren würde, statt aufzugeben. Aber er will Bornholm nicht verlassen, weil er sein ganzes Leben dort gewohnt hat. Außerdem hat er Frau und Kinder. Nun hat er sein Boot an Fischer in Südafrika verchartert und darf dafür selbst drei Monate im Jahr dort unten fischen.«

»Worauf willst du hinaus?«

»Mein guter Freund hat mich gebeten, das Boot dorthin zu überführen, falls ich Lust habe.«

Inga begriff immer noch nicht.

»Wir machen das zusammen, du und ich.«

»Wie meinst du das?«

»Wir überführen das Boot nach Südafrika. Außerdem bekommen wir Geld dafür, und niemand kommt auf die Idee, dich dort zu suchen. Schließlich kannst du nicht ewig hier in meinem kleinen Boot wohnen. Früher oder später würden Rogers und seine Leute dich aufspüren. Leute wie wir können sich nicht beliebig lange verstecken. Wir wollen schließlich auch noch leben, nicht wahr? Nimm deinen kleinen Computer mit und alles, was du sonst noch für deine Arbeit brauchst. Auf dem Boot ist viel Platz. Du nimmst dir frei. Ich kann dafür sorgen, dass dein Haus vermietet wird. Für Mortens habe ich bereits einen Makler beauftragt. Es ist sicher in ein paar Wochen weg.«

»Aber …?«

»Aber was?«

»Können wir das? Ich meine, kann ich das?«

»Na klar. Wir schalten die meiste Zeit auf Autopilot. In den Häfen und Kanälen manövriere ich, bis auch du es gelernt hast. Navigation kann ich dir unterwegs beibringen. Wenn wir den Ärmelkanal erreichen, hast du alle nötigen Kenntnisse.«

»Glaubst du das wirklich?«

»Menschen sind problematisch. Das Meer kann manchmal ungemütlich sein, aber es hat weder Geheimnisse, noch ist es hinterhältig. Es gibt nichts Ehrlicheres als das Meer.«

Inga fiel auch keine bessere Lösung ein, keine einzige.

»Wann fahren wir?«

»In einer Woche. Ich muss nach Bornholm, um das Boot zu holen, falls ich meinen Freund nicht überreden kann, es hierher zu bringen, was wohl das Beste wäre. Du brauchst jemanden, der sich um dich kümmert. Sonst musst du während meiner Abwesenheit aufpassen, obwohl ich nicht glaube, dass sie sich so schnell wieder hierher wagen. Du kannst währenddessen entweder auf dem Boot oder in meinem Haus wohnen. Einverstanden?«

»Ja, Morten zuliebe. Ich tue mein Bestes. Mehr ist nicht möglich, wie sehr ich es mir auch wünsche.«

»Das genügt.«

45

Eine gute Woche nachdem Morten für immer von dieser Erde verschwunden war, die in seinem Fall aus Wasser, Wind und Himmel bestanden hatte, traten Henning und Inga ihre lange Fahrt an. Die Reise ging erst nach Kiel und durch die Schleuse von Holtenau in den Kanal. Zwei Tage später wurden sie durch den starken Gezeitenstrom der Elbe in die Nordsee geworfen. Dort ließen sie die Fahrt ruhiger angehen. Schließlich hatten sie unendlich viel Zeit, fand Henning. Niemand vermisste sie, außer vielleicht ein amerikanischer Nachrichtendienst, und niemand wartete auf sie. Die südafrikanischen Fischer, die das Boot gekauft hatten, warteten nur auf das Boot und nicht auf sie, und das auch erst in sechs Monaten. Henning schipperte also durch das Wattenmeer der ost- und westfriesischen Inseln. Hier, in den mit Reisigbesen markierten verschlungenen Rinnen, die bei Ebbe austrockneten und die im Windschatten der Inseln lagen, brachte Henning Inga die Grundzüge des Manövrierens bei. Dazu war er auch gezwungen, denn hier konnten sie den Autopiloten nicht verwenden, und

Henning konnte nicht ständig am Ruder stehen. Außerdem musste Inga beschäftigt werden, damit sie nicht ständig an Morten, an sich und an die Leere, die ihre Zukunft erfüllen würde, dachte.

Genau wie Henning vorausgesehen hatte, ging sie immer mehr in dieser Seereise auf. Innerhalb von zehn Tagen beherrschte sie die Navigation, denn sie hatte einen Lehrer, der sein Handwerk verstand, und außerdem wusste sie gut mit Handbüchern umzugehen, was sich auch bei nautischen Kalendern und Gezeitentabellen bewährte. Aber am meisten interessierten sie Wind und Wetter, sowohl theoretisch als auch praktisch. Sie deutete Wetterkarten, las Barometer und Hygrometer ab, studierte die Wolkenformationen und lernte alte Wetterregeln auswendig. Sie hörte auch jeden Seewetterbericht im Radio, als sei Morten selbst mit an Bord. Manchmal fragte sich Henning, ob Inga die Lücke füllen wollte, die Morten hinterlassen hatte, indem sie alles tat, was er für gewöhnlich getan hätte. Deswegen kümmerte sie sich wohl recht bald auch um Taue und Fender, wenn sie anlegen und das Boot vertäuen wollten, obwohl sie bei ruhiger See sicher genauso gut hätte anlegen können, wie Henning dies tat.

In der ersten Zeit sprachen sie selten über anderes als ihre Seereise. Ab und zu tauchte Morten in ihren Unterhaltungen auf, aber nur, wenn es darum ging, was er zu gewissen Themen wie Boot, Meer und Wetter beizutragen gehabt hätte. Manchmal erzählte Henning eine kurzweilige Episode aus Mortens und seiner lebenslangen Freundschaft. Zweimal lachte Inga sogar. Henning fühlte sich dann, als hätte er im Lotto gewonnen.

Jonas wurde nie erwähnt. Sein Kind einmal zu begraben ist mit das Schlimmste, was einem Menschen zustoßen kann. Es zweimal zu tun ist unerträglich. Sein Kind lebendig zu begraben ist unbeschreiblich.

Aber hatte Inga ihn wirklich abgeschrieben? Henning wusste es nicht. Vielleicht wusste sie es nicht einmal selbst. Sie wagte vielleicht nicht, daran zu denken. Inga tat ihm fürchterlich Leid. Sie war so stark. Sie war so schwach. Aber Stärke und Schwäche waren keine Figuren im selben Spiel. Sie wurden nicht auf derselben Waage gewogen. Sie konnten sich nicht aufheben oder eine Durchnittsmenge bilden. Inga war gleichzeitig sehr stark und sehr schwach.

Henning versuchte sie, so gut es ging, zu unterhalten und zu beschäftigen, was kein Problem darstellte, solange sie unterwegs waren. An Land schien es aber manchmal, als würde Inga den Boden unter den Füßen verlieren. Falls es eine Seekrankheit der Seele gab, war Inga von ihr befallen. Unvermutet konnte ihr Blick in die Ferne schweifen und dort minutenlang verharren. Wenn Henning ihrem Blick folgte, entdeckte er oftmals, dass es in der Ferne nichts zu sehen gab. Am schlimmsten war es abends, wenn sie sich hingelegt hatten, er im Ruderhaus und sie unter Deck in der Kajüte. Oft hörte er sie dort unten rastlos auf und ab gehen. Manchmal kam sie an Deck, stellte sich nach achtern und starrte ins Wasser hinunter. Da beschlich ihn die Angst, dass sie so weit vom Leben entfernt war, dass sie auf die Idee kommen könnte, das wenige, das ihr davon noch geblieben war, auch noch zu beenden. Er war sich ziemlich sicher, dass sie eigentlich nur der Gedanke an Morten davon abhielt. Inga wusste, dass Morten sich verraten vorkommen würde, wenn sie jetzt aufgab. Inga hätte sich am liebsten das Leben genommen, weil Morten tot war, musste aber aus genau diesem Grund versuchen weiterzuleben.

Im schmutzig grauen Hafen von Zeebrugge verweilten sie einige Tage, um den Motor zu überholen, ehe sie ihre Reise durch den Ärmelkanal und über die Bucht von Biskaya fortsetzten. Dort erhielt Henning die Nachricht, Mortens Haus sei für etwa eineinhalb Millionen Kronen verkauft worden.

Das Geld befand sich bereits auf einem Konto, das Henning vor ihrer Abreise eröffnet hatte. Er überreichte Inga die dazugehörige Geldkarte mit PIN-Code.

»Sicherheitshalber«, meinte er. »Wenn du ein Konto unter deinem eigenen Namen hättest, könnte dich die NSA recht schnell anhand der Orte, an denen du Geld abhebst, ausfindig machen. Jetzt kannst du zwar nur Geld am Automaten abheben, aber solange wir zusammen sind, spielt das keine Rolle. Später können wir das sicher besser regeln.«

Später? Es war das erste Mal, dass er anzudeuten wagte, dass es ein Leben nach ihrer Seereise gab.

Sie fuhren die französische Küste entlang, Dunkerque, Boulogne-sur-Mer, Le Havre und Cherbourg, große Industrie- und Fischereihäfen, in denen sich niemand etwas dachte, wenn ein fremder Trawler einlief. Das tat jedoch die Küstenwache, als sie Cherbourg auf dem Weg nach Chenal du Four in der westlichen Bretagne verließen. Sie hatten die stärksten Gezeitenströme hinter sich und die Insel Alderney vor sich, als Beamte von einem französischen Zollkreuzer an Bord kamen.

»Wir können nichts anderes tun«, meinte Henning, »als uns nichts anmerken zu lassen. Wir müssen ihnen unsere Papiere zeigen, sowohl unsere eigenen als auch die des Bootes. Sie werden sich alles notieren, aber ich kann mir nicht vorstellen, dass die NSA in Registern über Fischereifahrzeuge und deren Besatzungen nach dir sucht.«

Die Zöllner kamen an Bord und kontrollierten alle Papiere. Wie Henning vorhergesagt hatte, schrieben sie alles genau auf.

»Was machen Sie mit Ihren Aufzeichnungen?«, fragte Inga, als sei sie einfach nur neugierig.

»Zum gegenwärtigen Zeitpunkt nichts, sofern wir keine Unregelmäßigkeiten vermuten. In diesem Fall vergleichen wir die Daten mit unseren Fahndungslisten. In Zukunft geschieht das sicher alles elektronisch. Dann kommen die Angaben direkt in die EDV, aber einstweilen verwenden wir noch Tinte und Papier.«

»In fünf Jahren werden die NSA und andere jede Person mit ein paar Knopfdrucken ausfindig machen können«, sagte Inga, nachdem die Zöllner sich verabschiedet hatten, »einstweilen hat das Netz noch ein paar wenige Löcher.«

Trotz des beruhigenden Bescheids, dass das Zollregister noch nicht digitalisiert war, dachten sowohl Henning als auch Inga daran, dass sie nun eine Spur hinterlassen hatten, die zwar schwer zu finden war, aber immerhin existierte.

»Ich überlege«, meinte Inga, »ob es in der heutigen Welt überhaupt möglich ist, zu leben, ohne Spuren zu hinterlassen. Ich kann es mir nicht vorstellen.«

Diese Worte waren ein erstes Anzeichen dafür, dass Inga sich wieder für die Welt um sie herum zu interessieren begann. Am nächsten Abend, es war windstill und mild, lagen sie umgeben von dicht belaubten Bäumen außer Reichweite der Atlantikdünung in Aber-wrach vor Anker. Henning fragte sie vorsichtig, ob sie ihm nicht vom Inhalt ihrer Notizbücher erzählen wolle. Er sei schon lange neugierig, habe aber nie zu fragen gewagt.

Erst hatte es den Anschein, als wisse sie nicht, wovon er sprach. Dann sagte sie:

»Willst du das wirklich wissen?«

»Ja, das will ich wirklich.«

Inga schwieg lange, bevor sie antwortete.

»Früher einmal«, begann sie, »war ich von der Frage besessen, was den Menschen zum Menschen macht. Ich wollte ganz einfach eine Theorie des Menschen ausarbeiten.«

»Früher einmal«, warf Henning ein. »Das klingt so, als sei das schon Jahre her.«

»So kommt es mir auch vor. Wenn ich jetzt darüber nachdenke, kommt mir das ganze Projekt aberwitzig vor. Vermessen. Größenwahnsinnig. Aber es war mir ernst. Ich musste einfach herausfinden, wie es dazu kommen konnte, dass ich mein Kind verloren habe. Und ich wollte auch verhindern, dass so etwas je wieder passiert. Also war es nicht mit dem Versuch getan, meinen Mann und Menschen wie ihn zu verstehen. Was veranlasst Menschen dazu, ihre Identität, ihre Familie, ihre Freunde, ihr Geld und ihre Würde aufzugeben und sich einem Guru zu unterwerfen, dessen Lehren so absurd sind, dass sie nur durch Manipulation, Indoktrination, Gehirnwäsche und dauernden psychischen Druck schmackhaft gemacht werden können? Oder umgekehrt, warum laufen gewisse Menschen keinerlei Gefahr, einer Sekte auf den Leim zu gehen? Obwohl es im Grunde vielleicht eine noch einfachere Erklärung dafür gibt, weshalb ich begann, eine Theorie auszuarbeiten. Ich musste die Menschen verstehen, um selbst die Kraft aufzubringen, nach dem, was vorgefallen war, weiterzuleben.«

»Und dann?«

»Dann wurde eine fixe Idee daraus. Ich konnte darauf zurückgreifen, wenn ich einsam war oder wenn mir das Leben sinnlos vorkam. Vor langer Zeit hatte ich eine Freundin, die in einem großen Unternehmen in der Buchhaltung arbeitete. Ihre Arbeit war recht eintönig. Um sich selbst sagen zu können, dass sie sich auch mit etwas Sinnvollem beschäftigte, schrieb sie an einem Roman. Das heißt, sie schrieb fast nie daran, und trotzdem war es das, wofür sie lebte. Das behauptete sie zumindest. Ähnlich war es wohl mit meiner Theorie des Menschen. Als die Scientologen meine Homepage mit hunderten von Mails bombardierten oder als ich den zehnten Drohbrief der Neonazis erhielt, war es ein gutes Gefühl, dieses große Projekt in petto zu haben.«

Henning wagte kaum, weitere Fragen zu stellen. Zum ersten Mal seit Mortens Tod erwähnte Inga ihre Forschungen und sprach über sich selbst.

»Was steht in deinen Notizbüchern?«, fragte er dann doch.

»Was da drinsteht? Alles Mögliche.«

»Kannst du sie mir nicht zeigen? Nicht alle natürlich!«

Inga überlegte. Sie sah sich um, als wolle sie sich davon überzeugen, dass niemand zuhörte. Aber sie lagen einsam vor Anker. Es war bereits Oktober, und die Freizeitkapitäne ließen sich an den Fingern einer Hand abzählen. Hinter ihnen, in der Ferne, konnten sie ein Stück Meer sehen und das ferne Tosen der Wellen hören, die an die scharfen Klippen der bretonischen Westküste brandeten. Aber dieses Tosen klang so gedämpft, dass es leicht vom Kreischen einer Fischmöwe oder vom Zwitschern eines Spatzen übertönt wurde. Auf der gegenüberliegenden Seite des Meeresarms fuhr ein Auto ein paar hundert Meter vom Ufer entfernt hinter Bäumen die Landstraße entlang. Bisweilen leuchteten die Scheinwerfer zwischen den Baumstämmen auf. Die großen, reglosen Wolken verfärbten sich langsam von glühendem Orange zu Stahlblau, während die Sonne immer weiter sank. Alles wirkte heil und unberührt und unendlich weit von der Wirklichkeit entfernt, die Inga so erfolglos zu begreifen versucht hatte.

»Bist du dir ganz sicher, dass du wissen willst, was in den Notizbüchern steht?«, fragte Inga.

Henning sah ihr an, dass sie einerseits hoffte, dass er verneinen würde, andererseits aber froh war, dass er sich dafür interessierte.

»Ich habe sie in drei verschiedene Serien eingeteilt«, sagte sie. »Die erste enthält Dinge, die man sicher über den Menschen weiß, für die es aber keine gute Erklärung gibt.«

Sie nahm eines der Notizbücher und schlug es auf gut Glück auf. Dann las sie leise.

»Passt«, meinte sie und lächelte sogar. »Ich habe zufällig eines der größten Probleme überhaupt aufgeschlagen.«

»Und welches ist das?«

»Man weiß, dass die Gene des Menschen, Homo sapiens, und die der großen Affen zu 97 Prozent übereinstimmen. Das bedeutet, dass sich die Unterschiede zwischen Affen und Menschen mit den restlichen 3 Prozent erklären lassen müssen. Zumindest, wenn man glaubt, und das tun im Augenblick viele, dass das, was uns zum Menschen macht, in den Genen steckt. Das glaube ich allerdings nicht. Zum Beispiel …«

Inga nahm ein anderes Notizbuch und begann darin zu blättern.

»Ich kann sie fast auswendig. Ich weiß nicht, wie oft ich sie in der Hoffnung gelesen habe, dass es mir erginge wie Newton, als ihm der Apfel auf den Kopf fiel … Hier muss es sein … Genau. Es ist gelungen, auszurechnen, dass der Mensch mit circa hunderttausend fertigen Verknüpfungen im Gehirn zur Welt kommt. Weißt du, wie viele das Gehirn enthält, wenn es fertig entwickelt ist?«

Henning schüttelte den Kopf. Er hatte nicht den leisesten Schimmer.

»Zehn hoch neunundvierzig, das heißt eine Eins mit 49 Nullen. Diese Zahl ist so groß, dass sie sich nicht mehr begreifen lässt. Aber was bedeutet es, dass das Gehirn bei der Geburt nur so wenige Verknüpfungen aufweist? Daraus folgt doch, dass all jene, die den Menschen nur aufgrund der Gene und der Biologie erklären wollen, vor gewaltigen Problemen stehen. Nimm einmal die Sprache. Viele behaupten, dass das Sprachvermögen angeboren sei. Aber es gibt nicht genug Gene, die ein Sprachvermögen erklären könnten, das so komplex ist, dass es den Forschern nicht einmal gelungen ist, zu beschreiben, worin es eigentlich besteht. Es …«

Sie unterbrach sich mitten im Satz.

»Es tut mir Leid«, sagte sie. »Es wird dich kaum interessieren, meinen Mutmaßungen zuzuhören.«

»Doch, es interessiert mich. Und die andere Serie Notizbücher, was enthält die?«

Wieder ließ Inga sich mit der Antwort Zeit, nahm aber ein weiteres Notizbuch zur Hand.

»Willst du dir das wirklich anhören?«

»Ja, das will ich.«

»Und nicht nur, um mich auf andere Gedanken zu bringen?«

»Nein.«

Inga schlug das Notizbuch auf.

»In dieser Serie habe ich Dinge notiert, die vollkommen unbegreiflich sind, sowohl aus menschlicher als auch aus wissenschaftlicher Sicht. Hier zum Beispiel: Jemand hat ausgerechnet, dass 150 Millionen Kinder unterernährt sind und hungern. Gleichzeitig isst jedes fünfte amerikanische Kind zu viel und leidet an Fettsucht und Übergewicht. Wissenschaftlich ist das vielleicht nicht so schwer zu erklären. Man kann zumindest mithilfe von historischen, politischen und wirtschaftlichen Faktoren einen Erfolg versprechenden Versuch unternehmen. Aber wie soll man das aus menschlicher Perspektive erklären? Wie können wir leben, während hundertfünfzig Millionen Kinder hungern? Auf diese Frage fände ich gern eine Antwort. Als die Estonia gesunken ist und siebenhundert Menschen ertrunken sind, stand mehrere Wochen lang kaum etwas anderes in den Zeitungen. Man sprach von einer Katastrophe. In diesem Fall müssten die Zeitungen auch jeden Tag von den hundertfünfzig Millionen Kindern auf der ersten Seite schreiben. Das ist eine wirkliche Katastrophe. Aber das tut man nicht. Warum nicht?«

»Man ist sich vermutlich selbst der Nächste«, meinte Henning. »Die hungernden Kinder leben schließlich in Afrika. Und Afrika ist weit weg.«

»Stimmt. Aber das ist keine Erklärung, sondern schlicht absurd. Was ich mit meiner Theorie verstehen und erklären will, ist genau das, warum wir uns selbst am nächsten sind. Und wer sind ›wir‹? Die Familie, die Nation, Europa, der Klan, der Stamm, die Kirche, die Fußballmannschaft, der Freundeskreis und so weiter. Warum solidarisieren wir uns mit gewissen Personen, mit anderen aber nicht?«

Sie suchte in ihren Notizbüchern. Henning war mit dem Verlauf hochzufrieden. Plötzlich hatte sie angefangen, von ihrer Theorie in der Gegenwart zu sprechen und nicht wie von einem abgeschlossenen Kapitel.

»Hier müsste es stehen ... hier. Einige Tage nach dem Untergang der Estonia ist eine philippinische Personenfähre untergegangen. Zweihundertsiebzig Menschen kamen ums Leben. Weißt du, was daraus wurde? Eine kurze Meldung in einer schwedischen Zeitung. Und das nur wenige Tage nach der Katastrophe der Estonia!«

»Die Philippinen sind auch weit weg.«

»Das ist immer noch keine Erklärung. Nicht der Abstand an sich ist wichtig. Genauso wenig wie der Zeitfaktor. Wer regt sich heute noch über den Völkermord in Südamerika auf, den die Spanier im 16. Jahrhundert begangen haben? Und zwar ernsthaft? Kaum jemand. Die meisten würden sagen, das liege daran, dass es so lange her ist, ohne daran zu denken, dass die Völkermorde der Nazis und der Kommunisten irgendwann in der Zukunft auch einmal lange zurückliegen werden. Nein, ich glaube, ausschlaggebend ist unser Vorstellungsvermögen, d. h. die Fähigkeit, uns mithilfe von Fantasie und Willen in andere Menschen hineinzuversetzen, auch in jene, von denen wir durch Zeit und Raum getrennt sind. Unsere Fantasie reicht einfach nicht aus. In einem meiner Bücher habe ich eine kleine Geschichte notiert, die sich in Polynesien zugetragen hat. Einer der Eingeborenen stürzte plötzlich ins Zimmer des amerikanischen Gouverneurs und behauptete, ein Mord sei begangen worden und für Gerechtigkeit müsse gesorgt werden. Der Gouverneur wusste, dass die Eingeborenen nicht dasselbe Zeitgefühl besitzen wie wir aus dem Westen und ging der Sache nach. Es zeigte sich, dass wirklich ein Mord begangen worden war, aber vor dreißig Jahren.«

»Mir kommt es vor, als wüsstest du bereits, wie der Mensch zu erklären sei.«

»Ganz und gar nicht. Ich habe eine gewisse Ahnung. Mehr nicht.«

Inga öffnete ein weiteres Buch.

»Hier sind andere Beispiele, die einer Erklärung bedürfen. In Casablanca war eine junge Frau gezwungen, ihr Kind auf der Straße vor einer Privatklinik zur Welt zu bringen, weil man sie dort nicht aufnehmen wollte. Wall Street hat eine brasilianische Priesterin, Ilka da Silva, damit beauftragt, eventuelle böse Geister mithilfe von aromatischen Kräutern an verschiedenen Stellen des Finanzzentrums zu vertreiben. Eine ägyptische Zeitung, Al-Chaab, fordert ihre Leser dazu auf, den Schriftsteller Haidar Haidar zu ermorden, weil er in seinen Romanen angedeutet haben soll, Mohammed sei ein Schürzenjäger gewesen. Oder was sagst du dazu: In Dubai wurden zwei indische Gastarbeiter zu sechs Monaten Gefängnis verurteilt, weil sie versucht hatten, Selbstmord zu begehen, der eine hatte sich die Pulsadern aufgeschnitten, der andere hatte sich mit einem Messer Stichwunden beigebracht. Ich habe unzählige ähnliche Beispiele menschlichen Verhaltens gesammelt, von denen man nicht weiß, ob man darüber lachen oder weinen soll. Das Einzige, was sich mit Sicherheit sagen lässt, ist, dass es sich um Menschen handelt, die sich so benommen haben, und nicht um Affen oder Marsmenschen. Aber ich will versuchen, die Frage zu beantworten, ob es sich wirklich in allen diesen Fällen um menschliches Verhalten handelt. Wären Tiere zu Ähnlichem fähig? Ich glaube nicht.«

Inga verstummte und wirkte beschämt.

»Weißt du was?«, meinte Henning.

»Nein.«

»Ich finde, das ist ein aufregendes Projekt. Ich finde, du solltest damit weitermachen.«

Inga wollte protestieren.

»Das ist mein Ernst. Und nicht nur, um dich über Wasser zu halten. Eines Tages wird diese Reise zu Ende sein, und dann musst du eine sinnvolle Beschäftigung haben.«

»Und weswegen? Davon wird die Welt auch nicht besser.«

»Vielleicht ein kleines bisschen. Wenn auch nur, weil es dir dann besser geht. Mehr kann man nicht verlangen.«

»Es tut mir Leid, Henning. Ich habe nicht die Kraft.«

»Noch nicht. Vor allen Dingen nicht dann, wenn du wie gewöhnlich versuchst, alles allein zu machen. Du brauchst einen Ansprechpartner und Ermunterung, was deine Theorie angeht. Anders geht es nicht, das versteht sich von selbst.«

»Ich kenne niemanden, der …«

»Und wie wäre es mit mir?«

»Du?«

»Wir können doch ganz bescheiden anfangen. Du liest mir ein paar Seiten vor und versuchst sie mir zu erklären. Ich höre zu und stelle dumme Fragen. Wer weiß, vielleicht kann ich ja mit dem einen oder anderen Kommentar zu etwas beitragen. Ich bin schließlich auch ein Mensch.«

Henning dachte an Ingesson. Er hätte der intellektuelle Partner sein können, den Inga benötigte. Sonst gab es niemanden, außer ihm selbst. Und er war zu so etwas nicht zu gebrauchen, und wer wusste schon, wie lange er noch einigermaßen klar im Kopf war. In seinem Alter musste man jederzeit damit rechnen, senil zu werden. Aber es war zu früh, um Ingesson aufs Tapet zu bringen.

»Ich weiß nicht …«, begann Inga.

»Du musst jetzt noch nichts entscheiden. Wir haben viel Zeit. Ich finde, wir gehen jetzt wieder an Deck und trinken die Flaschen leer, du deinen Wein und ich mein Bier.«

Sie gingen nach draußen und setzten sich hinter dem Ruderhaus in den Windschatten. Der Wind kam von Land, und das Achterdeck zeigte zum Meer. Das letzte Licht der Dämmerung verwandelte sich in Nacht. Die letzten Vögel verstummten. Sie sahen die ersten Sterne am Himmel funkeln. Dann ging der Mond auf, eine schmale Sichel in einem Abgrund zwischen zwei nachtschwarzen Wolkenkolossen.

»Aber um die Wahrheit zu sagen«, meinte Henning, »könnte man den Rest seines Lebens auch auf diese Weise zubringen.«

46

Allmählich begann Inga tatsächlich, in ihren Notizbüchern zu lesen und Henning von ihren Ideen zu erzählen. Er sagte zwar nicht viel, aber allein die Tatsache, dass er zuhörte, spornte sie an weiterzumachen. Jeden Abend auf ihrem Weg Richtung Süden, vorbei an Île d'Ouessant, Camaret-sur-Mer, Douarnenez, St. Guénolé, Île de Groix und Belle-Île, las sie ihm ein Stück vor und kommentierte es aus allen möglichen Perspektiven. Sie nahm das aber nicht sonderlich ernst und glaubte immer noch, dass Henning sie hauptsächlich auf andere Gedanken bringen wollte. Aber gerade deswegen, weil es bei ihrer Theorie nicht mehr um Leben und Tod ging, dachte sie freier als je zuvor. Früher hatte sie sich zu stark darauf konzentriert, wofür sich ihre Theorie verwenden ließe, wenn sie jemals das Licht der Welt erblickte. Jetzt kümmerte sie sich nicht im Geringsten darum. Denken war Spiel und Therapie zugleich. Es stellte eine Art Grundlagenforschung dar.

Als sie in Le Palais auf Belle-Île anlegten, schlug sie zum ersten Mal die Notizbücher auf, die sie in den Tagen vor der Konferenz in Cerisy-la-Salle verwendet hatte, obwohl sie wusste, dass diese sie an das Vergangene erinnern würden. Der Verlust und die Schuldgefühle überwältigten sie in dem Maße, dass sie am liebsten alles, einschließlich ihres Lebens, beiseite geschoben hätte, wenn Henning nicht gewesen wäre.

»Wir fahren erst über die Bucht von Biskaya, wenn du mir erzählt hast, was in diesen Büchern steht. Du hast wie besessen gearbeitet, bevor du nach Frankreich gefahren bist. Erinnerst du dich nicht, dass Morten und ich geglaubt haben, du seist krank oder die Neonazis hätten dich bedroht? Du musst dich einfach damit abfinden, dass ich mehr wissen will. Jetzt hast du mir den Mund wässrig gemacht. Jetzt kannst du nicht einfach aufhören.«

»Ich will es versuchen.«

»Immer mit der Ruhe, meine Kleine. Ein paar Seiten pro Tag reichen, sonst bin ich überfordert.«

Ohne richtig zu wissen, was sie eigentlich las, begann sie:

»Als der Sohn nach Gott fragte, antwortete der Vater, Gott sei ein Symbol für das, was den Menschen zum Menschen gemacht habe, nämlich die Entdeckung der Zeichen und Symbole, dass etwas anstelle von etwas anderem stehen könne, dass sich die Menschen deswegen über Dinge verständigen könnten, die nicht da waren, dass der Mensch also fantasiebegabt sei. Denn was sei Fantasie anderes, als an Dinge denken und über sie sprechen zu können, die wir nicht sehen, hören, riechen und spüren, die nicht hier sind, sondern möglicherweise woanders, außer Reichweite unserer Sinne. Ein Affe, pflegte der Vater zu erklären, kann einem anderen Affen nicht erklären, dass eine Banane hinter einem Baum liegt. Er muss den anderen an der Hand nehmen und zu der Banane führen, damit er sie mit eigenen Augen sieht. Das hat der Mensch nicht nötig, denn er kennt Zeichen und Bilder, die die tatsächliche Banane und den tatsächlichen Baum ersetzen können. Denk daran, was in der Bibel steht: Am Anfang war das Wort. Was bedeutet das, wenn nicht, dass der Mensch in dem Augenblick zum Menschen wurde, in dem er lernte, Worte und Bilder dazu zu verwenden, mit anderen Menschen über Dinge zu sprechen, die nicht da waren? Gott, sagte der Vater des Jungen, sei das eigentliche Ursymbol für die allergrößte Entdeckung des Menschen, eine Sache mit einer anderen ersetzen zu können. Das habe dem Menschen die Sprache, die Freiheit, die Fantasie und sein Bewusstsein gegeben …«

»Was ist das?«, fragte Henning. »Das klingt irgendwie anders, als was du mir bisher vorgelesen hast.«

Inga schreckte auf. Sie war in Gedanken weit weg gewesen.

»Das stammt aus einem der Romane von Ingesson.«

Inga fühlte sich verwirrt, sowohl durch das, was sie gerade vorgelesen hatte, als auch durch die Erinnerung an Ingesson. Ihr fiel auf, dass sie nicht mehr an ihn gedacht hatte, seit sie Alan Rogers im Boot getroffen hatte. Kein einziges Mal! Und das, obwohl er versucht hatte, ihr beizustehen, sowohl mit ihrem Artikel für die Konferenz als auch gegen Rogers. Rogers hatte ihn ihretwegen misshandelt! Was dachte er wohl über sie? Vermutlich hielt er sie für undankbar und arrogant. Der Ärger über seine zudringlichen Fragen war wie weggeblasen. Stattdessen erinnerte sie sich daran, wie er sich ihretwegen Sorgen gemacht hatte. Sie sah seinen forschenden Blick, der ihr eine Heidenangst eingejagt hatte. Vielleicht zu Unrecht. Hatten Henning und Morten doch Recht gehabt?

»Ich war ihm gegenüber ungerecht«, meinte Inga.

»Ganz unmöglich wäre das nicht.«

Henning musterte sie verschmitzt.

»Er ist der Richtige …«

Er hielt inne, lächelte und fuhr fort:

»… um dir mit deiner Theorie zu helfen.«

Inga erhob sich.

»Ich glaube, ich muss einen Spaziergang machen und über alles nachdenken.«

»Tu das! Aber bleib nicht zu lange. Wir sollten vor dem Abendessen noch ein paar Seiten durchgehen.«

Es war lange her, dass sie Henning so fröhlich gesehen hatte. Trotz seiner fünfundsiebzig sah er wie ein kleiner Junge aus, der einen Streich ausgeheckt hat.

Gedanken und Gefühle überschlugen sich in Ingas Kopf. Sie spazierte allein an dem Rand der hohen Klippen von Belle-Île entlang, die jäh in den Atlantik abfielen. Zwei Sätze gingen ihr immer wieder durch den Kopf. »Die Fantasie macht den Menschen zum Menschen.« Und: »Der Mensch wurde zum Menschen, als er lernte, eine Sache mit einer anderen zu ersetzen.« Je länger sie ging, desto sicherer wurde sie sich. In diesen beiden Sätzen verbarg sich die Erklärung, die sie geahnt und nach der sie die ganze Zeit gesucht hatte, ohne dass sie jedoch hätte benennen können, was an ihnen so wichtig war. Hätte sie das gekonnt, wäre sie zum nächsten Telefon gegangen und hätte Ingesson angerufen, um ihn zu fragen, was er davon hielt. Hätte es oben auf den steilen Klippen eine Telefonzelle gegeben, hätte sie es vielleicht sogar getan. Aber als sie nach Le Palais und zum Hafen zurückkehrte, hatte sie lange genug nachgedacht, um einzusehen, dass Ingessons Telefon vermutlich abgehört wurde. Als sie wieder an Bord war, ließ sie Henning an ihren Gedanken über den Menschen und über Ingesson teilhaben.

»Ich muss mit ihm sprechen«, sagte sie. »Aber wie?«

Sie dachte an die Geschichte eines CIA-Agenten, der sich nach Libyen abgesetzt hatte. Zehn Jahre lang hatte er als hoch bezahlter Berater Ghaddafis gearbeitet. Ebenso lange wurde er unentwegt von US Marshals überwacht. Im elften Jahr unterlief ihm ein einziger Fehler, und sofort waren die Sheriffs zur Stelle und nahmen ihn fest. Nach zehn Jahren! Es gab unzählige solcher Geschichten. Rogers und die anderen würden nie aufgeben, solange sie wussten, dass Inga sie jederzeit auffliegen lassen konnte.

»Es geht nicht«, meinte sie zu Henning. »Ich werde mich immer verstecken müssen.«

»Eins nach dem anderen. Als Erstes überlegen wir uns mal, wie du mit Ingesson Kontakt aufnehmen kannst. Danach können wir uns darüber unterhalten, wie sich dein Leben gestalten wird, wenn es dir verleidet ist, mit einem alten Mann wie mir durch die Gegend zu schippern.«

»Das wird mir nie verleidet sein. Nie.«

Inga schmiegte sich in seine Arme, und sie blieben lange so stehen.

»Ich muss jetzt über den Proviant nachdenken«, meinte Henning.

Inga merkte, dass Tränen in ihren Augen standen. Konnte sie wieder weinen?

»Weißt du, was ich an deiner Stelle tun würde?«, fragte Henning. »Ich würde einen Brief schreiben. Einen langen Brief, in dem du alles erzählst.«

»Alles?«

»Ja, alles. Auch über Jonas. Wenn du dich mit Ingesson wissenschaftlich und vielleicht auch anderweitig … in der Freiheit sozusagen, betätigen willst, hilft es euch nicht, wenn ihr Geheimnisse voreinander habt. Dir am allerwenigsten.«

Inga widersprach nicht. Schließlich meinte Henning es gut.

Während Henning das Essen zubereitete, begann sie, einen langen Brief zu schreiben, einen Brief, in dem sie nichts verschweigen wollte.

Sie brauchte zwei Tage, um alles niederzuschreiben. Je weiter sie sich Mortens Tod näherte, desto schwerer fiel ihr das Schreiben. Zeitweilig glaubte sie, es nicht zu schaffen, aber schließlich gelang es ihr doch. Über Morten zu schreiben war, wie von ihm Abschied zu nehmen, jedoch anders als damals, als sie ihn im Meer hatte verschwinden sehen. Aber es war auch eine Art, ihn am Leben zu erhalten. In Zukunft würde er nicht nur in Hennings und ihrer Erinnerung weiterexistieren, sondern auch im Brief. Es spielte dann keine so große Rolle mehr, wenn sie nicht mehr die ganze Zeit an ihn dachten. Es würde ihn trotzdem geben. Inga brach in Tränen aus, als sie von Mortens letzter Reise erzählte. Sie weinte so sehr, dass sie kaum sah, was sie schrieb. Ob Ingesson ihr Gekritzel lesen konnte? Sie hoffte es. Sie hatte nicht die Kraft, alles noch einmal zu lesen. Schließlich fügte sie noch ein Postskriptum an, in dem sie ihm anbot, falls er Lust habe, eine Antwort an Inga Andersson, poste restante, La Coruña, Spanien, zu schicken.

Als sie den Brief eingeworfen hatte, war ihr ein großer Stein vom Herzen gefallen.

»Jetzt können wir auslaufen und die Bucht von Biskaya überqueren«, sagte sie zu Henning, als sie zurückkam.

»Hast du dir den Wetterbericht angehört? Das ist schließlich deine Aufgabe.«

Wie hatte sie das nur vergessen können? Morten hätte das nie vergessen.

»Hab ich bereits erledigt«, meinte Henning und lachte verschmitzt und noch glucksender als sonst. »Die nächsten Tage sieht es gut aus. Gebunkert habe ich auch. In einer Stunde legen wir ab.«

47

Seit zwei Tagen hielten sie Kurs auf Gijón in Asturien. Belle-Île, die Schöne Insel, war achtern hinter dem Horizont verschwunden. Endlos breitete sich die Bucht von Biskaya um das hellblaue Fischerboot aus, das Richtung Süden in die Nacht hineinfuhr. Das Boot arbeitete und stampfte, wie es Fischerboote zu tun pflegen, hielt aber stetig seinen Kurs. Das Kielwasser schäumte etwa eine halbe Kabellänge weit. Danach verloren sich die Spuren des Bootes ganz. Die Sonne berührte bereits den Horizont im Westen. Im Osten, wo die Sonnenstrahlen nicht mehr hinreichten, war der Himmel dunkelblau und verfärbte sich bereits schwarz. Im Südosten, in weiter Ferne, blitzte es ab und zu auf. Ein gewaltiges Gewitter zog von Spanien Richtung Frankreich und Deutschland. Nichts, worüber man sich Sorgen machen musste, zumindest nicht laut Wetterbericht.

Inga war allein im Ruderhaus. Sie warf einen Blick auf den Radarschirm, aber nicht allzu oft, da sie der neongrüne Strich mit seiner unablässigen Uhrzeigerbewegung irritierte. Stattdessen suchte sie den Horizont ab, genau wie Henning es ihr eingeschärft hatte. Ihr Fischerboot schien das einzige Schiff zu sein, das in diesem Winkel des Atlantiks unterwegs war. Auch wenn das Meer vollkommen leer wirkte, durfte man nicht nachlässig werden. Vom Sichten eines Schiffes bis zur eventuellen Kollision vergingen oft nur zehn Minuten.

Henning schlief. Seinetwegen hielt sie nach allen Regeln der Kunst Ausschau. Wenn sie allein gewesen wäre, wäre es nicht so wichtig gewesen. Außer Morten gab es wohl kaum jemanden, der sich um sein Leben so verdient gemacht hatte wie Henning. Er war die menschlichste Person, die ihr je begegnet war.

Ihm hatte Inga die Einsicht zu verdanken, dass es nicht um eine Theorie des Menschen ging, sondern um das Menschliche im Menschen. Erklärt werden musste, warum manche Menschen Untiere waren, während andere sich gesittet benahmen, warum manche hingebungsvoll andere Menschen abschlachteten, während andere ihr Leben für ein Kind riskierten, das zu ertrinken oder in einer Feuersbrunst umzukommen drohte. Diese Theorie gab es noch nicht. Aber würde es etwas ändern, wenn sie existierte? Henning und Morten hatten schließlich auch keine Theorien gebraucht, um gute Menschen zu werden.

Wieder ließ sie ihren Blick über den Horizont schweifen. Gab es etwas hinter diesem Horizont? Niemand kannte die Antwort. Und doch konnte sie diese Frage stellen. Mithilfe der Sprache konnte man sich über Dinge verständigen, die es nicht gab oder die es einmal gegeben hatte, die aber verschwunden waren, ja sogar über Dinge, die es nie gegeben hatte, die es aber vielleicht einmal geben würde. Wie war das möglich? Plötzlich ging ihr ein Licht auf, als öffnete sich eine große, schwere Tür in ihrem Kopf. Halt! Nicht zu schnell. Ihr Herz pochte so stark, dass sie es in der Stille hörte. Sie hatte den Schlüssel zu dem Schloss gefunden. Dieser Schlüssel lag jetzt vor ihr. Der Schlüssel war die Erkenntnis, dass die Menschen über Abwesendes, Verborgenes und Geheimes sprechen konnten. Sie konnten sich über Nichtvorhandenes verständigen.

Sie musste aufstehen, um sich zu beruhigen. Ihre Gedanken überschlugen sich. Endlich ergab alles einen Sinn. Wie in einem Traum. Sie erinnerte sich an jedes einzelne Wort, das sie Henning aus Ingessons Roman vorgelesen hatte. Am Anfang war das Wort. Nein, am Anfang war nicht das Wort, am Anfang gab es ein paar affenähnliche Wesen, die entdeckt haben, dass irgendetwas vollkommen Beliebiges für etwas anderes stehen konnte, solange man sich darauf einigte, was wofür stand. Das war in aller Einfachheit der Kern der Menschlichkeit des Menschen. Denn was geschah, als die werdenden Menschen begannen, Symbole zu verwenden? Sie konnten anfangen, über Dinge zu sprechen, die nicht in unmittelbarer Reichweite ihrer fünf Sinne lagen, die nicht präsent waren, die versteckt waren und die heimlich waren. Zwei dieser werdenden Menschen konnten einen Stock nehmen und entscheiden, dass dieser Stock die Banane sein sollte, die sie hinter einem Baum versteckt hatten, damit die anderen sie nicht fanden. Der Stock wurde zum Symbol für die Banane, ohne wie eine Banane auszusehen. Darin bestand der Unterschied. Tiere konnten Zeichen deuten, die dem Dargestellten ähnelten oder mit diesem in indirektem Zusammenhang standen. Rauch als Zeichen für Feuer, ein gewisser Duft als Zeichen für eine gewisse Blume, ein getreues Bild einer Banane. Aber eines konnten sie nicht, etwas x-Beliebiges etwas anderes x-Beliebiges darstellen lassen. Die Tiere konnten die Form und Inhalte der Symbole nicht von dem Dargestellten loslösen. Die werdenden Menschen konnten das aber plötzlich, sei es aufgrund einer Entdeckung, einer Schlussfolgerung, einer Erfindung oder vielleicht sogar einer Gabe Gottes, wenn man an so etwas glaubte.

Inga hatte das Gefühl zu zerspringen. Sie schlug ein Notizbuch auf und schrieb ihre Gedanken ungeordnet nieder:

»Dank der beliebigen Symbole konnten sich die werdenden Menschen von der Wirklichkeit befreien, der sie andernfalls unterworfen waren. Sie konnten anfangen, an der Existenz zu zweifeln. Sie konnten sich die Frage stellen, ob das, was der Stock repräsentierte, immer noch existierte. Ein dritter Affe konnte die Banane gegessen oder gestohlen haben, über die sich die zwei werdenden Menschen mithilfe des Stock-Symbols verständigt hatten. Die wirkliche Banane hatte dann aufgehört zu existieren, nicht aber der Symbol-Stock. Der existierte immer noch und trug immer noch die Bedeutung ›Banane‹. Plötzlich hatten die werdenden Menschen die frühere Wirklichkeit in zwei Wirklichkeiten aufgeteilt, in eine reale und eine symbolische. Man hatte ganz einfach Bedeutung und Wirklichkeit getrennt. Damit war der erste Schritt zu allem, was den Menschen auszeichnet, getan. Zu Freiheit, abstraktem Denken, Bewusstsein, Sprache, Heimlichtuerei, Lüge und Fantasie, aber auch zu Verrücktheit, denn nun konnte der Mensch jeglichen Kontakt zur Wirklichkeit verlieren und nur noch in der Welt der Symbole leben. Er konnte glauben, dass Einhörner existierten, nur weil es ein Symbol für ›Einhorn‹ gab. Er konnte sogar anderen Menschen einreden, dass Einhörner existierten, nur weil es das Wort gab. So entstand der Glaube. Die Gegenstände der frühen Symbole existierten schon längst nicht mehr. Nur ihre Bedeutung gab es noch. Es ist eine psychologische Wahrheit, dass der Mensch gern an Dinge glaubt, für die es Worte gibt.«

Inga machte eine Pause. Sie hatte vom Schreiben ganz verkrampfte Finger. Sie verstand bei weitem noch nicht alle Details und Zusammenhänge, aber sie war sich sicher, auf dem richtigen Weg zu sein. Was machte die Heimlichtuerei möglich, wenn nicht die Symbole? Und die Lüge? Wie sollte man lügen können, wenn die Symbole nicht etwas anderes waren als die Wirklichkeit? Wir können behaupten, dass etwas existiert, das es gar nicht gibt. Inga griff wieder zu ihrem Stift:

»Am Anfang war das Wort, und das Wort war bei Gott, und das Wort war Gott.«

Die letzten Worte unterstrich sie zweimal: »Und das Wort

war Gott.« So musste es sein. Es war nicht Gott, der den Menschen erschuf. Es war das Wort, das heißt die willkürlichen Symbole, die den Menschen erschufen. »Und das Wort war Gott.« Ohne Worte kein Glaube, keine Schöpfungsgeschichte, kein Paradies, aber auch keine Hölle. Das Wort schuf die Welt für die Menschen und nicht umgekehrt. Selbst Wissenschaft und Wahrheit setzten Symbole voraus. Ohne sie würden wir uns nicht einmal fragen können, wie die Wirklichkeit aussah.

Inga wurde plötzlich von einem Donnergrollen aus ihrem Gedankenrausch gerissen. Sekunden später hörte sie eine Schiffssirene. Entsetzt sprang sie auf und schaute nach draußen. In knapp hundert Metern Entfernung glitt ein riesiger Schiffsrumpf vorbei und verschwand nach achtern. Im nächsten Augenblick stand Henning schlaftrunken im Ruderhaus.

»Was war das?«

Inga warf sich in seine Arme.

»Weißt du was? Ich glaube, ich bin jetzt draufgekommen!«

»Worauf?«

»Auf die Lösung. Die Erklärung. Meine Theorie …«

Henning betrachtete erst Inga und dann den Radarschirm.

»Und was ist das da?«, fragte er und deutete auf einen grünen Fleck, der sich rasch Richtung Westen entfernte.

»Ein Schiff«, antwortete Inga.

Henning fasste sich ans Kinn.

»Das war knapp«, meinte er nachdenklich. »Wenn er nicht das Ruder umgelegt hätte, läge deine Theorie bereits auf dem Meeresgrund.«

Erst da begriff Inga, was hätte passieren können, weil sie vor lauter Begeisterung vergessen hatte, auf die See zu achten.

»Aber nun tut sie es nicht«, meinte Henning, »und wir auch nicht.«

Im selben Augenblick trafen sie die Wellen des Schiffes. Sie verloren das Gleichgewicht und stürzten. Henning lachte aus vollem Hals. So hatte Inga ihn noch nie lachen hören.

»Meine Kleine«, sagte er, »mit dir zusammen merkt man wirklich, dass man lebt.«

Mit einiger Mühe kam er wieder auf die Beine.

»Jetzt kochen wir uns eine starke Tasse Kaffee. Dann kannst du mir erzählen, was du dir hast einfallen lassen. Ich halte währenddessen Ausschau.«

Aber als Inga später dasaß und die Hände an einem großen Becher Kaffee wärmte, schien alles nicht mehr so klar und einfach zu sein. Was in ihren Gedanken so einleuchtend gewirkt hatte, war nicht mehr so deutlich, als sie Henning davon erzählen wollte. Andererseits war es gut, die Haltbarkeit ihrer Theorie auszuprobieren, indem sie versuchte, sie ihm zu erklären. Was machte eine Theorie des Menschen für einen Sinn, wenn fast kein gewöhnlicher Mensch sie verstand?

Als Inga geendet hatte, brach die Morgendämmerung an und offenbarte die in der Ferne hoch aufragende spanische Küste.

»Weißt du was?«, sagte Henning. »Wir legen in der neuen Marina statt in dem alten Industriehafen an. Wir müssen feiern. Die Marina liegt mitten im alten Gijón, dort gibt es unzählige Restaurants.«

»Können wir dort anlegen?«

»Klar.«

»Woher weißt du das?«

»Das steht in den Büchern.«

Nach einigen Tagen in Gijón setzten sie ihre Reise entlang der felsigen, steilen Küste Asturiens und Galiziens fort. Sie legten in kleinen Fischerdörfern an oder ankerten am Ende eines Ría. Inga hatte kaum Zeit, die imposante Landschaft zu bewundern, die sich ihr backbord darbot. Sie schrieb fast fortwährend an ihrer Theorie. Wenn sie nicht schrieb, dachte sie laut nach. Unerwartet, auf See oder im Hafen, konnte sie plötzlich Jubelrufe ausstoßen, wenn sie das Gefühl hatte, einer weiteren wichtigen Frage auf den Grund gegangen zu sein. Oder sie jammerte und fasste sich an den Kopf, wenn sich ein schweres Problem als unlösbar erwies.

Henning war sprachlos. So etwas hatte er noch nie miterlebt. Er hätte es sich nie träumen lassen, dass Denken so anstrengend sein konnte. Es war, als würde er eine neue Inga kennen lernen, eine Inga, der er nicht folgen konnte. Er freute sich von ganzem Herzen für sie. Sie stellte sich wieder dem Leben. Gleichzeitig ergriff ihn Wehmut. Er sah ein, dass er Inga nie dabei würde helfen können, wirklich zu leben. Seine Aufgabe war es gewesen, ihr einen Tritt zu versetzen, damit sie wieder auf die Beine kam und wieder gehen lernte. Aber dann? Er liebte Inga über alles, als wäre sie seine eigene Tochter. Auf Dauer würde er jedoch eine Belastung darstellen, die ihre Gedankenfreiheit einschränkte. Er hoffte, dass in La Coruña ein Brief von Ingesson liegen würde. Henning war sich seiner Sache sicher. Nach allem, was geschehen war, konnte nur Ingesson Ingas Lebenswillen erwecken. Er besaß die Fantasie und die Ideen, die Inga benötigte, um wieder frei zu fliegen. Er selbst hatte ihre gebrochenen Flügel geheilt, aber er konnte ihr das Fliegen nicht wieder beibringen. Bis auf weiteres konnte er nur sein Bestes tun, um sie aufzumuntern und zu unterstützen. Er hoffte, dass dies bis zu dem Tag ihrer Trennung genügen würde: Dann würde sie den Weg zum Leben einschlagen und er auf dem Pfad des Alters weiterwandern, einer Einbahnstraße und Sackgasse, die leider im Nichts endete. Es war wirklich schade, dass es kein Leben im Jenseits gab. Morten und er hätten sich mit sehr wenig zufrieden gegeben: Sie hätten in irgendeinem himmlischen Gasthof in irgendeinem Nest am himmlischen Meer sitzen und in guter Gesellschaft ein stilles Pils trinken wollen, am liebsten ein Wiibroe, aber ein Tuborg hätte es vermutlich auch getan.

Henning unternahm alles, um seine Wehmut zu zügeln, aber manchmal fehlte ihm Morten zu sehr. Er war klug genug, um zu verstehen, was geschehen war: Jetzt, wo Inga allmählich wieder begann, auf eigenen Beinen zu stehen, hatte er keine richtige Aufgabe mehr im Leben. Und eins stand fest: Er würde nie wieder nach Gilleleje und in den Kanalkroen zurückkehren.

Glücklicherweise war Inga viel zu sehr mit ihren Überlegungen beschäftigt, um seine Gemütsverfassung zu bemerken. Er war auch nicht jemand, in dem man lesen konnte wie in einem offenen Buch. Außerdem hätte es in diesem Buch nicht viel zu lesen gegeben.

Zwei Wochen nachdem sie Gijón verlassen hatten, umfuhren sie die riesigen Wellenbrecher La Coruñas unter einem funkelnden, wolkenlosen Himmel. Die letzten Stunden hatten sie eine steife Brise von Südwest gehabt, die das unbeladene Boot hin und her geworfen hatte. Ausnahmsweise hatte Inga nicht denken können: Sie war seekrank. Henning hatte die Gelegenheit genutzt, sie daran zu erinnern, dass vielleicht ein Brief von Ingesson auf sie warte.

»Das hoffe ich«, hatte sie zu seiner Freude erwidert. »Das heißt, ich hoffe, dass da ein freundlicher Brief von ihm liegt. So wie ich mich benommen habe, wäre es kaum verwunderlich, wenn er nur ein paar säuerliche Zeilen schicken, ja ausspucken würde.«

Kaum hatte sie das gesagt, musste sie an Deck gehen und sich übergeben.

»Wort und Gedanke in Symbiose«, meinte sie lächelnd, als sie zurückkam.

»Was bedeutet Symbiose?«, fragte Henning.

»Vollendetes Zusammenleben«, antwortete Inga. »Wie du und ich.«

Henning sagte nichts. Sie irrte sich. Sie würden nie in etwas, das sie Symbiose nannte, leben können. Er verstand ja nicht einmal dieses Wort. Aber das machte nichts. Nicht viel auf jeden Fall.

Sobald sie sich in ruhigeren Gewässern hinter den Wellenbrechern befanden, war Ingas Seekrankheit vorbei.

»Macht es dir etwas aus, wenn ich sofort zur Post gehe?«, fragte sie.

»Im Gegenteil. Ich bin genauso neugierig wie du.«

Zwei Stunden später kam Inga zurück. Ihr Gesichtsausdruck war seltsam, verständnislos. In der Hand hielt sie einen großen Umschlag.

»Zehn Seiten!«, sagte sie. »Er hat zehn Seiten geschrieben!«

»Und was steht drin?«

»Er schreibt, dass er vorhatte, einen Roman über mich zu schreiben. Deswegen habe er manchmal so aufdringlich und neugierig gewirkt. Er hatte sogar Material gesammelt, um für mich eine Geschichte zu erfinden. Aber …«

»Aber was?«

»Es ging nicht.«

»Ging nicht? Warum nicht?«

»Erinnerst du dich, dass ich dir von dem Kapitän aus einem der Romane Ingessons erzählt habe? Diesem Marcel?«

Henning nickte.

»In meinem Brief fragte ich Ingesson, ob er ähnlich wie der Kapitän ein Mensch sei, der andere zum Träumen bringt, um sie dann im Stich zu lassen.«

»Was hat er geantwortet?«

»Warte …«

Inga blätterte.

»Hier steht's! Er antwortet Folgendes: Sowohl ja als auch nein. Als Schriftsteller bin ich vielleicht wie der Kapitän. Denn was tun wir Schriftsteller, wenn es uns ernst ist? Wir bringen Menschen zum Träumen, im Guten wie im Schlechten, aber ohne die geringste Verantwortung für die Folgen zu übernehmen. Wir bleiben ungebunden wie Marcel und verschanzen uns hinter unseren Büchern wie er auf seinem Schiff. Aber genau wie bei Marcel geschieht es manchmal, dass wir unseren Träumern begegnen, die glauben, dass wir ihnen als Menschen dabei behilflich sein können, ihre Träume zu verwirklichen. Ja, es ist vorgekommen, dass ich Lesern begegnet bin, die geglaubt haben, ich sei Marcel. Sie haben denselben Fehler begangen wie die vier Personen im Roman. Sie haben geglaubt, ich könnte ihre Träume verwirklichen, auch die von der Liebe. Sie haben geglaubt, sie könnten mich fangen und für alle Zeit behalten. Aber das geht nicht. Das wäre dasselbe, wie mit dem Schreiben aufzuhören. Ein Schriftsteller kann sich einem anderen Menschen in der Wirklichkeit nicht ganz und gar ausliefern. Deswegen ist Liebe für einen Schriftsteller der reine Tod. Nicht die unbeantwortete und unglückliche Liebe, denn die lässt sich natürlich verwenden, sondern die gegenseitige, alles verzehrende Liebe, die bindet, blendet, verblendet und berauscht. Die allem einen Sinn gibt. Vielleicht sogar mehr als das Schreiben.«

Inga sah zu Henning hoch.

»Siehst du, du hast dich geirrt«, sagte sie. »Ingesson interessiert sich nicht für mich als Frau.«

»Warum lächelst du dann?«

»Das tue ich nicht.«

»Was schreibt er sonst noch?«

»Dass er seinen Roman als Liebeserklärung an die Frau schreiben wollte, die seine Hauptperson sein sollte. Und das sei nicht gegangen.«

»Das begreife ich nicht.«

»Er entdeckte, dass er sich nicht von der Wirklichkeit befreien kann.«

»Von welcher Wirklichkeit?«

»Von mir.«

Inga sah ihn mit einem flehenden Blick an, als bitte sie um Hilfe.

»Er schreibt, ihm sei aufgegangen, dass er nicht seine Hauptperson liebte, sondern mich, die wirkliche Inga Andersson.«

Einen Augenblick blieb es still.

»Ich glaube, er meint das auch.«

Henning nahm sie in die Arme. Mit einem Mal empfand er eine große Ruhe.

»Meine Kleine«, sagte er und strich ihr über die Wange. »Du bist wirklich ein kluger Kopf, aber die Männer verstehst du nicht. Ich würde gern sehen, wie du die Männer mit deiner Theorie erklären willst.«

In den folgenden Tagen erwähnte Inga Ingesson nicht. Sie schrieb immer noch, aber nicht mehr so intensiv wie vorher. Es kam vor, dass sie mit dem Stift in der Hand dasaß und in die Luft starrte.

Schließlich wandte sie sich an Henning und fragte:

»Was soll ich tun? Ich will ihn sehen.«

»Schreib ihm! Bitte ihn herzukommen!«

»Ich traue mich nicht.«

»Warum denn nicht?«

»Stell dir vor …«

»Er ist anders als Rogers und dein Exmann, da kannst du dir ganz sicher sein. Und du kannst dir ebenso sicher sein, dass er nicht auf ihrer Seite steht. Das Schlimmste, was passieren könnte, wäre, dass er ein Buch über dich schreibt. Aber dann weißt du, warum.«

»Glaubst du?«

»Ich bin mir sicher.«

»Mal sehen«, meinte Inga. »Im Augenblick weiß ich weder aus noch ein.«

»Schick ihm wenigstens deine Theorie. Er weiß eine Antwort bestimmt zu schätzen. Im Gegensatz zu mir wird er dir sicher sagen können, was deine Theorie wert ist.«

Inga nickte. Sie ging in die Stadt und kopierte ihre bisherigen Notizen. Dann schrieb sie einen Brief, in dem sie erklärte, was sie damit beabsichtigte. Sie teilte Ingesson mit, wie sehr sie sich über seinen Brief gefreut hatte, der sie aber auch verwirrt und etwas verängstigt hatte. Das sei nicht seine Schuld, sondern ihre, und damit müsse sie selbst zurande kommen. Henning hatte Recht. Sie kannte sich mit Männern nicht aus.

Sie zeigte Henning den Brief.

»Wie kommt es, dass du es wagst, Nachrichtendienste, Neonazis und Scientologen herauszufordern, dich aber davor fürchtest, einen Mann zu treffen, der dein Freund ist und dich außerdem noch liebt?«

»Ich weiß es nicht.«

»Müsste deine Theorie das nicht auch erklären können?«

Aber es half nichts. Kein Wort von Henning konnte sie dazu veranlassen, dem Autor in ihrem Brief mehr Hoffnung zu machen. Henning befürchtete bereits, dass ihnen diese Gelegenheit aus den Händen gleiten könnte. Das Schlimmste, was passieren konnte, war, dass sie ihre Reise fortsetzten und dass Inga, wenn sie mit dem Schreiben fertig war, plötzlich einsah, dass sie eigentlich auch leben musste.

Einige Tage später, als der Brief inzwischen angekommen sein musste, ging Henning, ohne Inga etwas zu sagen, auf ein Fernmeldeamt. Von der Auskunft ließ er sich Ingessons Nummer geben. Dann zögerte er lange, aber schließlich griff er nach dem Hörer. Ingesson antwortete sofort, als hätte er neben dem Telefon gesessen. Henning stellte sich vor und erklärte die Lage, einschließlich der Gründe für Ingas Zögern. Er bat Ingesson, am folgenden Montag in den Fischerort Finisterre zu kommen. Das sei das einzig Richtige, nach dem Brief, den er geschrieben hatte. Henning hörte, wie sehr Ingesson sich freute. Selbstverständlich würde er kommen.

Am selben Tag verließen Inga und Henning La Coruña und schipperten Richtung Süden weiter. In Camariñas, ungefähr auf halbem Weg nach Finisterre, erzählte Henning, was er getan hatte. Er rechnete mit einem Zerwürfnis. Gewisserweise sehnte er es sogar herbei, denn dann würde es Inga leichter fallen, sich von ihm zu trennen. Aber sie war weder verärgert noch wütend, sondern dankte ihm und sagte, so sei es vermutlich am besten.

»Ein Problem ist jedoch, dass sie Ingesson möglicherweise abhören«, meinte sie. »In diesem Fall haben sie jetzt einen neuen Anhaltspunkt.«

»Das glaubst du doch wohl selbst nicht! Es ist mittlerweile eineinhalb Monate her, seit du sie zum Teufel gewünscht hast. Glaubst du nicht, dass sie inzwischen aufgegeben haben?«

»Leute wie die geben nie auf. Aber es ist genauso gut, dass es sich jetzt entscheidet. Ich kann nicht den Rest meines Lebens auf der Flucht verbringen, am allerwenigsten, wenn ich Ingesson in Zukunft etwas öfter sehen will. Ich rufe Sven an und fordere ihn auf, unverzüglich unser gesamtes Material über den inneren Raum und die NSA zu veröffentlichen. Ich habe alles, unter anderem im Hinblick auf eine Situation wie diese, im Computer vorbereitet. Dann warten wir ab. Wenn das Material im Umlauf ist, hat Rogers zumindest einen Grund weniger, meiner habhaft werden zu wollen, denn dann hat er ganz andere Sorgen. Als Einziges wäre zu befürchten, dass er sich rächen will, wenn seine Welt zusammenbricht. Und dieses Risiko nehme ich in Kauf.«

Zwei Tage später liefen sie in den Fischerhafen von Finisterre ein. Ingesson würde in drei Tagen auftauchen. So lange wie möglich zögerte Henning es hinaus, Inga mitzuteilen, dass er die Reise allein fortsetzen wolle. Schließlich fasste er sich jedoch ein Herz und erklärte ihr, warum es so am besten sei. Er versprach Inga, dass er sie aufsuchen würde, sobald er das Boot seinen neuen Besitzern ausgehändigt hatte, wo auch immer sie sich befinden mochte. Zu seiner großen Erleichterung widersprach sie ihm nicht, aber ihre betrübte Miene schmerzte ihn sehr.

»Du hast ein wichtiges Leben«, sagte er zu ihr, »und eine wichtige Aufgabe vor dir. Ingesson wird dir helfen, viel besser, als ich das könnte. Zusammen mit Morten hätte ich etwas leisten können, aber ohne ihn bin ich nur ein halber Mensch, von dem bald nur noch ein Viertel übrig ist. Und so weiter. Aber solange ich gesund und klar im Kopf bin, werde ich immer in der Nähe sein, falls du mich brauchst.«

Am Tag von Ingessons Ankunft nahmen sie Abschied. Inga zog mit zwei Taschen in ein kleines Hotel am Hafen. Ihren Laptop und ihre Notizbücher ließ sie an Bord zurück.

»Ich will ganz ich selbst sein, wenn ich Ingesson wieder sehe«, sagte sie, »und nicht ein mit Theorien überladenes Gehirn mit mir herumschleppen.«

»Ich werde auf deine Bücher und deinen Computer aufpassen.«

»Danke. Das garantiert mir auch, dass ich dich wieder sehe.«

»Das würdest du auch ohne Notizbücher.«

Er versuchte zu lächeln, aber es gelang ihm nicht recht.

»Warte ein paar Stunden, bevor du ausläufst«, sagte sie. »Ich möchte unsere Trennung nicht aus der Nähe miterleben. Ich klettere auf die Spitze der Felsen westlich von Finisterre und schaue dir von dort aus zu, wenn du vorbeischipperst.«

Drei Stunden später stand Inga am Rand des Abgrunds und sah das himmelblaue Fischerboot mit Henning an Bord dicht am Fuß der Klippen weit unter ihr vorbeifahren. Henning hob die Hand, und sie winkte zurück. Dreimal ließ er das Nebelhorn ertönen, legte das Ruder herum und nahm Kurs Richtung Süden. Inga beobachtete, wie er immer kleiner wurde. Nach einer Stunde konnte sie nur noch einen hellblauen Flecken inmitten des dunkelblauen Atlantikwassers ahnen. Vielleicht hätte sie ihm noch länger nachsehen können, wenn sie nicht geweint hätte.

48

Es war Anfang November an einem Spätnachmittag. Der Fischkutter mit der dänischen Flagge war vor wenigen Stunden südwärts hinter dem Horizont verschwunden. Der niedrigste Punkt der Sonnenscheibe hatte den chaotischen Horizont des Atlantiks westlich von Cabo Finisterre berührt, das lange als letzter Vorposten der Erde im Westen gegolten hatte. Natürlich war es deswegen »Ende der Erde« getauft worden. Heute wissen wir, dass die Erde nicht am Cabo Finisterre endet, weil die Erde nirgends endet. Sie ist rund, an den Polen leicht abgeflacht und im Übrigen recht ungleichmäßig. Nicht einmal die Meeresoberfläche ist glatt, sie hat Vertiefungen und Erhebungen. Meereskundler behaupten sogar, dass der Stille Ozean im Schnitt einen ganzen Meter höher ist als der Atlantik.

Das ändert nichts daran, dass man in Cabo Finisterre tatsächlich weiterhin glauben konnte, die Welt endete hier und sonst nirgends. Wer an der Spitze der Landzunge steht, hat das Gefühl, er kommt nicht weiter. Im Westen fällt der Felsen steil in den Atlantik ab, der sich unendlich von Norden nach Süden erstreckt.

Die Küste zwischen Cabo Finisterre und La Coruña im Norden ist außerdem schroff und wenig einladend. Ihr Name, »Costa de la Muerte«, Küste des Todes, ist mindestens genauso treffend wie der des Cabo Finisterre. Jedes Jahr erleiden Fischerboote und Frachter in den Gewässern Schiffbruch; der Rekord liegt angeblich bei zweiundsiebzig Ertrunkenen in einem Winter.

Die Küste des Todes endet also am Ende der Welt. Es ist verlockend, das symbolisch auszulegen:

Wo die Welt zu Ende ist, wartet der Tod.

Deswegen ist es auch verlockend, die Erzählung und die Wirklichkeit gerade dort aufeinander treffen zu lassen, was wie ein simpler Trick wirken kann, um den Leser zu fesseln. Das ist nicht der Fall. Geschichtenerzählen ist keine Frage von Tricks und Finten. Die Angelegenheit ist viel ernster.

Man darf nicht vergessen, dass manche Fantasien sich gelegentlich als wirklich erweisen und sozusagen Träume darstellen, die in Erfüllung gehen. Gewisse Wahrheiten erweisen sich bisweilen als freie Fantasien, die auch wahre Geschichten genannt werden. Die wichtige Frage, vielleicht die allerwichtigste von allen, lautet daher:

Auf wessen Geschichte kann man sich verlassen?

Ist das Echelon nur ein Roman?

Oder ist das Echelon wirklich das große Weltenohr, das alles und alle abhören kann, ohne die geringste Spur zu hinterlassen?

Und vor allem: Hat dieses Echelon einen inneren Raum?

Vielleicht sollte man warnen, ehe man diese Fragen aufgrund dieses einzigen Textes leichtsinnig beantwortet: Die Einsätze sind hoch. Davon legt das Mausoleum der NSA Zeugnis ab, das Mausoleum derjenigen, die das höchste Opfer gebracht haben, um, wie es im Programm der NSA heißt, »den Status der USA als Supermacht zu bewahren«. Einhundertneunundfünfzig Agenten der NSA sind für immer von dieser Erde verschwunden, rund oder nicht, und man hat nie wieder von ihnen gehört.

Wüsste man es nicht besser, nämlich dass die NSA etwas von dem denkbar Lächerlichsten in der so genannten freien Welt ist, dann könnte der Verdacht aufkommen, dass die Schöpfer dieses Mausoleums einen Anfall von Galgenhumor gehabt haben. Über den Namen der verblichenen Agenten steht nämlich in großen Buchstaben:

THEY SERVED IN SILENCE.

Aber es ist eine Sache, dass sich die Agenten der NSA entscheiden, ihr eines Leben dafür zu riskieren, den Status der USA als Supermacht zu bewahren. Etwas ganz anderes ist es, wenn diese Frau, Inga Andersson, die an diesem Novembernachmittag am Rand des Cabo Finisterre steht, dazu gezwungen wird, das ebenfalls zu tun, weil sie versucht hat, etwas weitaus Wichtigeres als irgendwelche Supermächte zu bewahren: nämlich einen Rest Menschenwürde und damit ein Quäntchen Menschlichkeit im Menschen. Inga Andersson glaubte, ihre Verfolger abgeschüttelt zu haben. Sie glaubte, reichlich Zeit zu haben, um noch einmal von vorn anfangen zu können. Sie war tief betrübt, sich von einem Mann trennen zu müssen, der ihr das Leben gerettet hatte, aber sie wartete auf einen anderen, der ihr vielleicht wieder Lust auf das Leben machen würde, und sei es auch nur in einer seiner Erzählungen.

Aber die Wirklichkeit, die sie nur mit größter Mühe zu der ihren hatte machen können, hatte sie noch einmal verraten.

Wenn man eine Kameralinse auf den einzigen Weg richtet, der sich vom Fischerdorf Finisterre über den Kamm der Halbinsel zum Leuchtturm schlängelt, der alle fünf Sekunden hell aufblitzt, begreift man, dass noch nichts entschieden ist. Dort, wo die erste steile Steigung beginnt, geht ein Nachrichtendienstoffizier namens Alan Rogers. Zoomt man ihn näher heran, ist deutlich zu sehen, dass er eine Handfeuerwaffe trägt, wie sie bei Nachrichtendiensten wie der NSA beliebt sind. Nur von der Physiognomie Rückschlüsse darauf zu ziehen, wie aufgewühlt ein Mensch ist, gestaltet sich immer schwierig, insbesondere bei Personen, die Spezialisten sind, wenn es darum geht, zu verbergen, was sie denken und empfinden. Aber so viel wagt man doch zu sagen: dass die verzerrten Gesichtszüge des Mannes auf einen tief empfundenen Zorn schließen lassen. Das ist nicht verwunderlich. Inga Andersson hat eigenhändig, unterstützt von zwei pensionierten Fischern und einem Nachtwächter, sein Lebenswerk zerstört.

Wenn wir anschließend den Ausschnitt des Objektivs so vergrößern, dass es die karge und steinige Großartigkeit des Cabo Finisterre in seiner gesamten rostroten Sonnenuntergangsschärfe offenbart, entdecken wir einen anderen Mann, der sich etwa einen halben Kilometer nördlich von der Frau befindet, jedoch hinter Alan Rogers. Wenn er eine Waffe hätte, und die hat er nicht, dann wäre diese ein Stift. Von seiner erhöhten Position entdeckt er jetzt mit dem Fernglas, das er vor seine Augen hält, Alan Rogers auf dem Weg unterhalb von ihm.

Es dauert nur wenige Sekunden, bis der andere Mann beginnt, auf die Frau am Felsabgrund zuzurennen.

Ein Außenstehender könnte glauben, dass Inga Andersson steht, wo sie steht, vollkommen allein, mit Tränen, die ihr über die Wangen laufen, weil sie sich der Anwesenheit der Männer bewusst ist. Das ist nahe liegend. Hingegen wäre sie sicher erstaunt, wenn sie plötzlich davon erführe. Kraft ihrer Forschung über geheime Organisationen und Heimlichtuerei würde Inga Andersson sofort folgende relative Wahrheiten bestätigen:

Der Schein trügt oft, aber nicht immer.

Alles ist wahrlich nicht immer so, wie es scheint. Manchmal ist es genau umgekehrt.

Die Wirklichkeit ist selten so, wie sie auf den ersten Blick erscheint.

Fast alles ist fast immer verbunden mit etwas anderem, obwohl die Fäden, die beides verbinden, unsichtbar und deswegen geheim sind.

Keine Staaten bestehen ewig, nicht einmal die Vereinigten von Amerika.

Es ist unnatürlich, dass ein Mensch wissenschaftlich ist, d. h., dass er sich immer an die Wahrheit hält. Die Schwierigkeit besteht darin, nicht zu glauben oder zu fantasieren. Das ist das eigentliche Wesen des Menschen. Die Schwierigkeit besteht darin, die Wirklichkeit festzuhalten und klar zu sehen. Deswegen gibt es die Wissenschaft.

Außerdem, und das ist vielleicht das Allerwichtigste:

Keine Geschichte, nicht einmal die wissenschaftlichste, nicht einmal die literarischste, kann ihren eigenen Wahrheitsgehalt garantieren.

Was ganz und gar nicht bedeutet, dass die Geschichte von der Frau auf der Klippe eine Lüge sein muss. Vieles spricht für das Gegenteil. Niemand soll behaupten können, es habe sie nicht gegeben oder ihre Taten hätten nicht die geringsten Konsequenzen gehabt, dass sie in Stille gedient hätte.

49

Ich nahm meinen Stift zur Hand. Jetzt blieb mir nur noch, die Geschichte die Wirklichkeit einholen zu lassen, den Wettlauf zwischen Fantasie und Wirklichkeit zu beenden und den Strich zu ziehen, von dem ich die ganze Zeit befürchtet hatte, dass ich ihn würde ziehen müssen.

Aber der Stift schien sich zu sträuben. Schließlich senkte ich ihn wieder und legte ihn auf den Tisch. Wie sollte der Roman enden? Wie die Wirklichkeit? Sollte Inga sterben, als sie gerade zu leben anfangen wollte? Sollte sie endgültig von dieser Erde verschwinden, und sollte niemand mehr etwas von ihr hören, gerade als sie begriffen hatte, dass jeder nur ein einziges Leben hat und dass sie selbst, genau wie alle anderen und mindestens genauso wie ihr Sohn Jonas, das Recht hatte, dieses Leben zu leben?

Außerdem würde ein solcher Schluss, der Schluss der Wirklichkeit, derart mit Symbolik überladen sein, dass die Kritiker mir vorwerfen würden, einen Tendenzroman geschrieben zu haben mit der Moral: Die Mächtigen siegen immer über den Einzelnen, wie geradlinig, intelligent oder rechtschaffen er auch sein mag. Inga Andersson wog in ihrer Einsamkeit zu leicht. Übrig blieb nur die verzweifelte, aber im Grunde sinnlose Geste eines Schriftstellers, ihre Geschichte zu erzählen, damit sie nicht vergeblich gestorben sein würde.

Und die Leser? War ich ihnen keinen Hoffnungsschimmer schuldig?

Und mir selbst? Musste ich nicht versuchen, mir einzureden, dass man mit Worten etwas gegen die Wirklichkeit ausrichten konnte, wie unerbittlich sie auch immer sein mochte? Weshalb sollte ich sonst darauf beharren, statt einfach nur zu leben? Schreiben war das Einzige, was meinem Leben einen Sinn gab. Aber Schreiben war auch das, was mich daran hinderte, mein eigenes Leben zu leben.

Es war hoffnungslos. Es war hoffnungsvoll.

Ende gut, alles gut. Ende schlecht, alles schlecht.

Der Schein trügt.

Die Wirklichkeit ist fast nie, wie sie scheint. Oder sie ist genau das.

Eine leere Rechnung ist, auf einer immer unsichereren Position durch das Leben zu navigieren, den Kreis um den Punkt, an dem man sich befinden sollte, immer größer werden zu lassen. Gäbe es eine sinnreiche Rechnung, sähe sie genauso aus.

Einige dürfen das eine Leben, das sie haben, leben. Andere dürfen das nicht.

Das ist ein Skandal.

Inga Andersson drehte sich langsam um. Vielleicht hatte sie den Warnruf Ingessons gehört, den letzten nach all den anderen, die er ihr vergebens zugerufen hatte. Vielleicht spürte sie, dass sie nicht allein war. Zwei Schüsse fielen. Aber ob sie getroffen wurde oder sich mit der Kraft der Verzweiflung in den Abgrund warf, ist ungewiss. Das kann die Geschichte nicht erzählen. Das musste eines der vielen Geheimnisse der Wirklichkeit bleiben. Inga Anderssons Leiche wurde nie gefunden. Ein Bericht über ihren Tod wurde ebenfalls nie geschrieben. Hingegen fand man später die Leiche eines etwa fünfzigjährigen Mannes, der als Oberst Alan Rogers, amerikanischer Verbindungsoffizier in Menwith Hill in England, identifiziert wurde. Er war mit einem stumpfen, doppelläufigen Gegenstand, eventuell einem Fernglas, erschlagen worden. Der Fund wurde auf Anweisung von höherem Ort rasch vertuscht. Niemand wurde für diesen Mord, der als Unglücksfall deklariert wurde, zur Rechenschaft gezogen.

50

Inga Andersson war siebenunddreißig Jahre alt, als sie im Meer vor Cabo Finisterre, vermutlich mit zwei Schüssen von einem Geheimdienstoffizier namens Alan Rogers erschossen, verschwand. Ihre Leiche wurde nie gefunden, auch die Pistole nicht, mit der geschossen worden war. Die Behauptung, dass Inga Andersson erschossen worden ist, beruht nur auf einer unbestätigten Zeugenaussage: der von mir.

Einige Monate nach Inga Anderssons Tod suchte mich Ingas Freund Henning Jensen auf.

Nie habe ich so große Trauer wie die von Henning Jensen erlebt, als ich ihm erzählte, was vorgefallen war. Nicht genug, dass Inga tot war, Henning war auch davon überzeugt, dass er die Schuld daran trug. Schließlich hatte er mich angerufen und mir gesagt, wo Inga sich aufgehalten hatte. Er hatte Ingas Mörder auf ihre Spur geführt, indem er mich gebeten hatte, nach Finisterre zu kommen.

»Ich hätte sie nie allein lassen sollen«, wiederholte er immer wieder.

Nachdem Henning Jensen gegangen war, war ich überzeugt, dass es das letzte Mal war, dass ich oder jemand anders ihn am Leben gesehen hatte. Zwei Tage später erschien er jedoch wieder bei mir. Er hatte eine kleinere Reisetasche mit Notizbüchern und einen Schlüssel aus Ingas Besitz bei sich. In den folgenden Tagen erzählte er mir, was er über Inga wusste und was sie gemeinsam unternommen hatten. Als er nichts mehr zu erzählen hatte, nahm er mir zwei Versprechen ab, »ihretwegen«, wie er sagte. Erstens, dass ich die Geschichte von Ingas Leben erzählen sollte, damit sie nicht umsonst gelebt haben würde, oder sogar, um ihr ein Weiterleben zu ermöglichen. Zweitens, dass ich die Theorie über den Menschen fertig stellen sollte, an der Inga ihr ganzes Leben, seit sie erwachsen gewesen war, gearbeitet hatte und die teilweise in den Notizbüchern aufgezeichnet war.

»Ich bin mir nicht sicher, dass ich ihr Leben so beschreiben kann, wie es angemessen wäre«, meinte ich.

»Sie hat Ihnen vertraut, und sie vertraut Ihnen immer noch.«

Der Alte sah mich mit solchem Mitgefühl an, dass etwas in

mir zerbrach. So kam es, dass Henning mich tröstete, obwohl es an sich umgekehrt hätte sein müssen.

»Hier sind Ingas Notizbücher«, sagte er. »Sie enthalten alles, was sie über ihre Theorie geschrieben hat. Als wir uns in Cabo Finisterre trennten, bat sie mich, sie in Verwahrung zu nehmen. Wissen Sie, warum? Weil sie Ihnen als Mensch begegnen wollte und nicht als Forscherin und Akademikerin. Sie hat mir auch ihren Computer anvertraut. Den habe ich in ihr Haus in Gilleleje gestellt. Dort befinden sich auch all ihre Bücher und anderen Habseligkeiten. Der Schlüssel ist für die Haustür. Ich weiß nicht, ob Inga jemals ein Testament gemacht hat. Das würde mich wundern. Ich werde mich erkundigen. Hingegen bin ich mir ganz sicher, dass sie wollte, dass Sie in ihr Haus einziehen.«

Er meinte es ernst.

»Außer Ihnen, einem anderen Fischer, der Morten heißt, und mir kannte Inga nur noch einen Menschen, dem sie vollkommen vertraute. Einen Nachtwächter namens Sven. Hier ist seine Adresse, falls Sie mit ihm sprechen wollen.«

Henning reichte mir einen Zettel. Als er mir alles übergeben hatte, was er bei sich gehabt hatte, erhob er sich.

»Ich fahre nach Gilleleje zurück und kümmere mich um ein paar praktische Dinge. Ich lasse von mir hören, wenn ich damit fertig bin. Wissen Sie, ob es eine Sterbeurkunde gibt?«

»Ich habe nie Anzeige erstattet.«

»Das ist gut. Inga soll auch keine Sterbeurkunde bekommen.«

»Streng genommen weiß nur ich, dass sie tot ist.«

Wir schwiegen einen Augenblick.

»Glauben Sie an ein Leben nach dem Tod?«, fragte ich ihn.

»Nein«, antwortete er. »Das Leben nach diesem ist eine menschliche Angelegenheit. Wir beide müssen dafür sorgen, dass Inga weiterlebt.«

»Was wollen Sie tun, wenn Sie nicht beweisen können, dass Inga tot ist?«

»Ich sage, sie sei in Spanien von einem Felsen gestürzt.«

»Werden sie Ihnen glauben?«

»Ich gelte als glaubwürdig.«

Ehe er ging, sah er mich lange an. Schließlich hob er seine schwielige Hand und strich mir über die Wange.

Drei Wochen später kam eine kurze Nachricht, dass alles geregelt sei und ich jederzeit in das Haus einziehen könne. Den Umzug zu organisieren, meine Professur zu kündigen und mich mit meiner Exfrau zu einigen, wie wir die Betreuung unseres Kindes regeln sollten, dauerte ein paar Tage. Die schmerzliche, aber unvermeidliche Lösung war, dass Anna an den Wochenenden bei mir sein würde. Schließlich hatte sie ihre Freunde und würde bald mit der Schule anfangen.

An einem Montagnachmittag stand ich nervös vor einem alten Fischerhaus mit Strohdach in der Altstadt von Gilleleje, einen Steinwurf weit vom Hafen entfernt. Ich wartete, bis die Möbelpacker meine Habseligkeiten in der Mitte des Wohnzimmers aufgestapelt hatten, und betrat das Haus.

Die ersten Tage wollte ich nichts umstellen. Mehrere Nächte schlief ich auf einer Matratze in der Küche, ehe ich es wagte, Ingas Bett in Besitz zu nehmen.

Nachdem eine Woche vergangen war, versuchte ich Henning zu erreichen. Ich wollte ihn von Inga erzählen hören und mit ihm in dem Gasthaus sitzen, in dem er so oft mit Inga und Morten gesessen hatte. Ich wollte das Boot sehen, in dem Inga sich versteckt gehalten hatte. Mich beschlich sofort ein finsterer Verdacht, als mir aufging, dass Henning mir nie seine Adresse gegeben hatte. Nicht einmal auf dem Brief mit der Mitteilung, dass das Haus jetzt mir gehörte, hatte sie gestanden. Es dauerte einen Tag, um herauszufinden, was vorgefallen war: Henning war bei Sturm mit seinem Kutter ausgelaufen und nicht wieder zurückgekehrt.

Einige Tage später meldete sich ein Notar bei mir und teilte mir mit, Henning hätte mich zum Alleinerben eingesetzt. Es handelte sich um eine passable Summe, sodass ich mir die nächsten Jahre keine Sorgen zu machen brauchte, und zwar lange genug, um erst einmal Ingas Leben niederzuschreiben und anschließend ihre Theorie zusammenzustellen.

Hennings Tod und sein Testament zogen mir den Boden unter den Füßen weg. Wenn mein Kind nicht gewesen wäre, ist es nicht sicher, ob ich die Kraft gehabt hätte, meine Versprechen Henning und Inga gegenüber einzulösen. Aber meine Tochter erschien am folgenden Wochenende mit ihrer Lebensfreude. Kinder denken zwar an den Tod, aber nur selten an ihren eigenen. Sie glauben, das Leben dauere ewig und das Spiel würde nie enden. Anna ließ mich begreifen, wie wichtig es war, dass Inga nicht spurlos aus dieser Welt verschwand.

Nachdem meine Tochter zurückgefahren war – ich begleitete sie nach Helsingborg, wo ihre Mutter mit dem Auto wartete –, versuchte ich sofort, das erste meiner Versprechen einzulösen, d. h., so lebendig, wie ich es konnte, über das kurze Leben von Inga zu erzählen, das sie nie so leben durfte, wie sie es verdient hatte. Leider wusste ich eins, als ich anfing: Die Wirklichkeit würde mir nicht mehr davonlaufen können.

Zwei Jahre sind vergangen, und von dem eigentlichen Lebensbericht fehlen nur noch wenige Worte. Es waren zwei Jahre voller Verzweiflung und Zweifel, voller Schmerz und Trauer, voller Resignation und Wut, aber auch, in meinen stärksten Augenblicken, voller Zärtlichkeit und Liebe, Stärke und Hoffnung, und voller Glauben an das Leben und an den Sinn des Lebens. Ich habe getan, was ich konnte, damit die Geschichte von Inga die Liebeserklärung wird, die ich ihr im Leben machen wollte. Aber vor allem habe ich versucht, mein Versprechen Henning gegenüber zu halten: Ingas Leben so zu erzählen, dass niemand behaupten kann, sie hätte nicht gelebt und nicht ihr Möglichstes getan.

Die Zeit ist bald reif, um zu versuchen, das zweite Versprechen Henning gegenüber zu erfüllen: das großartige und wahnsinnige Projekt zu beenden, an dem Inga über ein Jahrzehnt gearbeitet hatte, nämlich eine Theorie des Menschen auszuarbeiten, oder zumindest über das Menschliche im Menschen.

Wer Erfahrung mit wissenschaftlichem Arbeiten hat, weiß, dass eine der Grundregeln der Wissenschaft lautet, dass eine Theorie unabhängig davon gültig sein muss, wer sie formuliert, das heißt, dass Person und Sache voneinander zu trennen sind. Wissenschaftlich betrachtet ist es vollkommen gleichgültig, ob Newton den Gesetzen der Schwerkraft auf die Spur kam, weil ihm ein Apfel auf den Kopf fiel. Inga Andersson kann in dieser Hinsicht keine Ausnahme sein. Die Tatsache, dass sie ein rechtschaffener Mensch war, bedeutet nicht zwingend, dass ihre Theorie etwas taugt, d. h., dass sie in wissenschaftlicher Hinsicht fruchtbar, haltbar, schlüssig und sogar wahr ist.

Hingegen glaube ich, dass eine Theorie etwas über den Menschen aussagt, der sie formuliert. Meine Wissenschaft, die Sprachwissenschaft, unterscheidet beispielsweise zwischen Theorien, die dem Menschen einen gewissen Grad von Freiheit zuerkennen, und solchen, bei denen dies nicht der Fall ist. Oft ist es kein Zufall, wer welche Theorie vertritt. In Ingas Fall stellte außerdem die Theorie, an der sie arbeitete, einen Versuch dar, die existenziellen Fragen zu beantworten, mit denen sie in ihrem Leben gerungen hat. Keine Geschichte von Inga Andersson wäre daher vollständig, wenn sie nicht neben ihrem Leben und dem Inhalt der eigentlichen Theorie auch die dahinter liegenden Motive und Beweggründe zu erklären suchte.

Es lässt sich nur schwer rekonstruieren, wann genau Inga die Idee hatte, eine Theorie des Menschen auszuarbeiten. Hingegen lässt es sich auf den Tag genau bestimmen, wann sie mit den Notizbüchern aus schwarzem Wachstuch begann, und zwar am 2. Oktober 1988, nur wenige Tage nachdem sie ihre erste Abhandlung über die Kriminalität religiöser Sekten verteidigt hatte. Inga teilte wie bekannt ihre Notizbücher in drei Serien ein, eine darüber, wie die Menschen ihre Kinder behandeln, eine über eigentümliche und scheinbar unerklärliche Verhaltensweisen der Menschen und eine darüber, was die Wissenschaft über die Spezies Mensch herausfand. Darüber hinaus gibt es ein paar weitere Notizbücher in einer besonderen Serie, in der Inga solche Gedanken, Zitate und Fakten gesammelt hat, von denen sie meinte, dass sie für das Verständnis des Menschen von zentraler Bedeutung seien.

Die frühesten Aufzeichnungen gehörten alle zu der zweiten Serie und ließen sich am besten mit »Absurdes« überschreiben. Der erste Eintrag lautete folgendermaßen:

»Malaysische Tierfreunde protestierten gegen den Versuch Indira Suirantis, den Rekord ihres Vaters zu brechen. Fünfunddreißig Tage will sie zusammen mit zwanzig Kobras in einem Käfig ausharren.«

Der erste Eintrag der Faktenserie kam über sechs Monate später zustande und lautete folgendermaßen:

»Manche Menschen lassen sich hypnotisieren, andere hingegen sind vollkommen immun gegen Hypnose, auch wenn sie sich selbst gerne hypnotisieren lassen würden.«

In den frühesten Notizbüchern kommt die Bezeichnung »Theorie des Menschen« nie vor. Dieser Begriff taucht zum ersten Mal in Buch sieben der Serie zwei, und zwar bereits auf dem Titelblatt auf. Die erste Aufzeichnung in diesem Notizbuch stammt vom 4. Mai 1994. Entschloss sich Inga zu jenem Zeitpunkt, ihr Projekt in Angriff zu nehmen?

Ja und nein. Ja, weil alles darauf hindeutet, dass sie zu diesem Zeitpunkt, zwei Jahre nach Fertigstellung ihrer Doktorarbeit und ein Jahr nach Antritt ihrer Forschungsassistenz, das Projekt bewusst für sich formulierte. Und nein, weil es nur selten isolierte und punktuelle Beweggründe für die Gedanken, Handlungen und Gefühle der Menschen gibt. Dass Inga das Bedürfnis verspürt hat, den ganzen Menschen zu verstehen, nicht nur dessen kriminelle Aspekte, hat vielschichtigere Ursachen als nur einen Beschluss zu einem bestimmten Zeitpunkt. Fast alle wichtigen Entscheidungen weisen eine Vorgeschichte auf. Um Ingas tiefere Beweggründe zu verstehen, müssen wir zeitlich zurückgehen.

Eines der einschneidensten Ereignisse hinsichtlich ihrer Zukunft war zweifelsohne der Tod ihres Vaters. Ingas Vater starb, als sie dreizehn war, ein schwieriges Alter, am Anfang der Pubertät. Natürlich war es für Inga ein schwerer Schlag, besonders da ihr Vater, nach allem zu urteilen, d. h. nach allem, was Henning erzählt hat, Inga über alles liebte und sich darin von Ingas Mutter unterschied, die sich viel mehr für ihre Erscheinung und ihre Karriere als Szenejournalistin bei der Klatschpresse interessierte als für Inga. Inga hatte offenbar das Gefühl, ihrer Mutter hauptsächlich im Weg zu sein. Es stellt sich die Frage, ob es ihrem Vater nicht ebenso erging. Er wirkte eher wie ein verstaubter Akademiker, mit dem auf den Premieren und Promipartys, an denen seine Frau aufgrund ihrer Arbeit teilnehmen »musste«, kein Staat zu machen war. Aber die pedantische Sachlichkeit ihres Vaters, des Archäologen und Anthropologen, verbarg eigentlich eine ungeheure Leidenschaft für Wissen und Wahrheit. Er war bereit, alles außer Inga zu opfern, um ein Quäntchen Wissen zu den Erkenntnissen über die Geschichte und die Entwicklung des Menschen hinzuzufügen.

Inga geriet also zwischen Sachlichkeit und Eitelkeit, zwischen Schein und Wirklichkeit, zwischen solides Wissen und oberflächliche Träume, zwischen aufrechte Unbestechlichkeit und labile Beeinflussbarkeit. Da ihr Vater sie liebte und sie an der Liebe ihrer Mutter zweifelte, war es nur natürlich, dass sie sich auf die Seite ihres Vaters schlug. Gleichzeitig wurde sie natürlich von ihrer Mutter beeinflusst. Es fragt sich, ob nicht Glaube, Träume und Fantasie, wenn nicht gar Selbstgefälligkeit, Illusionen und Eitelkeit Ingas natürlichstes Wesen waren. Ihr ganzes Leben musste sie um die Sachlichkeit ringen, während ihre Gefühle stets die Oberhand gewannen, wenn die Wirklichkeit ihr zu nahe kam. Dieser Zwiespalt sollte sich später als fatal erweisen.

Aber es steht auch fest, dass das Beispiel ihrer Eltern, sowohl jedes Elternteils für sich genommen als auch als Paar, so ungleich sie waren, neben dem Tod ihres Vaters Ingas spätere Entwicklung und Geschichte stark beeinflusst hat. Die Tatsache, dass der Mensch, der sie am meisten liebte, sie verließ, führte dazu, dass sie gefühlsmäßige Bindungen zu anderen Menschen scheute, besonders zu Männern. Gleichzeitig führte der Todesfall zu einer unendlichen Sehnsucht danach, die verlorene Liebe zurückzugewinnen. In weiterer Hinsicht fühlte sich Inga also in einem Spannungsfeld zwischen gegensätzlichen Polen hin- und hergerissen: Einerseits hatte sie Angst vor der Liebe, andererseits sehnte sie sich danach. Diese Sehnsucht wurde auch nicht schwächer, als ihre Mutter recht bald wieder einen französischen Friseur heiratete, dessen einziger Einsatz zu Ingas Wohl darin bestand, ihr die Haare zu schneiden und ihr Schulfranzösisch aufzubessern. In der Tat beherrschte sie diese Sprache zuletzt so gut, dass ein großer Teil des Materials in ihren Notizbüchern von französischen Denkern und Schriftstellern stammte. Sie hat auch lange Zeit die Le Monde abonniert, obwohl das teilweise andere Gründe hatte. Sie wollte nicht in einem schwedischen Abonnentenverzeichnis auftauchen, in dem ihre Feinde und Forschungsobjekte sie mühelos hätten ausfindig machen können.

Die erste Zeit nach dem Tod ihres Vaters wurde sie vermutlich von ihrer Angst beherrscht. Sobald sie das Gymnasium abgeschlossen hatte, übrigens mit den besten Noten, vielleicht aus Verehrung des Vaters, zog sie von zu Hause aus und begann mit dem Studium. Sie studierte zuerst praktische Philosophie, wechselte dann zu Soziologie und Jura. Kurze Zeit später legte sie das erste Examen, den cand. phil., mit Bestnote in beiden Fächern im Alter von 22 Jahren ab. Es besteht also kein Zweifel an Ingas Intelligenz. Noch gab es jedoch nichts, was darauf hingedeutet hätte, dass sie sich auf die Verbrechen geheimer Organisationen spezialisieren, und noch weniger, dass sie beginnen würde, über eine Theorie des Menschen nachzusinnen. Hingegen lässt das Thema ihrer Examensarbeit in Soziologie darauf schließen, dass sie bereits damals eine Verbindung zwischen Wissenschaft und Existenz herstellte, was oft, aber nicht immer, Forscherinnen auszeichnet. Ingas Arbeit handelte nämlich von der schädlichen Wirkung der Klatschpresse auf die Werte und den Realitätssinn des Menschen. Sicher war dies eine Art der Auflehnung gegen alles, was ihre Mutter repräsentierte und ernst nahm.

Aber es dauerte nicht lange, bis sich Ingas Lebenssituation radikal änderte. Bereits ein Jahr vor ihrem Examen, als sie bei ihrer Mutter und ihrem Stiefvater in der Provence zu Besuch war, lernte Inga einen in Dänemark ansässigen Amerikaner kennen, in den sie sich bis über beide Ohren verliebte. Warum sie sich gerade in ihn verliebte, ist wie immer in solchen Fällen schwer zu sagen. Aber in Ingas Fall drängt sich der Verdacht auf, dass er das ausstrahlte, was sie durch den Tod ihres Vaters verloren hatte, Liebe und Geborgenheit. Ein weiterer Grund könnte gewesen sein, dass Ingas Mutter ihren zukünftigen Schwiegersohn aus verschiedenen Gründen nicht mochte, da dieser wiederholte Male ihre Oberflächlichkeit kritisiert hatte. Selbst war er eher religiös veranlagt, ohne nach eigenem Bekunden jedoch einer bestimmten Kirche anzugehören. Diese Behauptung sollte sich als eine Lüge erweisen. Er täuschte nicht über seine religiösen Neigungen hinweg, wohl aber über ihr wirkliches Ausmaß.

Ein Jahr später brachte Inga einen Sohn zur Welt, der auf den Namen Jonas getauft wurde. Inga kannte ihren Mann nun seit zwei Jahren, ihr Verhältnis war bereits zerrüttet und verschlechterte sich zusehends. Ingas Mann, Michael, erwies sich als strenggläubiger, in der Hierarchie aufsteigender Scientologe. Nach einer Weile dämmerte Inga die makabre Wahrheit: Michael hatte sie geheiratet, um seine »Karriere« in der Scientology-Sekte mit den paar Hunderttausend Kronen zu finanzieren, die sie von ihrem Vater geerbt hatte. Glücklicherweise entdeckte sie noch rechtzeitig, dass Michael Geld aus ihrer gemeinsamen Kasse stahl, um seine Kurse zu bezahlen und sich in einen ergebenen, gehorsamen und identitätslosen Scientologen verwandeln zu lassen.

Als Michael seine so genannten Kursgebühren nicht mehr bezahlen konnte, drohten ihm die Scientologen, ihn rauszuwerfen. Daraufhin ging er zur Bank und lieh sich eine recht große Summe. Als Inga die Bank verständigte, dass sie in Gütertrennung lebten, geriet Michael außer sich und wurde gewalttätig. Aber nie hätte sich Inga träumen lassen, wie weit er gehen würde, um seine Position in der Scientology-Sekte zu erhalten. Inga hatte ihre Studien der Soziologie wieder aufgenommen, um zu promovieren. Wieder war es ihr natürlich erschienen, ein Forschungsgebiet zu wählen, das mit ihrem eigenen Dasein zu tun hatte: Sie begann, verschiedene Sekten genauer zu untersuchen, ohne jedoch genau zu wissen, wie sie das Thema angehen sollte.

Aber selbst wenn sie mit ihren Nachforschungen weiter

gekommen wäre, hätte sie vermutlich nicht rechtzeitig eingesehen, wozu Sektenmitglieder, ganz zu schweigen von ihrem Mann, fähig waren. Eines Tages, als sie nach Hause kam, waren sowohl ihr damals dreijähriger Sohn als auch sein Vater verschwunden. Inga ahnte sofort, dass etwas Schreckliches geschehen war, als sie entdeckte, dass mehrere Schubladen in der Kleiderkommode ihres Sohnes leer waren. Auch Kleider ihres Mannes fehlten. Die Haushaltskasse war geleert, und mehrere Wertsachen fehlten, unter anderem ein herzförmiger Goldanhänger, den ihr ihr Vater kurz vor seinem Tod geschenkt hatte. Er war zusammen mit einer Kassette, auf der er ihr erzählte, wer er war, welche Träume er für sein Leben gehegt hatte und was er sich für Ingas Leben erhoffte, sein letztes Geschenk an sie gewesen. Sie hatte es nie gewagt, dieses Band anzuhören, weil sie befürchtet hatte, dabei von Trauer überwältigt zu werden.

Nachdem ihr Ehemann ihr Kind gekidnappt hatte, um es den Scientologen als Beweis seiner Loyalität zu übergeben, dauerte es zwölf Jahre, bis sie ihren Sohn wieder traf – sie hatte ihn bereits einmal begraben, seine Asche war in alle Winde zerstreut – und dabei einem vollkommen Fremden gegenüberstand …

Es ist kaum nötig, Ingas Verzweiflung zu beschreiben, als sie entdeckte, dass sich ihr Ehemann seine weitere Karriere dadurch erkauft hatte, der Sekte sein Kind auszuliefern. Jeder normale Mensch wird Ingas Verzweiflung nachvollziehen können. Hingegen ist es schwieriger, sich vorzustellen, wie ihr Leben sich nach der Kindesentführung gestaltete.

Dass sie nach ihrem Sohn suchte, versteht sich von selbst. Sie tat es intensiv über mehrere Jahre hinweg. Sie war davon überzeugt, dass ihr Mann ihren Sohn in das schwarze Loch der Scientologen mitgenommen hatte. Aber weder der Polizei noch Inga gelang es, konkrete Hinweise zu finden. Sie nahm Kontakt zu mehreren Antisektenvereinigungen auf, die in vielen Ländern entstanden waren, um Eltern und anderen Angehörigen Unterstützung zu bieten, aber keine von diesen stieß auf etwas Eindeutiges. Einen großen Teil ihres väterlichen Erbes brauchte sie für diese Nachforschungen auf.

Um ihre Verzweiflung und ihre Trauer in Schach zu halten, vertiefte Inga sich in ihre Forschungen, mit einer Intensität, die sowohl ihrem Doktorvater als auch ihren Mitstudenten Angst einflößte. Es steht außer Zweifel, dass Inga ihr Thema wählte, um gegen die Sekten vorzugehen und die öffentliche Meinung zu beeinflussen. Im Grunde handelte es sich um den Versuch, ihren Sohn zurückzugewinnen.

Mit größter Sicherheit ist auch hier der Ursprung von Ingas Theorie des Menschen zu suchen. Es ist eine psychologische Tatsache, dass sich die Grausamkeit und die Bosheit der Menschen leichter ertragen lassen, wenn man sich erklären kann, dass sie auf etwas anderes als auf sich selbst zurückzuführen sind. Deswegen werden Verbrechen, die vorsätzlich begangen wurden, härter bestraft als solche, die im Affekt verübt wurden. Die Motive einer Tat zu verstehen bedeutet nicht, diese Tat zu billigen, sondern lediglich, sie besser ertragen zu können.

So oder ähnlich müsste sich Ingas Antrieb, den ganzen Menschen verstehen zu wollen, oder zumindest, wie sie es selbst einige Wochen vor ihrem Tod ausdrückte, das Menschliche im Menschen, begründen lassen. Der wichtigste Ansporn für ihre Suche nach einer Theorie bestand also vermutlich darin, dass eine Theorie des Menschen sowohl Inga als auch anderen geholfen hätte durchzuhalten. Daher deute ich Ingas Theorie folgendermaßen: Sie sollte ein Werkzeug im Dienst der Hoffnung darstellen.

Inga war ein guter Mensch.